MILLÉNIUM 5

D'après les personnages
créés par Stieg Larsson
(1954-2004)

"Actes noirs"

DU MÊME AUTEUR

MOI, ZLATAN IBRAHIMOVIĆ. MON HISTOIRE RACONTÉE À DAVID LAGERCRANTZ, J. C. Lattès, 2013 ; Le Livre de poche n° 33167.
CE QUI NE ME TUE PAS, Millénium 4, Actes Sud, 2015 ; Babel noir n° 180.
INDÉCENCE MANIFESTE, Actes Sud, 2016.

Cartes p. 6-7, p. 12 et p. 349 :
© Emily Faccini

Titre original :
Mannen som sökte sin skugga
Éditeur original :
Norstedts Förlag, Stockholm
Publié avec l'accord de Norstedts Agency

ISBN 978-2-330-08181-2

DAVID LAGERCRANTZ

La Fille qui rendait coup pour coup

MILLÉNIUM 5

roman traduit du suédois
par Hege Roel-Rousson

ACTES SUD

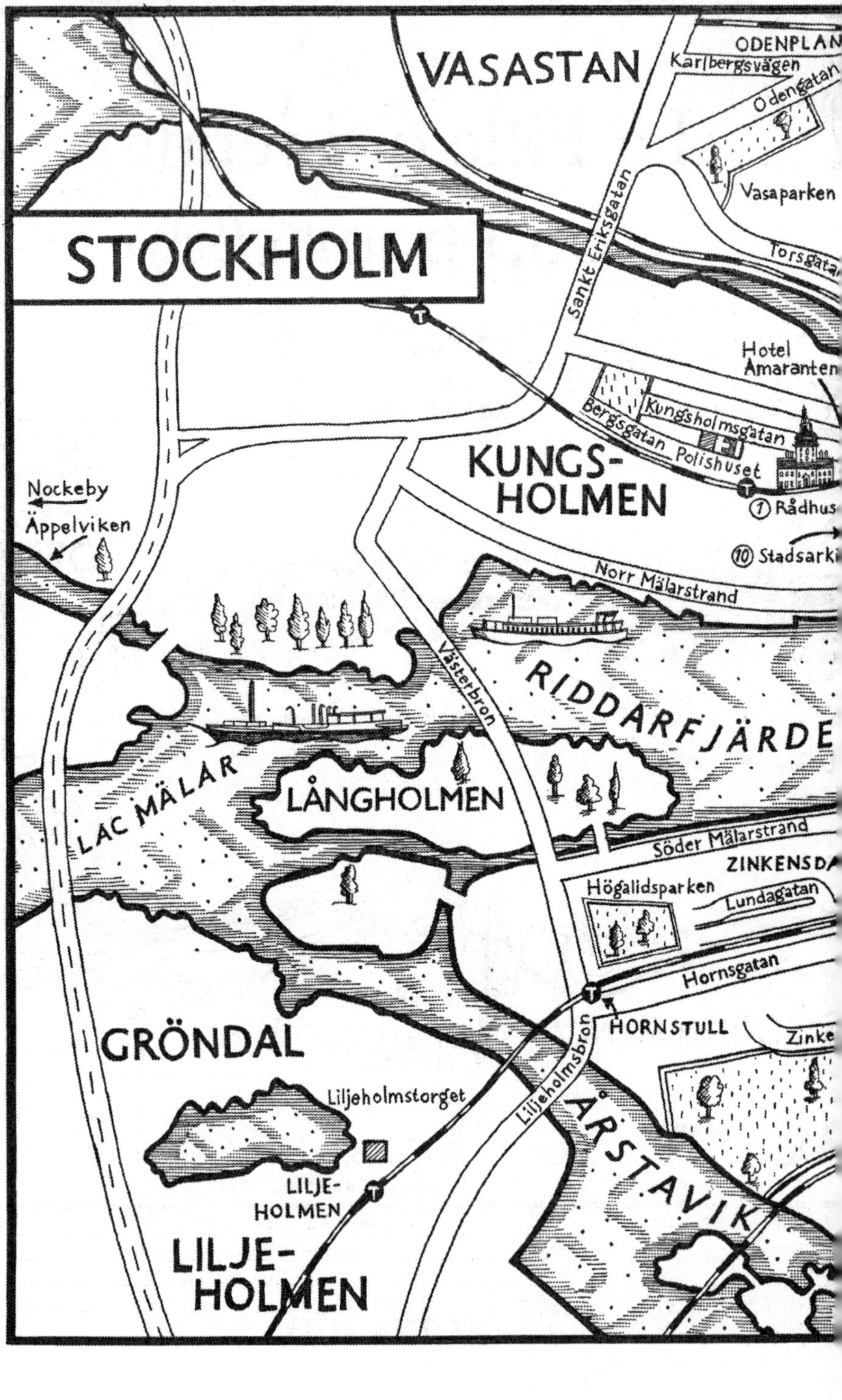

VASASTAN
ODENPLAN
Karlbergsvägen
Odengatan
Vasaparken
STOCKHOLM
Sankt Eriksgatan
Torsgatan
Hotel
Amaranten
Kungsholmsgatan
Bergsgatan
Polishuset
KUNGS-
HOLMEN
① Rådhus
⑩ Stadsarki
Nockeby
Äppelviken
Norr Mälarstrand
Västerbron
RIDDARFJÄRDE
LAC MÄLAR
LÅNGHOLMEN
Söder Mälarstrand
ZINKENSDA
Högalidsparken
Lundagatan
Hornsgatan
HORNSTULL
Zinke
GRÖNDAL
Liljeholmsbron
Liljeholmstorget
ÅRSTAVIK
LILJE-
HOLMEN
LILJE-
HOLMEN

1	Rådhuset – Mairie/Tribunal	6	Riddarhuset – Maison des chevaliers
2	Konserthuset – Maison des concerts	7	Dramaten – Théâtre dramatique royal
3	Stadshuset – Hôtel de ville	8	Kulturhuset – Maison de la culture
4	Handelshögskolan – École de commerce	9	Riksdagshuset – Palais de la Diète royale
5	Observatorielunden – Parc de l'Observatoire	10	Stadsarkivet – Archives municipales

PROLOGUE

HOLGER PALMGREN ÉTAIT AU PARLOIR, calé dans son fauteuil roulant :

— Ce tatouage de dragon… j'ai toujours voulu te poser la question, pourquoi est-il si important pour toi ?

— C'est en rapport avec ma mère.

— Agneta ?

— J'étais petite ; j'avais quoi ? six ans, peut-être. Je me suis sauvée de chez moi.

— Ça me dit quelque chose… Une femme est venue vous voir, n'est-ce pas ? Elle avait une sorte de tache de naissance ?

— Oui, ça faisait comme une brûlure sur son cou.

— Comme des stigmates laissés par un dragon ?

I

LE DRAGON

12-20 juin

Sten Sture l'Ancien fit ériger la statue en 1489 pour célébrer sa victoire sur le roi du Danemark à la bataille de Brunkeberg.

La statue – qui se trouve dans la cathédrale de Stockholm – figure le chevalier saint Georges à cheval, l'épée au clair. Un dragon mourant gît à ses pieds. À côté se tient une femme vêtue d'une tenue burgonde.

La femme représente la vierge que le chevalier sauve des griffes du monstre. L'épouse de Sture l'Ancien, Ingeborg Åkesdotter, aurait servi de modèle au personnage, qui, dans cette scène, semble curieusement impassible.

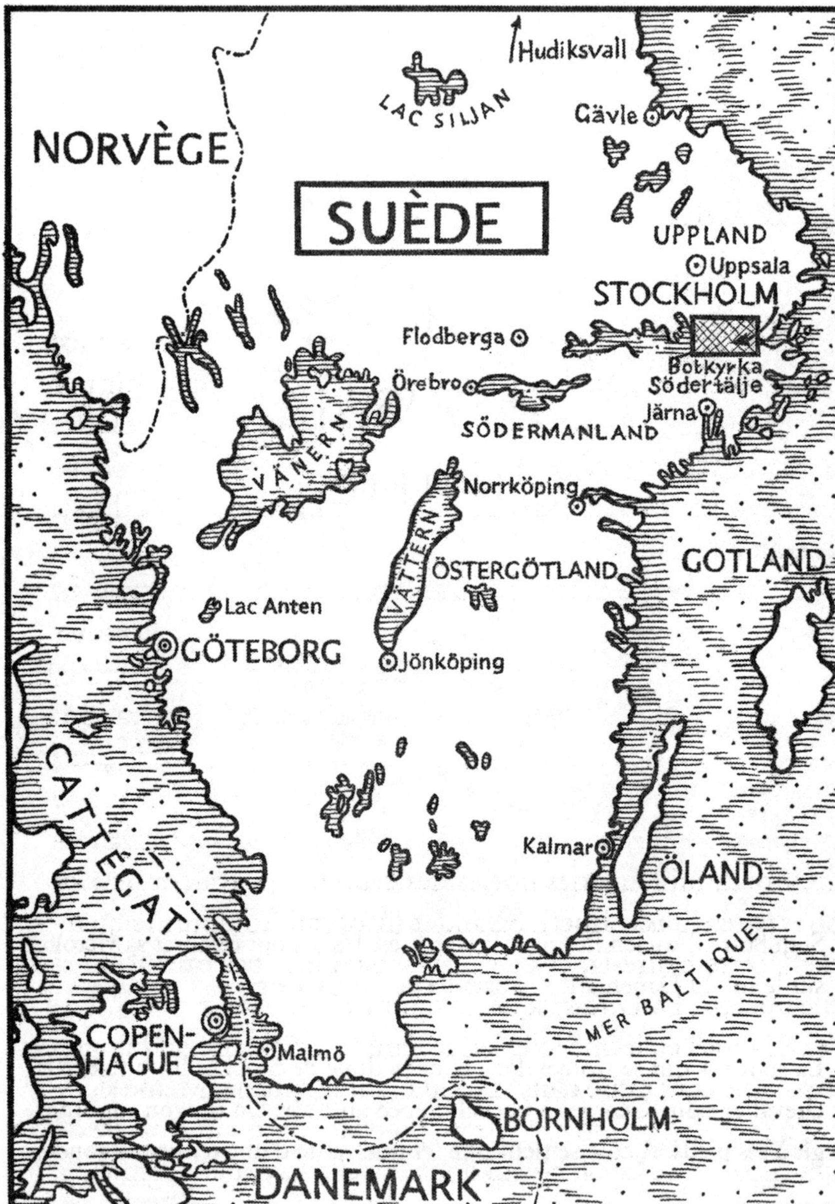
Hudiksvall
LAC SILJAN
Gävle
NORVÈGE
SUÈDE
UPPLAND
Uppsala
STOCKHOLM
Flodberga
Botkyrka
Södertälje
Örebro
Järna
SÖDERMANLAND
VÄNERN
Norrköping
VÄTTERN
ÖSTERGÖTLAND
GOTLAND
Lac Anten
GÖTEBORG
Jönköping
CATTÉGAT
Kalmar
ÖLAND
MER BALTIQUE
COPEN-
HAGUE
Malmö
BORNHOLM
DANEMARK

1

LE 12 JUIN

LISBETH SALANDER SORTAIT DES VESTIAIRES après sa séance d'entraînement, quand elle fut rattrapée dans le couloir par le surveillant-chef Alvar Olsen. Il lui déballa un blabla exalté. Il semblait tout excité. Il gesticulait et brandissait des documents. Mais Lisbeth ne saisissait pas un mot de ce qu'il disait. Il était 19 h 30.

C'était l'heure la pire à Flodberga. L'heure où le fracas du train de marchandises qui longeait la prison faisait trembler les murs, où les trousseaux de clés cliquetaient dans le couloir, où l'air se chargeait d'effluves de parfum et de transpiration. 19 h 30 était, pour les prisonnières, le moment le plus dangereux de la journée. C'était alors, à la faveur du boucan de la voie ferrée et de l'agitation générale provoquée par la fermeture imminente des portes des cellules, qu'avaient lieu les pires agressions. Lisbeth Salander inspectait toujours le quartier à cette heure-là, et ce ne fut sans doute pas un hasard si elle aperçut Faria Kazi à cet instant précis.

Faria Kazi était une jolie jeune femme, originaire du Bangladesh. Elle était assise dans sa cellule, sur la gauche. Même si, de là où se trouvait Lisbeth, elle ne pouvait voir qu'une partie de son visage, il ne faisait aucun doute qu'elle recevait des gifles. Sa tête basculait de part et d'autre sans interruption et, bien que les coups ne fussent pas particulièrement violents, ils avaient quelque chose de rituel et de coutumier. Quoi qu'il fût en train de se passer, ça durait depuis un moment. Le geste humiliant de l'agresseur en témoignait, tout comme l'attitude résignée de la fille. Même à distance, on sentait que le rapport de domination était bien ancré, avait brisé toute volonté de résistance.

Aucune main ne tentait d'arrêter les gifles et le regard ne traduisait nul étonnement, juste une peur sourde. Faria Kazi vivait dans la terreur. Il suffisait à Lisbeth d'observer son visage pour s'en rendre compte. Et cela corroborait ses observations des dernières semaines.

— Là, dit-elle en indiquant la cellule de Faria.

Mais le temps qu'Alvar Olsen tourne la tête, c'était déjà fini. Alors Lisbeth s'esquiva et retourna dans sa propre cellule, dont elle referma la porte. Elle entendit des voix et des rires étouffés derrière la cloison, se mêlant au bruit du train de marchandises qui semblait ne jamais vouloir s'arrêter de gronder et de faire trembler les murs. Devant elle se trouvaient un lavabo immaculé, un lit étroit, une petite bibliothèque, un bureau couvert de calculs de mécanique quantique. Elle fut tentée de reprendre ses calculs pour essayer de trouver une gravitation quantique à boucles. Puis, baissant les yeux, elle s'avisa qu'elle avait quelque chose dans la main.

C'étaient les documents qu'Alvar avait agités sous ses yeux quelques instants plus tôt. Sa curiosité en fut piquée. Mais ils se révélèrent sans intérêt – un test d'intelligence orné de deux taches de café en haut de la première page. Elle rechigna.

Elle détestait se faire peser et mesurer de quelque façon que ce soit. Elle laissa les feuilles glisser et se répandre en éventail sur le sol en béton. L'espace d'un instant, le test disparut complètement de son esprit et elle songea de nouveau à Faria Kazi. Lisbeth n'avait jamais vu qui la frappait. Mais elle ne le devinait que trop bien. Car même si, au départ, elle ne s'était pas autrement préoccupée de l'ambiance des lieux, elle avait été malgré elle happée par la vie de la prison. Petit à petit elle avait déchiffré les codes, visibles et invisibles, et compris qui commandait vraiment.

Le quartier portait la lettre B, c'était un pavillon de haute sécurité. Il était considéré comme l'endroit le plus sûr de l'établissement et de fait, il l'était en apparence. Nulle part ailleurs dans la prison il n'y avait autant de surveillants, de contrôles ou de programmes de réinsertion. Mais à y regarder d'un peu plus près, on devinait aisément que le système était pourri de l'intérieur. Les surveillants se la jouaient gros durs, autoritaires, faisaient même parfois mine d'être compatissants. Mais en réalité, c'étaient tous des froussards, des lâches qui avaient perdu le contrôle et laissé les rênes à l'ennemi, la mafiosa Benito Andersson et ses acolytes.

Certes, Benito faisait profil bas la journée et se comportait presque comme une détenue modèle. Mais sitôt le dîner terminé, à l'heure réservée aux entraînements ou aux visites, elle s'emparait du pouvoir et faisait régner la terreur. Une terreur qui atteignait son comble à ce moment précis, juste avant la fermeture des cellules pour la nuit. Les prisonnières faisaient la tournée des cellules, distribuant menaces et promesses. Le quartier se trouvait ainsi scindé en deux : d'un côté, la clique de Benito, de l'autre, ses victimes.

IL ÉTAIT ÉVIDEMMENT SCANDALEUX que Lisbeth Salander se trouve là, et même qu'elle soit incarcérée tout court. Mais les circonstances n'avaient pas joué en sa faveur et, très franchement, elle n'y avait pas non plus opposé une grande résistance. On aurait dit qu'elle voyait surtout cette histoire comme une parenthèse ridicule et pendant longtemps elle avait considéré qu'elle n'était pas plus mal en taule qu'ailleurs.

Elle s'était vue condamner à deux mois de prison pour atteinte à la possession d'autrui et mise en danger de la vie d'autrui dans le cadre du drame consécutif au meurtre du professeur Frans Balder. Elle avait pris l'initiative de cacher un garçon autiste de huit ans, refusant de collaborer avec la police parce qu'elle estimait, à juste titre, qu'il y avait une fuite au sein de l'enquête*. Personne n'avait contesté le fait qu'elle ait accompli

* Voir *Ce qui ne me tue pas*, Millénium 4, Actes Sud, 2015. *(Toutes les notes sont de la traductrice.)*

un exploit en sauvant la vie de l'enfant. Pourtant, le procureur Richard Ekström avait plaidé contre elle avec une grande véhémence jusqu'à obtenir gain de cause, malgré l'opposition d'un des assesseurs et le travail formidable d'Annika Giannini, son avocate. Mais Lisbeth n'avait pas été d'une grande aide.

Elle était restée butée et silencieuse durant tout le procès et elle avait refusé de faire appel. Elle voulait juste en finir avec ce cirque et, comme on pouvait s'y attendre, elle s'était retrouvée à Björngärda Gård, un centre pénitencier en milieu ouvert où elle jouissait de grandes libertés. Puis étaient arrivées des informations selon lesquelles une menace pesait sur elle, ce qui n'était pas tout à fait surprenant vu les ennemis qu'elle s'était faits. Voilà pourquoi on l'avait transférée au quartier de haute sécurité de Flodberga.

Ce n'était pas aussi incongru que cela en avait l'air. Certes, Lisbeth se retrouvait avec les pires criminelles du pays, mais cela ne lui posait pas de problème. Elle était constamment entourée de surveillants, et le fait est qu'aucune agression ni aucun acte de violence n'avaient été rapportés dans le quartier depuis des années. Le personnel pouvait même se vanter de résultats assez impressionnants en matière de réinsertion des détenues – les chiffres qui les attestaient datant, au demeurant, de la période précédant l'arrivée de Benito Andersson.

DÈS LE DÉBUT, LISBETH AVAIT SUBI pas mal de provocations, ce qui n'était pas non plus très surprenant. Elle était une détenue de prestige, largement médiatisée, connue aussi via les ragots et les canaux d'information propres au monde souterrain. À peine quelques jours plus tôt, Benito en personne lui avait glissé un mot, qui disait : *Amie ou ennemie ?* Mais Lisbeth l'avait balancé une minute plus tard – sachant qu'il lui avait fallu environ cinquante-huit secondes avant de se donner la peine de le lire.

Les jeux de pouvoir et les alliances au sein de la prison ne l'intéressaient pas. Elle se contentait d'observer, et elle en avait appris plus qu'assez. Elle contemplait sa bibliothèque remplie d'essais sur la théorie quantique des champs, commandés spécialement avant son incarcération. La penderie à gauche contenait deux tenues de rechange fournies par l'établissement pénitentiaire, avec sur la poitrine le sigle SPP – Système pénitentiaire et de probation –, ainsi que quelques sous-vêtements et deux paires de baskets. Rien sur les murs, pas même une photo, ni le moindre souvenir de la vie à l'extérieur. Ici comme chez elle, à Fiskargatan, la déco était le cadet de ses soucis.

Dans le couloir, la fermeture des portes avait commencé. En temps normal, c'était une délivrance pour elle. Lorsque le silence s'installait dans le quartier, Lisbeth se plongeait dans le monde mathématique et, toute à ses tentatives pour unifier la mécanique quantique et la théorie de la relativité, oubliait le monde extérieur. Mais ce soir-là, c'était différent. Elle était contrariée, et pas uniquement à cause de l'agression de Faria Kazi ou de la corruption générale des lieux.

Six jours plus tôt, Holger Palmgren, son ancien tuteur – cela remontait à l'époque où la société la considérait comme incapable de se gérer toute seule –, lui avait rendu visite. Une visite en soi assez spectaculaire. Holger ne sortait plus désormais, il était entièrement dépendant des infirmières et des aides-soignants qui s'occupaient de lui, dans son appartement à Liljeholmen. Mais il avait insisté pour venir et s'était rendu sur place via le service de transport médical. Il était entré dans la prison en fauteuil roulant, haletant sous son masque à oxygène. Mais ç'avait été sympa quand même. Ils avaient parlé du bon vieux temps ; Holger, un peu ému, s'était fait sentimental. Un point, pourtant, avait dérangé Lisbeth. Holger avait mentionné une femme du nom de Maj-Britt Torell, une ancienne secrétaire de la clinique psychiatrique Sankt Stefan où Lisbeth avait été internée quand elle était petite. La femme avait lu des choses sur Lisbeth dans les journaux et avait remis à Holger un certain nombre de documents qui, selon elle, pourraient l'intéresser. Mais d'après lui, ce n'était que du réchauffé sur la terrible maltraitance que Lisbeth avait subie à la clinique.

— Ce n'est pas la peine que tu regardes, avait-il dit.

Pourtant, ces documents devaient bien contenir un minimum d'informations nouvelles, car lorsque Holger l'avait interrogée au sujet du tatouage de dragon et que Lisbeth avait évoqué la femme avec la tache en forme de brûlure, il avait poursuivi :

— N'était-elle pas du Registre ?

— Le quoi ?

— Le Registre d'études génétiques et environnementales d'Uppsala. Il me semble avoir lu ça quelque part.

— Alors c'était forcément dans les nouveaux documents !

— Tu crois ? Ou bien c'est moi qui me mélange les pinceaux.

Peut-être s'emmêlait-il les pinceaux, effectivement. Holger n'était plus tout jeune... Mais depuis, cette info ne la lâchait plus. Elle l'obsédait l'après-midi quand elle frappait le sac de sable dans la salle de sport, elle l'obsédait le matin quand elle travaillait à la poterie et elle l'obsédait encore maintenant qu'elle était de retour dans sa cellule, les yeux rivés au sol.

Le test de QI étalé à ses pieds ne paraissait plus du tout anodin. Il lui semblait soudain constituer un prolongement de sa conversation avec Holger, mais Lisbeth ne comprit pas tout de suite pourquoi. Puis elle fit le lien : la femme avec la tache de naissance lui avait également fait faire différents tests. Mais ça dégénérait toujours et un soir, alors qu'elle n'avait que six ans, elle avait fini par s'enfuir de la maison.

Or l'essentiel, dans ce souvenir, ce n'était ni les tests ni même sa fuite, c'était le soupçon qui avait déjà commencé à germer en elle : il y avait quelque chose de fondamental dans son enfance qu'elle n'avait pas encore découvert. Il allait lui falloir creuser pour en savoir plus.

Certes, elle serait bientôt libre de ses mouvements, mais elle avait un moyen de pression sur le surveillant-chef, Alvar Olsen, alors autant en profiter. Ce n'était pas la première fois qu'il fermait les yeux sur une agression. Le quartier dont il était responsable, encore considéré comme une fierté du système pénitentiaire, était en pleine déchéance ; pourquoi, se demanda Lisbeth, ne pas obliger Alvar Olsen à lui fournir ce à quoi personne ici n'avait droit : une connexion Internet ?

Elle tendit l'oreille vers le couloir. Il y avait l'habituelle rumeur des échanges et des injures, les claquements de portes, les bruits de clés et de pas qui s'éloignent. Puis le silence s'installa. On n'entendait plus que le souffle d'une ventilation bruyante mais défectueuse. L'air était lourd, à la limite du supportable. Lisbeth Salander considéra le test resté par terre, et pensa à Faria Kazi, à Benito, à Alvar Olsen et à cette femme avec la brûlure sur le cou.

Elle ramassa les documents, s'installa à son bureau et gribouilla les réponses. Quand elle eut terminé, elle appuya sur l'interphone métallique près de la porte en acier. Alvar Olsen répondit d'une voix inquiète. Elle lui dit qu'elle devait lui parler tout de suite.

— C'est urgent, précisa-t-elle.

2

LE 12 JUIN

ALVAR OLSEN VOULAIT RENTRER CHEZ LUI. Il voulait partir. Mais il devait d'abord finir son service de garde et s'occuper de la paperasse. Puis il devait évidemment téléphoner à Vilda, sa fille de neuf ans, pour lui souhaiter bonne nuit. Comme d'habitude, c'était sa tante, Kerstin, qui gardait sa fille et, comme d'habitude, il lui avait donné pour consigne de ne pas oublier le verrou.

Responsable du quartier de haute sécurité de Flodberga depuis douze ans, Alvar avait longtemps été fier de son travail, se considérant comme la personne idéale pour ce poste. Dans sa jeunesse, il avait sauvé la vie de sa mère, alcoolique invétérée, et l'avait aidée à décrocher. Il avait toujours été d'une nature passionnée, engagé du côté des plus faibles. Son orientation vers le système pénitentiaire, où il s'était vite taillé une bonne réputation, n'avait donc rien de surprenant. Mais aujourd'hui, que restait-il de son idéalisme d'antan ?

Le premier coup fatal, c'était sa femme qui le lui avait porté : elle l'avait quitté pour s'installer à Åre avec son ancien patron, le laissant seul avec leur fille. Mais c'était Benito qui avait fini par anéantir ses illusions. Alvar aimait à dire qu'en chaque criminel il y avait quelque chose de bon. Or, il n'y avait rien de bon en Benito ; tous ceux qui avaient cherché en étaient revenus – des petits amis, des petites amies, des avocats, des thérapeutes, des criminologues et même quelques prêtres. Benito, Beatrice de son vrai nom, s'était rebaptisée d'après un certain fasciste italien. Elle avait une croix gammée tatouée dans le cou, la tête rasée et un teint pâle qui lui donnait un air maladif. Pourtant, elle n'était pas totalement laide.

Malgré un physique de lutteuse, elle dégageait une certaine grâce et son aura en fascinait plus d'un. Chez la plupart, cependant, elle suscitait surtout de la terreur. Benito avait, disait-on, tué trois personnes à coups de poignard – des coutelas qu'elle surnommait Kris ou Keris, qui faisaient tellement parler d'eux qu'ils étaient devenus des personnages à part entière dans l'atmosphère lourde et menaçante du quartier. Le pire qui puisse vous arriver, entendait-on sans cesse répéter, c'était que Benito déclare que son poignard vous visait, parce que alors vous étiez pour ainsi dire déjà mort. Ces histoires avaient beau être des racontars, du grand n'importe quoi – d'autant que les poignards en question se trouvaient à bonne distance de la prison –, elles imprégnaient l'ambiance générale. Ces poignards légendaires, en parfaite adéquation avec l'allure menaçante de Benito, répandaient la terreur dans les couloirs. C'était honteux, scandaleux. Alvar avait capitulé.

Il aurait dû avoir le cran de l'affronter. Alvar faisait un mètre quatre-vingt-douze. Il pesait quatre-vingt-huit kilos, tout en muscles. Adolescent déjà, il s'était battu avec des poivrots et des pourritures qui menaçaient sa mère. Mais il avait un point faible. Il était seul avec un enfant et, un an plus tôt, Benito l'avait approché dans la cour pour lui chuchoter à l'oreille un certain itinéraire. Elle lui avait décrit avec une exactitude glaçante chaque couloir, le moindre escalier qu'Alvar empruntait tous les matins pour aller déposer sa fille dans la classe 3A, au deuxième étage de l'école Fridhem, à Örebro.

— Mon poignard vise ta fille, avait-elle dit, et il n'en avait pas fallu davantage.

Alvar avait perdu le contrôle du quartier et la décadence s'était propagée jusqu'en bas de l'échelle. Il ne doutait pas une seconde que certains de ses collègues – comme cette poule mouillée de Fred Strömmer – se laissaient corrompre de façon éhontée. L'été, comme en ce moment, lorsque la prison se remplissait d'intérimaires incompétents et lâches, était la pire période de l'année. Le manque d'air dans les couloirs renfermés ne faisait qu'accroître l'irritation et la tension. Combien de fois Alvar s'était-il réveillé en se jurant de remettre de l'ordre dans l'établissement ? Pourtant, il n'arrivait à rien et le fait que Rikard Fager fût un crétin fini n'arrangeait rien à l'affaire. La seule chose qui comptait pour le directeur de la prison, c'était la façade. L'intérieur avait beau être complètement pourri, la façade restait impeccable.

Tous les après-midis, Alvar se retrouvait tétanisé sous le regard de Benito et, conformément à la logique de la persécution, il devenait plus faible encore chaque fois qu'il battait en retraite. C'était comme s'il se vidait de son sang. Le pire, c'était qu'il n'arrivait même pas à assurer la sécurité de Faria Kazi.

Faria avait été condamnée pour le meurtre de son grand frère, qu'elle avait défenestré à Sickla, une banlieue de Stockholm. Mais son caractère était exempt de toute forme de violence ou d'agressivité. La plupart du temps, elle restait dans sa cellule à lire ou à pleurer. Elle ne devait de s'être retrouvée dans le quartier de haute sécurité qu'au fait d'être à la fois menacée et suicidaire. C'était une personne brisée, abandonnée de tous, même de la société. Elle n'avait ni dans l'attitude ni dans le regard cette dureté qui lui aurait permis de se faire respecter dans les couloirs de la prison. Au contraire, sa beauté fragile ne faisait qu'attirer les persécuteurs et exacerber leur sadisme. Alvar se détestait de ne rien tenter pour empêcher ça.

La seule chose constructive qu'il ait faite ces derniers temps avait été de s'intéresser au cas de la nouvelle fille, Lisbeth Salander. Ce n'était pas une mince affaire non plus. Lisbeth était une sacrée dure à cuire et on parlait autant d'elle que de Benito dans les couloirs. Certains l'admiraient, d'autres ne voyaient en elle qu'une gamine prétentieuse, d'autres encore sentaient leur place dans la hiérarchie menacée. Tout le corps de Benito – chacun de ses muscles – semblait, depuis l'arrivée de Salander, se préparer à une lutte pour le pouvoir, et Alvar ne doutait pas une seconde qu'elle était déjà en train de réunir des informations sur elle via ses contacts à l'extérieur, tout comme elle l'avait fait sur lui et sur tous les autres du quartier.

Pourtant, il ne s'était encore rien passé, pas même lorsque Lisbeth, malgré le régime de sécurité élevé sous lequel elle était incarcérée, avait obtenu l'autorisation de travailler durant la journée dans le jardin et dans l'atelier de poterie. Elle était nulle en poterie. Il n'avait jamais rien vu d'aussi moche que ses vases. Et elle n'était pas particulièrement sociable non plus, elle n'ouvrait quasiment jamais la bouche. Elle semblait vivre dans son monde, sans se préoccuper des regards ou des commentaires qu'on lui balançait, ni même des bousculades ou des coups que lui envoyait Benito par-derrière. Lisbeth balayait tout ça d'un geste, comme s'il s'agissait d'une poussière ou d'une fiente d'oiseau. La seule personne à qui elle prêtait un tant soit peu attention était justement Faria Kazi.

Lisbeth avait sans doute déjà compris la gravité de la situation. Peut-être cela allait-il précipiter la confrontation ? Il l'ignorait, mais il s'en inquiétait.

Malgré ces revers, Alvar Olsen était fier des programmes individuels qu'il avait élaborés pour chaque détenue. Personne n'était mis au travail de façon automatique. Chaque prisonnière avait son emploi du temps personnalisé, adapté à ses problèmes et à ses besoins spécifiques. Certaines détenues étudiaient à plein temps ou à temps partiel. D'autres suivaient des programmes de réinsertion et rencontraient des psychologues, des assistantes sociales ou bien se voyaient proposer une réorientation professionnelle. À en juger par son dossier, Lisbeth Salander devrait se voir donner la possibilité de poursuivre sa scolarité, ou du moins d'être conseillée en la matière. Elle n'avait pas fait d'études secondaires, elle n'avait même pas fini l'école élémentaire, et en dehors d'un emploi de courte durée pour le compte d'une société de sécurité, elle ne semblait pas avoir travaillé du tout. Elle avait eu des démêlés avec les autorités à plusieurs reprises, même si elle n'avait pas été condamnée jusqu'à présent. Il eût été facile de la cataloguer comme glandeuse, mais le tableau présentait des fissures. Les tabloïds, d'abord, qui la dépeignaient comme une sorte de super-héros. Et puis sa façon d'être, qui intriguait Alvar. Sans compter un événement, en particulier, qui s'était produit quelques jours plus tôt à la cantine, après le dîner de 17 heures.

Ç'avait été le seul événement positif dans le quartier depuis un an. La pluie tombait au-dehors. Les détenues avaient débarrassé leurs assiettes et leurs verres, nettoyé les tables et fait la vaisselle ; Alvar était assis sur une chaise près de l'évier. Il n'avait en réalité rien à faire là. Il mangeait normalement avec le personnel dans une autre partie de la prison et les détenues tenaient seules la cantine. Josefine et Tine, les gérantes, comme on les appelait – deux alliées de Benito –, disposaient de leur propre budget, commandaient les matières premières, préparaient les repas et veillaient à ce que tout le monde ait de quoi manger. La position de gérante était prestigieuse. Depuis toujours, la nourriture était un enjeu de pouvoir au sein de la prison et, inévitablement, certaines détenues – c'était le cas de Benito – en recevaient plus que d'autres. Du coup, Alvar gardait souvent un œil sur la cuisine. C'était aussi là que se trouvait le seul couteau des lieux. Il n'était pas tranchant et était accroché à une chaînette d'acier, mais il pouvait quand même causer des dégâts et ce jour-là, le surveillant-chef le lorgnait de temps à autre tout en essayant d'étudier.

Alvar voulait quitter Flodberga. Trouver un meilleur boulot. Mais pour un gars comme lui qui n'avait jamais fait d'études et n'avait travaillé que dans des prisons, il n'y avait pas l'embarras du choix. Il s'était donc inscrit à un cours par correspondance de gestion des entreprises. Il tentait, dans des odeurs de galettes de pommes de terre et de confiture, de saisir la façon dont le prix des options était fixé sur le marché financier, mais il n'y comprenait pas grand-chose et n'arrivait pas du tout à résoudre les exercices de son manuel. C'est alors que Lisbeth Salander avait débarqué pour se resservir à manger.

Elle avait le regard braqué au sol. Elle semblait mal lunée, dans son monde. Préférant éviter de se ridiculiser par une énième tentative d'établir le contact, Alvar poursuivit ses calculs. Il gommait et gribouillait et, de toute évidence, il l'agaçait. Elle s'approcha et le fusilla du regard. La gêne l'envahit, comme souvent quand elle le regardait. Il était sur le point de se lever pour sortir quand Salander lui arracha le crayon des mains et griffonna quelques chiffres dans son cahier.

— La formule de Black-Scholes, c'est complètement surfait quand le marché est aussi volatil, lâcha-t-elle avant de disparaître sans prendre la peine de répondre à ses interpellations.

Elle continua son chemin comme s'il n'existait plus. Ce ne fut que tard dans la soirée, assis devant son ordinateur, qu'il comprit. Non seulement elle avait correctement résolu son exercice en l'espace d'une seconde, mais elle avait critiqué avec une autorité naturelle un modèle d'estimation de produits dérivés financiers récompensé par le prix Nobel. Pour lui, qui ne vivait plus qu'au rythme des échecs et des humiliations dans le quartier de haute sécurité, c'était énorme. Peut-être, rêvait-il, était-ce le début d'une relation entre eux, voire un tournant dans la vie de Salander, qui réaliserait enfin l'étendue de son talent ?

Il réfléchit longuement sur la marche à suivre. Comment la motiver davantage ? Il finit par avoir une idée. Il allait lui faire passer un test de QI. À la suite des nombreuses visites des psychiatres criminologues venus déterminer le degré de psychopathie, d'alexithymie et de narcissisme dont souffrait Benito, il avait tout un tas de vieux formulaires dans son bureau.

Ayant passé plusieurs de ces tests lui-même, il se dit qu'une fille capable de résoudre des problèmes mathématiques avec une telle facilité devrait logiquement bien s'en sortir. Allez savoir, ce serait peut-être même une révélation pour elle. Il l'avait donc attendue dans le couloir quelques instants plus tôt, pensant que le moment était propice. Lui trouvant un air plus avenant que d'habitude, il osa lui faire un compliment. Il eut l'impression que le courant passait entre eux.

Elle prit le test. Puis il se passa quelque chose. Un train défila, faisant vibrer toute la prison et, soudain, Lisbeth se figea. Son regard devint noir. Alvar perdit alors ses moyens, se mit à bredouiller et la laissa partir. Il ordonna ensuite à ses collègues de s'occuper de la fermeture des portes. De son côté, il rejoignit son bureau, qui se trouvait dans la partie administrative de la prison, au bout du couloir des cellules, derrière une épaisse porte vitrée. Alvar était le seul, de tout le personnel, à avoir son propre bureau. Une fenêtre donnait sur la cour, la clôture d'acier et le mur en béton. La pièce était à peine plus grande que les cellules des détenues, et guère plus chaleureuse, mais elle était équipée d'un ordinateur connecté à Internet, de moniteurs qui transmettaient les vidéosurveillances du quartier, ainsi que de quelques objets de décoration qui tentaient tant bien que mal de rendre l'endroit un peu moins froid et impersonnel.

Il était maintenant 19 h 45. Les portes des cellules étaient fermées. Le train qui filait vers Stockholm s'était tu. Ses collègues déblatéraient dans la salle de garde. Il jeta quelques phrases dans le journal intime qu'il tenait sur la vie de la prison, ce qui ne fit que le déprimer davantage : même dans ces carnets, il n'était plus tout à fait honnête. Il s'interrompit pour contempler sur le tableau d'affichage les photos de Vilda et celles de sa mère, morte depuis quatre ans.

Au-dehors, le jardin s'étendait telle une oasis dans le paysage aride de la prison. Il n'y avait pas un seul nuage dans le ciel. Il regarda de nouveau sa montre. Il était temps de téléphoner à sa fille pour lui souhaiter bonne nuit. Il souleva le combiné mais n'alla pas plus loin. L'interphone sonna. Il regarda l'écran et vit que l'appel venait de la cellule n° 7, celle de Lisbeth Salander. Une curiosité teintée d'inquiétude le saisit aussitôt. Toutes les détenues savaient qu'il ne fallait pas déranger inutilement le personnel. Lisbeth n'avait jamais utilisé l'alarme auparavant et elle ne lui semblait pas du genre à se plaindre pour un rien. S'était-il passé quelque chose ?

— De quoi s'agit-il ? demanda-t-il.

— J'aimerais que vous veniez. C'est important.

— Qu'est-ce qu'il y a de si important ?

— Vous m'avez remis un test de QI, non ?

— Oui. Je me suis dit qu'une fille comme vous devrait faire un bon score.

— Vous avez peut-être raison. Vous ne pouvez pas venir voir mes réponses, là, tout de suite ?

Alvar regarda l'heure de nouveau. Il était impossible qu'elle ait déjà terminé le test.

— Il vaut mieux voir ça demain, répondit-il. Comme ça vous avez le temps de revoir vos réponses.

— Ça serait de la triche. Je pourrais y passer la nuit.

— Bon, j'arrive.

Il ne savait pas pourquoi il avait dit ça et s'en voulut aussitôt : n'était-ce pas un peu précipité ? D'un autre côté, il le regretterait sûrement s'il n'y allait pas. Il avait tellement espéré qu'elle s'intéresse au test. Que ce soit le début de quelque chose.

Il se pencha et récupéra un document comportant les bonnes réponses dans le tiroir du bas, à droite. Puis il rectifia sa tenue, sortit de son bureau et ouvrit la porte blindée à l'aide de sa clé à puce et de son code personnel. Il leva les yeux vers les caméras noires et les plafonniers jaunes qui jalonnaient le couloir. Machinalement, il tripotait sa ceinture, sur laquelle étaient accrochés son OC – son gaz lacrymogène –, sa matraque, son trousseau de clés, son talkie-walkie et le boîtier gris qui lui servait d'alarme.

C'était un incorrigible idéaliste, mais il n'était pas naïf. On ne pouvait pas se le permettre dans une prison. Les détenues étaient manipulatrices, elles savaient prendre un air humble, vous implorer jusqu'à vous avoir extorqué votre dernière chemise. Aussi Alvar restait-il toujours sur ses gardes et plus il approchait de la cellule de Lisbeth, plus il était anxieux. Peut-être aurait-il dû se faire accompagner par un collègue, comme le stipulait le règlement ?

Lisbeth Salander avait beau être intelligente, il était impossible qu'elle ait réussi à sortir les réponses en si peu de temps. Elle devait avoir des arrière-pensées, il en était de plus en plus persuadé. Il ouvrit la lucarne de sa cellule et regarda à l'intérieur. Lisbeth se tenait immobile près de son bureau ; elle lui adressa un vague sourire. Il se laissa de nouveau envahir par un optimisme prudent.

— OK, j'entre. Restez à l'écart.

— D'accord.

— Bien.

Il déverrouilla la porte, toujours sur le qui-vive, mais Salander resta sagement à sa place.

— Comment ça va ? demanda-t-il.

Elle ne répondit pas. Il ajouta :

— Vu la vitesse à laquelle vous l'avez fait, il ne faudra pas être trop déçue si le résultat n'est pas exceptionnel.

Il hasarda un large sourire. Elle le lui retourna vaguement mais, cette fois-ci, il ne fut pas rassuré. Il se sentait examiné et l'éclat sombre des yeux de Lisbeth lui déplaisait. Manigançait-elle quelque chose ? Il n'aurait pas été étonné qu'un plan infernal soit en train de s'échafauder derrière ce regard noir. D'un autre côté, elle était petite et maigrichonne. Il était plus grand, armé et entraîné pour affronter des situations critiques. Il jugea qu'il courait finalement assez peu de risques.

Toujours sur ses gardes, il récupéra le test et lui adressa un sourire crispé. Puis il parcourut les réponses de Salander tout en la surveillant du coin de l'œil. Après tout, il n'y avait sûrement pas d'inquiétude à avoir. Elle se contentait de le regarder d'un air interrogateur, comme pour demander : Alors, j'ai bien réussi ?

En tout cas, son écriture était très brouillonne. Le questionnaire était parsemé de taches d'encre et de ratures, comme si les réponses avaient été griffonnées dans l'urgence. Lentement, sans relâcher sa vigilance à l'égard de l'intéressée, il les compara avec le corrigé. Au premier abord, il constata simplement que la plupart semblaient correctes. Puis il fut frappé de stupéfaction : elle avait répondu juste à toutes les questions sans exception, même aux plus dures, vers la fin. Il n'avait jamais rien vu de pareil. Le résultat était tout à fait exceptionnel. Il s'apprêtait d'ailleurs à lui exprimer son enthousiasme quand il eut la respiration coupée.

3

LE 12 JUIN

LISBETH SALANDER OBSERVA attentivement Alvar Olsen. Il était manifestement sur ses gardes. Il était grand et en bonne condition physique. Sans compter la matraque, le gaz lacrymogène et le boîtier d'alarme électronique accrochés à sa ceinture. Sans doute le genre à préférer mourir plutôt que de se laisser dominer. Mais il avait aussi ses points faibles, elle le savait.

C'étaient les mêmes que ceux des autres hommes. Et puis, il était miné par la culpabilité. Ce gars-là avait honte, et ça, c'était facile à exploiter. Elle allait le frapper et lui mettre la pression. Alvar Olsen aurait ce qu'il méritait. Elle scruta ses yeux, puis son ventre, qui n'était pas une cible idéale : dur et musclé, c'était une putain de tablette de chocolat. Mais même des ventres aussi bien bâtis avaient leurs moments de fragilité. Elle patienta donc et finit par être récompensée. Alvar poussa un profond soupir, de stupéfaction ou peut-être de surprise.

Son corps se relâcha et Lisbeth le frappa au plexus solaire juste au moment où il soupirait. Deux coups puissants en plein dans le mille. Elle enchaîna en visant son épaule, l'endroit exact que lui avait indiqué Obinze, son entraîneur de boxe, puis elle lui décocha un dernier coup d'une violence sauvage.

Elle comprit aussitôt qu'elle avait réussi. L'épaule s'était déboîtée et Alvar était plié en deux. Il haleta, immobile, incapable d'émettre le moindre cri. Il avait manifestement du mal à rester debout. Il tint une seconde ou deux avant de capituler et de s'effondrer sur le côté. Il heurta le sol en béton dans un bruit sourd. Lisbeth fit un pas en avant. Elle voulait s'assurer qu'il ne ferait aucun geste inconsidéré.

— La ferme ! lâcha-t-elle.

C'ÉTAIT UN ORDRE INUTILE. Alvar était incapable d'émettre un son. Il avait l'impression d'étouffer. Une douleur lancinante irradiait son épaule. Sa vision se troublait.

— Si tu es sage et que tu ne touches pas à ta ceinture, il n'y aura pas d'autres coups, dit Lisbeth en lui prenant des mains le test de QI.

Alvar crut alors entendre un bruit un peu plus loin. Était-ce une télé allumée dans une cellule attenante ou des collègues qui discutaient dans le couloir du quartier ? Il n'arrivait pas à le déterminer, il était bien trop étourdi. Devait-il tenter quelque manœuvre pour se tirer de là, ou même appeler au secours ? Il avait du mal à réfléchir, l'esprit troublé par la douleur. Il apercevait Salander comme dans un brouillard, il était perdu, terrorisé. Peut-être palpa-t-il malgré tout son boîtier d'alarme, par réflexe plus que dans un but précis. Mais il n'eut pas le temps d'aller plus loin. Il reçut un nouveau coup dans le ventre. Replié en position fœtale, il haletait de plus belle.

— Tu vois ? dit Salander à voix basse. C'est pas une bonne idée. Mais tu sais quoi ? En réalité, je prends pas de plaisir à te faire du mal. T'étais pas un genre de héros à une époque ? Le petit sauveur à sa maman ou je sais pas quoi. J'ai entendu parler de tes exploits. Mais cet endroit est complètement parti en vrille ; tout à l'heure, par exemple, tu as encore laissé Faria Kazi dans la merde. Je dois te prévenir, j'aime pas ça.

Il n'avait rien à répondre.

— Cette fille en a déjà assez bavé, poursuivit Lisbeth. Il faut que ça cesse.

Alvar hocha la tête sans trop savoir pourquoi.

— Excellent. Tu vois, on va bien s'entendre… Tu as entendu parler de moi dans les journaux ?

Il hocha de nouveau la tête en veillant désormais à garder ses mains loin de sa ceinture.

— Bien, tu sais donc que je n'ai aucun scrupule. Pas le moindre. Mais peut-être qu'on pourrait trouver un arrangement, tous les deux.

— Quoi ? siffla-t-il.

— Écoute, je vais t'aider à remettre de l'ordre ici, à veiller à ce que Benito et ses acolytes ne touchent plus un cheveu de Faria Kazi, et toi… toi tu vas me prêter un ordinateur.

— Jamais de la vie ! Tu as…

Il dut chercher son souffle.

— … tu m'as agressé. Tu es mal barrée.

— C'est *toi* qui es dans la merde, rétorqua-t-elle. Des gens sont opprimés et maltraités ici et tu ne lèves pas le petit doigt. Tu t'imagines le scandale ? La fierté du système pénitentiaire à la solde d'un petit Mussolini !

— Mais…

— Pas de *mais*. Je vais t'aider à arranger ça. Mais d'abord, tu vas me conduire à un ordinateur avec une connexion Internet.

— Mais enfin, merde, il n'y a pas moyen ! dit-il en s'efforçant de paraître ferme. Il y a des caméras partout dans le couloir. Tu es foutue.

— Alors on est foutus tous les deux. Moi, ça me pose aucun problème, répondit-elle, et Alvar se souvint alors de Mikael Blomkvist.

Salander n'était pas incarcérée depuis très longtemps, mais Blomkvist lui avait déjà rendu visite deux ou trois fois, et Alvar ne voulait surtout pas que quelqu'un comme lui vienne mettre le nez dans son linge sale. Alors que faire ? Il n'arrivait pas à structurer ses pensées, encore moins à imaginer la probabilité d'un article sur les dégâts causés par Benito dans le quartier pénitentiaire, ou les preuves qu'un journaliste pourrait réunir à l'appui de cette thèse. Il avait bien trop mal pour poursuivre une réflexion logique, aussi articula-t-il, tout en palpant son épaule et son ventre, et sans trop savoir lui-même ce qu'il entendait par là :

— Je ne peux rien garantir.

— Moi non plus. Allez, debout !

— On va sûrement croiser d'autres membres du personnel côté administration, dit-il.

— T'as qu'à prétendre qu'on a des exercices à faire tous les deux. On a tellement bien commencé, avec le test de QI.

Il se remit debout mais chancela immédiatement. L'ampoule au plafond tournoyait au-dessus de lui tel un feu follet, une étoile filante. Il se sentait mal.

— Attends, je dois… souffla-t-il.

Elle le redressa, lissa ses cheveux, l'arrangea un peu. Puis elle lui assena de nouveau un coup. D'abord terrorisé, il constata rapidement qu'il ne lui avait pas fait mal. Au contraire. Elle avait remis son épaule en place et la douleur s'estompa largement.

— Allez, on y va, dit-elle.

Il envisagea d'appeler au secours en déclenchant son alarme. Il songea à la frapper avec sa matraque et à l'asperger de gaz lacrymogène. Mais il n'en fit rien. Il se contenta de longer le couloir avec Lisbeth Salander comme si de rien n'était puis de déverrouiller la porte blindée avec sa clé à puce et son code en priant pour ne croiser personne. Mais évidemment, ils tombèrent sur Harriet, sa collègue si ambitieuse et sournoise qu'il ne savait même plus de quel côté elle était, celui de Benito ou celui des forces de l'ordre. Sans doute un peu les deux, se disait-il parfois – elle se rangeait au cas par cas du côté le plus avantageux pour elle.

— Bonjour, dit Alvar.

Harriet avait les cheveux tirés en queue de cheval. Sa bouche et ses yeux renvoyaient une image stricte. Le temps où il l'avait trouvée séduisante lui semblait à présent bien loin.

— Vous allez où ? demanda-t-elle.

Il avait beau être le chef, Alvar n'avait rien à opposer au regard inquisiteur de Harriet. Il marmonna :

— On doit… Nous allons…

La seule histoire qui lui vint à l'esprit fut celle des exercices suggérée par Lisbeth, mais il savait pertinemment que ça ne passerait jamais.

— … téléphoner à l'avocat de Salander, poursuivit-il.

Instinctivement, il sentit qu'elle ne le croyait pas ; son regard, d'ailleurs, était probablement fuyant et troublé. Il n'avait qu'une envie : s'effondrer et appeler à l'aide. Au lieu de quoi il s'exclama, avec une autorité inattendue :

— Son avocat prend un vol pour Jakarta demain matin !

D'où sortait cette histoire de Jakarta ? Il n'en avait aucune idée. En tout cas c'était assez précis et singulier pour être crédible.

— D'accord, je vois, dit Harriet d'un ton plus conforme à sa fonction.

Elle rebroussa chemin. Lorsqu'ils furent certains qu'elle avait disparu, ils se remirent en marche jusqu'au bureau d'Alvar.

Cette pièce était un territoire sacré. La porte restait toujours fermée et aucune détenue n'avait le droit d'y entrer, encore moins d'y passer des coups de fil. C'est pourtant bien là qu'ils se rendaient et avec un peu de chance, ou de malchance, les gars de la surveillance auraient déjà remarqué qu'ils avaient rejoint le service du personnel après la fermeture des portes et quelqu'un descendrait d'un moment à l'autre pour voir ce qui se passait. C'était mauvais pour lui quoi qu'il arrive. Il fallait faire quelque chose. Il tripota sa ceinture mais n'appuya pas sur le bouton d'alarme. Il avait trop honte et peut-être était-il malgré lui un peu curieux. Qu'est-ce qu'elle manigançait ?

Il déverrouilla la porte et la laissa entrer. Soudain, il vit son bureau sous un autre angle : c'était vraiment pitoyable, là-dedans. D'immenses photos de sa mère trônaient sur le panneau d'affichage, plus grandes même que celles de Vilda : difficile de faire plus pathétique. Surtout après avoir été traité de "fils à sa maman". Il aurait dû les décrocher depuis longtemps, les ranger, quitter son travail et rompre tout contact avec des criminels. Mais voilà, il était là. Il referma la porte tandis que Lisbeth Salander le scrutait d'un air sombre et déterminé.

— J'ai un problème, dit-elle.

— Et c'est quoi ?

— C'est toi.

— Comment ça ?

— Si je te mets dehors, tu vas donner l'alerte. Mais si je te garde ici, tu vas voir ce que je fais, et c'est pas bon non plus.

— Tu vas commettre un délit ?

— Probablement.

Il avait encore dû faire une erreur, à moins qu'elle fût complètement folle – en tout cas, elle le frappa au plexus solaire pour la troisième ou quatrième fois et il s'effondra de nouveau, le souffle court, redoutant d'autres coups. Mais Salander se contenta de se pencher vers lui et, en un mouvement éclair, de le délester de sa ceinture pour la poser sur le bureau. Il s'arma alors de courage, malgré la douleur, et la fixa d'un regard menaçant.

On aurait dit deux fauves prêts à se jeter l'un sur l'autre. Mais elle le neutralisa en lançant, après avoir jeté un coup d'œil au panneau d'affichage :

— C'est ta mère sur la photo, celle que tu as sauvée ?

Il ne répondit pas. Il se retint de se ruer sur elle.

— C'est ta maman ? répéta-t-elle, et il hocha la tête.

— Elle est morte ?

— Oui.

— Mais elle est importante pour toi ?

— Oui.

— Alors, tu vas comprendre. Je dois trouver des informations et tu vas coopérer.

— Pourquoi je ferais ça ?

— Parce qu'on est déjà allés trop loin, et que tu as laissé faire. En contrepartie, je vais t'aider à briser Benito.

— Elle est sans pitié.

— Moi aussi.

Là, elle marquait probablement un point. La situation avait d'ores et déjà dérapé. Il l'avait laissée entrer, il avait menti et dupé sa collègue. Il n'avait plus grand-chose à perdre. Du coup, quand elle lui demanda les mots de passe de son ordinateur, il obtempéra. Il observait ses mains. Il les observait avec une fascination croissante. Elles pianotaient sur le clavier à une vitesse époustouflante. Elle faisait défiler différents sites Internet en lien avec Uppsala, la page d'accueil de l'hôpital universitaire et celle de l'université.

Pendant très longtemps, elle sembla surfer au hasard. Elle ne s'arrêta que lorsqu'elle tomba sur une page d'aspect un peu daté : celle de "l'Institut de génétique médicale". Elle tapa alors des commandes et l'écran s'éteignit. Il devint tout noir et elle resta quelques instants complètement immobile. Comme paralysée. Sa respiration était lourde et ses doigts hésitaient, comme ceux d'un pianiste se préparant à attaquer un morceau difficile.

Puis elle parcourut le clavier à une vitesse hallucinante. Des rangées de lettres et de chiffres blancs se succédaient sur l'écran noir. L'instant d'après, l'ordinateur se mit à écrire tout seul. Les signes jaillissaient sur l'écran, des codes source incompréhensibles, des commandes. Alvar ne comprenait que quelques mots anglais par-ci par-là, tels *connecting database*, *search*, *query* et *response*, puis l'inquiétant *Bypassing security*. Lisbeth attendait en pianotant sur la table. Puis elle poussa un juron : "Merde !" Une fenêtre avait surgi sur l'écran : *ACCESS DENIED*. Elle refit plusieurs tentatives et, subitement, il se passa quelque chose sur l'écran, comme un mouvement de vague, un tourbillon, suivi d'une lueur de couleur. Des lettres vertes illuminaient l'écran : *ACCESS GRANTED*. L'instant d'après, il assista à unc scène qu'il n'aurait jamais crue possible. Elle fut aspirée comme à travers un trou de ver et se retrouva dans des cybermondes qui semblaient appartenir à un autre temps, bien antérieur à l'ère d'Internet.

Elle fit défiler de vieux documents scannés et des listes de noms tapés à la machine à écrire ou écrits au stylo-bille. En dessous se trouvaient des colonnes comportant des chiffres et des annotations, des résultats sans doute, d'évaluations et de tests, et une fois ou deux il aperçut des tampons signalant la confidentialité des documents. Il vit son nom à elle, d'autres noms aussi, et des séries de rapports. C'était comme si elle avait transformé l'ordinateur en une sorte de créature autonome qui, tel un reptile, s'introduisait furtivement dans le secret des archives et entre les pierres de caveaux scellés. Cela dura des heures. Elle continuait ses recherches, encore et encore.

Jamais, au demeurant, il ne comprit vraiment ce qu'elle faisait, seulement qu'elle n'arrivait pas à aller jusqu'au bout. Son langage corporel, ses grommellements la trahissaient et, au bout de quatre heures et demie, elle abandonna. Il soupira alors de soulagement. Il avait besoin d'aller aux toilettes. Il avait besoin de rentrer chez lui et de libérer sa tante, de vérifier que Vilda dormait bien et de tout oublier. Mais Lisbeth lui intima l'ordre de rester assis et de la fermer. Elle avait encore un truc à faire. Elle assombrit de nouveau l'écran, tapa d'autres commandes et, à sa grande stupeur, il comprit qu'elle avait l'intention d'accéder au serveur du centre pénitentiaire.

— Arrête, dit-il.

— Tu n'aimes pas le directeur de la prison, n'est-ce pas ?

— Peu importe.

— Moi non plus, dit-elle, puis elle fit quelque chose qu'il ne voulait pas voir.

Elle s'infiltra dans les courriers électroniques et les documents personnels de Rikard Fager. Elle les lut et il ne fit rien pour l'en empêcher. Pas uniquement parce qu'il détestait le directeur et que les choses étaient déjà allées trop loin. C'était aussi à cause de sa façon de manipuler l'ordinateur. On aurait dit que celui-ci était un prolongement de son corps. Elle le maniait avec une parfaite virtuosité, qui lui inspirait confiance. C'était peut-être irrationnel. Il ne savait pas. Toujours est-il qu'il la laissa faire, la laissa se livrer à d'autres attaques. L'écran repassa en noir et blanc, puis de nouveau ces mots, *ACCESS GRANTED*. Nom d'un chien !

Sur l'écran devant lui, il vit le couloir du quartier de haute sécurité, calme et plongé dans l'obscurité. Elle revint sur la même séquence plusieurs fois de suite ; on aurait dit qu'elle étirait ou dupliquait un passage. Alvar resta un bon moment assis, les mains sur les genoux et les yeux fermés, priant pour que tout soit bientôt fini.

Ce fut terminé à 01 h 52. Lisbeth Salander se leva alors et marmonna un “merci”. Sans lui poser une seule question, il la raccompagna à la porte blindée puis jusqu’à sa cellule, et lui souhaita bonne nuit. Ensuite, il rentra chez lui et ne ferma pratiquement pas l’œil de la nuit. Il somnola juste un peu au lever du jour. Il rêva de Benito et de ses poignards.

4

LE 17-18 JUIN

LE VENDREDI, c'était le jour de Lisbeth.

Chaque vendredi après-midi, Mikael Blomkvist lui rendait visite à la prison. Il s'en faisait une joie, surtout depuis que sa colère était retombée et qu'il avait accepté la situation. Ça avait pris du temps.

L'accusation et le jugement l'avaient mis hors de lui, il avait tempêté et s'était déchaîné à la télévision et dans les journaux. Mais quand il avait compris que Lisbeth elle-même s'en fichait, il avait considéré la situation de son point de vue à elle. Pour Lisbeth, il n'y avait pas de quoi fouetter un chat. Pourvu qu'on la laissât travailler sur sa physique quantique et s'entraîner à sa guise, peu lui importait d'être en prison plutôt qu'ailleurs. Peut-être même considérait-elle ce séjour derrière les barreaux comme une expérience, un temps d'apprentissage ? Elle était spéciale, pour ce genre de choses. Elle prenait la vie comme elle était et acceptait la situation. Souvent, elle se contentait de lui sourire quand il s'inquiétait pour elle, même après son transfert à Flodberga.

Mikael n'aimait pas Flodberga. Personne n'aimait Flodberga. C'était le seul centre pénitencier pour femmes avec le niveau 1 de sécurité et si Lisbeth avait atterri là, c'était uniquement parce que le chef du système pénitentiaire en Suède, Ingemar Eneroth, avait assuré que c'était l'endroit le plus sûr pour elle au vu des menaces qu'avaient interceptées à la fois la Säpo* et le service des renseignements français, la DGSE, à son encontre. Elles proviendraient de sa sœur Camilla et de son réseau criminel en Russie.

C'était peut-être vrai. C'était peut-être n'importe quoi. Mais puisque Lisbeth n'avait rien contre le transfert, il en fut ainsi. De toute manière, elle avait presque fini de purger sa peine. Peut-être n'était-ce pas si terrible, après tout. Le vendredi précédent, Lisbeth lui avait semblé particulièrement en forme. La nourriture de la prison était sans doute une véritable cure de santé comparée aux saloperies qu'elle ingurgitait d'habitude.

Mikael était installé avec son laptop dans le train pour Örebro et parcourait le numéro d'été de *Millénium*, qui devait partir chez l'imprimeur le lundi suivant. Dehors, il pleuvait des cordes. Selon certaines prévisions, il se préparait un des étés les plus chauds depuis longtemps. Pour l'instant, en tout cas, c'était le déluge. Jour après jour, la pluie continuait à se déverser et Mikael avait hâte de se retirer dans sa cabane à Sandhamn pour se reposer. Il avait travaillé dur, ces derniers temps. Depuis ses révélations sur la collusion entre de gros bonnets du service de renseignements américain, la NSA, et le crime organisé en Russie en vue du vol de secrets industriels partout dans le monde, l'économie de *Millénium* était prospère. Le journal était redevenu la star des médias qu'il était jadis. Mais le succès charriait son lot de soucis. Mikael et la rédaction se voyaient obligés de développer davantage la dimension numérique du journal, ce qui était évidemment une bonne chose. Voire une nécessité, étant donné l'évolution du monde médiatique. Mais cela lui prenait beaucoup trop de temps. Les mises à jour régulières sur le Net, les discussions sur la stratégie à adopter sur les réseaux sociaux affectaient sa concentration. Il avait commencé à fouiller un tas de bons sujets mais il n'avait mené aucun d'entre eux au bout. Et le fait que la

* Abréviation de Säkerhetspolisen, le service de sécurité intérieure de la Suède, l'équivalent de la DGSI française.

personne qui lui avait filé le scoop sur la NSA fût en prison n'arrangeait rien. Il se sentait coupable.

Il regarda par la fenêtre en espérant qu'on le laisse tranquille. Bien sûr, c'était pure utopie. La vieille dame assise à côté de lui, qui n'avait cessé de l'importuner avec ses questions, lui demanda où il allait. Il répondit de façon évasive. Elle était sûrement pleine de bonnes intentions – mais bon, comme ces gens qui le dérangeaient sans arrêt ces jours-ci ! Il fut donc soulagé de devoir interrompre la conversation pour descendre à la gare d'Örebro. Il pressa le pas sous la pluie pour attraper sa correspondance, le bus qui le conduirait à destination. Ironie du sort : la prison avait beau être collée aux voies ferrées, il n'y avait aucune gare alentour et il était obligé de se taper quarante minutes dans un vieux car sans climatisation. Il était 17 h 40 lorsqu'il devina au loin le mur gris désormais familier.

Haut de sept mètres, le mur était terne et recourbé vers l'avant, comme une vague en béton gigantesque qui se serait figée sur la vaste plaine au beau milieu d'un tsunami. Une forêt de pins se devinait à l'horizon. Il n'y avait pas une habitation en vue et le portail de la prison était si proche des barrières de la voie ferrée qu'une seule voiture à la fois pouvait passer.

Mikael descendit du car, se fit ouvrir les barrières d'acier. Il rejoignit le poste de gardiennage, à l'entrée, et enferma son téléphone et ses clés dans un placard gris. Il passa le contrôle de sécurité où, comme souvent, il eut l'impression qu'on l'emmerdait exprès. Un type au crâne rasé, la trentaine, couvert de tatouages, lui palpa même l'entrejambe. Puis un labrador noir surgit de nulle part, un beau cabot espiègle. Mikael savait évidemment ce que c'était. Un chien détecteur de stupéfiants. Ils croyaient vraiment qu'il tenterait d'introduire de la drogue dans la prison ?

Il ne se laissa pas déstabiliser. Il longeait maintenant les couloirs interminables accompagné d'un type un peu plus sympathique. Les portes blindées s'ouvraient automatiquement devant lui, actionnées par des gardiens opérant depuis le poste de surveillance avec l'aide de caméras fichées dans le plafond. Ils mirent du temps à parvenir à la salle de visite. On le fit patienter longtemps à l'extérieur. Il n'aurait su dire à quel moment exactement il comprit que quelque chose clochait.

Probablement dès l'arrivée du surveillant-chef, Alvar Olsen.

Son front était luisant de sueur et il semblait nerveux. Il articula quelques phrases de politesse forcée avant de laisser entrer Mikael dans le parloir, au bout du couloir. Et là, plus de doute : quelque chose ne tournait vraiment pas rond.

Lisbeth portait la tenue délavée de l'établissement, tellement trop large pour elle que c'en était ridicule. D'habitude, elle se levait à son arrivée. Cette fois-ci, elle resta assise. Son attitude montrait qu'elle était tendue, sur le qui-vive. Sa tête était légèrement penchée sur la gauche, comme si elle regardait derrière lui. Elle bougeait très peu, ne répondait à ses questions que par monosyllabes et évitait son regard. Si bien qu'à la fin, il se sentit obligé de lui demander s'il s'était passé quelque chose.

— Ça dépend comment on voit les choses, dit-elle.

Il lui adressa alors un sourire circonspect. C'était un début.

— Tu veux bien développer ?

— Pas maintenant et pas ici.

Un silence s'ensuivit. De l'autre côté de la fenêtre à barreaux, la pluie battait la cour et le mur. D'un regard absent, il observa un matelas usé relevé contre le mur.

— Ai-je du souci à me faire ?

— Je trouve, oui, répondit-elle en ricanant.

Il se serait bien passé d'une telle blague, vu les circonstances, mais elle eut malgré tout un effet salvateur. Il rit à son tour, puis lui demanda s'il pouvait faire quelque chose pour l'aider. Elle retrouva son mutisme, avant de décrocher un "peut-être" qui le surprit. Lisbeth Salander n'était pas du genre à demander de l'aide si elle pouvait s'en passer.

— Tant mieux. Tu peux tout me demander – ou presque.

— Ou presque ?

Elle rit de nouveau.

— Je préfère éviter d'enfreindre la loi. Ce serait un peu dommage qu'on se retrouve ici tous les deux.

— Tu vas probablement devoir te contenter d'une prison pour hommes, Mikael.

— À moins que mon charme ne me vaille une dérogation pour Flodberga. De quoi s'agit-il ?

— J'ai un tas de vieilles listes de noms, dit-elle. Et quelque chose ne colle pas. Il y a notamment un type qui s'appelle Leo Mannheimer.

— Leo Mannheimer, répéta-t-il.

— Oui. Il a trente-six ans. Tu le trouveras facilement sur Internet.

— D'accord, c'est un début. Je cherche quoi ?

Lisbeth parcourut la salle du regard, comme si ce que devait chercher Mikael se trouvait à l'intérieur. Puis elle se retourna et le considéra d'un air absent.

— Franchement, je ne sais pas.

— Il faut que je te croie, là ?

— Plus ou moins.

— Plus ou moins ?

Ce petit jeu commençait à l'irriter. Il poursuivit :

— OK, tu ne sais pas. Mais tu veux que je me renseigne sur lui. Il a fait quelque chose de particulier ? Ou il te semble juste louche de manière générale ?

— Tu connais sans doute la société de gestion pour laquelle il travaille. Mais à part ça, je pense qu'il ne serait pas plus mal de faire une petite investigation sans a priori.

— Arrête un peu. Il faut que tu m'en dises plus. C'est quoi, ces listes dont tu parles ?

— Des listes de noms.

Cela semblait si énigmatique et si ridicule que, l'espace d'un instant, il crut qu'elle le faisait marcher et que d'une minute à l'autre ils allaient se remettre à discuter à bâtons rompus, comme le vendredi précédent. Au lieu de quoi Lisbeth se leva, interpella le gardien et lui dit qu'elle voulait retourner dans son quartier sur-le-champ.

— Tu plaisantes ? dit Mikael.

— Je ne plaisante pas, répondit-elle.

Il fut pris d'une envie de jurer, de lui rappeler qu'il lui fallait des heures pour faire l'aller-retour à la prison et qu'il avait franchement mieux à faire un vendredi soir.

Mais il savait que cela ne servirait à rien. Alors, il se leva, la prit dans ses bras en la priant, avec une sorte d'autorité paternelle, de faire attention à elle.

— Oui, peut-être, répondit-elle – des mots qu'il espéra ironiques, mais elle semblait déjà ailleurs.

Il la regarda partir avec le gardien. Il n'aimait pas la détermination muette de sa démarche. À contrecœur, il se laissa escorter dans la direction opposée, jusqu'aux sas de sécurité, et récupéra son portable et ses clés dans le placard. Il s'offrit le luxe de prendre un taxi jusqu'à la gare d'Örebro. Dans le train, il se plongea dans la lecture d'un polar de Peter May, rien d'autre. En une sorte de protestation silencieuse, il ne se lança pas tout de suite dans des recherches sur Leo Mannheimer.

ALVAR OLSEN FUT SOULAGÉ de la brièveté de la visite de Mikael Blomkvist. Il avait redouté que Lisbeth ne fournisse au journaliste une sorte de scoop au sujet de Benito et du quartier de haute sécurité, mais vu la brièveté de leur entretien, elle n'en avait clairement pas eu le temps et c'était tant mieux. Alvar n'avait pas beaucoup d'autres raisons de se réjouir. Il s'était démené pour essayer de faire transférer Benito ailleurs, mais sans résultat. Plusieurs de ses collègues plaidaient la cause de Benito auprès de la direction, affirmant qu'aucune mesure n'était nécessaire, et cela n'arrangeait rien à l'affaire.

Cette folle situation allait donc se poursuivre, et si Lisbeth Salander demeurait passive pour le moment, se contentant d'observer et de prendre des notes, il avait l'impression que c'était un compte à rebours. Elle lui avait accordé un délai de cinq jours. Il avait eu cinq jours pour régler le problème et protéger Faria Kazi. Passé ce délai, Salander interviendrait, l'avait-elle menacé. Or les cinq jours étaient presque écoulés et Alvar n'avait rien résolu du tout, *nada*. Au contraire, l'ambiance dans le quartier était de plus en plus tendue, délétère. Quelque chose de terrible se tramait.

C'était comme si Benito se préparait au combat. Elle tissait de nouvelles alliances et recevait bien plus de visites que d'habitude, ce qui signifiait qu'elle devait recueillir beaucoup plus d'informations. Mais surtout, le harcèlement et la violence à l'encontre de Faria Kazi semblaient s'accentuer. Il était vrai que Lisbeth Salander n'était jamais loin, ce qui avait un effet dissuasif. Mais pour Benito, c'était un affront. Elle ne lâchait pas Lisbeth, elle lui sifflait des menaces et une fois, dans la salle de sport, Alvar avait entendu ce qu'elle lui disait : "Kazi est ma pétasse à moi, c'est moi et personne d'autre qui vais lui faire faire des galipettes, à cette sale pute."

Lisbeth Salander avait serré les dents, les yeux rivés au sol. Était-ce à cause du délai qu'elle lui avait accordé, se demandait Alvar, ou bien parce qu'elle se sentait impuissante ? Il penchait pour la seconde option. La fille avait beau être une dure à cuire, elle n'avait sans doute pas grand-chose à opposer à Benito. Cette dernière était sans pitié, elle était condamnée à vie et n'avait rien à perdre. Et ses gorilles – Tine, Greta et Josefine – n'étaient jamais loin. Ces derniers temps, Alvar était terrorisé à l'idée de voir briller de l'acier dans ses mains.

Il harcelait le personnel chargé des détecteurs de métaux et il fit fouiller sa cellule à maintes reprises. Mais il craignait que cela ne suffise pas. Il avait toujours l'impression de voir Benito et ses acolytes trafiquer des trucs, qu'il s'agisse de drogues, d'objets scintillants ou du simple fruit de son imagination. Il marchait sur des charbons ardents. Pour ne rien arranger, Salander faisait déjà l'objet de menaces à son arrivée à Flodberga. Chaque fois que l'alarme se déclenchait ou qu'on l'appelait sur son talkie-walkie, Alvar redoutait qu'il lui soit arrivé quelque chose. Il avait tenté de la convaincre de se laisser mettre à l'isolement, mais elle refusait et il n'était pas assez fort pour s'opposer à elle. Il n'était assez fort pour rien.

Il était accablé de culpabilité et d'inquiétude, sans cesse à regarder par-dessus son épaule. De surcroît, pris dans une sorte de frénésie, il faisait beaucoup trop d'heures sup, ce qui affligeait Vilda et pesait sur sa relation avec sa tante et ses voisins. Il était en nage. La chaleur et l'air lourd du quartier étaient insupportables. Le système de ventilation était dans un état lamentable et Alvar se sentait mentalement épuisé. Il consultait sans cesse sa montre dans l'espoir que le directeur de la prison, Rikard Fager, l'appelle pour lui annoncer que Benito allait être transférée ailleurs. Mais l'appel ne vint pas. Et ce, en dépit du fait qu'Alvar, pour la première fois, lui avait fait part de l'état réel de la situation, sans rien cacher. Soit Fager était encore plus con qu'il ne l'avait pensé, soit il était corrompu lui aussi. Impossible de le savoir. Le téléphone resta silencieux.

Le vendredi soir, au moment de la fermeture des cellules, il rejoignit son bureau et s'efforça de s'éclaircir les idées. Mais ce moment de répit fut de courte durée. Lisbeth Salander l'appela sur l'interphone : elle voulait encore lui emprunter son ordinateur. Il alla la chercher et tenta de nouveau de comprendre ce qu'elle faisait. Mais elle le gratifia à peine d'un mot. Son regard était sombre. Cette fois encore, il rentra tard dans la nuit et plus que jamais il pressentait que le compte à rebours vers une catastrophe était lancé.

LE SAMEDI MATIN, Mikael lisait comme d'habitude la version papier de *Dagens Nyheter*, puis le *Guardian*, le *New York Times*, le *Washington Post* et le *New Yorker* sur son iPad. Il buvait son cappuccino et son expresso, mangeait son yogourt au muesli et ses tartines au fromage et au pâté de foie, sans se préoccuper de l'heure, comme toujours quand Erika et lui venaient d'envoyer sous presse le dernier *Millénium*.

Ce n'est qu'au bout d'une heure ou deux qu'il s'installa devant son ordinateur et lança une recherche sur Leo Mannheimer. Mannheimer était un nom qui sortait parfois, mais pas souvent, sur des sites liés au monde des affaires. Il était docteur en économie, diplômé de l'École supérieure de commerce de Stockholm et désormais copropriétaire et analyste en chef de la société de gestion Alfred Ögren, une société que Mikael – comme l'avait deviné Lisbeth – connaissait très bien.

C'était une société réputée spécialisée dans la gestion de portefeuilles de riches personnalités, même si le style tapageur et exubérant du PDG Ivar Ögren collait mal avec l'image de sobriété et de discrétion que l'entreprise cherchait à véhiculer. Leo Mannheimer, en revanche, était mince et élégant, il avait de grands yeux bleus, un regard vif, des cheveux bouclés et des lèvres charnues, un peu féminines. Il était évidemment fortuné, mais ce n'était pas Crésus. Selon ses dernières déclarations, sa fortune s'élevait à quatre-vingt-trois millions de couronnes, ce qui était certes tout à fait respectable, mais assez modeste comparé aux vrais poids lourds. Le plus intéressant – du moins à première vue – était un article paru dans *Dagens Nyheter* quatre ans plus tôt où il était question de son QI élevé. Selon l'article, les évaluations avaient été faites quand il était encore petit garçon et avaient déjà fait du bruit à l'époque. Mannheimer lui-même cherchait plutôt à relativiser l'importance de ces données, ce qui était tout à son honneur.

"Le QI ne veut rien dire, précisait-il dans l'interview. Göring aussi avait un QI élevé. Cela ne vous empêche pas d'être un imbécile."

Ensuite, il parlait du rôle de l'empathie, de la capacité à se mettre à la place d'autrui et de tout ce que ces tests d'intelligence ne mesurent pas, tout en faisant remarquer qu'il était indigne, voire malhonnête, de chiffrer ainsi chez quelqu'un ce qui relevait du don.

Pas vraiment le discours d'un escroc. D'un autre côté, les escrocs sont souvent maîtres dans l'art de se faire passer pour des saints. Mikael ne se laissa donc pas impressionner par le fait que Leo Mannheimer donnât des sommes considérables à des œuvres de charité et qu'il semblât somme toute à la fois humble et avisé.

Si Lisbeth l'avait mentionné, ce n'était certainement pas pour lui signaler un modèle d'humanité. Mais bon, encore une fois, il n'en savait rien. Il était censé faire une recherche sans a priori. Il lui fallait par conséquent éviter les préjugés, dans un sens comme dans l'autre. Pourquoi était-elle si désespérante ? Il laissa son regard errer sur Riddarfjärden, au-dehors, et s'absorba dans ses pensées. Pour une fois, il ne pleuvait pas. Le ciel s'éclaircissait, une belle matinée se profilait. Il serait volontiers sorti en ville, malgré tout. Il aurait pu descendre au Kaffebar prendre un autre cappuccino, terminer son polar et laisser tomber Leo Mannheimer, du moins pour le week-end. Le samedi suivant le bouclage du journal était le meilleur jour du mois, en réalité le seul jour où il s'accordait vraiment un break. D'un autre côté… il avait promis, il ne pouvait donc pas céder à la paresse.

Non seulement Lisbeth lui avait livré le scoop de la décennie et avait permis à *Millénium* de retrouver sa place dans le débat public, mais elle avait aussi sauvé la vie d'un enfant et démantelé un réseau criminel international. Le procureur Richard Ekström et le tribunal de première instance étaient les derniers des cons. Alors que Mikael recueillait gloire et célébrité, la véritable héroïne de cette histoire était derrière les barreaux. Voilà pourquoi il continua ses recherches sur Leo Mannheimer, comme le lui avait demandé Salander.

Il ne trouva rien de bien excitant, même s'il découvrit assez rapidement que Leo et lui avaient une chose en commun. Ils avaient tous les deux essayé de dévoiler la vérité sur le piratage informatique de Finance Security à Bruxelles. Certes, la moitié des journalistes du pays et l'ensemble des marchés financiers s'étaient penchés à un moment ou un autre sur l'affaire, donc ce lien n'avait en soi rien d'exceptionnel, mais tout de même… Il y avait peut-être là quelque chose et qui sait, Leo Mannheimer aurait pu détenir quelque information, quelque secret au sujet de l'attaque.

Il avait déjà discuté de l'affaire avec Lisbeth. À l'époque, elle se trouvait à Gibraltar pour gérer sa fortune. C'était le 9 avril dernier, juste avant son incarcération, et elle s'était montrée indifférente, ce qui était étrange au vu du sujet. Elle voulait juste profiter de ses derniers instants de liberté, avait songé

Mikael, et ne pas se prendre la tête avec l'actualité, même s'il s'agissait d'un piratage informatique. Mais il est évident que cela aurait dû l'intéresser ; peut-être même – il ne pouvait l'exclure – savait-elle quelque chose. Pour sa part, il était au bureau le jour où sa collègue, Sofie Melker, était venue les informer que les banques avaient des problèmes avec leurs sites Internet. Rien ne pouvait moins l'intéresser.

La Bourse non plus n'avait pas semblé réagir. Puis on constata une baisse des transactions intérieures. L'instant d'après, elles s'arrêtèrent net et des milliers de gens découvrirent que leurs comptes n'apparaissaient plus sur le Net. Il n'y avait tout simplement plus de cotation des valeurs mobilières. S'ensuivit une série de communiqués de presse :

Il s'agit seulement d'un problème technique. Tout sera rétabli sous peu. Nous contrôlons la situation.

Pourtant, l'inquiétude allait croissant. Le taux de la couronne chuta, puis, aussi subitement qu'un tsunami, un flot de rumeurs inonda le marché : les dégâts, entendait-on, s'avéreraient tellement importants qu'il serait impossible de reconstituer complètement les participations financières. Il y aurait un risque que des sommes considérables soient parties en fumée. Les démentis officiels avaient beau s'accumuler, le marché financier s'effondra. Les échanges cessèrent, on hurlait dans les combinés, les serveurs mails étaient saturés. Il y eut des alertes à la bombe à la Banque de Suède. Des vitres furent brisées. Le financier Carl af Trolle se cassa même le pied droit après avoir balancé un violent coup dans une sculpture de bronze.

Une série d'incidents s'ensuivit, tout le monde craignait que la situation ne dérape complètement. Puis, rapidement, tout rentra dans l'ordre aussi soudainement que cela avait commencé. L'argent réapparut sur les comptes de dépôt. La directrice de la Banque centrale, Lena Duncker, affirma même qu'il n'y avait jamais eu de réel danger. C'était sans doute vrai, objectivement. Mais, en l'occurrence, ce n'était pas l'aspect objectif des choses

– à savoir la sécurité informatique – qui était le plus intéressant. C'étaient l'emballement et la panique auxquels on avait assisté. Qu'est-ce qui avait bien pu les déclencher ?

Il devint évident que l'organisme autrefois dénommé Värdepapperscentralen, le dépositaire central où étaient comptabilisés les placements financiers des Suédois et qui, signe du temps, avait été vendu à l'entreprise belge Finance Security, avait été victime d'une attaque par déni de service. Cela mit en évidence la fragilité du système financier, mais ce n'était pas tout.

Il y avait aussi les rumeurs, ce cortège d'affirmations, de conseils et de mensonges qui affluèrent sur les réseaux sociaux et qui, le jour même de l'attaque, avaient arraché à Mikael l'exclamation suivante :

— Un salaud chercherait-il à provoquer un effondrement de la Bourse ?

Au cours des jours et des semaines qui suivirent, de nouveaux éléments vinrent conforter sa thèse. Mais là encore, il ne put rien prouver. On ne trouva aucun suspect et, au bout d'un moment, Mikael lâcha l'affaire. Le pays entier lâcha l'affaire. La Bourse remonta. Un vrai boom conjoncturel. Le *bull market* était de retour et, de son côté, Mikael avait des sujets plus pressants à traiter – la crise des réfugiés en Europe, les actes terroristes, la poussée du populisme de droite et du fascisme en Europe et aux États-Unis. Mais maintenant…

Il revit le visage sombre de Lisbeth dans le parloir et pensa à Camilla, la sœur de Lisbeth, à sa clique de hackers et de bandits et à cette fameuse menace qui pesait sur Lisbeth. Il poursuivit donc son enquête et tomba sur une étude que Leo Mannheimer avait rédigée pour le magazine *Fokus*. Du point de vue journalistique, Mikael n'en fut pas particulièrement impressionné. De toute évidence, Mannheimer ne disposait pas d'éléments nouveaux. Pourtant, certains passages de l'article rendaient assez bien le cours des événements d'un point de vue psychologique. Mikael nota que Mannheimer donnait justement une série de conférences sur le sujet, intitulée "L'inquiétude secrète du marché". Il animerait un débat le lendemain, dimanche, au quai Stadsgårdskajen, dans le cadre d'un événement organisé par Aktiespararna, l'association nationale des actionnaires.

Mikael observa une minute ou deux les différentes photos de Mannheimer disponibles sur le Net, s'efforçant de dépasser sa première impression. Il ne vit alors plus seulement un bel homme aux traits fins. Il devina également une lueur mélancolique dans ses yeux, que même sa photo stylisée sur la page d'accueil de l'entreprise ne parvenait pas à masquer. Rien n'était jamais certain pour Mannheimer. Il n'y avait pas de "Achetez, vendez, maintenant !" Il y avait toujours un petit doute, un questionnement. On disait de lui qu'il était analytique, qu'il avait l'oreille musicale et qu'il était passionné de jazz, en particulier le hot.

Il avait trente-six ans, était l'enfant unique d'une famille aisée de Nockeby, à l'ouest de Stockholm. Le père, Herman, cinquante-quatre ans à la naissance de son fils, avait été directeur du groupe Rosvik, pour ensuite devenir multidirigeant et propriétaire de quarante pour cent du capital de la société de gestion Alfred Ögren.

La mère, Viveka, née Hamilton, avait été femme au foyer et membre actif de la Croix-Rouge. Sa vie semblait avoir en grande partie tourné autour de son fils et de ses talents. Un soupçon d'élitisme transparaissait dans les quelques interviews qu'elle avait données. Dans l'article de *Dagens Nyheter* qui parlait de son taux de quotient intellectuel, Leo laissait même entendre que sa mère l'avait fait réviser en secret avant le test.

"J'étais sans doute un peu trop bien préparé pour ces tests", avait-il dit en expliquant que, durant ses premières années de scolarité, il avait été un élève turbulent, un trait typique des enfants surdoués et sous-stimulés d'après l'auteur de l'article.

De manière générale, Leo Mannheimer relativisait les compliments et les éloges qu'on lui faisait. Plutôt qu'une coquetterie ou une fausse modestie, Mikael discernait chez lui une sorte de culpabilité, quelque chose de tourmenté, comme si Leo ne s'était jamais senti à la hauteur des attentes qui, enfant, pesaient sur lui. Pourtant, il n'y avait franchement pas de quoi avoir honte. Il avait soutenu une thèse de doctorat sur la fameuse bulle Internet de 1999 et était devenu, comme son père, copropriétaire de la société de gestion Alfred Ögren. Toutefois, autant que Mikael put en juger, il était vrai qu'il ne s'était jamais distingué, que ce soit en bien ou en mal, et sa fortune semblait en grande partie héritée.

Le plus curieux – s'il fallait à tout prix chercher un mystère – était que Leo avait pris un congé de six mois en janvier dernier pour "voyager". Ensuite, il avait repris le travail et avait commencé à donner des conférences, faisant même quelques apparitions à la télévision – non pas en tant qu'analyste financier, mais plutôt comme un philosophe, un vieux sceptique qui refusait de se prononcer sur quelque chose d'aussi incertain que l'avenir. Dans le dernier reportage en ligne de *Dagens Industri* consacré à la hausse des cours de la Bourse du mois de mai, il disait :

"La Bourse est un peu comme un homme qui vient de se réveiller après une dépression. Tout ce qui auparavant lui donnait matière à désespérer semble soudain lointain. Il ne me reste plus qu'à souhaiter bonne chance au marché."

Sa réflexion n'était évidemment pas dénuée de sarcasme, comme s'il jugeait que le marché aurait bien besoin de cette bonne fortune. Sans trop savoir pourquoi, Mikael visionna l'émission une deuxième fois. N'y avait-il pas quelque chose d'intéressant à y glaner malgré tout ? Il lui semblait que si. Ce n'était pas seulement son style poétique, ses métaphores anthropomorphiques. C'étaient ses yeux. Une lueur à la fois triste et moqueuse jouait dans ses yeux, comme si Leo pensait en réalité à tout autre chose. Peut-être était-ce un effet de son intelligence – sa capacité à jongler avec plusieurs idées à la fois. Mais on aurait dit un acteur qui cherche à sortir de son personnage, à briser le cadre.

Cela ne faisait pas nécessairement de Leo Mannheimer un bon sujet d'article, peut-être simplement un homme honnête. Malgré tout, Mikael abandonna toute idée de congé ou de loisir estival, ne fût-ce que pour montrer à Lisbeth qu'il ne se laissait pas décourager si facilement. Il se leva de sa chaise mais pour se rasseoir aussitôt, telle une âme en peine. Il surfa sur le Net, rangea sa bibliothèque et s'affaira dans la cuisine. Mais le sujet Leo Mannheimer ne le quittait jamais. Vers 13 heures, alors qu'il était dans la salle de bains pour se raser et, un peu à contrecœur, passer sur la balance – l'une de ses nouvelles habitudes –, il s'exclama :

— Bon sang mais c'est bien sûr : Malin !

Comment avait-il pu passer à côté de ça ? Il comprit soudain pourquoi la société de gestion Alfred Ögren lui avait paru si familière. C'était l'ancien lieu de travail de Malin, une ex-amante qui occupait désormais le poste de responsable des relations publiques au sein du ministère des Affaires étrangères. C'était une féministe passionnée et une personne passionnée tout court. Ils avaient fait l'amour et s'étaient disputés avec la même intensité à l'époque où elle venait de quitter son poste de directrice de la communication chez Alfred Ögren.

Malin avait de longues jambes, de beaux yeux sombres et une étrange capacité à s'immiscer sous votre peau. Mikael composa son numéro et réalisa après coup – l'appel irrésistible de la lumière d'été au-dehors n'y était sans doute pas pour rien – que Malin lui avait manqué plus qu'il n'avait bien voulu l'admettre.

MALIN FRODE N'AIMAIT PAS être appelée sur son portable le samedi. Elle voulait que le téléphone ferme un peu son clapet et la laisse respirer. Mais être joignable à tout moment faisait partie de son travail, il lui fallait donc bien s'en accommoder et paraître aussi courtoise et professionnelle que d'habitude. Un beau jour elle allait exploser.

Elle était désormais mère célibataire, ou tout comme. Son ex-mari, Niclas, se prenait pour un héros les rares fois où il s'occupait de leur fils, le week-end. Il venait tout juste de le récupérer en lui lançant :

— Profite bien, comme tu sais si bien le faire !

Il faisait sans doute allusion à ses infidélités à la fin de leur mariage. Elle l'avait gratifié d'un sourire crispé et avait pris son fils – Love, six ans – dans les bras pour lui dire au revoir. La colère ne vint qu'ensuite. Elle envoya valdinguer d'un coup de pied une boîte de conserve qui traînait dans la rue, en pestant à mi-voix. Sur ce, son portable se mit à sonner. Encore une crise quelque part dans le monde ? De nos jours, il y avait toujours une crise quelque part dans le monde. Mais, non… C'était mieux que ça.

C'était Mikael Blomkvist. S'ajoutant à son grand soulagement, une vague de désir déferla sur son corps. Elle laissa son regard se perdre vers l'île de Djurgården et un voilier solitaire qui passait sur le pertuis. Elle venait d'arriver sur Strandvägen.

— En voilà un appel de prestige, dit-elle.

— Pas tant que ça, répondit Mikael.

— Mais si. Qu'est-ce que tu fais ?

— Je travaille.

— C'est l'histoire de ta vie, non ? Trimer à la sueur de ton front.

— Oui, malheureusement.

— Je te préfère au lit.

— Moi aussi, je crois.

— Allonge-toi, alors.

— D'accord.

Elle patienta une seconde ou deux.

— C'est bon, tu es couché ?

— Absolument.

— Presque à poil ?

— Presque.

— Menteur. Que me vaut cet honneur ?

— Le business, pour commencer.

— Putain, t'es pas drôle !

— Je sais, dit-il, mais je n'arrive pas à lâcher cette histoire de piratage informatique contre Finance Security.

— Ça ne m'étonne pas. Tu n'arrives jamais à rien lâcher, à part les femmes qui croisent ton chemin, évidemment.

— Je ne lâche pas les femmes si facilement non plus.

— Pas si elles peuvent servir de sources, visiblement. Qu'est-ce que je peux faire pour toi ?

— Je viens d'apprendre qu'un de tes anciens collègues avait aussi analysé l'intrusion.

— Qui ça ?

— Leo Mannheimer.

— Leo, répéta-t-elle, songeuse.

— Il est comment ?

— C'est un chic type – et ce n'est pas la seule chose qui le différencie de toi.

— Tant mieux pour lui.

— C'est clair.

— Qu'est-ce qu'il a d'autre de différent de moi ?

— Il est…

Elle se perdit dans ses pensées.

— Quoi ?

— Pour commencer, ce n'est pas une sangsue comme toi, toujours à traquer les scandales et les méchants. C'est un penseur, un philosophe.

— Nous, les sangsues, on a toujours été un peu simplistes.

— Tu n'es pas si mal, Mikael. Tu le sais. Mais tu es plutôt du genre cow-boy. Tu n'as pas le temps d'hésiter comme un vieil Hamlet.

— Leo Mannheimer est donc une sorte d'Hamlet ?

— En tout cas, sa place n'est pas vraiment dans la finance.

— Où est-elle, alors ?

— Dans la musique. Il joue du piano comme un dieu. Il a l'oreille absolue et il est extrêmement doué. Mais l'argent ne l'excite pas tellement.

— Pas top, pour un financier.

— Pas vraiment, non. Il était sans doute trop bien loti quand il était petit. Il n'a pas d'ambition. Pourquoi tu t'intéresses tant à lui ?

— Il a des idées passionnantes sur cette histoire de piratage.

— Peut-être bien. Mais si tu cherches des saloperies sur lui, tu ne trouveras rien.

— Pourquoi tu dis ça ?

— Parce que mon travail consiste à tout savoir sur ces gars et parce que, sincèrement…

— Oui ?

— … je doute fort que Leo soit vraiment capable de malhonnêteté. Au lieu de faire fructifier son capital ou que sais-je encore, il reste cloîtré chez lui à jouer du piano et à broyer du noir.

— Alors qu'est-ce qu'il fout dans ce secteur ?

— C'est à cause de son père.

— Son père était une huile.

— Oui, mais c'était aussi le meilleur ami du bon vieil Alfred Ögren lui-même et un abruti égocentrique. Il mettait la pression à Leo pour qu'il devienne un génie de la finance et qu'il lui succède dans la société d'Alfred, qu'il se forge à son tour une position de pouvoir dans la vie économique suédoise. Et Leo… comment dire ?

— Je t'écoute.

— Il est un peu faible. Il s'est laissé convaincre et d'ailleurs, il n'a pas fait un mauvais boulot. Il ne rate jamais rien. Mais il n'était pas non plus très brillant, pas comme il aurait pu l'être. Il n'a pas la motivation, pas la niaque qu'il faut. Un jour, il m'a dit qu'il avait l'impression que quelque chose d'important lui avait été arraché. Il porte une blessure en lui.

— Quel genre de blessure ?

— Une sale histoire de son enfance. Mais je n'ai jamais été suffisamment proche de lui pour vraiment avoir le fin mot, même si pendant une courte période on…

— Quoi ?

— Rien, c'étaient juste des bêtises, un jeu, je crois.

Mikael décida de ne pas insister davantage.

— J'ai lu qu'il était parti en voyage, dit-il.

— Après la mort de sa mère, oui.

— Elle est morte comment ?

— Cancer du pancréas.

— Dur.

— Pourtant, je pensais que ça lui ferait du bien.

— Pourquoi ?

— Parce que ses parents avaient toujours été sur son dos, ils ont pollué sa vie. J'espérais qu'il en profiterait pour quitter le monde de la finance et se consacrer au piano ou à autre chose. Tu sais, juste avant de quitter Alfred Ögren, Leo avait la joie de vivre. Je n'ai jamais trop compris. Pendant un temps, il n'était plus du tout dépressif. Et puis…

— Quoi ?

— Il a replongé de plus belle. C'était assez déchirant.

— Sa mère était-elle encore en vie à l'époque ?

— Oui, mais pas pour longtemps.

— Où est-il parti après ?

— Je ne sais pas. J'avais quitté l'entreprise. Mais je nourrissais l'espoir que ce voyage serait le début de son émancipation.

— Pourtant, il est revenu à Alfred Ögren.

— Il n'a pas dû avoir le courage de se libérer.

— Il s'est mis à donner des conférences.

— C'est peut-être un premier pas dans la bonne direction. Qu'est-ce qui t'intéresse là-dedans ?

— Il relève certains aspects psychologiques. Il compare l'attaque informatique de Bruxelles à d'autres campagnes de désinformation connues.

— Tu penses aux campagnes russes ?

— Il voit ça comme une forme de guerre moderne, je trouve l'idée intéressante.

— Le mensonge comme une arme.

— Le mensonge comme un moyen de provoquer le chaos et la confusion. Le mensonge comme une alternative à la violence.

— N'a-t-on pas prouvé que ces piratages étaient conduits depuis la Russie ?

— C'est prouvé, mais personne ne sait qui en Russie en est responsable et les grands messieurs du Kremlin clament évidemment leur innocence.

— Tu soupçonnes ta vieille bande, les Spiders ?

— J'y ai pensé.

— J'ai du mal à croire que Leo puisse t'aider dans cette affaire.

— Peut-être pas, mais j'aurais aimé…

Il semblait soudain distrait.

— … m'inviter boire un verre ? compléta-t-elle. Me couvrir de compliments, de louanges et de cadeaux hors de prix ? M'emmener à Paris ?

— Comment ?

— Paris. Tu sais, une petite ville en Europe. Avec une tour célèbre à visiter d'après ce qu'on dit.

— Leo se prêtera à une interview dans les locaux du musée Fotografiska demain, poursuivit-il comme s'il n'avait rien entendu. Tu m'accompagnes ? On pourrait apprendre des trucs.

— Quels trucs ? Franchement, Mikael. C'est tout ce que tu as à proposer à une femme en détresse ?

— Pour le moment, oui, dit-il, semblant de nouveau distrait, ce qui ne fit qu'agacer davantage Malin.

— Tu es vraiment con, Blomkvist ! lança-t-elle avant de raccrocher.

Elle resta plantée sur le trottoir, en proie à une vieille colère familière, comme intrinsèquement liée à Mikael.

Mais elle retrouva rapidement son calme, ce qui n'avait aucun rapport avec Mikael, mais avec un souvenir confus. Elle revit Leo dans son bureau, chez Alfred Ögren, tard dans la nuit, en train d'écrire sur une feuille couleur sable. Quelque chose dans ce souvenir semblait porteur d'un message qui se diffusait telle une brume sur Strandvägen. Malin resta songeuse un moment. Puis elle se remit en marche en direction de Dramaten, le théâtre dramatique royal, et Berns, pestant contre les ex-maris, les vieux amants et autres représentants de la gent masculine.

MIKAEL RÉALISA QU'IL N'AVAIT PAS assuré et hésita un instant à la rappeler pour s'excuser, voire l'inviter à dîner. Mais il ne se résolut pas à le faire. Mille et une pensées se bousculaient dans sa tête. Au lieu de téléphoner à Malin, il composa le numéro d'Annika Giannini qui, en plus d'être sa sœur, était également l'avocate de Lisbeth. Peut-être en savait-elle plus sur les intentions de cette dernière. Personne ne prenait le secret professionnel plus au sérieux qu'Annika, mais il arrivait que sa langue se délie si elle estimait que c'était dans l'intérêt de son client.

Annika ne décrocha pas. Mais elle le rappela une demi-heure plus tard et confirma aussitôt que Lisbeth avait changé. D'après elle, c'était à cause de la situation dans le quartier de haute sécurité. Lisbeth avait vu ce qu'il en était et compris que c'était loin d'être un endroit sûr. Annika avait insisté pour la faire transférer, mais Lisbeth refusait, évidemment. Elle avait des choses à y faire, disait-elle. D'ailleurs, selon Lisbeth, ce n'était pas elle qui était en danger, mais une jeune femme du nom de Faria Kazi. Celle-ci avait déjà été victime de crime d'honneur dans sa famille et elle était à présent de surcroît harcelée en prison.

— C'est un cas intéressant, dit Annika. Je compte me charger de cette affaire aussi. Il se pourrait bien qu'on ait des intérêts communs dans cette histoire, Mikael.

— Que veux-tu dire ?

— Tu pourrais avoir un bon sujet et de mon côté, j'obtiendrais peut-être un peu d'aide pour mes recherches. J'ai l'impression qu'il y a quelque chose qui ne colle pas.

Au lieu de rebondir là-dessus, Mikael demanda :

— Tu as du nouveau au sujet des menaces qui pèsent sur Lisbeth ?

— Pas vraiment, en dehors du fait que le nombre de sources est troublant et qu'on en revient toujours à sa sœur, sa bande de criminels basés en Russie et au MC Svavelsjö.

— Et tu en fais quoi ?

— À ton avis ? Tout ce que je peux, Mikael. J'ai veillé à ce que la prison renforce la protection de Lisbeth. Je ne constate pas de danger immédiat pour le moment. Mais il s'est passé autre chose qui a pu l'influencer.

— Quoi donc ?

— Ce cher vieux Holger est venu la voir.

— Tu plaisantes ?

— Non, non, c'était même tout un cirque. Mais il avait insisté pour venir. Je crois que c'était important pour lui.

— Je ne comprends même pas comment il a fait pour se rendre à Flodberga !

— Je l'ai aidé pour le côté administratif et Lisbeth a payé le transport médical aller-retour. Il y avait une infirmière dans la voiture. Il est entré dans la prison en fauteuil roulant.

— Et sa visite l'a bouleversée ?

— Elle ne se laisse pas facilement bouleverser. Mais ils sont proches tous les deux, tu le sais aussi bien que moi.

— Holger n'aurait-il pas évoqué quelque chose qui l'aurait fait réagir ?

— Comme quoi ?

— Quelque chose sur son passé, peut-être ? Personne ne connaît mieux son passé que lui.

— Elle ne m'en a pas parlé. La seule chose qui semble la préoccuper en ce moment, c'est cette fille, Kazi.

— Tu connais quelqu'un qui s'appelle Leo Mannheimer ?

— Le nom me dit quelque chose. Pourquoi cette question ?

— Simple curiosité.

— C'est Lisbeth qui en a parlé ?

— Je t'expliquerai plus tard.

— D'accord, mais si tu veux savoir ce que Holger a pu lui dire, il vaut peut-être mieux que tu le lui demandes directement. Je pense ça ferait plaisir à Lisbeth que tu veilles un peu plus sur lui en ce moment.

— Je n'y manquerai pas.

Ils raccrochèrent et Mikael composa aussitôt le numéro de Holger Palmgren. La ligne était occupée. Mikael envisagea un instant de se rendre à Liljeholmen directement pour lui parler en tête à tête, puis il songea à la santé fragile du vieil homme. Holger était âgé et malade. Il avait besoin de repos. Mikael décida d'attendre et reprit ses recherches aléatoires sur la famille Mannheimer et sur Alfred Ögren. Il trouva beaucoup de choses.

Il trouvait toujours beaucoup de choses lorsqu'il fouillait en profondeur. Mais là, rien ne se démarquait ni ne semblait avoir un lien avec Lisbeth ou le piratage informatique. Il changea alors de stratégie, inspiré justement par Holger et ses connaissances quant à l'enfance de Lisbeth. Mikael se dit qu'il n'était pas impossible que Leo Mannheimer ait un rapport avec son passé d'une façon ou d'une autre : n'avait-elle pas parlé de vieilles listes de noms ? Il orienta donc ses recherches vers le passé, aussi loin que le Net et les bases de données le permettaient. Une rubrique dans *Upsala Nya Tidning* attira son attention. Elle avait connu une assez large diffusion puisqu'une dépêche de l'agence de presse TT basée sur l'article avait suivi le lendemain. Visiblement, l'événement n'avait pas été relevé par la suite, sans doute par respect pour les proches et en raison du climat médiatique plus conciliant de l'époque, en particulier envers les hautes sphères de la société.

La tragédie s'était produite lors d'une chasse à l'élan à Östhammar vingt-cinq ans plus tôt. L'équipe de chasse d'Alfred Ögren, dont faisait partie Herman, le père de Leo, s'était élancée dans la forêt à l'issue d'un long déjeuner. Ces messieurs avaient sans doute un verre ou deux dans le nez, mais rien dans l'article ne permettait de l'affirmer. Le soleil était au zénith quand le groupe s'était dispersé pour différentes raisons. L'ambiance se serait enflammée après que deux élans avaient été aperçus entre les arbres. Des coups étaient partis et un homme d'un certain âge du nom de Per Fält, alors directeur financier du groupe Rosvik, avait déclaré avoir mal interprété la direction, stressé par la vitesse de l'animal. Après son tir, il avait entendu un cri et un appel au secours. Un autre membre de l'équipe de chasse, un jeune psychologue du nom de Carl Seger, avait été touché au ventre, juste sous la poitrine. Il était décédé peu de temps après, au bord d'un ruisseau.

Dans l'enquête qui avait suivi, rien ne laissait penser qu'il ait pu s'agir d'autre chose que d'un tragique accident. Et absolument rien ne laissait supposer qu'Alfred Ögren ou Herman Mannheimer aient été impliqués. Pourtant, Mikael n'arrivait pas à lâcher l'affaire, surtout après avoir découvert que le tireur, Per Fält, était mort lui aussi un an plus tard, sans laisser ni femme ni enfants derrière lui. Dans une nécrologie anonyme, il était décrit comme un "ami fidèle" et un collaborateur dévoué et loyal du groupe Rosvik.

Mikael regarda par la fenêtre et devint songeur. Le ciel s'était obscurci. Le temps était sur le point de se gâter et la sempiternelle pluie se remit à tomber. Il s'étira le dos et se frotta les épaules. Est-ce que ce psychologue abattu aurait un rapport avec Leo Mannheimer ?

Impossible de le savoir. Il pourrait s'agir d'une fausse piste ou simplement d'un drame malencontreux. Mais Mikael poussa tout de même l'enquête sur le psychologue. Il ne trouva pas grand-chose. Carl Seger avait trente-deux ans au moment de sa mort et il était fiancé de fraîche date. L'année précédente, il avait soutenu une thèse de doctorat à l'université de Stockholm sur l'influence de l'ouïe sur l'image de soi. Le titre en était "Une étude empirique".

Le travail de Seger n'était pas publié sur le Net et Mikael ne parvint pas à comprendre en quoi consistait réellement la thèse, même si le sujet était brièvement évoqué dans d'autres essais de sa composition qu'il dénicha via Google Scholar. Dans l'un des textes, le psychologue décrivait une expérience classique montrant comment des sujets identifient plus rapidement une photo d'eux-mêmes, parmi des centaines d'autres, si l'image est embellie. On se reconnaît plus vite quand on paraît plus beau que ce que l'on est réellement et c'est sans doute un héritage évolutionniste. C'est un avantage de se surestimer lorsqu'on cherche à s'accoupler ou à diriger le troupeau, mais cela induit également un risque : "Une confiance démesurée nous expose à des risques et nous empêche d'évoluer. Douter de soi joue un rôle déterminant dans notre maturité intellectuelle", écrivait Seger, ce qui n'était ni particulièrement innovant, ni très original. Mais il était intéressant que Carl Seger y fît référence à des études sur les enfants et à l'importance de la confiance en soi pour leur développement.

Mikael se leva, gagna la cuisine, débarrassa l'évier et la table. Il prit la décision d'aller écouter la conférence de Leo Mannheimer au musée Fotografiska le lendemain. Il avait résolu d'aller au fond de cette histoire et de laisser tomber toute idée de congé. Il n'arriva pas plus loin dans ses réflexions. Quelqu'un sonna à sa porte, il en fut contrarié. Les gens pourraient tout de même avoir la décence d'appeler avant de débarquer. Il alla ouvrir la porte malgré tout. Ce qui arriva par la suite, il le décrirait après coup comme une agression.

5

LE 18 JUIN

FARIA KAZI ÉTAIT ASSISE SUR LE LIT de sa cellule, recroquevillée, les genoux entre les bras. Elle avait vingt ans et se voyait elle-même comme une ombre pâle, effacée. Pour autant, il était difficile pour qui croisait son chemin de ne pas tomber sous le charme. Il en était ainsi depuis ses quatre ans, lorsqu'elle était venue de Dhaka au Bangladesh pour s'installer en Suède.

Faria avait grandi dans une tour de la banlieue de Vallholmen, près de Stockholm, avec ses quatre frères, l'un plus jeune qu'elle, les autres plus âgés. Son père, Karim, avait rapidement monté une chaîne de pressings et était devenu relativement riche. Il avait ensuite investi dans un appartement avec de grandes baies vitrées à Sickla. Son enfance avait été paisible.

Faria jouait au basket et s'en sortait bien à l'école. Elle était particulièrement douée pour les langues. Elle adorait coudre et dessiner des mangas. Mais, au cours de son adolescence, on la priva petit à petit de sa liberté. De toute évidence, c'était en rapport avec ses premières règles et les sifflements d'admiration qu'elle provoquait dans le quartier. Pourtant, elle restait persuadée que les changements venaient d'ailleurs, de l'extérieur, tel un vent froid venu de l'est. La situation ne fit qu'empirer après la mort de sa mère, Aisha, qui succomba d'un AVC. Aisha disparue, la famille perdait non seulement une mère mais aussi une ouverture sur le monde et, surtout, la voix de la raison.

A posteriori, depuis sa cellule, Faria se souvenait d'un soir où l'imam de Botkyrka, Hassan Ferdousi, était passé à l'improviste chez eux. Faria adorait l'imam et avait hâte de lui parler. Mais ce n'était pas une visite de courtoisie.

— Vous n'avez rien compris à l'islam, l'avait-elle entendu gronder depuis la cuisine. Si vous continuez dans cette voie, les choses vont mal se terminer, très mal.

Depuis ce soir-là, elle en était également persuadée. Il y avait chez ses frères aînés, Ahmed et Bashir, une sévérité et une haine qui lui paraissaient de plus en plus malsaines. C'étaient eux, et non son père, qui l'obligeaient à porter son niqab dès qu'elle mettait le nez dehors, même si c'était juste pour aller acheter du lait à la supérette du coin. Le plus souvent, d'ailleurs, elle devait rester cloîtrée à la maison. Son frère Razan n'était pas aussi catégorique, ni particulièrement engagé. Bien qu'il eût d'autres intérêts, il se rangeait la plupart du temps à l'avis des autres. Responsable des travaux de couture, il passait le plus clair de son temps à travailler dans les boutiques de son père. Mais ce n'était pas pour autant un allié de Faria ; lui aussi gardait l'œil sur elle.

Malgré cette sévère surveillance, Faria bénéficiait encore de quelques brèches de liberté à cette époque-là, même s'il lui fallait pour cela user de mensonges et faire preuve d'une grande ingéniosité. Elle avait encore son ordinateur et c'est grâce à lui qu'un beau jour elle apprit que Hassan Ferdousi était invité à débattre, avec un rabbin nommé Goldman, de la question de l'oppression des femmes, à la maison de la culture de Stockholm. Elle venait de passer son bac au lycée Kungsholmen. C'était au mois de juin et cela faisait dix jours qu'elle n'avait pas mis le pied dehors. Elle mourait d'envie de sortir. Il ne lui fut pas facile de convaincre sa tante Fatima, une cartographe célibataire, le dernier allié de Faria dans la famille. Fatima était sensible à son désespoir et finit par accepter de dire aux autres qu'elles allaient dîner ensemble en toute simplicité. Curieusement, ses frères la crurent.

Fatima reçut effectivement Faria chez elle, dans son appartement à Tensta, mais la laissa aussitôt repartir pour le centre-ville. Ce ne serait pas une grande sortie, Faria devait être de retour pour 20 h 30, heure à laquelle son frère Bashir viendrait la récupérer. Mais d'ici là, elle pouvait rester dehors. Elle avait réussi à emprunter une robe noire et des chaussures à talons. C'était évidemment un peu exagéré. Elle n'allait pas à une fête. Elle allait assister à un débat sur la religion et l'oppression des femmes. Mais elle avait envie de se faire belle. L'instant lui semblait solennel. Aujourd'hui, elle se souvenait à peine du débat. Elle avait été bien trop absorbée par le simple fait d'être là, présente, d'observer les gens dans le public. Une fois ou deux, elle fut particulièrement émue sans aucune raison apparente. À l'issue du débat, ce fut au tour des questions du public. Quelqu'un demanda pourquoi c'était toujours la femme qui devait souffrir quand les hommes fondaient leur religion. Hassan Ferdousi répondit, d'une voix sombre :

— Il est profondément regrettable de voir instrumentalisé le plus grand être qui soit au profit de notre propre petitesse.

Elle songeait encore à ces propos lorsque les gens commencèrent à se lever autour d'elle et qu'un jeune homme vêtu d'un jean et d'une chemise blanche s'approcha. Faria était tellement peu habituée à rencontrer des garçons de son âge sans porter le niqab ou le hijab qu'elle se sentit nue et exposée. Mais elle ne s'enfuit pas pour autant. Elle resta assise, l'observant du coin de l'œil. Il avait dans les vingt-cinq ans, il n'était pas particulièrement grand et ne paraissait pas trop sûr de lui, mais ses yeux brillaient. Il y avait quelque chose de léger dans sa démarche qui contrastait avec l'intensité et la noirceur de son regard. Il paraissait gêné et perdu, ce qui la rassura. Il lui adressa la parole en bengali :

— Vous êtes du Bangladesh, non ?

— Comment le savez-vous ?

— Simple intuition. Et vous venez d'où exactement ?

— De Dhaka.

— Moi aussi.

Son sourire était si chaleureux qu'elle ne pouvait que le lui rendre. Leurs yeux se rencontrèrent. Son cœur tressaillit. Sans doute se dirent-ils autre chose encore, en guise de préambule, mais dans ses souvenirs ils sortirent simplement sur la place Sergel, parlant aussitôt à cœur ouvert. Avant même de se présenter en bonne et due forme, il lui parla du blog : un blog créé à Dhaka, qui œuvrait pour la liberté d'expression et les droits de l'homme, ce que les islamistes du pays ne voyaient pas d'un bon œil. Les journalistes responsables du blog avaient été mis sur liste noire et exécutés les uns après les autres. Ils avaient été assassinés à coups de machette, sans que la police ni le gouvernement ne fassent rien pour l'empêcher : "Ils ne levèrent pas le petit doigt", dit-il. C'était la raison pour laquelle il avait été obligé de quitter le Bangladesh et sa famille, et avait obtenu l'asile en Suède.

— J'étais là, une fois. J'étais juste à côté. Mon pull a été éclaboussé par le sang de mon meilleur ami, confia-t-il.

Sur le moment, Faria ne comprit pas tout, mais elle devinait chez le jeune homme un chagrin plus grand encore que le sien et elle ressentait en sa présence une intimité qu'elle n'aurait pas cru pouvoir éprouver après si peu de temps.

Il s'appelait Jamal Chowdhury et elle lui prit la main. Tandis qu'ils approchaient du palais de la Diète royale, il lui devint difficile de déglutir. Pour la première fois depuis une éternité, elle vivait pleinement. Mais ce sentiment ne dura guère. Elle fut bientôt prise d'inquiétude, s'imaginant le regard noir de Bashir. Ils étaient à peine arrivés à Gamla Stan, la vieille ville, qu'elle prit congé de lui. Cette brève rencontre lui suffit pourtant. Durant les jours et les semaines qui suivirent, elle se réfugia dans ce souvenir comme dans une cave aux trésors.

Il n'y avait donc rien d'étonnant à ce qu'elle se raccrochât encore à cette scène ici, en prison, surtout le soir, juste avant le passage du train de marchandises qui ferait trembler les murs, juste avant que s'approchent les pas de Benito et que tout son corps soit saisi de la peur que ce soit pire que jamais.

ALVAR OLSEN ÉTAIT DANS SON BUREAU et attendait un coup de fil du directeur, Rikard Fager. Mais l'heure tournait et le téléphone demeurait muet. Il poussa un juron et songea à Vilda.

Il aurait dû être de repos ce jour-là pour accompagner sa fille à un tournoi de foot à Västerås. Il avait tout annulé. Il n'osait pas s'absenter de son travail. Il avait donc fait appel à sa tante pour la énième fois et se sentait le pire papa du monde. Mais que faire ?

Ses plans pour éloigner Benito du quartier étaient tombés à l'eau. De plus, Benito avait tout appris et le fusillait du regard. La prison était une cocotte-minute. Partout, les détenues chuchotaient entre elles, comme avant un grand conflit ou une libération ; lui suppliait Lisbeth Salander du regard chaque fois qu'il la croisait. Elle avait juré de redresser la situation. En réalité, cette promesse l'avait inquiété autant que le problème du départ et il avait exigé d'essayer d'abord de son côté. Salander lui avait accordé cinq jours, désormais écoulés sans qu'il fût parvenu à quoi que ce soit. Il était terrorisé, tout simplement.

Il n'y avait qu'un seul point sur lequel il avait pu se détendre. Il pensait qu'il ferait l'objet d'une enquête interne car il y avait forcément des enregistrements de vidéosurveillance où on le voyait faire entrer Salander dans son bureau après la fermeture des cellules jusqu'au petit matin. Durant des jours après cet épisode, il s'attendit à tout moment à être convoqué par la direction pour répondre à des questions bien embarrassantes. Mais il ne se passa rien et, ne supportant plus l'attente, il finit par aller lui-même au poste de surveillance dans le bâtiment B, sous prétexte de contrôler tel ou tel incident concernant Beatrice Andersson. Il remonta nerveusement la vidéo jusqu'au soir en question, la nuit du 12 au 13 juin.

C'était incompréhensible. Il revint en arrière encore et encore. Mais le couloir, sur l'enregistrement, restait calme et désert, sans aucune trace de lui ni de Salander. Il était définitivement sauvé. Il aurait préféré croire que c'était le fruit d'un heureux hasard – que par miracle les caméras avaient dysfonctionné juste à ce moment-là –, mais il ne savait que trop bien ce qu'il en était. Il avait vu comment Salander s'était introduite dans les serveurs de l'établissement pour manipuler la vidéosurveillance. Elle avait dû modifier les séquences. Il n'y avait pas d'autre explication. Il pesta contre toute cette histoire puis vérifia sa boîte mail. Pas un mot, rien ! Ce n'était pourtant pas sorcier, non ? Il n'y avait qu'à venir récupérer Benito et l'emmener ailleurs.

19 h 15. Dehors, la pluie tombait. Il était censé faire un tour dans le couloir et veiller à ce qu'il n'y ait pas d'embrouille dans la cellule de Faria Kazi. Il aurait dû être sur le terrain pour talonner Benito, faire de sa vie un enfer. Mais il resta là où il était, comme paralysé. Il inspecta son bureau avec le sentiment que quelque chose avait changé. Est-ce que Salander avait pu trafiquer des choses lors de sa visite de la veille ? Encore un drôle de moment… Elle avait de nouveau fouillé dans ses vieux registres. Cette fois elle cherchait quelqu'un du nom de Daniel Brolin. En dehors de ça, Alvar avait évité de regarder. Il ne voulait pas être impliqué. Mais il le fut malgré lui. Lisbeth avait en effet passé un appel normal via son ordinateur, ce qui était tout de même assez curieux. On aurait dit une tout autre personne lors de cette conversation, aimable et avenante, puis elle avait posé des questions au sujet de nouveaux documents qui étaient arrivés. Aussitôt après, elle avait voulu retourner dans sa cellule.

Vingt-quatre heures plus tard, de plus en plus mal à l'aise, Alvar décida de rejoindre le quartier sans tarder. Il bondit de sa chaise mais fut arrêté dans son élan par la sonnerie du téléphone. Un appel interne. Le directeur avait enfin de bonnes nouvelles. Le centre pénitentiaire Hammerfors à Härnösand était prêt à accueillir Benito dès le lendemain après-midi. Pourtant, Alvar, sans trop comprendre pourquoi, n'en fut pas aussi soulagé qu'il l'aurait imaginé. Lorsqu'il réalisa que le train de marchandises grondait déjà dehors, il raccrocha sans un mot et sortit de son bureau en courant.

C'ÉTAIT L'UNE DES AGRESSIONS les plus agréables que Mikael ait subies depuis longtemps. Malin Frode avait surgi à sa porte, trempée par la pluie, le maquillage coulant sur ses joues, avec un air sauvage et déterminé. Allait-elle le gifler ou lui arracher ses vêtements ?

Elle le plaqua contre le mur, lui saisit les hanches et l'avertit qu'il allait être puni d'être aussi emmerdant, aussi sexy, et d'autres choses encore. Sans qu'il comprenne comment, elle se retrouva à califourchon sur lui. Elle jouit plusieurs fois.

Ensuite, ils restèrent allongés l'un contre l'autre, haletants. Il lui caressa les cheveux en lui chuchotant des mots doux : il tenait parfaitement son rôle, il n'y avait rien à redire. Elle lui avait réellement manqué. La pluie tombait dehors. Les voiliers glissaient sur Riddarfjärden. L'eau gouttait des toits. C'était agréable. Malgré tout, ses pensées vagabondaient, et Malin s'en aperçut.

— Je t'ennuie déjà ?

— Quoi ? Non. Tu m'as manqué, dit-il en toute franchise.

Mais il se sentait coupable. Sombrer dans des ruminations personnelles juste après avoir fait l'amour avec une femme qu'on n'a pas vue depuis longtemps, quel manque de tact.

— Ça remonte à quand, la dernière fois que tu as été sincère ?

— J'essaie assez souvent.

— C'est encore Erika ?

— Non, plutôt ce dont on parlait au téléphone.

— Le piratage ?

— Entre autres.

— Et Leo ?

— Oui.

— Bon, crache le morceau maintenant, bordel. Pourquoi est-ce que tu t'intéresses tant à lui ?

— Je ne sais même pas s'il m'intéresse. J'essaie juste de comprendre certaines choses.

— Eh bien, merci pour ces éclaircissements, Super Blomkvist.

— Hmm, mouais.

— Tu ne me dis pas tout. Il n'y aurait pas une histoire de protection des sources, là-dessous ?

— Peut-être.

— Imbécile !

— Je suis désolé.

Son visage s'adoucit et elle écarta une mèche de son œil.

— Il se trouve que j'ai beaucoup pensé à Leo, moi aussi, après notre conversation, dit-elle.

Elle s'enveloppa dans la couverture. Elle lui parut irrésistiblement belle.

— Tu as pensé à quoi ? demanda-t-il.

— Je me suis souvenue qu'il avait promis de me raconter pourquoi il était aussi joyeux à une certaine période. Mais sa joie était retombée par la suite, il m'a semblé cruel d'insister.

— Qu'est-ce qui t'a fait penser à ça ?

Elle sembla hésiter. Elle regarda par la fenêtre.

— C'est sans doute que cette joie me réjouissait et m'inquiétait à la fois. Elle était un peu excessive.

— Il était peut-être amoureux ?

— Justement, je lui ai posé la question et il a nié catégoriquement. On était chez Riche, ce qui en soi était en événement. Leo détestait la foule. Mais il était venu et on était censés parler de qui pourrait me remplacer. Mais Leo était impossible. Dès que j'évoquais des noms, il changeait de sujet et se mettait à parler de la vie et de l'amour ou me faisait de grands exposés sur sa musique. C'était incompréhensible, et franchement assez pénible : il était né pour apprécier certaines harmonies, certaines gammes, le *si* mineur ou quelque chose comme ça. Je n'ai pas vraiment écouté. Il était tellement euphorique et autocentré que ça m'a vexée. Du coup j'ai insisté, j'ai été un peu lourde : "Qu'est-ce qui s'est passé ? Il faut que tu me racontes." Mais il a refusé de donner des explications. Il ne pouvait pas en parler, disait-il. Il a simplement dit qu'il avait enfin trouvé son chez-lui.

— Peut-être s'était-il converti ?

— Non, je ne pense pas. Leo détestait tout ce qui était religieux.

— Quoi, alors ?

— Je n'en ai aucune idée. Je sais seulement que, quelques jours plus tard, c'est reparti aussi vite que c'était venu. Il s'est complètement dégonflé.

— Dans quel sens ?

— Dans tous les sens du terme. C'était il y a environ un an et demi, juste avant Noël et avant mon dernier jour chez Alfred Ögren. Dans son bureau, en pleine nuit. J'avais organisé une petite fête de départ chez moi mais Leo n'était pas venu, ça m'avait fait de la peine. On avait quand même eu une relation particulière, tous les deux.

Elle l'observa :

— Il n'y a pas de quoi être jaloux.

— Il en faut plus pour me rendre jaloux.

— Je sais. Je te déteste pour ça. Tu aurais pu être un peu jaloux de temps en temps, en signe de bonne foi. En tout cas, on a eu une petite histoire, Leo et moi, à peu près au moment où je t'ai rencontré. Ma vie était un peu chaotique avec le divorce et tout le tralala, ce qui explique sans doute pourquoi ce bonheur inouï chez lui, qui ne collait pas vraiment avec son caractère, me dérangeait tant. Quoi qu'il en soit, je lui ai téléphoné en pleine nuit et il était encore au bureau. Ce qui m'a d'autant plus vexée. Mais il était si profondément désolé que je lui ai pardonné. Et quand il m'a proposé de venir pour un dernier verre, je l'ai rejoint aussitôt. Je ne sais pas à quoi je m'attendais. Je ne comprenais pas ce qu'il faisait aussi tard au bureau. Leo était loin d'être un fanatique du travail. Et ce bureau – c'était l'ancien bureau de son père – est complètement hallucinant. Il y a un tableau de Dardel au mur, un bureau rococo Georg Haupt dans un coin… Leo disait parfois qu'il en avait honte. Que ce luxe était excessif, limite indécent. Mais ce soir-là, quand je suis arrivée… Je ne sais même pas comment l'expliquer. Ses yeux étaient extraordinairement brillants et sa voix différente, un peu cassée. Mais il s'efforçait d'avoir l'air joyeux. Il souriait tout le temps, mais son regard était perdu, triste. Sur le bureau Georg Haupt se trouvait une bouteille de bourgogne et des verres vides. Manifestement, il avait eu de la compagnie. On s'est embrassés, on a papoté gentiment en partageant une demi-bouteille de champagne, on s'est promis de garder le contact. Mais voyant qu'il était préoccupé, j'ai fini par lui dire : "Tu ne sembles plus aussi heureux." "Si, je suis heureux m'a-t-il répondu, c'est juste que…" Il n'a pas fini sa phrase. Il est resté longtemps silencieux. À siroter son champagne. Il semblait complètement déprimé. Il a dit qu'il allait faire une importante donation.

— À qui ?

— Je n'en ai aucune idée. Sur le coup, je me suis surtout demandé si ce n'était pas une lubie passagère. Il semblait gêné de m'avoir fait cette confidence, alors je n'ai pas relevé. Ça avait l'air personnel. Mais plus rien n'a été pareil après. J'ai fini par me lever, il s'est levé à son tour, on s'est enlacés et on a échangé quelques baisers sans grande conviction. J'ai marmonné "Prends soin de toi, Leo" et je suis allée attendre l'ascenseur dans le couloir. Mais j'ai fait demi-tour, j'étais énervée. C'était quoi, ces cachotteries à la con ? Qu'est-ce qu'il fabriquait ? Je voulais comprendre. Mais une fois revenue – je veux dire avant même de le voir –, je me suis rendu compte que je dérangeais. Leo était assis là, penché sur une feuille couleur sable et il s'appliquait visiblement à écrire quelque chose. Ses épaules étaient tendues. Il avait les larmes aux yeux et je n'ai pas eu le cœur de le déranger. Il ne m'a pas vue.

— Tu n'as aucune idée de ce dont il s'agissait ?

— Je me suis dit après coup que ça avait peut-être un rapport avec sa mère. Elle est morte quelques jours plus tard seulement et, comme tu le sais, Leo a pris des congés et il est parti faire un long voyage. J'aurais sans doute dû le contacter pour lui transmettre mes condoléances. Mais tu sais aussi que ma propre vie était devenue un enfer à ce moment-là. J'ai commencé à travailler jour et nuit dans mon nouveau job et je me prenais la tête avec mon ex-mari. En plus, je couchais avec toi sans arrêt.

— Oui, c'était certainement le plus dur dans tout ça.

— Sans doute.

— Tu n'as pas revu Leo depuis, alors ?

— Pas dans la vraie vie, seulement dans un bref clip à la télé. Je l'ai un peu oublié, refoulé plutôt. Mais aujourd'hui, quand tu m'as téléphoné…

Malin semblait chercher ses mots.

— … cette scène du bureau m'est revenue, poursuivit-elle, et quelque chose ne collait pas. Impossible de trouver quoi. Quelque chose me tracassait, ça me prenait tellement la tête que j'ai fini par lui téléphoner, mais il avait changé de numéro.

— Est-ce qu'il t'a déjà parlé d'un psychologue qui a pris une balle perdue dans l'équipe de chasse d'Alfred Ögren quand il était petit ?

— Comment ? Non. C'est quoi cette histoire ?

— Il s'appelait Carl Seger.

— Ça ne me dit rien. Que s'est-il passé ?

— Carl Seger a reçu une balle durant une chasse à l'élan dans les forêts près d'Östhammar il y a vingt-cinq ans – a priori par accident. L'homme qui a tiré s'appelait Per Fält, c'était l'ancien directeur financier de Rosvik.

— Tu soupçonnes quelque chose ?

— Pas vraiment, pas pour l'instant en tout cas. Mais je me suis dit que Carl Seger et Leo étaient peut-être proches. Les parents misaient énormément sur leur fils, n'est-ce pas ? Ils le faisaient réviser avant les tests de QI, etc. et j'ai lu que Seger a beaucoup écrit sur l'importance de la confiance en soi dans le développement des jeunes, alors je me suis demandé…

— Leo doutait de lui plus qu'il n'avait confiance en lui, il me semble, l'interrompit-elle.

— Carl Seger écrivait aussi sur le doute et la mésestime de soi. Est-ce que Leo parlait souvent de ses parents ?

— Parfois, toujours à contrecœur.

— Mauvais signe.

— Herman et Viveka avaient sûrement de bons côtés, mais l'un des malheurs de Leo, à mon sens, c'est de n'avoir jamais su s'opposer à eux pour tracer sa propre voie.

— C'est contre son gré qu'il serait devenu financier, tu veux dire ?

— Les choses ne sont jamais aussi simples. Quelque chose en lui a dû le vouloir aussi. Mais je suis assez convaincue qu'il rêvait de s'émanciper et c'est peut-être la raison pour laquelle la scène à son bureau m'a tant dérangée. On aurait dit qu'il s'agissait d'un adieu – un adieu à sa mère, mais autre chose aussi, quelque chose de plus grand.

— Tu l'as comparé à Hamlet, tout à l'heure.

— Oui, mais Leo n'aurait jamais…

— Quoi ?

Une ombre passa sur le visage de Malin. Mikael posa une main sur son épaule.

— Qu'est-ce qu'il y a ?

— Rien, rien.

— Dis-moi !

— Une fois, j'ai vraiment vu Leo complètement fou.

19 H 29. AUX PREMIÈRES SECOUSSES du train de marchandises, Faria Kazi sentit une douleur lancinante la traverser. Il ne restait plus que seize minutes avant la fermeture des cellules, mais d'ici là bien des choses pouvaient arriver. Personne ne le savait mieux qu'elle. Dans le couloir, les surveillants faisaient cliqueter leurs trousseaux de clés. Des voix résonnèrent. Elle ne distinguait pas un mot de ce qui se disait mais elle devina dans ces murmures comme une excitation.

Elle n'avait aucune idée de ce qui se passait, mais une atmosphère d'urgence planait sur le quartier. À en croire les rumeurs, Benito allait partir. Mais rien n'était sûr, pas même la pluie sur la voie ferrée au-dehors. Une heure plus tôt, il y avait de l'orage dans l'air. Désormais, le seul signe du monde extérieur était le grondement infernal du train de marchandises.

Les murs tremblaient, les gens allaient et venaient mais rien de grave ne semblait se tramer. Peut-être lui ficherait-on la paix ce soir, finalement. Les molosses étaient plus vigilants. Alvar Olsen l'avait suivie du regard toute la journée et semblait travailler en permanence. Peut-être allait-il la protéger, en fin de compte. Peut-être que tout irait bien, en dépit des bruits de couloir. Elle songea à ses frères et à sa mère, à la façon dont le soleil brillait sur les pelouses de Vallholmen autrefois. Mais elle fut bientôt arrachée à ses rêveries. Le frottement des tatanes se fit entendre au loin, un son qui ne lui était que trop familier. Désormais, il n'y avait plus de doute. Un parfum douceâtre flottait également dans l'air. Faria Kazi eut du mal à respirer. Elle aurait voulu creuser un trou dans le mur et se sauver le long des voies ferrées ou disparaître d'un coup de baguette magique, mais elle était seule, confinée dans sa cellule, coincée entre le lit et la porte. Elle était plus seule qu'elle ne l'avait jamais été. Elle avait beau essayer de repenser à Jamal, rien n'y faisait. Il n'y avait plus de réconfort à trouver. Le train de marchandises grondait, les pas se rapprochaient et le parfum lui piquait déjà le nez. Dans quelques secondes elle serait jetée dans le même puits sans fond que d'habitude. Elle savait pertinemment que sa vie était déjà foutue, qu'elle n'avait plus rien à perdre, mais elle restait terrorisée chaque fois que Benito surgissait au seuil de sa cellule et, avec un sourire mielleux, lui passait le bonjour de ses frères.

Elle ne pouvait être certaine que Benito ait rencontré Bashir et Razan ou ait été en contact avec eux. Le salut qu'elle lui lançait n'en résonnait pas moins comme une menace de mort. Le même atroce rituel s'ensuivait toujours : Benito la giflait, la caressait, lui tripotait les seins et lui pelotait l'entrejambe en la traitant de pute et de sale étrangère. Mais ces agressions et ces insultes n'étaient pas le pire. Le pire, c'était le pressentiment que tout ça n'était que le préambule à quelque chose de bien plus grave, et parfois Faria s'imaginait voir de l'acier luire dans la main de Benito. C'était devenu une obsession.

Toute la réputation de Benito était fondée sur quelques poignards indonésiens qu'elle aurait, selon les rumeurs, forgés elle-même en proférant une litanie de malédictions et qui avaient le pouvoir, disait-on, de condamner quelqu'un à mort rien qu'en le visant. Le mythe entourant ces poignards flottait autour de Benito dans le couloir de la prison telle une aura maléfique qui se mêlait à l'odeur de son parfum. Maintes fois, Faria s'était imaginé Benito s'acharnant sur elle avec ses poignards. Il y avait même des jours où elle en venait à se dire que ce serait aussi bien.

Elle tendit l'oreille et l'espoir s'éveilla en elle l'espace d'un instant. Le frottement à l'extérieur s'était tu. S'était-elle fait arrêter ? Non, les pieds se remirent en marche mais désormais, Benito avait de la compagnie, ce dont non seulement les pas mais aussi l'odeur témoignaient. Un mélange fétide de transpiration et de pastilles de menthe se mêla au parfum douceâtre tant redouté. C'était Tine Grönlund, à la fois servante et garde du corps de Benito. Faria sut alors qu'au lieu d'un répit, c'était une escalade qui se profilait. Elle allait souffrir.

Les ongles de pieds vernis de Benito apparurent au pas de la porte, puis ses pieds pâles qui sortaient de ses tatanes en plastique. Elle avait remonté les bras de sa chemise, dévoilant ses tatouages de serpents. Elle transpirait sous son maquillage. Ses yeux étaient froids. Pourtant, elle sourit. Personne n'avait un sourire aussi désagréable que le sien. Elle fut suivie par Tine, qui referma la porte derrière elles – bien qu'en théorie personne en dehors des surveillants n'eût le droit de fermer les portes.

— Greta et Lauren sont à l'extérieur, dit Tine. On ne risque pas d'être dérangées.

Benito s'approcha de Faria en tripotant sa poche de pantalon. Son sourire se figea, ses lèvres s'étrécirent, ne formant bientôt plus qu'un trait. Des rides se creusèrent sur son front pâle. Une goutte de sueur apparut au-dessus de sa lèvre supérieure.

— On n'a plus beaucoup de temps, dit-elle. Les molosses veulent me faire partir, tu es au courant ? Du coup, il va falloir trouver un accord sans tarder. On t'aime bien, Faria. Tu es belle et on aime les jolies filles. Mais on aime bien tes frères, aussi. Ils nous ont fait une proposition assez généreuse et on aimerait savoir…

— Je n'ai pas d'argent, précisa Faria.

— Une fille peut trouver d'autres façons de payer et nous avons nos petites préférences, notre propre devise, n'est-ce pas, Tine ? Il se trouve que j'ai quelque chose pour toi, Faria, qui va t'aider à devenir un peu plus coopérative.

Benito tripota de nouveau sa poche, un grand sourire fendait désormais son visage. Un sourire victorieux qui faisait froid dans le dos.

— Qu'est-ce que j'ai là, à ton avis ? poursuivit-elle. Qu'est-ce que ça peut bien être ? Ne t'inquiète pas, ce n'est pas mon Keris. Mais c'est quand même quelque chose auquel je tiens.

Elle sortit un objet noir de sa poche et il y eut un clic métallique. Faria n'arrivait plus à respirer. C'était un stylet. Elle était tellement paralysée par la peur qu'elle n'eut pas le temps de réagir quand Benito l'agrippa par les cheveux et lui tira la tête en arrière.

Très lentement, la lame s'approcha de son cou. Elle pointait maintenant vers l'artère carotide, comme si Benito voulait marquer l'endroit exact où pratiquer une incision mortelle. Elle se mit à vitupérer : il fallait payer ses dettes par le sang et honorer sa famille. Faria ne saisit pas tout. Elle sentait seulement le parfum sucré s'incruster dans ses narines et une haleine âpre chargée de tabac et d'effluves moisis l'étouffer. Elle n'arrivait plus à coordonner ses pensées. Elle ne comprit pas d'abord pourquoi une tension différente semblait s'être répandue dans la pièce, puis elle réalisa que la porte s'était ouverte et refermée.

Quelqu'un d'autre était entré. Mais qui ? C'était Lisbeth Salander. Elle avait une drôle de tête, comme si elle était plongée dans des rêveries ou qu'elle ne savait pas très bien où elle se trouvait. Elle ne sembla même pas réagir quand Benito vint à sa rencontre.

— Je ne dérange pas ? demanda-t-elle.

— Si, et pas qu'un peu. Qui t'a laissée entrer, bordel ?

— Les filles dehors. Elles n'ont pas fait trop d'histoires.

— Quelles connes ! Tu vois pas ce que j'ai dans la main ? cracha Benito en brandissant son stylet.

Lisbeth voyait bien le couteau mais ne semblait pas s'en soucier plus que ça. Elle se contenta d'observer Benito d'un regard absent.

— Mais casse-toi, alors, sale pute ! Ou je te saigne comme un cochon.

— Ça, ça m'étonnerait. T'auras jamais le temps, répondit Lisbeth.

— C'est ce que tu crois !

Un flot de haine déferla dans la cellule et Benito se jeta sur Salander, le couteau à la main. Mais elle fut stoppée dans son élan. Tout alla si vite que Faria n'eut pas le temps de suivre. Un coup de poing fusa, suivi d'un coude, puis ce fut comme si Benito avait heurté un mur. Elle s'immobilisa, paralysée. Puis elle tomba sans même se retenir avec les mains et sa tête heurta le sol en béton. Un ange passa. Seul le grondement du train de marchandises vint rompre le silence.

6

LE 18 JUIN

MALIN ET MIKAEL ÉTAIENT ENLACÉS, adossés au montant du lit.

— Que s'est-il passé ? demanda-t-il en lui caressant l'épaule.

— Leo est devenu complètement dingue. Tu n'aurais pas un bon rouge caché quelque part, par hasard ? J'ai besoin d'un verre.

— Je dois avoir un barolo qui traîne, dit-il en se glissant hors du lit pour aller chercher la bouteille.

Lorsqu'il revint avec le vin et deux verres, Malin regardait par la fenêtre, songeuse. La pluie continuait à tomber. Une brume légère drapait la surface de l'eau et des sirènes hurlaient au loin. Mikael remplit les verres, puis embrassa Malin sur la joue et sur la bouche. Il remonta la couette sur eux tandis qu'elle commençait à raconter.

— Comme tu le sais, le fils d'Alvar Ögren, Ivar, est maintenant PDG de la boîte, bien que ce soit le plus jeune parmi ses frères et sœurs. Il n'a que trois ans de plus que Leo et tous deux se connaissent depuis l'enfance. Mais on ne peut pas dire qu'ils sont amis. Au contraire, ils se détestent.

— Pour quelle raison ?

— Rivalité, complexe d'infériorité, je ne sais pas. Ivar sait pertinemment que Leo est plus intelligent que lui. Il sait que Leo voit clair dans son jeu lorsqu'il se vante et qu'il ment, et il est complexé, et pas seulement sur le plan intellectuel. Ivar passe son temps dans des restos chics, il a grossi, s'est empâté. Il n'a pas encore quarante ans, mais on dirait déjà un petit vieux alors que Leo court et qu'au mieux de sa forme, on lui en donnerait vingt-cinq. D'un autre côté, Ivar est le plus entreprenant, le plus fort, et…

Malin grimaça et but une gorgée de vin.

— Quoi ?

— Parfois, j'ai honte : d'avoir fait partie de tout ça. La plupart du temps, Ivar était un type sympa, un peu zélé peut-être, un peu brusque, mais sympa. Sauf que des fois il était infernal, c'était horrible à voir. Je crois qu'il avait peur que Leo prenne sa place à la tête de la boîte. Il y avait pas mal de gens, même au sein de la direction, qui le souhaitaient. Au cours de ma dernière semaine dans l'entreprise – juste avant que je ne voie Leo en pleine nuit – nous avons eu une réunion. Encore pour discuter de mon remplacement. Mais insensiblement, nous avons dévié sur autre chose et Ivar était de mauvaise humeur dès le départ, tu vois le truc. Il ressentait sans doute la même chose que moi – l'impression qu'il s'était passé quelque chose. Leo était tellement heureux, c'en était presque insupportable. Comme s'il flottait au-dessus de tout. D'ailleurs il n'avait presque pas été au boulot cette semaine-là et Ivar était sur son dos. Il a traité Leo de donneur de leçons, de paresseux et de lâche. Au début, Leo ne s'est pas laissé déstabiliser. Il s'est contenté de sourire et Ivar est devenu fou. Il lui a balancé les pires atrocités. Il a tenu des propos carrément racistes, traitant Leo de Tsigane, de Gitan. C'était tellement ridicule que je pensais que Leo allait ignorer ce con. Mais non : il a décollé de sa chaise et lui a sauté à la gorge. Je veux dire, littéralement. Je me suis jetée sur Leo et je l'ai plaqué au sol. C'était de la folie. Je me rappelle qu'il a grommelé : "On vaut mieux que ça, on vaut mieux que ça", avant de finir par se calmer.

— Et Ivar, il a fait quoi ?

— Il est resté cloué sur sa chaise à nous fixer du regard. Il était en état de choc. Ensuite, il s'est penché en avant, l'air gêné. Il s'est excusé et puis il est parti. Je suis restée à terre avec Leo.

— Et lui, qu'est-ce qu'il a fait ?

— Rien, autant que je me souvienne. C'était assez dingue, maintenant que j'y repense.

— C'était assez dingue aussi de le traiter de Tsigane et de Gitan, non ?

— Ivar est comme ça. Quand il dérape, il devient un enfoiré, complètement primaire. Il aurait aussi bien pu le traiter de gros dégueulasse ou de salaud. Dans son monde, c'est du pareil au même. Un trait qu'il a dû hériter de son père. Il y a un tas de préjugés à la con dans cette famille. C'est pour ça que je dis que j'ai honte. Je n'aurais jamais dû travailler chez Alfred Ögren.

Mikael hocha la tête, sirotant son verre de vin. Il aurait sans doute dû rebondir, poser d'autres questions, la réconforter, mais il n'en avait pas le courage. Quelque chose lui pesait de nouveau, il ne comprenait pas trop quoi, sauf que cela avait un rapport avec Lisbeth. Puis il se souvint que la mère de Lisbeth, Agneta, avait des racines chez les gens du voyage. Son grand-père était tsigane, lui semblait-il. Elle devait donc figurer sur d'anciens registres devenus illégaux.

— Ne se pourrait-il pas… finit-il par dire.

— Quoi ?

— … qu'Ivar se considère effectivement comme quelqu'un de supérieur ?

— Sans doute.

— Je veux dire supérieur du point de vue des origines ou des liens du sang.

— Ce serait très curieux. Difficile de faire plus noble que Mannheimer. À quoi tu penses ?

— Je ne sais pas trop.

Malin paraissait rassérénée et triste à la fois. Mikael lui caressa les épaules. Il comprit soudain ce qu'il lui fallait vérifier. Il allait devoir remonter loin en arrière, jusqu'aux vieux registres communaux, si nécessaire.

LISBETH AVAIT FRAPPÉ FORT – *trop* fort, peut-être. Elle le sut avant que Benito ne s'effondre et même avant que le coup n'atteigne sa cible. Elle le sut par la légèreté du mouvement, par la force fluide – par le principe connu de toute personne exerçant des sports violents : la perfection se caractérise par son imperceptibilité.

Elle avait envoyé un coup droit dans le larynx de Benito avec une précision étonnante, avant de lui assener deux coups de coude dans l'os maxillaire. Ensuite, Lisbeth s'était décalée pour permettre la chute imminente de sa proie, mais pas seulement. Elle voulait contrôler la situation. Elle vit Benito plonger en avant sans même se protéger de ses mains et heurter le sol, le visage et le menton en premier. Elle entendit le craquement d'os qui se brisaient. Elle n'en espérait pas tant.

Benito était dans un sale état. Elle était étalée sur le ventre, inanimée, le visage tordu et figé dans une grimace affreuse. On n'entendait aucun bruit, pas même une respiration. Personne ne regretterait Benito Andersson moins que Lisbeth Salander, mais si elle était morte, ce serait une complication inutile. En plus, Tine Grönlund était juste à côté.

Grönlund était loin d'être une meneuse comme Benito. Elle semblait au contraire née pour suivre et se laisser gouverner. Mais elle était grande, noueuse et rapide, et ses coups avaient une portée difficile à contrer, d'autant plus quand ils arrivaient de côté, comme c'était le cas maintenant. Lisbeth ne réussit à les parer qu'à moitié. Ses oreilles sifflèrent, sa joue brûla et elle se prépara pour un nouveau combat. Mais elle y échappa. Au lieu de continuer à se battre, Tine regarda fixement Benito par terre. Ce n'était pas beau à voir.

Ce n'était pas seulement le sang qui coulait de sa bouche, se propageant sur le béton en filets rouges telles des griffes. C'étaient ce corps et ce visage complètement tordus. Au mieux, Benito était bonne pour une hospitalisation prolongée.

— Benito, tu es en vie ? lança Tine.

— Oui, elle est en vie, répondit Lisbeth sans toutefois en être parfaitement sûre.

Elle avait déjà mis des gens KO, sur un ring ou en dehors, mais en général le coup était toujours suivi de gémissements ou de petits mouvements. Là, il régnait un silence impénétrable que la tension ambiante ne faisait qu'amplifier.

— Mais enfin, merde, elle est complètement inanimée.

— Effectivement, elle n'a pas l'air d'avoir la pêche, répondit Lisbeth.

Tine grommela une menace et brandit les poings. Puis elle se précipita vers la porte et se sauva. Lisbeth resta plantée là, jambes écartées, et regarda Faria Kazi. Elle était assise sur son lit, les bras autour des genoux, vêtue d'une chemise bleue trop grande. Elle observait Lisbeth d'un air perplexe.

— Je vais te sortir de là, lui dit Lisbeth.

HOLGER PALMGREN ÉTAIT ALLONGÉ sur son lit médicalisé, dans son appartement. Il songeait à l'appel de Lisbeth. N'être pas encore en mesure de répondre à sa question le travaillait. Son infirmier avait feint de ne pas l'entendre et il était lui-même trop mal en point pour pouvoir ressortir les documents tout seul. La douleur lui vrillait les hanches et les jambes et il n'arrivait plus à marcher, même avec le déambulateur. Il avait besoin d'aide pour presque tout. Les aides-soignants défilaient chez lui, et la plupart le traitaient comme un gamin de cinq ans. Ils détestaient manifestement leur travail. Ou bien les personnes âgées en général. Parfois, mais pas souvent – il avait encore sa dignité –, il regrettait d'avoir si catégoriquement refusé la proposition de Lisbeth de lui payer du personnel soignant privé. L'autre jour, il avait demandé à la jeune et rude Marita, qui faisait toujours une grimace de dégoût lorsqu'elle devait l'aider à sortir du lit :

— Vous avez des enfants ?

— Je ne veux pas parler de ma vie privée, l'avait-elle rabroué.

Voilà ce que le monde était devenu : il ne pouvait même pas se montrer courtois sans passer pour un fouineur. La vieillesse était une humiliation, un viol. C'est ainsi qu'il voyait les choses et, à l'instant, tandis qu'on lui changeait sa couche, il s'était souvenu du poème de Gunnar Ekelöf, *"De borde skämmas* ".*

Il n'avait pas relu ce poème depuis sa jeunesse. Mais il s'en souvenait assez bien, peut-être pas à la lettre, mais globalement. Le poème parlait d'un homme – probablement l'alter ego du poète – qui écrivait ce qu'il appelait une préface à sa mort : il souhaitait que la dernière chose qu'on voie de lui soit un poing serré parmi les nénuphars et des bulles de mots remontant des profondeurs.

Holger s'était senti tellement misérable que le poème semblait lui donner le seul espoir qui restait – la rébellion ! Certes, son état allait inexorablement empirer, bientôt il serait allongé dans son lit comme un légume, et sans doute perdrait-il la boule aussi. Certes, seule la mort l'attendait. Mais il n'était pas obligé de l'accepter – c'était là le message et la consolation du poème. Il pouvait serrer le poing en une protestation silencieuse. Il pouvait sombrer vers les profondeurs en restant fier et en se révoltant – contre la douleur, contre les couches, contre l'immobilité et toute cette humiliation.

Et puis tout n'était quand même pas si noir. Il avait encore des amis et, avant tout, il avait Lisbeth. Sans oublier Lulu, qui serait bientôt là pour l'aider à ressortir les documents. Originaire de Somalie, Lulu était une belle femme de grande taille avec de longs cheveux tressés. Son regard était si fervent qu'il avait l'impression de retrouver un peu de dignité. C'était Lulu qui s'occupait de lui avant le coucher. Elle lui mettait les patchs de morphine dans le dos, lui enfilait sa chemise de nuit et le couchait. Même si son suédois n'était pas encore parfait, ses questions étaient vraies. Elle ne lui sortait pas des stupidités infantilisantes à la troisième personne, du genre : "On se sent mieux maintenant, hein ?". Elle se demandait ce qu'elle devrait étudier et apprendre, et ce que Holger lui-même avait

* Albert Bonniers, 1950 (non traduit en français). Signifie littéralement "Ils devraient avoir honte".

fait dans sa vie et ce qu'il en pensait. Elle le voyait comme un être humain, pas comme un vieillard sans histoire.

Lulu était devenue l'un des rayons de soleil de sa vie et la seule personne avec qui il avait parlé de Lisbeth et de la visite à Flodberga. Un véritable cauchemar, cette visite ! Le simple fait de voir l'imposant mur de la prison l'avait fait trembler. Comment pouvaient-ils placer Lisbeth dans un endroit pareil ? Elle avait pourtant fait quelque chose de louable. Elle avait sauvé la vie d'un enfant. Et voilà qu'elle s'était retrouvée parmi les pires criminelles du pays. C'était indécent. Et lorsqu'il l'avait rencontrée dans le parloir, il avait été tellement bouleversé qu'il n'était pas parvenu à tenir sa langue autant que d'habitude.

Il l'avait interrogée sur son tatouage de dragon, qui l'avait toujours intrigué, sans compter qu'il appartenait à une génération qui ne comprenait pas vraiment cette forme d'art. Pourquoi décorer ainsi son corps de façon indélébile – alors que l'être humain change et évolue en permanence ?

Les réponses de Lisbeth, pour courtes et concises qu'elles aient été, lui avaient largement suffi. Bouleversé, il s'était laissé aller à un bavardage nerveux et confus. Et il lui avait mis des idées en tête. C'était vraiment idiot, d'autant plus qu'il ignorait de quoi il parlait. Qu'est-ce qui lui avait pris ? À vrai dire, il savait pertinemment ce qui l'avait poussé à agir ainsi. Ce n'était pas seulement son âge, ni un manque de jugeote. Il avait reçu la visite inattendue de Maj-Britt Torell quelques semaines plus tôt, une vieille dame aux cheveux blancs, avec un petit air d'oiseau. Elle avait été la secrétaire de Johannes Caldin, le directeur du service pédopsychiatrique de Sankt Stefan à Uppsala à l'époque où Lisbeth y était hospitalisée.

Maj-Britt Torell avait lu des choses sur Lisbeth Salander dans les journaux et avait ensuite parcouru les piles de dossiers qu'elle avait récupérées lors du décès de Caldin. Il fallait noter – elle prit bien soin de le préciser – qu'elle n'avait jamais trahi le secret professionnel auparavant. Mais il s'agissait là de circonstances exceptionnelles, “comme vous le savez.

C'est affreux la façon dont cette fille a été traitée". Maj-Britt voulait lui remettre ces documents afin que tout soit enfin dévoilé.

Holger l'avait remerciée et saluée avant de commencer à lire. Mais ces documents l'avaient abattu plus qu'autre chose. C'était toujours la même vieille rengaine déprimante. Pour la énième fois, le processus qui avait permis au psychiatre de l'hôpital, Peter Teleborian, d'attacher Lisbeth avec des sangles de contention et de lui faire subir les pires abus s'y trouvait détaillé. Les documents ne contenaient à première vue rien de nouveau, mais il pouvait s'être trompé. Il suffisait d'un ou deux mots imprudents au parloir pour que Lisbeth démarre au quart de tour. Visiblement, elle avait réalisé qu'elle avait fait partie d'une étude gouvernementale. Elle disait connaître d'autres enfants, de la génération précédente comme de la suivante, qui avaient participé à la même étude. Mais ce qu'elle n'avait pas réussi à trouver, c'était les noms des responsables. Ils semblaient avoir été consciencieusement tenus à l'écart du Net et de toutes les archives.

— Tu ne veux pas regarder de nouveau pour voir si tu trouves quelque chose ? lui avait-elle demandé au téléphone.

Il n'y manquerait pas, à condition que Lulu vienne l'aider.

ELLE ENTENDIT DES GROMMELLEMENTS entremêlés de crachotements. Sans parvenir à distinguer de mots précis, Faria Kazi comprit qu'il était question de malédictions et de menaces. Elle baissa les yeux sur Benito, étalée à plat ventre, les bras écartés. Son corps était complètement immobile, elle ne bougeait pas un petit doigt. Seule sa tête se souleva d'un centimètre. Ses yeux se braquèrent sur Lisbeth Salander.

— Je te vise de mon Keris !

Sa voix était si rauque qu'elle semblait à peine humaine. Dans l'esprit de Faria, les mots se confondaient avec le sang qui coulait de sa bouche.

— Le poignard te désigne. Tu es morte.

Benito sembla un instant retrouver un peu de son emprise. Mais cela n'avait pas l'air d'ébranler Lisbeth.

— C'est plutôt toi qui as l'air morte, non ?

Benito ne semblait plus exister pour elle. Elle tendait surtout l'oreille vers le couloir et soudain, Faria comprit pourquoi. Des pas lourds et empressés se rapprochaient. Quelqu'un se précipitait en direction de sa cellule et l'instant d'après des voix et des injures résonnèrent au-dehors. "Écartez-vous, bordel de merde !" La porte s'ouvrit à la volée et le surveillant-chef Alvar Olsen apparut dans l'encadrement. Il portait sa chemise d'uniforme bleue et haletait bruyamment, comme s'il avait couru.

— Mon Dieu, qu'est-ce qui s'est passé ? s'exclama-t-il.

Son regard balaya la cellule de bas en haut, de Benito couchée à terre à Lisbeth qui la dominait, puis à Faria, assise sur le lit.

— Mais qu'est-ce qui s'est passé ? répéta-t-il.

— Tu vois ce qu'il y a par terre ? rétorqua Lisbeth Salander.

Alvar baissa les yeux et découvrit le stylet, qui gisait désormais dans un filet de sang devant la main droite de Benito.

— Nom d'un chien !

— Comme tu dis. Quelqu'un a réussi à faire passer un couteau au travers des détecteurs de métal. Le personnel de cette grande prison ne maîtrise plus rien, il est infoutu de protéger une détenue menacée, voilà ce qui se passe.

— Mais ça, là… ça…, marmonna Alvar dans tous ses états en désignant la mâchoire de Benito.

— C'est ce que tu aurais dû faire il y a longtemps, Alvar.

ALVAR FIXA BENITO, toujours étalée par terre, le visage défoncé, la mâchoire sanguinolente.

— Mon Keris est dirigé sur toi. Tu vas crever, Salander, crever, lança-t-elle.

Alvar sentit la panique le saisir pour de bon.

Il déclencha l'alarme et cria à l'aide.

— Elle va te tuer, dit-il.

— Ça me regarde, répondit Lisbeth. J'ai déjà eu des ordures pires à mes trousses.

— Il n'y a pas de pire ordure.

Des pas résonnèrent un peu plus loin dans le couloir. Ces salopards étaient-ils dans le coin depuis le début ? Cela ne l'aurait pas vraiment étonné. Une colère fulgurante s'empara de lui. Il songea à Vilda et à la menace dirigée contre elle. À la honte qu'était devenu le quartier pénitentiaire. Il regarda de nouveau Lisbeth Salander et médita sur ses paroles : ce qu'il aurait dû faire il y a longtemps. Il sentit instinctivement qu'il fallait agir. Il fallait qu'il retrouve sa dignité. Mais il n'eut le temps de rien faire. Ses collègues, Harriet et Fred, déboulèrent dans la cellule. Comme paralysés, ils inspectèrent les lieux. À l'instar d'Alvar un instant plus tôt, ils observèrent Benito par terre et entendirent, comme lui, ses imprécations. Sauf qu'on ne pouvait plus distinguer de phrases. Des malédictions de Benito, seuls les mots Ke ou Kri furent audibles.

— Oh, *shit!* s'écria Fred. *Shit!*

Alvar fit un pas en avant et se racla la gorge. Fred le regarda alors pour la première fois, la terreur dans le regard, le visage couvert de sueur.

— Harriet, tu fais venir des infirmiers ? dit Alvar. Allez, allez ! Et toi, Fred…

Il ne savait pas quoi dire. Il cherchait surtout à gagner du temps et à imposer son autorité. Mais de toute évidence, cela n'eut aucun effet, car Fred l'interrompit, toujours aussi affolé :

— C'est la cata ! Que s'est-il passé ?

— Elle constituait une menace, répondit Alvar.

— Vous l'avez frappée ?

Alvar ne répondit pas tout de suite. Mais au même moment il se souvint de la description d'une exactitude glaçante que lui avait faite Benito de l'itinéraire de Vilda pour aller à l'école. Benito était allée jusqu'à préciser la couleur des bottes en caoutchouc de sa fille.

— Je… commença-t-il.

Il hésita. Quelque chose dans le mot *je* l'effrayait et l'attirait à la fois. Il jeta un regard sur Lisbeth Salander. Celle-ci secoua la tête comme si elle comprenait exactement ce qu'il s'apprêtait à faire. Mais non… Quoi qu'il arrive, c'était la chose à faire, se dit-il.

— Je n'avais pas le choix.

— Mais enfin, merde, ça a l'air grave. Benito, Benito, ça va ? marmonna Fred.

Ce fut la goutte de trop après des mois passés à fermer les yeux.

— Au lieu de t'inquiéter pour Benito, tu ferais mieux de te soucier de Faria là-bas, s'énerva-t-il. Nous avons laissé tout le quartier pénitentiaire partir à vau-l'eau. Et ce stylet par terre, tu le vois ? Benito a réussi à le faire entrer dans le quartier. Elle a réussi à faire passer clandestinement une putain d'arme meurtrière et elle s'apprêtait à attaquer Faria au moment où je…

Il hésita de nouveau. Il cherchait ses mots. C'était comme s'il ne réalisait qu'à cet instant la portée de son mensonge. Désarçonné, il adressa un regard à Lisbeth Salander dans l'espoir d'y trouver le salut. Mais le salut vint d'ailleurs.

— Elle allait me tuer, dit Faria Kazi depuis son lit en désignant une petite entaille sur son cou.

Alvar reprit alors courage :

— Eh bien, j'aurais dû faire quoi ? Attendre de voir ce qui allait se passer ? lança-t-il, plus à l'aise, même s'il prenait peu à peu conscience de la pente dangereuse sur laquelle il s'était engagé.

Mais il était trop tard pour se dérober. D'autres détenues s'agglutinaient déjà à la porte. Beaucoup se bousculaient même pour entrer. La situation commençait à déraper. Des voix excitées résonnaient dans le couloir. Certaines applaudissaient. Un grand soulagement, un sentiment de délivrance se répandaient dans le quartier. Une femme cria de joie et les voix se muèrent en une onde bruissante qui s'amplifiait en se diffusant, comme dans un match de boxe sanglant ou dans une corrida.

Dans le brouhaha général se distinguaient également des menaces, qui n'étaient pas dirigées contre lui, mais contre Salander. Comme si la rumeur de ce qui s'était réellement passé s'était déjà propagée. Il fallait agir, se dit Alvar, se montrer ferme et réactif. D'une voix forte, il déclara que la police serait aussitôt informée. Plusieurs gardiens, il le savait, allaient bientôt arriver en renfort depuis d'autres quartiers, comme c'était la procédure lorsque l'alarme était déclenchée : fallait-il remettre les prisonnières dans leurs cellules dès à présent ou bien attendre ces soutiens ? Il fit un pas en direction de Faria Kazi et dit à Harriet et Fred qu'il fallait que les infirmiers et les psychologues jettent un œil sur elle aussi. Puis il se tourna vers Lisbeth Salander et lui demanda de le suivre.

Ils sortirent dans le couloir, passant devant des détenues surexcitées et des surveillants qui jouaient des coudes pour avancer. L'espace d'un instant, il crut que la situation allait dégénérer. Les détenues criaient et les tiraient par le bras. Le quartier était au bord de l'émeute. C'était comme si toute la tension et la frustration si longtemps contenues étaient désormais sur le point d'éclater. Ce ne fut pas sans peine qu'il ramena Salander dans sa cellule et qu'il referma la porte derrière eux. Quelqu'un cogna sur la porte. Ses collègues criaient, tentant de rétablir l'ordre. Son cœur battait la chamade. Il avait la bouche sèche et ne savait pas quoi dire. Lisbeth ne daigna même pas le regarder. Elle laissa simplement son regard errer vers son bureau et se passa la main dans les cheveux.

— J'aime assumer la responsabilité de mes actes, dit-elle.

— Je voulais simplement te protéger.

— C'est ça ! Tu voulais surtout te racheter une conscience. Mais c'est pas grave, Alvar. Tu peux partir, maintenant ?

Il voulait dire encore autre chose. S'expliquer. Mais il se rendait bien compte que ce serait ridicule. Il prit congé et l'entendit murmurer derrière son dos :

— Je l'ai frappée au niveau du larynx !

Le larynx, songea-t-il en verrouillant la porte avant de se frayer un chemin dans le tumulte du couloir.

HOLGER PALMGREN ATTENDAIT LULU en s'efforçant de se rappeler ce qu'il y avait réellement dans ces documents. Pouvaient-ils vraiment contenir des informations inédites ? Il avait du mal à le croire, hormis évidemment ce qu'il avait toujours su – qu'il y avait eu des projets pour faire adopter Lisbeth à l'époque où les histoires avec son père et les viols d'Agneta étaient à leur comble.

Enfin, il le saurait bien assez tôt. Lulu arrivait à 21 heures pile les quatre jours de la semaine où elle travaillait, et aujourd'hui elle était de service. Il avait hâte de la voir. Lulu allait le mettre au lit, lui poser les patchs de morphine, s'occuper de lui et l'aider à sortir les documents qui se trouvaient dans le dernier tiroir du bureau, dans le séjour, là où elle les avait déposés la dernière fois, après la visite de Maj-Britt Torell.

Holger se jura de les relire très attentivement. Peut-être aurait-il le privilège d'aider Lisbeth une dernière fois. Il gémit. Ses douleurs aux hanches recommençaient à l'assaillir. À aucun moment de la journée il n'avait aussi mal qu'à cette heure-ci, et il récita une petite prière : "Ma chère, merveilleuse Lulu. J'ai besoin de toi. Viens vite." Miracle : au bout de seulement cinq ou dix minutes à tapoter la couverture de sa main valide, des pas résonnèrent dans la cage d'escalier, des pas qui lui semblaient familiers.

La porte s'ouvrit. Était-ce elle, qui arrivait vingt minutes en avance ? Formidable ! Seulement, il n'entendit pas de salutation joyeuse au pas de la porte, aucun "Bonsoir, vieux bonhomme". Rien qu'un bruit de pas qui se faufilaient dans l'appartement et s'approchaient de la chambre à coucher. Il prit peur, ce qui ne lui ressemblait pas. C'était l'un des avantages de la vieillesse. Il n'avait plus grand-chose à perdre. Pourtant, une vive inquiétude le saisit, peut-être justement à cause des documents. Il voulait les lire, aider Lisbeth. Soudain, il avait une raison de vivre.

— *Hello*, héla-t-il. Qui est là ?

— Dites donc, vous êtes réveillé ? Je vous croyais endormi.

— Je ne dors jamais quand vous arrivez, voyons, dit-il, manifestement soulagé.

— Avez-vous la moindre idée de votre état de fatigue et d'épuisement, ces derniers jours ? Un moment, j'ai eu peur que cette visite à la prison finisse de vous achever, répondit Lulu en apparaissant dans l'encadrement de la porte.

Elle s'était maquillée avec du fard à paupières et du rouge à lèvres et portait une robe africaine resplendissante de couleurs.

— À ce point ?

— On pouvait à peine vous adresser la parole.

— Pardon, alors, je vais me ressaisir.

— Vous êtes mon préféré, vous le savez. Votre seul défaut, c'est que vous vous excusez sans arrêt.

— Pardon.

— Tenez, qu'est-ce que je disais ?

— Qu'est-ce que vous avez aujourd'hui, Lulu ? Vous me paraissez encore plus charmante que d'habitude.

— Je vais boire un verre avec un Suédois de Västerhaninge. Vous vous rendez compte ? Il est ingénieur, il a une maison et une Volvo toute neuve.

— Il vous convoite, évidemment.

— Je l'espère, dit-elle en remettant en place les jambes et les hanches de son patient.

Elle veilla à ce qu'il soit bien installé sur l'oreiller avant de remonter le lit en position assise. Pendant que le lit se relevait dans un grincement sourd, Lulu s'étalait au sujet de cet homme, qui s'appelait Robert, ou peut-être Rolf. Holger n'y prêta pas attention. Lulu posa une main sur son front.

— Mais vous avez des sueurs froides, grand bêta. Je devrais vous mettre sous la douche.

Personne d'autre que Lulu n'aurait su dire "grand bêta" avec autant de tendresse. En temps normal, il adorait papoter avec elle, mais aujourd'hui, il était trop impatient. Il regarda sa main gauche inanimée. Elle lui semblait plus pathétique que jamais.

— Pardon, Lulu. Vous pouvez faire autre chose pour moi, d'abord ?

— Toujours votre service.

— Toujours *à* votre service, rectifia-t-il. Vous vous rappelez les documents que vous aviez rangés dans le tiroir du bureau, l'autre fois ? Est-ce que vous pouvez me les ressortir ? J'ai besoin de les lire encore une fois.

— Mais vous m'avez dit que c'était affreux à lire, non ?

— Oui, c'est vrai. Mais il faut que je les regarde quand même.

— Bon, d'accord, je vais les chercher.

Elle disparut et revint avec une pile plus haute que dans ses souvenirs. Peut-être que d'autres papiers s'étaient mélangés aux documents. Il se sentit très nerveux, sans trop savoir si c'était parce qu'il redoutait que les documents ne contiennent rien de significatif ou le contraire : qu'ils en contiennent et que Lisbeth aille de nouveau mettre la pagaille.

— Vous semblez plus en forme aujourd'hui, Holger. Mais vous êtes un peu ailleurs, non ? Vous pensez encore à cette Salander ? dit Lulu en posant la pile de papiers sur la table de nuit, à côté de ses boîtes de médicaments et de ses livres.

— En effet. C'était horrible de la voir en prison.

— Je veux bien le croire.

— Vous pouvez chercher ma brosse à dents, me mettre les patchs de morphine et tout le tralala et bouger mes pieds un peu plus à gauche ? J'ai tout le bas du corps comme transpercé…

— … de couteaux, compléta-t-elle.

— Tout à fait, de couteaux. Je le dis tout le temps ?

— Presque tout le temps.

— Vous voyez, je commence à perdre la boule. Mais après, j'aimerais lire ces documents et vous pourrez filer voir votre Roger.

— Rolf, corrigea-t-elle.

— Rolf, c'est ça. J'espère qu'il est gentil. La gentillesse, c'est le plus important.

— Vraiment ? Vous choisissiez vos femmes pour leur gentillesse ?

— J'aurais dû en tout cas.

— Vous dites tous ça, et puis vous courez après la première beauté qui passe.

— Comment ? Non, ça m'étonnerait.

Il n'écoutait plus trop, à vrai dire. Il demanda à Lulu de lui donner la pile. Il n'avait pas la force de la soulever avec sa main valide, qui n'était d'ailleurs pas si valide que ça. Puis il commença à lire pendant que Lulu déboutonnait sa chemise pour lui coller les patchs. Par moments, il s'interrompait tandis que Lulu s'occupait de lui, il se sentait obligé de lui dire quelque chose de gentil et d'encourageant. Il lui dit au revoir avec une certaine tendresse et lui souhaita bonne chance avec son Rolf.

Il lisait et feuilletait. Conformément à ses souvenirs, il s'agissait surtout d'un tas de rapports du psychiatre Peter Teleborian – des comptes rendus de traitements, de signalements de médicaments non pris, de rapports de thérapies au cours desquelles le patient refusait de parler et d'obéir, de décisions de mesures coercitives, d'appels, d'avis de l'instance consultée, de nouvelles mesures coercitives, etc. – le tout dans un jargon clinique, mais qui n'en signalait pas moins clairement un sadisme pur et simple. Tout ce qui avait déjà tant tourmenté Holger.

Mais il ne trouva rien en rapport avec ce que cherchait Lisbeth. Et s'il avait malgré tout été inattentif ? Il décida de tout parcourir encore et, pour mettre toutes les chances de son côté, il se servit cette fois-ci de sa loupe. Il étudia chaque page méticuleusement et quelque chose finit par l'interpeller. Ce n'était pas grand-chose, juste deux annotations confidentielles de Teleborian au moment où Lisbeth venait d'être internée à la clinique d'Uppsala. Pourtant, à la clé, il y avait exactement ce qu'on lui avait demandé de trouver – des noms.

Il lut :

> Déjà connue du Registre d'études génétiques et environnementales, RGE. A participé au Projet 9. (Résultat : non concluant.) Décision de placement en famille d'accueil par le professeur en

> sociologie Martin Steinberg. Impossible à réaliser. Encline à s'enfuir. Ingénieuse. Incident grave avec G. dans l'appartement de Lundagatan – a fugué à l'âge de seulement six ans.

A fugué à l'âge de six ans ? Était-ce l'incident dont avait parlé Lisbeth en prison ? Probablement, c'était obligé. Et G., serait-ce la femme avec la tache de naissance sur le cou ? Ça se pourrait bien ! Mais en l'absence d'indications supplémentaires, il était difficile de le savoir avec certitude. Holger devint songeur. Puis il relut l'annotation et sourit un peu malgré tout. *Ingénieuse*, avait écrit Teleborian. C'était le seul mot positif que ce crétin eût jamais exprimé au sujet de Lisbeth. Même un âne peut parfois… Mais il n'y avait évidemment pas de quoi sourire. L'annotation confirmait que Lisbeth avait failli être enlevée de chez elle quand elle était petite. Holger reprit sa lecture :

> La mère, Agneta Salander, souffre de graves lésions cérébrales à la suite des coups portés à la tête. Admise dans la maison de santé Äppelviken. Des rencontres par le passé avec la psychologue Hilda von Kanterborg – susceptible d'avoir violé le secret professionnel et de l'avoir informée au sujet du Registre. Ne doit plus pouvoir rencontrer le patient. D'autres mesures prévues par le professeur Steinberg et par G.

Le professeur Steinberg, songea-t-il. *Martin Steinberg.* Ce nom lui paraissait familier. Au prix d'un réel effort – tout lui coûtait, désormais –, il attrapa son téléphone portable, fit une recherche d'images sur Google et le reconnut immédiatement. Comment avait-il pu passer à côté de ça ? Non pas que lui et Martin aient été particulièrement proches. Mais ils s'étaient déjà rencontrés. La première fois, c'était environ vingt-cinq ans plus tôt, lorsque Steinberg comparaissait en tant que témoin expert dans un procès dans lequel Holger défendait un jeune homme dont la situation familiale était déplorable et qui était accusé d'avoir agressé son père.

Il se souvint à quel point il avait été content d'avoir un poids lourd comme lui de son côté. Steinberg siégeait dans de nombreux comités et commissions d'enquêtes prestigieux. Ses opinions s'avérèrent certes assez archaïques et rigides, mais son intervention fut indéniablement utile. Il avait aidé Holger à faire acquitter son client et ils avaient pris un verre ensemble après le procès. Ils s'étaient également revus plusieurs fois par la suite. Puisqu'ils se connaissaient déjà, Holger pourrait peut-être lui soutirer quelques informations.

Allongé sur le dos, la grosse pile de documents posée sur sa poitrine, Holger tâcha de structurer ses pensées. Serait-il imprudent de le contacter ? Il se dit que oui, avant d'écarter ce doute. Il médita la question pendant dix ou quinze minutes tandis que la morphine commençait à faire son effet et que les coups de couteau dans ses hanches se muaient en simples piqûres d'aiguille. Il se demanda s'il ne devrait pas malgré tout passer ce coup de fil. Lisbeth lui avait demandé son aide, il pouvait bien se forcer un peu. Il voulait vraiment être utile maintenant qu'il avait enfin tiré quelque chose de ces documents. Il élabora donc une stratégie et composa le numéro. En attendant que quelqu'un décroche, Holger regarda l'heure. Il était 22 h 20. C'était un peu tard, mais ce n'était pas non plus abuser, se dit-il. Quoi qu'il arrive, il serait prudent. Mais il se découragea aussitôt en entendant la voix stricte et autoritaire de Steinberg à l'autre bout de la ligne. Il lui fallut prendre sur lui pour paraître ferme et détendu en retour.

— Je vous prie de m'excuser, dit-il. Mais j'aurais une question.

Martin Steinberg n'était pas à proprement parler désagréable, mais il semblait méfiant et les félicitations de Holger pour les prestigieuses nominations et autres missions de représentations mentionnées sur Wikipédia n'eurent pas non plus pour effet de le détendre. Par devoir, le professeur s'enquit de la santé de Holger.

— Que dire, à mon âge ? Il faut s'estimer heureux quand le corps nous fait souffrir et vous rappelle qu'il est encore là, répondit Holger avec un petit rire forcé.

Martin Steinberg s'efforça à son tour de rire de la plaisanterie. Ils échangèrent ensuite quelques anecdotes sur le bon vieux temps, puis Holger lui exposa la raison de son appel. Il dit avoir été contacté par un client et avoir besoin de connaître le rôle qu'avait joué Steinberg au sein de ce qu'on appelait le Registre. Mais ce fut une erreur. La question provoqua aussitôt un malaise, certes dissimulé, mais la tension était désormais palpable.

— Là, je ne vois vraiment pas de quoi vous parlez, dit le professeur.

— Ah bon, vraiment ? C'est étrange. J'ai sous les yeux un document attestant que vous avez pris des décisions pour le compte de cette administration.

— De quel document s'agit-il ?

— De documents que j'ai reçus, dit Holger en restant volontairement vague.

— J'ai besoin de savoir lesquels exactement – car cela paraît complètement farfelu, poursuivit le professeur d'un ton étonnamment cassant.

— D'accord, je vais regarder cela d'un peu plus près.

— Il vaudrait mieux, oui.

— Ou alors je me suis mélangé les pinceaux. Ce ne serait pas la première fois, poursuivit Holger.

— Bon, ce sont des choses qui arrivent, répondit Steinberg dans un effort pour paraître aimable.

Mais il était manifestement troublé et ne parvenait pas à le dissimuler. Il ajouta pour finir une mesure de protection bien inutile :

— Il se pourrait aussi que vos documents contiennent de véritables erreurs. Quel est le nom de ce client qui vous a contacté ?

Holger marmonna qu'il n'était pas en mesure de divulguer cette information et veilla à mettre fin à la conversation aussi vite que possible. Mais avant même d'avoir raccroché, il savait que l'appel aurait des conséquences. Comment avait-il pu être aussi stupide ? Il avait voulu aider. Au lieu de quoi il avait créé des complications. La nuit tombait, ce qui n'arrangeait rien à l'affaire. Son angoisse et ses remords allaient croissant, se mêlant à ses douleurs au dos et aux hanches. Encore et encore, il se maudit de s'être montré si bête et inconscient.

Ce n'était pas facile pour ce pauvre vieux Holger Palmgren.

7

LE 19 JUIN

MIKAEL BLOMKVIST SE RÉVEILLA TÔT ce dimanche matin et se glissa silencieusement hors du lit pour ne pas déranger Malin. Il enfila un jean et une chemise de coton grise avant de se préparer un cappuccino serré et de parcourir le journal du jour en mangeant une tartine.

Il s'installa ensuite devant son ordinateur et se demanda par quel bout commencer. Il n'en avait aucune idée. À travers les années, il avait fouillé tous les recoins imaginables : archives, journaux, bases de données, actes de tribunaux, microfilms, bouquins, inventaires de succession, déclarations d'impôts, bilans, testaments.

Il avait fait appel de déclarations de confidentialité, arguant de la liberté de l'information et de la protection des sources, il était passé par des voies détournées et des subterfuges. Il avait littéralement fouillé dans les poubelles, scruté de vieilles photos, reconstruit le puzzle de dépositions divergentes, s'était infiltré dans des sous-sols et dans des caves. Mais il n'avait jamais essayé de déterminer s'il y avait eu adoption ou naissance hors mariage. En temps normal, il ne s'en serait pas soucié, mais il faisait confiance à son instinct. Ivar Ögren avait traité Leo de Tsigane et de Gitan et ce n'était pas juste une injure raciste et nauséabonde. Il y avait là quelque chose d'étrange. Si ce crétin parlait bien des origines, de ce qui constitue un Suédois de souche, la famille Mannheimer était au-dessus de la lignée Ögren à tous les niveaux, avec des ascendances et des filiations nobles qui remontaient jusqu'au XVIIe siècle. Il n'était pas impossible qu'il y eût quelque chose dans le passé qui valût la peine d'être examiné de plus près.

Mikael lança une recherche sur le Net et sourit intérieurement. Allez savoir pourquoi, mais la généalogie était visiblement devenue un sport national. Il y avait quantité d'archives à consulter, et le nombre de vieux registres communaux, de registres d'état civil, de listes d'émigration et d'immigration qui avaient été scannés et numérisés était impressionnant. C'était une mine d'or pour qui le voulait, et des banques de données génétiques permettaient de remonter très loin dans le temps, jusqu'à nos ancêtres préhistoriques. Pour qui avait les moyens et la patience, il n'y avait aucune limite : il pouvait suivre la migration de ses aïeux à travers les steppes et les continents au fil des millénaires.

Mais pour ce qui était des adoptions, c'était une autre histoire. Un délai de confidentialité de soixante-dix ans s'appliquait. Certes, rien ne vous empêchait d'essayer d'obtenir une dérogation par le biais de la cour d'appel administrative. Mais ce genre de mesures n'étaient prises que dans des cas de détresse morale exceptionnelle et un journaliste qui ne savait même pas ce qu'il cherchait saurait difficilement répondre à ces critères. Officiellement, cette voie était fermée pour lui. Mais il était bien placé pour savoir qu'il y avait toujours moyen de contourner ce genre d'obstacles. Il s'agissait juste de le trouver.

Il était 7 h 30. Malin dormait paisiblement dans le grand lit, et le ciel au-dessus de la baie de Riddarfjärden promettait une belle journée. Dans quelques heures, ils iraient écouter Leo Mannheimer au musée Fotografiska. Mais d'ici là, Mikael allait étudier le passé de Leo. Il n'avançait pas beaucoup et le fait d'être un dimanche n'aidait pas. Tout était fermé et il fut obligé de l'admettre : après les longues conversations de la veille avec Malin, il commençait à avoir de la sympathie pour ce type. Mais il ne comptait pas abandonner pour autant. S'il avait bien compris, il devait commencer par demander l'acte de naissance de Leo auprès des archives municipales. Si sa demande était refusée, ce serait une indication que ses soupçons étaient fondés. Mais cela ne suffirait pas. L'acte de naissance pourrait avoir été classé confidentiel pour d'autres raisons que l'adoption. Mikael serait obligé d'aller plus loin et de faire sortir le dossier personnel de Leo et celui de ses parents pour les comparer. Dans ces dossiers de données personnelles – qui n'étaient confidentiels que dans des cas exceptionnels –, il pourrait consulter leurs déplacements géographiques. Et si les parents de Leo n'avaient pas été inscrits dans la même commune que lui, a priori celle de Västerled à Nockeby, au moment de la naissance de Leo, cela constituerait une indication claire. Herman et Viveka pourraient alors difficilement être ses parents biologiques.

Mikael formula donc une requête en ce sens à l'intention des archives municipales. Mais il ne fit jamais partir le mail. Son nom faisait généralement l'effet d'un signal d'alerte. Les gens se demandaient toujours pourquoi il cherchait telle ou telle information. Les rumeurs se mettaient à circuler : "Voilà que Mikael Blomkvist est venu fouiner." Sa demande ne passerait pas inaperçue, ce qui serait problématique si l'affaire était sensible. Il décida qu'il appellerait plutôt les archives le lendemain en faisant valoir son droit de rester anonyme, conformément au principe de la liberté de l'information.

Peut-être Holger Palmgren connaissait-il déjà la réponse. Contre toute attente, et sûrement à l'encontre de toute recommandation médicale, il avait rendu visite à Lisbeth à Flodberga. De toute façon, ce serait sympa de le voir et de prendre de ses nouvelles. Mikael s'empara de son téléphone et regarda l'heure. Était-il trop tôt ? Non, Holger se réveillait toujours aux aurores, la semaine comme le week-end. Il composa donc son numéro, mais sans résultat. Il semblait y avoir un problème avec le portable du vieil homme. Une voix annonçait que le numéro n'était pas attribué. Mikael essaya ensuite le numéro fixe, mais n'obtint pas de réponse non plus. Il s'apprêtait à réessayer quand il entendit le bruit des pieds nus d'une femme sur le parquet derrière lui. Il se retourna avec un sourire.

HOLGER PALMGREN AVAIT REMARQUÉ que son portable ne fonctionnait pas. Normal, se dit-il. Rien ne fonctionnait plus, à commencer par lui-même. Il était mal fichu. La douleur et les remords l'avaient réveillé aux premières heures du jour. Mon Dieu, mais qu'est-ce qui lui avait pris ?

Il était plus que jamais persuadé que l'appel de la veille avait été une grave erreur. Steinberg avait beau siéger dans de nombreux comités et commissions d'enquêtes prestigieux, il pouvait très bien être un pur criminel. Le seul fait d'ailleurs qu'il ait signé une décision de placer Lisbeth dans une famille d'accueil contre sa volonté et celle de sa mère ne rendait-il pas le professeur suspect ?

Bon Dieu de bon Dieu, quelle bêtise ! Que faire ? Avant toute chose, il fallait téléphoner à Lisbeth pour en parler avec elle. Mais le téléphone ne marchait pas. Holger avait cessé d'utiliser sa ligne fixe, il n'y avait de toute façon plus que des démarcheurs et des gens avec lesquels il n'avait aucune envie de parler qui appelaient encore dessus. Il se demanda même s'il ne l'avait pas carrément débranché.

Il se tourna au prix d'un gros effort et constata que la prise n'était effectivement plus fichée dans le socle mural. Allait-il réussir à la remettre ? Il se pencha au maximum, le haut du corps par-dessus la barrière du lit, et réussit tout juste à la réintroduire. À bout de souffle, il dut ensuite se reposer un instant avant de soulever le vieil appareil qui se trouvait sur la table de nuit. Il y avait un signal. C'était déjà ça. Dans un regain d'énergie, il composa le numéro des renseignements et demanda à être mis en relation avec le centre pénitencier Flodberga. Il avait beau ne pas s'attendre à avoir l'amabilité incarnée à l'autre bout du fil, la voix arrogante qui lui répondit au standard le décontenança.

— Mon nom est Holger Palmgren, dit-il avec toute l'autorité dont il était capable. Je suis avocat. Veuillez me mettre en relation avec les responsables du quartier de haute sécurité, je vous prie. Il s'agit d'une affaire de la plus grande importance.

— Vous allez devoir patienter.

— Je n'ai pas le temps, assena-t-il.

Il dut malgré tout attendre. Après divers allers-retours et d'interminables tergiversations, il fut enfin transféré à une surveillante du quartier de haute sécurité, une femme du nom de Harriet Lindfors. Elle se montra sèche et brusque, mais il insista sur la gravité de l'affaire. Il voulait parler avec Lisbeth Salander sur-le-champ. La réponse le glaça : non seulement à cause de la nervosité de la voix, mais aussi par les mots mêmes qui furent prononcés.

— Certainement pas dans la situation actuelle.

— Il s'est passé quelque chose ?

— Vous travaillez avec son représentant légal ?

— Non. Enfin, si.

— Pas très clair, tout ça…

— Je ne suis pas directement impliqué.

— Dans ce cas, vous devrez rappeler ultérieurement, dit Harriet Lindfors avant de lui raccrocher au nez.

Cela le mit hors de lui. Il frappa le lit de sa main valide, s'imaginant les pires scénarios et se répétant que tout était sa faute. Puis il s'efforça de se raisonner, de résister aux folles spéculations qui lui traversaient l'esprit. Mais sans grand succès. Pourquoi fallait-il qu'il soit si handicapé, bon sang ?

Il devrait se lever et prendre les choses en main. Au lieu de quoi ses doigts étaient tordus et rigides, son corps gauchi et à moitié paralysé. Il n'arrivait même pas à s'installer tout seul dans son fauteuil roulant. C'était insupportable. Si la nuit avait été pour lui un véritable chemin de croix, il avait maintenant l'impression d'être littéralement crucifié sur son matelas maudit. Même ce bon vieil Ekelöf et son poing serré parmi les nénuphars ne lui étaient plus d'aucun réconfort. Il jeta un œil sur son téléphone. Il avait eu l'impression que quelqu'un avait essayé de le joindre pendant qu'il était en ligne avec le standard de Flodberga. Effectivement, Mikael Blomkvist avait téléphoné et lui avait laissé un message. Tant mieux, Mikael pourrait peut-être l'aider à mieux comprendre quel lièvre il avait levé. Holger composa son numéro. Personne ne répondit, mais il rappela jusqu'à ce que la voix essoufflée de Mikael résonne enfin à l'autre bout de la ligne. Holger se douta aussitôt qu'il s'agissait d'un essoufflement d'une nature plus agréable que celui qui l'accablait.

— Je dérange, peut-être ?

— Absolument pas, répondit Mikael.

— Tu as de la compagnie ?

— Non, non.

— Il ment, dit une voix de femme dans le fond.

— Ne fais pas de la peine à la jeune femme, Mikael.

Même en situation de crise, Holger restait irrémédiablement courtois.

— Oui, c'est vrai, répondit Mikael.

— Occupe-toi d'elle alors. Je vais plutôt appeler ta sœur.

— Non, non !

Mikael dut déceler le ton inquiet de sa voix.

— J'ai essayé de te joindre, poursuivit-il. Tu as vu Lisbeth, non ?

— Oui, et je m'inquiète pour elle, dit Holger, hésitant.

— Moi aussi. Qu'est-ce que tu as appris ?

— J'ai…

Il se rappela le bon vieux conseil de Mikael de ne pas parler de choses sensibles au téléphone.

— Oui ?

— Elle semble vouloir fouiller encore certaines histoires.

— Quel genre ?

— C'est en rapport avec son enfance. Mais le pire, Mikael, c'est que je pense que j'ai fait une bêtise. Je voulais l'aider. Je voulais vraiment l'aider. Mais je n'ai fait que causer des embrouilles. Tu peux venir, que je t'explique tout ?

— Bien sûr, j'arrive tout de suite.

— Sûrement pas ! retentit la voix de la femme.

Holger songea à cette femme, qui qu'elle soit. Il songea à Marita qui n'allait pas tarder à débarquer avec ses gros sabots et toute la procédure dégradante et interminable qui conduirait à ce qu'il soit enfin changé et calé dans son fauteuil roulant pour boire un café fade qui aurait le goût du thé. Et il se dit que pour l'heure, le plus urgent était de joindre Lisbeth.

Il fallait qu'il trouve un moyen de lui communiquer que c'était sans doute Martin Steinberg qui était responsable du Registre d'études génétiques et environnementales.

— C'est peut-être mieux que tu passes ce soir après 21 heures, dit-il. Comme ça, on en profite pour boire un coup. J'en aurais bien besoin, aujourd'hui.

— OK, parfait, à ce soir, répondit Mikael.

Holger Palmgren raccrocha et récupéra les documents relatifs à Lisbeth qui se trouvaient sur la table de nuit. Puis il composa le numéro d'Annika Giannini, puis celui du directeur de Flodberga, Rikard Fager. Il ne réussit à joindre ni l'un ni l'autre. Quelques heures plus tard, il constata que le téléphone fixe à son tour ne fonctionnait plus et que Marita n'arrivait pas.

LEO MANNHEIMER S'ÉTAIT SOUVENT remémoré ce fameux après-midi d'octobre. Il n'avait que onze ans à l'époque. C'était un samedi. Sa mère déjeunait avec l'évêque catholique et son père chassait dans les forêts à Uppland. Leo était seul, le silence régnait dans la grande maison. Même la femme de ménage, Vendela, n'était pas là pour veiller sur lui, et il avait fui ses devoirs, tous les exercices supplémentaires que ses professeurs particuliers lui avaient donnés. À la place, il s'était installé devant le piano à queue. Non pas pour jouer quelque sonate ou étude mais pour composer.

Il venait de se lancer dans la composition, une entreprise qui n'avait pas vraiment été accueillie par des tonnerres d'applaudissements. Sa mère appelait ses morceaux "des petits amphigouris, mon cœur". Mais il adorait écrire sa propre musique. Durant les heures de cours et de révisions, il se languissait d'y retourner. Cet après-midi-là, il travaillait sur un morceau mélodieux et mélancolique qu'il continuerait à jouer toute sa vie, bien qu'il s'avérât comporter des similitudes inquiétantes avec la *Ballade pour Adeline*. Et bien que Leo sût déjà combien étaient justifiés les propos de sa mère. Non qu'il fût juste de les avoir jetés ainsi à la figure d'un garçon de onze ans qui venait de se lancer dans quelque chose d'important pour lui, mais d'un point de vue objectif, ils avaient un fond de vérité.

Ses premières compositions étaient trop grandiloquentes. Il n'était pas encore assez sophistiqué. Il n'avait pas encore découvert le jazz, cherché des accords plus dissonants, plus audacieux. Et surtout, il n'avait pas encore appris à se servir des bruits de ventilateurs, d'insectes, de buissons, de pas, de moteurs lointains et de voix – tous ces sons qu'il était le seul à percevoir.

Pourtant, il était heureux, assis au piano ce jour-là. Aussi heureux qu'un garçon comme lui pouvait l'être. Il avait toujours été seul et gardé par d'autres que ses parents. Il n'y avait en réalité qu'une seule personne au monde qu'il aimait vraiment, c'était le psychologue Carl Seger. Leo suivait une thérapie avec lui dans son cabinet de Bromma, tous les mardis à 16 heures. Et souvent il l'appelait en cachette, le soir. Carl le comprenait. Carl s'opposait à ses parents pour lui :

"Il faut laisser ce garçon respirer ! Il faut le laisser être un enfant !"

Cela n'avait aucun effet, bien sûr. Mais quand même – Carl le défendait. Il était le seul, lui et sa fiancée, Ellenor.

Carl et son père étaient comme le jour et la nuit. Pourtant, ils avaient un lien que Leo ne comprenait pas. Là, typiquement, Carl l'avait accompagné à la chasse alors qu'il n'aimait pas tuer des animaux. Aux yeux de Leo, Carl était d'un genre complètement différent de son père et d'Alfred Ögren. Il ne se préoccupait pas des jeux de pouvoir, il n'était pas du genre à s'esclaffer et à se moquer des autres à la table du dîner. Et dans la vie, ce n'étaient pas les vainqueurs qui l'intéressaient, il parlait davantage des personnes à part, qui du fait de leur isolement avaient souvent un regard plus perspicace sur le monde. Carl lisait de la poésie, française de préférence. Il aimait Camus et Stendhal, Romain Gary. Il adorait Édith Piaf, jouait de la flûte et s'habillait simplement, d'un style bohème tout de même un peu étudié. Mais surtout : il écoutait les soucis de Leo et il était le seul à connaître l'étendue de son don… ou de sa malédiction, selon la façon de voir les choses.

— Sois fier de ta sensibilité, Leo. Tu as tellement de force en toi. Tout ira mieux, tu peux en être sûr.

Leo trouvait du réconfort dans les propos de Carl et il se languissait toujours des mardis après-midi. Leurs rencontres étaient le point culminant de sa semaine. Le cabinet se trouvait dans la maison de Carl, sur Grönviksvägen. Des photographies brumeuses en noir et blanc représentant Paris dans les années 1950 ornaient les murs et, installé dans un fauteuil en cuir doux et usé, Leo parlait pendant une heure, parfois deux, de tout ce que ses parents et ses amis ne pouvaient pas comprendre. Carl était ce qu'il y avait de meilleur dans son enfance, même si Leo avait conscience qu'il l'idolâtrait.

Après ce fameux après-midi d'octobre, Leo passerait sa vie à revivre sans cesse ces dernières heures au piano. Il s'attardait sur chaque ton, sur chaque variation dans la mélodie et dans l'harmonie. En entendant la Mercedes de son père dans l'allée menant au garage, il s'était interrompu.

Son père n'aurait pas dû rentrer avant le dimanche après-midi. Son retour prématuré était inquiétant en soi. En outre, un silence particulier régnait dans la cour, une hésitation, une circonspection inédites à l'ouverture de la portière. Et en même temps – contradiction bizarre –, une sorte de fureur à sa fermeture. Les pas crépitants sur le gravier étaient laborieux, indécis. La respiration était lourde. Des soupirs et le bruit de choses que l'on range lui parvenaient du vestibule – le fusil, sans doute, le sac de voyage.

L'escalier de bois en hélice menant à l'étage avait grincé. Leo avait eu un mauvais pressentiment avant même que la silhouette de son père ne se dresse au seuil de la porte. Il s'en souviendrait toujours. Son père portait un pantalon de chasse vert et un ciré noir, le sommet de sa tête chauve était couvert de sueur. Il avait l'air inquiet. D'habitude, il réagissait avec colère et arrogance dans les situations difficiles. Là, il semblait effrayé et s'était avancé d'un pas chancelant. Leo s'était levé du piano, hésitant, et avait reçu une étreinte maladroite.

— Je suis navré, mon garçon. Terriblement navré.

Plus tard dans sa vie, Leo ne douterait jamais de la sincérité de ces paroles. Mais il y avait aussi autre chose, quelque chose qui n'était pas aussi facile à interpréter et qui se devinait dans le récit même de son père, et dans son incapacité à le regarder dans les yeux. Il y avait quelque chose d'affreux et de non dit entre les lignes. Mais sur le coup, cela n'avait eu aucune importance.

Carl était mort et la vie de Leo ne serait plus jamais la même.

MALGRÉ LE BEAU TEMPS, de nombreuses personnes étaient venues au musée Fotografiska pour assister à l'événement organisé par l'association nationale des actionnaires. C'était dans l'air du temps. Tout ce qui avait un rapport avec les actions attirait du monde. Dans le cas présent, les organisateurs jouaient non seulement sur le rêve de prospérité de tout un chacun, mais également sur les peurs. L'intitulé du débat était : "Bulle croissante ou sur le point d'éclater ? Réflexions sur la chute des cours de la Bourse." La liste d'intervenants célèbres était longue. Leo Mannheimer était loin d'être la tête d'affiche.

Mais il était le premier à parler et Mikael et Malin arrivèrent juste à temps pour son entrée en scène. Après avoir traversé la ville à la hâte sous une chaleur accablante, ils s'étaient installés tout au fond de la salle sur la gauche. Malin appréhendait de revoir Leo. De son côté, Mikael était habité d'un mauvais pressentiment depuis sa conversation avec Holger Palmgren. Il écoutait à peine Karin Laestander, la jeune PDG de l'association nationale des actionnaires, faire son discours d'ouverture sur l'estrade.

— Cette journée s'annonce passionnante, dit-elle. Nous aurons droit à un certain nombre d'analyses précises de l'état du marché. Mais pour commencer, nous allons réfléchir sur la Bourse d'un point de vue plus philosophique. Je vous remercie d'accueillir Leo Mannheimer, professeur d'économie et analyste en chef au sein de la société de gestion Alfred Ögren.

Un grand homme svelte aux cheveux bouclés vêtu d'un costume bleu clair se leva d'une chaise au premier rang et monta sur scène. Au début, tout semblait normal. Ses pas étaient légers et déterminés, son apparence correspondait parfaitement à ce à quoi l'on pouvait s'attendre – il avait l'allure d'un homme riche et confiant. Puis un crissement se fit entendre au beau milieu de la foule, une terrible dissonance. Une chaise avait malencontreusement été traînée sur le sol. Leo vacilla. Son visage devint gris. Il semblait même sur le point de s'effondrer. Malin saisit la main de Mikael et chuchota "Oh, non."

— Mon Dieu, Leo! Tout va bien? bégaya Karin Laestander sur scène.

— Ça va, tout va bien.

— Vous en êtes sûr?

Leo s'agrippa à la table ronde installée sur l'estrade et tritura une bouteille d'eau.

— Un peu nerveux, c'est tout, dit-il.

Il s'efforça de sourire.

— Nous sommes très heureux de vous accueillir, répondit Karin Laestander, ne sachant manifestement pas s'il valait mieux continuer ou non.

— Merci, c'est gentil.

— En temps normal, Leo…

— … j'ai le pas plus assuré.

Des rires nerveux s'élevèrent ici et là dans le public.

— Tout à fait. Vous êtes un roc. Vous rédigez des analyses conjoncturelles éclairées chez Alfred Ögren, mais ces derniers temps, vous avez commencé à décrire la Bourse… comment dire? de façon plus philosophique? Vous l'appelez un "temple pour les croyants".

— Oui, enfin…

Il n'alla pas plus loin. Il inspira profondément et desserra sa cravate.

— Oui?

— Je veux dire… cette comparaison n'est pas de moi, et en réalité c'est assez conventionnel.

— C'est-à-dire ?

— C'est-à-dire que…

— Oui ?

Il cherchait son souffle.

— Que le marché financier tout comme la religion reposent sur notre foi relève de l'évidence. Si l'on commence à douter, les deux s'effondrent. C'est un fait irréfutable, poursuivit-il en se redressant.

Son visage retrouva un peu de couleur.

— Mais nous doutons sans arrêt, intervint Karin. C'est même la raison de notre présence ici aujourd'hui – nous nous demandons si nous nous trouvons dans une bulle ou à la fin d'un boom conjoncturel.

— À petite échelle, le doute rend la Bourse possible, dit Leo. Chaque jour, des millions de gens doutent, espèrent et analysent. C'est l'activité même qui fixe les cours. Mais je parle du doute profond, fondamental.

— De Dieu ?

— Pourquoi pas. Mais je pense en premier lieu au doute quant à la croissance, aux profits futurs. Rien n'est plus dangereux pour un marché où les cours sont hauts que de voir s'installer un doute profond. Une telle appréhension peut causer un krach boursier et plonger le monde dans une dépression.

— Mais ce n'est pas le seul genre de doute qui peut avoir de graves conséquences, n'est-ce pas ?

— Non, nous pouvons également commencer à douter de l'idée même, de tout ce concept imaginaire.

— Imaginaire ?

— Je vais sans doute choquer certaines personnes ici présentes en disant cela, et je m'en excuse. Mais le marché financier n'est pas une chose qui existe, comme vous ou moi, Karin. Où comme cette bouteille d'eau sur la table. Le marché est une construction. Au moment même où l'on cesse d'y croire, il cesse d'exister.

— Vous n'exagérez pas un peu là, Leo ?

— Non, non, réfléchissez. Le marché, qu'est-ce que c'est ? C'est un accord entre nous. Nous avons décidé qu'à cet endroit précis, sur cette arène-là, nous laissons toute notre crainte, tous nos rêves, nos idées et nos désirs d'avenir décider du prix des devises, des entreprises et des matières premières.

— Une idée audacieuse.

— Pas tant que ça, Karin, mais cela ne rend pas non plus forcément le marché moins favorable ou moins stable. Une grande partie des choses fondamentales dans nos vies, comme notre héritage culturel et nos institutions, sont justement des constructions de l'imagination et de la raison humaine.

— Notre argent aussi alors, forcément.

— Absolument, et aujourd'hui plus que jamais. Je veux dire… nous ne sommes pas dans le monde de Picsou, où on se baigne littéralement dans l'or, et nous ne sommes plus à l'époque où l'on cachait ses économies sous son matelas. Aujourd'hui, nos épargnes sont des chiffres sur un écran d'ordinateur, des chiffres qui fluctuent sans cesse. Pourtant, nous leur vouons une confiance inébranlable. Mais imaginez…

Leo Mannheimer ne semblait pas encore maîtriser complètement sa respiration.

— Oui ?

— Imaginez que nous commencions à craindre pour ces annotations. Non seulement pour leurs variations sur le marché, mais aussi à craindre qu'elles se retrouvent subitement effacées, tels des chiffres sur une ardoise. Que se passera-t-il alors ?

— Notre société sera ébranlée jusque dans ses fondements.

— Exactement. Et c'est un peu ce qui s'est passé il y a quelques mois.

— Vous pensez au piratage informatique de Finance Security, anciennement Värdepapperscentralen, le dépositaire central suédois ?

— Tout à fait. Nous nous sommes retrouvés face à une situation où nos placements avaient temporairement disparu.

Ils étaient introuvables dans l'espace cybernétique ; le marché a tremblé, la couronne a chuté de quarante-six pour cent.

— Pourtant, la Bourse de Stockholm a réagi avec une rapidité étonnante et fermé tous les sites de transaction.

— Il faut féliciter les responsables sur ce coup-là, Karin. Mais l'effondrement a également été limité par le fait que personne en Suède ne pouvait plus faire d'affaires. Il n'y avait plus de ressources. Certains, toutefois, n'ayez aucun doute là-dessus, ont vu leur richesse augmenter. Et en réalité, c'est l'idée la plus vertigineuse dans tout ça. Imaginez-vous le profit qu'ont dû faire ceux qui ont provoqué le krach et qui avaient misé sur une baisse. Il aurait fallu braquer des millions de banques pour arriver à de telles sommes.

— C'est vrai. Et cela a également fait couler pas mal d'encre dans la presse ; on songe notamment aux articles de Mikael Blomkvist de *Millénium*, que je devine justement là-bas, au fond. Mais Leo, franchement, quelle était réellement la gravité de cet incident ?

— En réalité, il n'y avait pas de grand danger. Autant Finance Security que les banques suédoises ont un système de sauvegarde important. Mais des termes tels que "en réalité" ou "objectivement" ne sont pas toujours les plus intéressants pour un marché guidé par l'espoir et la crainte. Ce qui est grave dans cette affaire, c'est que pendant un certain temps, nous en sommes venus à douter de l'existence même du capital dans le monde numérique.

— Et une campagne de désinformation sur les réseaux sociaux est venue s'ajouter au piratage.

— Ah, oui, de faux tweets ont jailli de toutes parts, affirmant qu'il serait impossible de reconstituer nos ressources, ce qui confirme que l'attaque visait davantage notre confiance que notre argent lui-même – si tant est que l'on puisse dissocier les deux.

— On affirme aujourd'hui avoir des preuves irréfutables que le piratage comme la campagne de désinformation ont été dirigés depuis la Russie.

— Oui, et même s'il vaut mieux pour l'instant se garder d'accusations trop formelles, cela donne à réfléchir. Peut-être les futures guerres commenceront-elles justement ainsi. Peu de choses sont susceptibles de causer autant de chaos qu'une perte de confiance en notre argent. Et je ne parle même pas du doute personnel de chacun. Il suffit que l'on croie que les autres doutent.

— Pourriez-vous développer un peu, Leo ?

— C'est comme dans une foule. Nous avons beau savoir qu'il n'y a aucune raison de s'inquiéter, qu'il n'y a pas de danger. Si les gens commencent à courir en panique, nous nous mettrons aussi à courir. Ce bon vieux Keynes a un jour comparé la Bourse à un concours de beauté.

— Un concours de beauté ?

— Oui, c'est un exemple célèbre. Keynes imagina un concours de beauté particulier où les membres du jury ne désigneraient pas le plus beau, mais celui qu'ils jugeaient susceptible de gagner.

— Ce qui implique ?

— Qu'il faut oublier ses propres préférences pour réfléchir sur le goût et l'avis des autres. Enfin, en réalité ça va encore plus loin. Nous devons nous demander qui les autres croient que les autres croient être le plus beau. Cela devient une gymnastique mentale assez complexe si on y réfléchit bien.

— Ça paraît absurde, non ?

— Peut-être, mais ce n'est pas plus étrange que ce qui se passe sur le marché financier à chaque seconde. La Bourse n'est pas seulement le résultat d'analyses des valeurs fondamentales des entreprises et de la conjoncture mondiale. Les facteurs psychologiques jouent tout autant, les véritables mécanismes psychologiques et les hypothèses les concernant. Des hypothèses sur les hypothèses des autres. Tout est examiné de près parce que tout le monde veut avoir une longueur d'avance, commencer à courir avant qu'un autre ne le fasse, pour ainsi dire. Et ce phénomène n'a pas changé depuis l'époque de Keynes. Au contraire, la robotisation croissante des échanges rend le marché d'autant plus autoréflexif. Les robots scannent les ordres de vente et d'achat à la vitesse de l'éclair et agissent en conséquence. Ce faisant, ils amplifient les tendances déjà existantes. Il y a là un véritable danger. Un bref mouvement de la Bourse peut en un rien de temps s'accélérer et devenir incontrôlable. Dans un tel cas de figure, il est souvent rationnel d'agir de façon irrationnelle – foncer même si l'on sait que c'est absurde. À quoi bon rester sur place à crier "crétins, imbéciles, il n'y a aucun danger" quand tout le monde court à toutes jambes ?

— Certes, intervint Karin. Mais si la précipitation est injustifiée, en général le marché se corrige, non ?

— Absolument. Mais la réaction peut tarder et alors, vous avez beau avoir raison, cela ne vous empêchera pas d'être ruiné. Pour citer de nouveau Keynes : vous pouvez avoir raison au point de faire faillite.

— Ce serait effectivement fâcheux.

— Mais il y a de l'espoir. L'espoir, c'est la faculté du marché à l'introspection. Si un météorologue étudie la météo, celle-ci ne change pas pour autant. Mais lorsque nous étudions l'économie, nos hypothèses et nos analyses s'intègrent dans l'organisme économique. La Bourse est donc comme n'importe quel névrosé. Elle est capable d'évoluer et d'apprendre.

— En même temps, ça la rend aussi imprévisible, non ?

— Exactement, c'est un peu comme moi sur cette estrade. Nous ne pouvons jamais savoir à quel moment la Bourse va vaciller.

Quelques rires francs s'élevèrent du public, une sorte de rire libérateur. Leo sourit doucement et s'avança d'un pas vers le bord de la scène.

— De ce point de vue, la Bourse est paradoxale. Nous voulons tous la comprendre et en tirer des bénéfices. Mais si nous la comprenions réellement, elle s'en trouverait transformée. *In fine*, le modèle d'explication définitif du marché financier modifierait notre façon de l'appréhender et boum ! il deviendrait autre chose, un virus muté. Nous pouvons affirmer sans l'ombre d'un doute que la Bourse ne fonctionnerait pas si elle était pleinement comprise.

— Son essence même réside dans notre méconnaissance.

— Oui, et il faut bien à la fois des acheteurs et des vendeurs, des croyants et des sceptiques. C'est aussi ce qui fait la beauté de cette cacophonie. Le chœur de voix dissonantes en lui-même a tendance à rendre le marché étonnamment éclairé, plus perspicace qu'aucun d'entre nous ici présents qui essayons par moments de faire les gourous sur les plateaux télé. Lorsque des gens partout dans le monde pensent indépendamment : "Comment se faire le plus d'argent possible?" ; lorsqu'il y a pour ainsi dire un équilibre parfait entre suppositions et connaissances, entre l'espoir des acheteurs et le doute des vendeurs, une sagesse, une clairvoyance presque prophétique peut surgir. Le seul problème, c'est de savoir : À quel moment le marché est-il clairvoyant ? Et à quel moment entre-t-il en crise et fonce-t-il à l'aveugle comme une foule insensée ?

— Comment le savoir ?

— C'est là où le bât blesse, dit-il. J'ai l'habitude de dire – quand je veux me donner de l'importance – que je connais maintenant assez bien le marché financier pour savoir que je n'y comprends rien.

MALIN CHUCHOTA à l'oreille de Mikael :

— Il est pas mal, non ?

Mikael s'apprêtait à répondre lorsque son portable vibra dans sa poche. C'était Annika. Il songea à sa conversation avec Holger et marmonna une excuse avant de s'esquiver. Plongé qu'il était dans ses pensées, il ne remarqua pas qu'à sa sortie le visage de Leo sembla s'assombrir. Mais Malin s'en aperçut et observa Leo intensément. Elle repensa à cette fameuse nuit dans son bureau, quand il écrivait sur cette feuille couleur sable. Il s'était passé ce soir-là quelque chose de crucial. Elle en était de plus en plus persuadée. Elle décida d'aller voir Leo après sa conférence pour lui en parler.

MIKAEL ÉTAIT SUR LE QUAI, il regardait Gamla Stan et le Palais royal de l'autre côté de la baie. C'était le calme plat. Plus loin, un grand ferry s'apprêtait à accoster. Il décida d'utiliser son téléphone Android et son application de cryptage Signal. Il composa le numéro d'Annika. Elle décrocha au bout d'une sonnerie et semblait essoufflée. Il lui demanda s'il s'était passé quelque chose. Elle rentrait de Flodberga, dit-elle. Lisbeth avait été interrogée par la police.

— Elle est accusée de quelque chose ?

— Pas encore et avec un peu de chance elle y échappera. Mais c'est grave, Mikael.

— Crache le morceau, alors !

— Oui, oui, du calme. Cette femme dont je t'ai parlé, Benito Andersson, qui avait menacé et exploité aussi bien les employés que ses codétenues, bref, qui s'est révélée une pourriture plus sadique que je n'aurais pu l'imaginer, elle est hospitalisée à l'hôpital universitaire d'Örebro avec des blessures graves à la tête et à la mâchoire à la suite d'une attaque violente dans le quartier pénitentiaire.

— Et quel est le rapport avec Lisbeth ?

— Disons que le chef du quartier, Alvar Olsen, a reconnu les faits. Il dit qu'il a été obligé de mettre Benito KO parce qu'elle était armée d'un stylet.

— À l'intérieur de la prison ?

— Oui, et c'est un scandale, évidemment. Une investigation parallèle est en cours pour déterminer comment le couteau a pu être introduit dans la prison. Je dirais que ce n'est pas l'agression en soi qui pose problème. On peut facilement considérer le coup comme un acte de légitime défense. Et la version d'Alvar Olsen est entièrement corroborée par Faria Kazi, la fille originaire du Bangladesh dont je t'ai parlé. Elle affirme qu'Alvar lui a plus ou moins sauvé la vie.

— Alors, c'est quoi le problème, par rapport à Lisbeth ?

— Pour commencer, son propre témoignage.

— Elle était donc témoin ?

— Laisse-moi prendre les choses dans l'ordre.

— D'accord.

— Il y a pas mal de contradictions entre les témoignages de Faria Kazi et d'Alvar. Ce dernier affirme qu'il a frappé Benito au larynx de deux coups de poing alors que selon Faria, il lui aurait mis un coup de coude, puis Benito se serait écrasée contre le sol en béton. En réalité, ces différents témoignages ne sont pas si problématiques. Tous les enquêteurs expérimentés savent que nous gardons souvent des images visuelles disparates des expériences traumatiques. Ce que montrent les caméras de surveillance, en revanche, c'est une tout autre histoire.

— À savoir ?

— Le drame s'est déroulé le soir juste après sept heures et demie. 19 h 30, c'est le pire moment de la journée dans le quartier de haute sécurité. C'est généralement juste avant la fermeture des cellules que les agressions ont lieu et personne n'a été autant exposé en la matière que Faria Kazi. Alvar le savait. Il était au courant mais il n'avait pas osé intervenir jusque-là. C'est lui-même qui le dit. Il est bien pour ça. Il est sincère – j'ai assisté à ses interrogatoires. À 19 h 32 hier soir, il est dans son bureau quand il reçoit l'appel qu'il attendait depuis si longtemps. Il apprend que Benito va être transférée dans une autre prison. Pourtant, il raccroche brusquement.

— Pourquoi ?

— Parce que, d'après ses dires, il vient de constater qu'il est sept heures et demie. Inquiet, il se précipite hors de son bureau, tape son code pour passer la porte blindée et descend le couloir du quartier de haute sécurité en courant. Mais, chose curieuse…

— Oui ?

— Pile à ce moment-là, une détenue du nom de Tine Grönlund déboule de la cellule de Faria Kazi. Dans le quartier, on l'appelle souvent le bichon ou le garde du corps de Benito. Et la question se pose : pourquoi sort-elle avec une telle précipitation ? Parce qu'elle entend Alvar arriver ou pour une tout autre raison ? Alvar affirme ne pas l'avoir vue. Il est trop occupé à se frayer un passage dans la foule qui s'est agglutinée devant la cellule de Faria. Une fois arrivé, il découvre Benito, un stylet à la main. Il lui assène un coup de toutes ses forces dans le larynx. Il n'y a pas de caméras à l'intérieur des cellules, donc nous ne pouvons pas vérifier ses dires. Cela dit, je trouve qu'il a l'air droit et sincère. Mais apparemment, Lisbeth se trouve alors déjà dans la cellule.

— Et Lisbeth n'est pas vraiment du genre à laisser passer des agressions qui se déroulent sous ses yeux.

— Encore moins envers une femme comme Faria Kazi. Mais ce n'est pas le pire.

— C'est quoi, alors ?

— L'ambiance dans le quartier, Mikael. Comme d'habitude, en taule, personne ne veut parler. Mais on sent de loin que l'ambiance est bouillante. Rien que lorsque je traversais la cantine avec Lisbeth, les détenues ont commencé à faire tinter leurs gobelets. On sent bien qu'elles la considèrent comme un héros, comme un héros, mais aussi… comme une condamnée à mort. J'ai entendu les mots *dead woman walking* et même si, en soi, ça ne fait que rehausser son statut, c'est grave. Non seulement à cause du sens troublant de ces propos. Mais aussi parce que ça interpelle la police. Si c'est bien Alvar Olsen qui a brisé la mâchoire de Benito, pourquoi est-ce Lisbeth et non lui qui reçoit les menaces ?

— Je vois, dit Mikael, songeur.

— Lisbeth est maintenant à l'isolement, et les soupçons à son encontre sont réels. Beaucoup de faits plaident en sa faveur, c'est vrai. Personne ne semble penser qu'une personne aussi menue serait capable d'asséner un coup d'une telle force. Personne ne semble comprendre non plus pourquoi Alvar Olsen en prendrait la responsabilité, soutenu par Faria Kazi, si ce n'était pas lui. Mais Mikael, pour quelqu'un d'aussi intelligent qu'elle, Lisbeth n'est franchement pas très futée sur ce coup-là.

— Comment ça ?

— Elle ne dit pas un mot de ce qui s'est passé. Elle n'a que deux choses à dire, fait-elle savoir.

— Lesquelles ?
— Que Benito a eu ce qu'elle méritait.
— Et la deuxième ?
— Que Benito a eu ce qu'elle méritait.
Mikael éclata de rire malgré lui. La situation était pourtant profondément inquiétante.
— Alors que s'est-il réellement passé, à ton avis ? demanda-t-il.
— Mon travail n'est pas de croire, mais de défendre mon client, lui rétorqua Annika. Laisse-moi malgré tout formuler une hypothèse : Benito colle assez bien au profil du type de personnes que Lisbeth n'aime pas beaucoup.
— Je peux faire quelque chose ?
— C'est aussi pour ça que je t'appelle.
— Je t'écoute.
— Tu peux m'aider avec Faria Kazi. Je suis désormais chargée de son cas – à la demande de Lisbeth, comme je te le disais. Lisbeth semble avoir fait des recherches en prison sur l'histoire de cette fille et je crois que toi et le journal pourriez avoir un intérêt à m'aider sur ce coup-là. Cela pourrait se révéler être un sujet fort et important pour vous. Son petit ami, Jamal, est mort écrasé sous une rame de métro. On peut se voir ce soir ?
— Je dois aller chez Holger Palmgren à 21 heures.
— Tu lui passeras bien le bonjour. Il a essayé de me joindre aujourd'hui. Mais tu y vas pour 21 heures ? On pourrait se retrouver pour le dîner avant, alors. On dit à 18 heures au Pane Vino ?
— D'accord, dit Mikael. Parfait.
Il raccrocha et laissa son regard errer vers le Grand Hôtel et le parc Kungsträdgården en se demandant s'il allait retourner au séminaire. Au lieu de ça, il fit une série de recherches sur son portable. Plus de vingt minutes s'écoulèrent avant qu'il ne retourne à l'intérieur.
Il marchait d'un pas vif et, lorsqu'il longea la table où étaient disposés les livres à l'entrée, il tomba sur Leo Mannheimer.

Mikael aurait voulu lui tendre la main et dire un mot gentil au sujet de son intervention. Mais quelque chose le retint. Leo avait l'air tellement troublé que Mikael se tut et le laissa sortir et disparaître sous la lumière du soleil. Sa démarche était nerveuse, précipitée.

Mikael resta une minute immobile, plongé dans ses pensées. Puis il retourna dans la salle de conférences et chercha Malin du regard. Elle n'était plus assise à sa place et Mikael se maudit d'avoir tant tardé. Elle s'était peut-être impatientée et était partie ? Il regarda autour de lui dans la salle. Sur scène, un autre homme plus âgé était désormais en train de parler, désignant des courbes et des lignes sur un écran blanc. Mikael l'ignora.

Il cherchait Malin dans la foule et finit par l'apercevoir vers le bar sur la droite, où l'on avait disposé des verres de vin pour la pause. Malin s'était déjà servie et elle avait l'air abattue et triste.

Il avait dû se passer quelque chose.

8
LE 19 JUIN

FARIA KAZI S'ADOSSA CONTRE le mur de sa cellule et ferma les yeux. Pour la première fois depuis longtemps, elle rêvait de pouvoir se regarder dans un miroir. Elle avait légèrement repris espoir, même si la peur imprégnait toujours son corps. Elle songea aux excuses que lui avait présentées le surveillant-chef, à sa nouvelle avocate, Annika Giannini, aux policiers qui l'avaient interrogée et bien sûr aussi à Jamal.

Elle tâta la poche de son pantalon. À l'intérieur se trouvait un étui en cuir marron dans lequel était rangée la carte de visite que Jamal lui avait donnée après le débat à la maison de la culture.

Jamal Chowdhury était-il inscrit, *blogger, writer, PhD Biology, University of Dhaka*, suivi de son adresse mail, de son numéro de téléphone et en dessous, dans une autre typographie, de l'adresse Web : www.muktomona.com. Le papier était de mauvaise qualité. La carte était froissée et l'écriture s'effaçait. Jamal l'avait sans doute imprimée lui-même. Elle ne lui avait pas posé la question, pourquoi l'aurait-elle fait ? Jamais elle n'aurait deviné que la carte deviendrait son bien le plus précieux. La nuit après leur première rencontre, elle était restée éveillée sous sa couette, à contempler cette carte en se remémorant leur conversation et les moindres traits de son visage. Elle aurait évidemment dû lui téléphoner aussitôt. Elle aurait dû l'appeler le soir même. Mais elle était jeune et innocente, elle ne voulait pas sembler trop empressée, et surtout : comment aurait-elle pu savoir que tout allait bientôt lui être enlevé – le portable, l'ordinateur et même le droit de sortir en niqab dans son quartier ?

Assise dans sa cellule, au moment où un premier rayon de lumière venait de s'insinuer dans sa vie, elle se rappela l'été où sa tante Fatima avait avoué qu'elle avait menti pour elle et où Faria était devenue prisonnière dans sa propre maison. On l'avait enfermée et on l'avait informée qu'elle allait épouser un cousin germain qu'elle n'avait jamais rencontré, un homme qui possédait trois usines textiles à Dhaka, *trois* – combien de fois lui avait-on répété ce chiffre ?

— Tu te rends compte, Faria ? Trois usines !

Cela aurait tout aussi bien pu être trois cent trente-trois que cela n'aurait rien changé. Pour elle, Qamar Fatali – tel était le nom de ce cousin – était juste repoussant. Sur les photos, il avait l'air arrogant et méchant, et elle ne fut pas surprise d'apprendre que c'était un salafiste doublé d'un opposant haineux au mouvement de sécularisation de son pays. Elle ne fut guère plus surprise quand protéger sa virginité devint pour les siens une question de vie ou de mort, tout comme s'assurer qu'elle demeure une bonne musulmane sunnite jusqu'à ce que Qamar vienne la sauver de ce pays occidental.

Certes, à l'époque, personne de la famille ne connaissait l'existence de Jamal. Mais sans même soupçonner ce qu'elle avait fait réellement au lieu d'aller chez sa tante Fatima, d'autres griefs avaient surgi. Il y avait aussi de vieilles photos innocentes sur Facebook, des commérages, des rumeurs qui prétendaient corroborer le fait qu'elle s'était "souillée".

La porte d'entrée fut fermée à clé de l'intérieur grâce à un verrou de sécurité et, puisque deux de ses frères, Ahmed et Bashir, étaient sans emploi, il y avait toujours quelqu'un à la maison pour la surveiller. Elle devait se contenter de faire le ménage, de préparer et servir les repas ou de s'allonger dans sa chambre pour lire. Sachant que le choix était limité : le Coran, de la poésie, les nouvelles de Tagore, ou les biographies de Mahomet et des premiers califes. Elle préférait rêvasser.

Rien qu'en pensant à Jamal, ses joues s'empourpraient. C'était pathétique, elle en avait bien conscience. Mais c'était le cadeau que lui avait fait sa famille. Privée du plaisir de vivre, elle se contentait du simple souvenir d'une promenade sur Drottninggatan pour faire trembler son monde. Elle était déjà comme en prison à l'époque, mais elle n'allait jamais jusqu'à sombrer dans la résignation ni le désespoir.

Loin de se laisser aller à la dépression, elle était furieuse, et les images de Jamal la réconfortaient de moins en moins. Le seul souvenir d'une conversation où les mots fusaient librement rendait la parole domestique insupportablement contrainte et rigide. Et là, Dieu n'était d'aucune aide.

Dieu n'avait rien de spirituel ou de précieux, pas dans sa famille. Il n'était qu'un marteau pour frapper la tête des gens, un outil de mesquinerie et d'oppression, exactement comme l'avait dit Hassan Ferdousi. Elle n'arrivait plus à respirer, son cœur battait à tout rompre et à la fin elle n'y tint plus. Il fallait qu'elle s'enfuie, coûte que coûte. C'était déjà le mois de septembre. L'air devint plus frais, son regard plus aiguisé.

Elle guettait toujours une porte de sortie. Elle ne pensait presque plus qu'à ça. Elle rêvait de fuir la nuit et y songeait encore en se réveillant le matin. Souvent, elle observait en coin son petit frère, Khalil. Il était malmené lui aussi, s'était vu interdire les séries télévisées américaines et anglaises. Il n'avait même plus le droit de voir son meilleur ami Babak parce que celui-ci était chiite. Parfois, Khalil la regardait avec une vive douleur dans les yeux, comme s'il comprenait ce qu'elle vivait. Pouvait-il l'aider ?

Elle y songea. L'idée l'obsédait et bientôt d'autres choses commencèrent à l'obséder à leur tour : les téléphones, les portables de ses frères et de son père, tous les téléphones imaginables qui pourraient lui tomber sous la main. Elle se mettait à surveiller ses frères de loin dans l'appartement. Elle fixait leurs mains qui tripotaient les portables et composaient les codes. Mais surtout, elle constata qu'ils oubliaient parfois leur téléphone sur une table, sur un bureau ou à des endroits divers comme au-dessus de la télé, à côté du grille-pain ou de la bouilloire dans la cuisine. Des fois, c'étaient de véritables sketchs quand ses frères ne les retrouvaient pas. Ils se chamaillaient, faisaient sonner le portable les uns des autres en jurant de plus belle lorsque les téléphones étaient en mode silencieux et qu'ils étaient obligés de localiser la vibration sourde.

Ces scènes étaient de grandes opportunités, pour elle. Elle le comprenait de plus en plus. Elle devait saisir l'occasion lorsqu'elle se présentait, même si elle était évidemment consciente du danger. Elle risquait non seulement de détruire l'honneur de la famille, mais c'étaient aussi les affaires de son père et de ses frères qui étaient en jeu. Ces trois maudites usines arriveraient comme un don du ciel et assureraient leur prospérité à tous. Si elle gâchait ça, les conséquences seraient lourdes. Aussi ne fut-elle guère étonnée de voir le piège se resserrer.

Un poison se répandait dans l'appartement et ce n'était plus simplement l'honneur ou l'avidité qui luisaient dans les yeux de ses grands frères. Il y avait autre chose. Ils commençaient à s'inquiéter pour elle. Parfois, ils l'obligeaient à manger plus. Il ne fallait pas qu'elle devienne trop maigre puisque Qamar aimait les femmes bien en chair. Il ne fallait surtout pas qu'elle soit souillée et encore moins libre. Ils veillaient sur elle tels des faucons, et elle aurait logiquement dû se résigner et abandonner. Mais la situation fut poussée à l'extrême. C'était un matin de mi-septembre, il y avait maintenant presque deux ans. Elle prenait son petit-déjeuner et Bashir, son frère aîné, pianotait sur son portable.

MALIN PRIT UNE GORGÉE de vin rouge près du bar éphémère du musée Fotografiska. Mikael se fit la réflexion qu'elle était joyeuse et gaie quand il l'avait laissée. Désormais elle ressemblait à une fleur fanée avec la main enfouie dans ses longs cheveux.

— Coucou, dit-il à voix basse pour ne pas déranger la conférence en cours.

— C'était qui au téléphone ?

— Juste ma sœur.

— L'avocate ?

Mikael hocha la tête.

— Il s'est passé quelque chose ? demanda-t-il.

— Comment ? Non, pas vraiment. J'ai juste discuté avec Leo.

— Ça ne s'est pas bien passé ?

— C'était top.

— J'ai du mal à te croire.

— Objectivement, c'était top. On s'est dit un tas de choses gentilles. Que j'étais belle, qu'il avait assuré sur scène et qu'on s'était vraiment manqué, blablabla. Pourtant, j'ai aussitôt senti que quelque chose n'était pas comme d'habitude.

— Comment ça ?

Malin hésita. Elle regarda à gauche et à droite comme pour s'assurer que Leo n'était pas dans le coin, qu'il ne pouvait pas l'entendre.

— C'était comme si c'était… creux, dit-elle. Comme si tout n'était que des paroles en l'air. Il semblait troublé de me voir.

— On perd des amis, on en trouve d'autres, dit Mikael d'une voix bienveillante en lui caressant les cheveux.

— Je sais et en ce qui me concerne, je m'en sors très bien sans Leo Mannheimer, merci ! Mais ça m'a tout de même dérangée. On était quand même… il fut un temps où on était vraiment…

Mikael pesa ses mots :

— Vous étiez proches.

— Oui, on était proches. Mais ce n'est pas ce qui m'a le plus troublée. C'était, en quelque sorte… louche.

— C'est-à-dire ?

— Il m'a dit qu'il s'était fiancé avec Julia Damberg.

— Julia Damberg ? C'est qui ?

— Elle était analyste chez Alfred Ögren avant et elle est mignonne, très belle même, mais pas particulièrement futée. Leo ne l'a jamais beaucoup aimée. Il la trouvait gamine. J'hallucine qu'ils se soient soudain fiancés.

— Dur…

— Arrête ! répliqua-t-elle. Je ne suis pas jalouse, si c'est ce que tu crois. Je suis juste…

— Quoi ?

— Perplexe. Toute perturbée, franchement. Il y a quelque chose qui ne colle pas, là-dedans.

— Tu veux dire hormis le fait qu'il se soit fiancé avec la mauvaise fille ?

— Tu es con parfois, Blomkvist. Tu le sais ?

— J'essaie juste de comprendre.

— Tu ne pourrais pas, de toute façon, le rabroua-t-elle.

— Et pourquoi ?

— Parce que…

Elle hésita, cherchant ses mots.

— … parce que je n'en ai pas encore fini, poursuivit-elle. Il faut que je vérifie un truc avant.

— Arrête d'être aussi énigmatique, à la fin !

C'était au tour de Mikael de perdre patience. C'était peut-être injuste, mais ça commençait à faire beaucoup – Lisbeth, l'agression à Flodberga, le boulot pour le journal… Malin le regarda, décontenancée.

— Je suis désolé, dit-il.

— C'est à moi de m'excuser. Je sais que je suis folle.

Il s'efforça de se montrer compréhensif et sympa de nouveau.

— C'est quoi l'histoire, alors ?

— En réalité, c'est la même chose que la dernière fois.

— À savoir ?

— Je pense encore à cette scène, tu sais, quand il était en train d'écrire dans son bureau au milieu de la nuit. Il y a quelque chose de louche là-dedans.

— Tu peux développer ?

— Pour commencer, Leo a forcément dû m'entendre quand je suis revenue de l'ascenseur et que je l'ai vu.

— Pourquoi "forcément" ?

— Parce qu'il souffre d'hyperacousie.

— De quoi ?

— D'hypersensibilité de l'ouïe. C'est fou comme il entend bien, le moindre petit pas, le moindre petit papillon qui passe. Je ne comprends pas comment j'ai pu l'oublier. Sans doute une forme de bienveillance inconsciente de ma part. Il se considère comme un animal de foire. Mais quand cette chaise a grincé et qu'il a eu une réaction si forte, tout m'est revenu. Qu'est-ce que tu en dis, Mikael, on s'en va ? Je n'en peux plus de tout ce baratin sur la vente et l'achat d'actions, dit-elle avant de vider son verre d'un trait.

FARIA KAZI ÉTAIT ASSISE dans sa cellule. Elle allait bientôt être interrogée une nouvelle fois, mais cette perspective lui faisait moins peur qu'elle ne l'aurait pensé. Elle avait déjà par deux fois tout raconté au sujet de l'oppression et de la maltraitance dans le quartier de haute sécurité, et elle avait aussi réussi à mentir. Ce n'était pas rien. La police lui mettait bien la pression au sujet de Lisbeth.

Pourquoi Lisbeth s'était-elle trouvée dans sa cellule ? Quel avait été son rôle dans le drame ? Faria aurait voulu crier : "C'est elle et non Alvar Olsen qui m'a sauvée !" Mais elle resta fidèle à sa promesse. Sans doute cela valait-il mieux pour Lisbeth. À quand remontait la dernière fois que quelqu'un avait pris sa défense ? Elle ne s'en souvenait pas. Elle songea à ce fameux petit-déjeuner, quand son frère Bashir tripotait son téléphone juste à côté d'elle.

L'air était doux. Le soleil brillait au-dehors, dans ce monde qui lui était interdit. À l'époque, cela faisait déjà longtemps que la famille n'était plus abonnée au journal et plus longtemps encore que le père ne laissait plus la radio allumée le matin. La famille s'était coupée de la société.

Bashir buvait son thé, et soudain il releva la tête.

— Tu sais pourquoi Qamar tarde à venir, non ? dit-il.

Elle regarda par la fenêtre.

— Il se demande si tu es une pute. Tu es une pute, Faria ?

Elle ne répondit toujours pas. Elle n'avait jamais répondu à ce genre de questions.

— Un petit voyou merdeux a essayé de te joindre.

Là, elle ne put se retenir :

— Qui ça ?

— Un type, un traître de Dhaka, poursuivit Bashir.

Elle aurait peut-être dû s'énerver. Jamal n'était pas un traître. C'était un héros, un homme qui se battait pour un meilleur Bangladesh, plus démocratique. Mais à cet instant, elle ne ressentait que de la joie, ce qui était compréhensible. Des mois s'étaient écoulés, les souvenirs et les sentiments s'estompent avec le temps, surtout quand on n'a fait que se promener ensemble dans la rue.

Le fait que de son côté elle ait pensé à Jamal nuit et jour n'avait rien d'étonnant. Elle était enfermée et oisive. Mais lui était libre et il passait sûrement son temps dans des séminaires et des conférences. Il aurait très bien pu rencontrer une autre femme bien plus intéressante qu'elle. Mais lorsque Bashir cracha ses insultes, elle comprit que Jamal voulait la revoir, ce qui était énorme.

Dans son monde isolé, c'était plus énorme que tout et elle sentait qu'elle avait besoin de se retrouver seule avec sa joie. Mais elle ne baissa pas sa garde. Le moindre soupçon de rougeur pourrait lui être fatal. Un simple bégaiement ou un regard nerveux pourraient la trahir. Elle garda donc son masque :

— Qui ça ? Un traître ? Je n'en ai rien à foutre.

Elle se leva de table et ne comprit son erreur que plus tard. Dans son effort pour paraître indifférente, elle avait surjoué. Mais sur le moment, elle pensait avoir réussi son coup. Une fois remise du premier choc, elle devint plus obsessionnelle que jamais. Il lui fallait à tout prix mettre la main sur un téléphone.

L'idée l'obnubilait complètement et cela dut se sentir. Bashir et Ahmed la surveillèrent encore plus étroitement et évidemment, aucune clé ou portable oublié ne se présenta. Les jours passèrent, le mois d'octobre arriva. C'était un samedi soir et la maison se chargeait de vie et de mouvement. Elle mit un moment à comprendre ce qui se passait. Sa relation avec les membres de sa famille était à ce point glaciale que personne n'avait pris la peine de l'informer qu'on célébrait ses fiançailles. Enfin, "célébrer", c'était évidemment beaucoup dire. Nul ne semblait particulièrement heureux. Qamar n'était pas présent. Il avait du mal à obtenir son visa. D'autres brillaient aussi par leur absence, des gens qui étaient tombés en disgrâce ou avaient pris leurs distances avec l'extrémisme des frères. La fête mettait en évidence l'isolement croissant de la famille. Mais l'attention de Faria était ailleurs – elle scrutait le visage des invités. Quelqu'un pourrait-il l'aider ?

De nouveau, le meilleur candidat lui sembla être son petit frère, Khalil. Il avait seize ans, il était la plupart du temps assis à l'écart et il lui jetait des regards nerveux. Il fut un temps, quand ils habitaient Vallholmen et partageaient la même chambre, où ils restaient souvent à parler tard dans la nuit. Si l'on pouvait appeler ça parler. À l'époque, quand leur mère venait de décéder, Khalil n'avait pas encore commencé à se prendre de passion pour la course à pied. Mais il était déjà particulier. Il était taciturne, il avait une prédilection pour la couture et le dessin, et il disait souvent qu'il voulait rentrer chez lui – il regrettait un pays dont il n'avait pourtant aucun souvenir.

Elle l'observa et se demanda si elle devait le supplier de l'aider à s'enfuir sur-le-champ, en profitant de la fête. Mais elle était trop nerveuse. Elle se réfugia aux toilettes. Faute d'avoir mieux à faire ou par réflexe dans sa quête inlassable, elle regarda autour d'elle. Tout en haut du placard bleu où étaient rangées les serviettes se trouvait un téléphone. Au début, elle n'osa pas y croire. Mais c'était bien un portable. Et ce n'était pas celui d'un des invités, c'était celui d'Ahmed. Elle reconnut aussitôt la photo en fond d'écran, où il posait en train de ricaner sur une moto qui n'était même pas la sienne. Son cœur battait la chamade et elle s'efforça de se remémorer – elle l'avait si souvent observé – la façon dont il composait son code. Cela ressemblait à un L, peut-être 1, 7, 8, 9. Elle essaya. C'était faux. Elle testa une autre combinaison. Cela ne marcha pas non plus et elle prit peur. Que se passerait-il si elle bloquait le téléphone ? Des pas et des voix résonnèrent de l'autre côté de la porte. L'attendaient-ils ? Son père et ses frères l'avaient gardée à l'œil durant toute la fête. Elle ferait vraiment mieux de sortir et de laisser le téléphone à sa place. Mais elle fit quand même une autre tentative. Une décharge parcourut son corps : elle avait réussi. Elle n'avait plus besoin de la carte de Jamal depuis longtemps, elle connaissait son numéro aussi bien que son propre nom. Terrifiée, elle grimpa dans la baignoire, l'endroit le plus éloigné de la porte. Puis elle composa le numéro.

La sonnerie résonnait à son oreille telle une corne de brume, tel un signal de détresse sur une mer noire. Soudain, elle entendit un crépitement à l'autre bout de la ligne. Quelqu'un était en train de décrocher. Elle ferma les yeux et tendit l'oreille vers le couloir. Elle faillit raccrocher quand soudain, elle entendit sa voix prononcer son nom et elle chuchota en retour :

— C'est moi. Faria Kazi.

— Faria ? dit-il.

— Je ne peux pas parler longtemps.

— J'écoute.

Le simple son de sa voix la chamboulait et elle envisagea un instant de lui demander de contacter la police. Mais elle n'en eut pas le courage. Elle dit simplement :

— Il faut que je te voie.

— Je serai heureux de te revoir, dit-il et elle eut envie de crier : "Heureux ? Je vais mourir !"

Elle répondit :

— Je ne sais pas quand je peux.

— Je suis souvent là. Je loue un petit appartement sur194Uplandsgatan. La plupart du temps je suis chez moi, en train de lire ou d'écrire. Viens quand tu peux, dit-il, et il lui donna l'adresse ainsi que le code de la porte d'entrée.

Elle effaça le dernier numéro appelé et reposa le portable au-dessus du placard. Elle passa devant des membres de la famille et des connaissances pour rejoindre sa chambre. Il y avait également du monde à l'intérieur. Elle les pria de sortir et ils obtempérèrent avec des sourires gênés. Ensuite, elle se glissa sous la couette et prit la décision de s'enfuir à tout prix. C'était ainsi qu'avait commencé l'événement le plus heureux et le plus horrible de sa vie.

MALIN ET MIKAEL DÉPASSÈRENT les spectateurs et la table où étaient disposés les livres à l'entrée et sortirent. Ils longèrent les bateaux accostés sur le quai et observèrent la colline de l'autre côté de la voie rapide. Il faisait chaud. Mikael s'était remis de son irritation, mais Malin semblait de nouveau être ailleurs.

— C'est intéressant ce que tu as dit au sujet de son ouïe, dit-il.

— Ah bon ?

Elle semblait distraite.

— Le psychologue, Carl Seger, celui qui a été victime d'un coup tiré accidentellement dans la forêt il y a vingt-cinq ans, rédigeait une thèse de doctorat sur l'influence de l'ouïe sur notre amour-propre, poursuivit-il.

Elle le regarda.

— Ce serait à cause de Leo, tu veux dire ?

— Je ne sais pas. Mais ça n'a pas trop l'air d'être un sujet de recherche lambda. Comment se manifestait l'hypersensibilité de Leo ?

— Eh bien, tu vois, on pouvait par exemple être en réunion et tout à coup je voyais Leo tendre l'oreille sans savoir pourquoi. L'instant d'après, quelqu'un entrait. Il percevait toujours les choses avant les autres et une fois je l'ai interrogé là-dessus. Il a éludé la question. Mais plus tard… durant ma dernière période dans l'entreprise, il m'a raconté qu'il avait souffert de son ouïe toute sa vie. Il disait qu'il était une catastrophe à l'école.

— Je croyais qu'il était premier de la classe.

— C'est ce que je pensais aussi. Mais les premières années, il ne tenait pas en place, il voulait tout le temps sortir. Ça inquiétait beaucoup les adultes, et s'il avait appartenu à une autre famille, il aurait sans doute été placé en classe spéciale ou considéré comme un enfant à problèmes. Mais c'était un Mannheimer, et toutes les ressources possibles et imaginables furent mobilisées. On a découvert qu'il avait une ouïe exceptionnelle. C'était la raison pour laquelle il ne supportait pas d'être en classe, le moindre murmure ou froissement le dérangeait. On a décidé de lui donner des cours particuliers chez lui, et ce fut sans doute à partir de ce moment-là qu'il devint ce garçon au QI élevé dont parlent les articles que tu as lus.

— Alors son ouïe exceptionnelle n'a jamais été un sujet de fierté ?

— Je n'en ai pas l'impression, mais peut-être… je ne sais pas… peut-être qu'il en avait honte et l'exploitait tout à la fois ?

— Il devait être un as pour écouter aux portes !

— Ce psychologue, est-ce qu'il a écrit quelque chose au sujet de la sensibilité extrême de l'ouïe ?

— D'une certaine façon, dit Mikael. Même si je n'ai pas encore réussi à mettre la main sur sa thèse. Mais ailleurs, il parle du fait que ce qui a un sens à une époque donnée du point de vue évolutionniste peut devenir un fardeau à une autre. Dans une forêt silencieuse au temps des chasseurs-cueilleurs, celui qui avait la meilleure ouïe était le plus alerte et avait plus de chance de ramener quelque chose pour le dîner. À une époque marquée par le bruit et le fracas des grandes villes, la même personne risque d'être perdue et accablée. Plus réceptive que participative.

— Il l'a formulé ainsi ? Plus réceptive que participative ?

— Il me semble.

— C'est triste.

— Pourquoi tu dis ça ?

— C'est Leo tout craché. Il était toujours dans le rôle de l'observateur.

— Sauf durant cette fameuse semaine de décembre.

— Absolument. Tu soupçonnes un truc louche dans cette histoire de tir accidentel en forêt, n'est-ce pas ?

Il distingua une curiosité nouvelle dans sa voix, c'était bon signe. Peut-être allait-elle lui en dire plus sur ce que sa rencontre avec Leo dans son bureau avait eu de si étrange.

— En tout cas, ma curiosité est piquée, dit-il.

LEO N'OUBLIA JAMAIS CARL SEGER. Même à l'âge adulte, un intense sentiment de manque pouvait le saisir le mardi à 16 heures, l'horaire de son ancien rendez-vous au cabinet de Carl. Et il lui arrivait de converser avec lui dans sa tête, comme avec un ami imaginaire.

Mais avec le temps, cela devint évidemment plus facile et, exactement comme l'avait prédit Carl, Leo apprit à mieux appréhender le monde et à mieux gérer le bruit. Souvent, son ouïe hors norme et son oreille absolue étaient surtout des atouts. Par exemple lorsqu'il jouait – et pendant longtemps il ne fit que jouer et rêver de devenir pianiste de jazz. Déjà, à la fin de l'adolescence, on lui avait proposé d'enregistrer un album pour Metronome. Il déclina, estimant ne pas avoir encore suffisamment de bons morceaux.

En entrant à l'École supérieure de commerce de Stockholm, il se dit que ce ne serait qu'une parenthèse. Dès qu'il aurait réuni des morceaux meilleurs, il enregistrerait son album et il vivrait pour la musique. Il deviendrait un nouveau Keith Jarrett. Mais la parenthèse était devenue toute sa vie sans qu'il parvienne jamais vraiment à l'expliquer. Était-ce par peur de l'échec, par peur de décevoir ses parents ? Ou était-ce à cause de ses épisodes de dépression, qui se succédaient aussi sûrement que les saisons qui passent ?

Leo resta célibataire, ce qui n'était pas non plus facile à comprendre. Les gens étaient curieux à son égard. Les femmes étaient attirées par lui. Mais lui ne leur manifestait que peu d'intérêt. En compagnie des autres, il n'avait qu'une envie : rentrer chez lui retrouver calme et silence. Il y eut toutefois une femme qu'il aima vraiment : Madeleine Bard.

Il n'aurait su dire pourquoi, ils ne se ressemblaient pas particulièrement. Et ce n'était ni pour sa beauté ni pour sa richesse qu'il avait craqué. Elle était singulière – il la verrait toujours ainsi – avec ses yeux bleus étincelants qui semblaient couver quelque secret et sa mélancolie qui, par moments, passait tel un voile sombre sur son joli visage.

Madeleine et lui se fiancèrent et s'installèrent ensemble pour un temps dans son appartement sur Floragatan. Il venait alors d'hériter de la part de son père dans la société de gestion Alfred Ögren et les parents de Madeleine – qui ne manquaient pas de snobisme – le considéraient comme un bon parti. Leur relation n'était pas simple. Madeleine voulait toujours recevoir. Leo s'y opposait autant que possible, ils se disputaient pas mal et parfois elle s'enfermait dans la chambre pour pleurer. Il était toutefois exceptionnel qu'ils en arrivent là. Cela aurait pu être un bon mariage. Il en était persuadé. Dans l'ensemble, Madeleine et lui parlaient et faisaient l'amour avec ferveur et passion.

Pourtant, la catastrophe arriva et lui fournit la preuve qu'il s'était trompé et aveuglé lui-même en imaginant entre eux une complicité qui n'existait pas. C'était au mois d'août, à l'occasion d'un festin d'écrevisses chez les Mörner à Värmdö. L'ambiance avait été tendue dès le départ. Leo était morose et trouvait les invités conventionnels et bruyants. Il restait dans son coin, ce qui, par contraste, eut pour effet de pousser Madeleine à des débordements désespérés et excessifs de courtoisie. Elle bondissait entre les convives en disant que tout était "fantastique" et "formidable" et que c'était "fou à quel point vous avez tout bien aménagé, et mon Dieu, quel terrain ! Je suis teeeeeellement impressionnée. On a juste envie de venir s'installer ici sur-le-champ". Mais cette mascarade n'avait rien d'exceptionnel, après tout : cela faisait partie du jeu social.

Vers minuit, il avait quitté la fête pour aller s'installer dans une pièce à part avec un livre, *La Rage de vivre** de Mezz Mezzrow, qu'il était un peu surpris d'avoir trouvé dans une des bibliothèques

* Buchet/Chastel, 2013.

de la maison. Ainsi, la réception devenait finalement aussi amusante qu'elle pouvait l'être pour lui. En lisant, il s'échappait dans les clubs de jazz de La Nouvelle-Orléans et du Chicago des années 1930, oubliant presque les braillements et les chansons à boire des autres, à côté.

Au bout de quelques heures, Ivar Ögren était entré dans la pièce, ivre comme toujours dans ce genre d'occasions, vêtu d'un chapeau noir ridicule et d'un costume marron qui le serrait à la taille. Leo se couvrit les oreilles de ses mains pour le cas où Ivar se mettrait à crier ou à faire un boucan du diable, comme d'habitude quand il était dans cet état. Mais Ivar dit simplement :

— J'emmène ta fiancée faire un tour en barque.

Leo protesta :

— Jamais de la vie ! Tu es bourré.

Cela ne servit pas à grand-chose, sauf à ce qu'Ivar équipe Madeleine d'un gilet de sauvetage, histoire de. Leo sortit sur la véranda, et suivit des yeux le gilet rouge qui s'éloignait sur l'eau.

La mer était d'huile. La nuit d'été était claire et quelques étoiles brillaient dans le ciel. Ivar et Madeleine parlaient tout bas dans le bateau. Cela n'avait d'ailleurs aucune importance, car Leo saisissait quand même le moindre mot de leur discussion. Ce n'étaient que des plaisanteries et des banalités. Leo découvrait là une nouvelle Madeleine, plus vulgaire, ce qui en soi lui faisait déjà de la peine. Ensuite, le bateau s'éloigna de plus en plus et il ne parvint plus à distinguer ce qu'ils disaient. Ils s'absentèrent plusieurs heures.

À leur retour, les autres convives étaient partis. La lumière du petit matin éclairait la plage où Leo attendait, la gorge nouée. Il entendit le bruit du bateau que l'on tirait hors de l'eau et les pas prudents de Madeleine qui venait à sa rencontre. Sur le chemin du retour, dans le taxi, un mur se dressa entre eux et Leo comprit parfaitement, sans explication, ce qu'Ivar avait dû lui dire sur le bateau. Neuf jours plus tard, Madeleine fit ses valises et le quitta. Le 21 novembre de la même année, tandis que la première neige tombait sur Stockholm et que le pays plongeait dans l'obscurité, elle se fiança avec Ivar Ögren.

Leo fut affecté par ce que son médecin décrivit comme une paralysie partielle.

Une fois remis, il retourna au travail, il prit sur lui et félicita Ivar avec une accolade fraternelle. Il assista à l'enterrement de vie de garçon et au mariage, il saluait gentiment Madeleine chaque fois qu'il la croisait. Chaque maudit jour qui se levait, il faisait bonne figure pour donner le change, faire croire que l'amitié qui l'avait lié à Ivar depuis l'enfance survivrait à cette épreuve. Mais secrètement, il avait tout autre chose en tête. Il planifiait sa vengeance.

De son côté, Ivar Ögren sentait bien que sa victoire n'était que partielle. Leo Mannheimer demeurait une menace, un rival susceptible de lui ravir la direction de la société de gestion. Aussi concoctait-il des plans pour le briser définitivement.

MALIN NE DIT RIEN DE PLUS au sujet de sa rencontre avec Leo. En haut de Horngatspuckeln, elle s'arrêta sans que Mikael comprenne pourquoi. Il faisait bien trop chaud et lourd pour rester immobile en plein soleil. Mais ils étaient là, hésitants. Les gens les dépassaient dans la rue et une voiture klaxonna un peu plus loin. Malin regarda en direction de Mariatorget en contrebas.

— Écoute, dit-elle. Il faut que j'y aille.

Elle l'embrassa, déjà absente, et dévala l'escalier en béton conduisant à Hornsgatan, avant de courir vers Mariatorget. Mikael resta immobile, tout aussi indécis qu'avant. Puis, il sortit son portable et téléphona à son amie Erika Berger, rédactrice en chef de *Millénium*.

Il lui expliqua qu'il ne pourrait pas revenir au bureau pendant quelques jours. Ce n'était pas très grave. Ils venaient de faire partir le numéro de juillet. C'était bientôt la Saint-Jean et, pour la première fois depuis des années, ils avaient eu les moyens d'embaucher deux intérimaires pour l'été afin d'alléger leur charge de travail.

— Tu as l'air triste. Il s'est passé quelque chose ?

— Il y a eu une grave agression dans le quartier de Lisbeth à Flodberga.

— Mince alors ! Qui a été agressé ?

— Une fripouille, une petite mafieuse, c'est une histoire assez moche. Lisbeth a été témoin de l'incident.

— Elle sait se débrouiller.

— Espérons-le. Mais dis-moi… Est-ce que tu pourrais m'aider pour autre chose ?

— Bien sûr, quoi ?

— Est-ce que tu peux demander à quelqu'un de la rédaction, Sofie de préférence, de se rendre aux archives municipales demain et de sortir les dossiers de données personnelles de trois personnes en faisant valoir la liberté de l'information ?

Il lui donna leurs noms et leurs numéros de Sécurité sociale, qu'il avait enregistrés sur son portable.

— Ce bon vieux Mannheimer, marmonna Erika. Il doit être mort et enterré, non ?

— Depuis six ans.

— Je l'ai croisé une ou deux fois quand j'étais petite. Mon père le connaissait un peu. Est-ce que ça a un rapport avec Lisbeth ?

— Ça se pourrait.

— De quelle manière ?

— En réalité, je ne sais pas trop. Comment était-il ?

— Mannheimer ? Difficile à dire. Je n'étais pas bien grande, à l'époque. Il avait la réputation d'être une vieille crapule. Mais dans mon souvenir, c'était un type adorable. Il me posait des questions sur mes goûts musicaux. Il savait bien siffler. Pourquoi tu t'intéresses à lui ?

— Je t'expliquerai plus tard, dit Mikael.

— D'accord, comme tu veux, dit Erika et elle lui donna quelques précisions sur le numéro de *Millénium* à paraître et sur les recettes publicitaires.

Il n'écoutait qu'à moitié. Il mit fin à la conversation de façon assez abrupte et se remit en route. Il monta Bellmansgatan, passa devant Bishop's Arms et descendit la rue pavée où il habitait, avant de rejoindre son appartement sous les toits. Il s'installa devant son ordinateur et reprit ses recherches en s'enfilant quelques bières Urquell. Il se concentra principalement sur le tir accidentel d'Östhammar, mais il n'apprit pas grand-chose de nouveau. C'était toujours problématique, avec ces vieux procès criminels, il le savait d'expérience.

Il n'y avait pas d'archives numériques à consulter et les règles d'élimination en vigueur aux Archives nationales voulaient que les enquêtes préliminaires soient effacées du tribunal au bout de cinq ans. Il décida donc de monter au tribunal d'Uppsala le lendemain pour feuilleter les registres des jugements. Après, il ferait peut-être un tour au commissariat ou irait rendre visite à un vieil inspecteur à la retraite qui pourrait encore se souvenir de l'affaire. Il verrait.

Il téléphona également à Ellenor Hjort, la femme qui avait été fiancée à Carl Seger. Mais il comprit très vite qu'elle avait définitivement tourné la page. Elle ne voulait pas parler de Carl. Elle se montrait polie et avenante, mais elle n'avait plus le courage de ruminer cette histoire, disait-elle : "J'espère que vous comprendrez." Elle se ravisa malgré tout et accepta de rencontrer Mikael l'après-midi suivant. Qu'est-ce qui l'avait ainsi fait changer d'avis ? Ce n'était ni le charme irrésistible du journaliste, ni la curiosité d'Ellenor pour l'objet de son enquête. C'était uniquement le fait que Mikael ait balancé à tout hasard le nom de Leo Mannheimer.

— Leo, s'exclama-t-elle. Mon Dieu ! Cela fait bien trop longtemps. Comment va-t-il ?

Mikael répondit qu'il ne le savait pas.

— Vous étiez proches ? demanda-t-il.

— Ah, oui ! Carl et moi, nous adorions ce garçon.

Après avoir raccroché, il alla dans la cuisine faire un peu de rangement, et se demanda s'il devait téléphoner à Malin pour savoir ce qui la travaillait. Au lieu de ça, il prit une douche et se changea. À 17 h 55, il quitta son appartement et se dirigea vers Zinkensdamm et le restaurant Pane Vino pour retrouver sa sœur.

9

LE 19 JUIN

ELLE ALLAIT S'EN OCCUPER, dit-elle à Martin. Il n'avait pas à s'inquiéter. C'était leur troisième ou quatrième conversation de la journée et elle s'efforça de ne pas perdre patience. Mais dès qu'elle eut raccroché, elle grommela : "Quel lâche !", et parcourut les documents que Benjamin lui avait fait envoyer.

Rakel Greitz était psychanalyste et maître de conférences en psychiatrie. Notamment connue pour être quelqu'un de très organisé, elle était d'une efficacité redoutable. Le cancer de l'estomac qui lui était tombé dessus n'y avait rien changé. Au contraire : la propreté devint pour elle le nerf de la guerre ; elle se fit maniaque. Le moindre grain de poussière disparaissait comme par enchantement sur son passage ; les tables et les éviers étincelaient comme jamais. Elle avait soixante-dix ans et elle était malade, mais elle restait active.

Fébrile, elle n'avait pas vu passer la journée. Il était désormais 18 h 30, bien trop tard pour intervenir. Elle aurait dû agir sur-le-champ. Mais c'était toujours la même histoire : Martin Steinberg s'inquiétait pour un rien. Quoi qu'il en soit, elle ne regrettait pas d'avoir outrepassé ses consignes le matin même et fait jouer ses contacts au sein des compagnies téléphoniques et du corps médical. Mais ce n'était peut-être pas suffisant. Bien des choses avaient pu se passer entre-temps. Le vieux schnock avait peut-être eu de la visite, vu des gens à qui il avait pu parler de ce qu'il savait ou soupçonnait. L'opération restait risquée, mais il n'y avait pas d'autre solution.

L'enjeu était trop important et trop de choses avaient déjà merdé.

Elle se nettoya les mains avec du gel désinfectant. Elle entra dans la salle de bains et sourit à son reflet dans le miroir, comme pour se prouver qu'elle était encore capable de ressentir de la joie. Pour Rakel Greitz, ce qui s'était passé n'était pas qu'un mal. Cela faisait si longtemps qu'elle était coincée dans un tunnel de maladie et de douleur que ce qu'elle s'apprêtait à faire conférait à sa vie une solennité nouvelle. Enfin elle se sentait exister. Rakel Greitz avait toujours aimé être guidée par un objectif supérieur. Depuis la mort de son mari, elle habitait seule dans un appartement de 108 m² sur Karlbergsvägen, à Stockholm.

Elle venait de terminer une chimio et se portait plutôt pas mal. Ses cheveux étaient certes plus fins et clairsemés, mais elle n'en avait pas trop perdu. Le casque réfrigérant qu'elle avait porté lors des séances s'était révélé efficace. C'était encore une femme élégante, grande et mince, au maintien ferme et aux traits fins. Et depuis qu'elle avait obtenu son diplôme de médecine à l'institut Karolinska, elle dégageait une autorité naturelle.

Elle avait encore ces flammes sur le cou. Mais si la tache de naissance l'avait beaucoup tracassée à l'adolescence, elle s'y était habituée depuis. Elle l'assumait pleinement. Les cols roulés qu'elle portait encore n'étaient plus signe de timidité ni d'un complexe quelconque. Ils lui donnaient un air strict et distingué tout à fait dans son style – un style simple et sobre. Les tailleurs qu'elle avait fait faire sur mesure dans sa jeunesse lui allaient toujours, elle n'avait jamais eu besoin de les retoucher. Elle dégageait une certaine sévérité, tenait tout le monde en respect. Elle était rapide et compétente. La loyauté, envers les idées autant qu'envers les gens, était pour elle une valeur importante. Jamais elle n'avait dévoilé de secrets professionnels, pas même à son défunt mari, Erik.

Elle sortit sur le balcon, regarda en direction d'Odenplan, accoudée au garde-fou. Sa main droite, suspendue au-dessus du vide, ne tremblait pas. Elle retourna à l'intérieur, fit un peu de rangement. Elle sortit d'un placard du couloir une mallette médicale en cuir marron dans laquelle elle disposa ce que Benjamin – son assistant et ami fidèle – lui avait procuré dans la journée. Elle retourna ensuite dans la salle de bains où elle se maquilla à la va-vite et choisit une perruque noire d'assez mauvais goût. Elle esquissa un nouveau sourire – à moins qu'il ne s'agît d'un simple tic nerveux. Malgré sa grande expérience, elle n'était pas tranquille.

MIKAEL ET SA SŒUR AVAIENT PRIS PLACE en terrasse au restaurant Pane Vino, sur Brännkyrkagatan. Ils commandèrent des pâtes aux truffes et du vin rouge. Après avoir commenté la chaleur estivale, ils bavardèrent un peu de leurs projets de vacances. Puis, Annika fit le point sur la situation à Flodberga avant d'aborder la question qui la préoccupait.

— La police n'assure vraiment pas, des fois, Mikael. Tu connais la situation au Bangladesh ?

— Plus ou moins.

— La religion officielle du Bangladesh est l'islam. En même temps, d'après la Constitution du pays, c'est un État laïc, qui garantit la liberté de la presse et la liberté d'expression. Dans l'absolu, ce n'est pas impossible.

— Mais ça ne fonctionne pas des masses.

— Non. Des islamistes font pression sur le gouvernement. Des lois sont passées, qui interdisent toute déclaration susceptible de heurter le sentiment religieux. *Susceptible de heurter.* Tu peux me dire ce qui n'est pas susceptible de heurter, si on cherche bien ? Les lois ont été interprétées de façon très stricte et un tas de journalistes ont été condamnés à de longues peines de prison. Mais ce n'est pas ça, le pire.

— Le pire, c'est que la loi justifie la violence.

— Grâce à cette loi, les islamistes ont le vent en poupe. Des djihadistes et des terroristes ont commencé à menacer, harceler et assassiner de façon systématique ceux qui ne pensent pas comme eux. Très peu de coupables sont traînés en justice. Le site Mukto-Mona, qui œuvre pour la liberté d'expression, la libre circulation de l'information et pour une société ouverte et laïque, a été particulièrement touché. De nombreux journalistes du blog ont été tués, davantage encore ont été menacés et placés sur liste noire. Jamal Chowdhury était l'un d'eux. C'était un jeune biologiste qui écrivait parfois des articles sur la théorie de l'évolution pour Mukto-Mona. Jamal a été officiellement condamné à mort par le mouvement islamiste du pays, c'est pourquoi il s'est réfugié en Suède avec l'aide du PEN Club suédois. Il semblait tiré d'affaire. Il était déprimé, mais peu à peu ça allait mieux. Et un jour, il est allé assister à un séminaire sur l'oppression des femmes à la maison de la culture de Stockholm.

— Et là, il a rencontré Faria Kazi.

— Tu as bien révisé, bravo, poursuivit Annika. Faria était au fond de la salle et, de fait, c'est une très belle fille. Jamal n'arrivait pas à la quitter des yeux. Après le séminaire, il l'a approchée. Ç'a été le point de départ non seulement d'une grande histoire d'amour, mais aussi d'une tragédie, une sorte de *Roméo et Juliette* moderne.

— Comment ça ?

— Comme dans *Roméo et Juliette*, les familles respectives de Faria et de Jamal se trouvaient dans les camps opposés d'un conflit qui les dépassait. Jamal luttait pour un Bangladesh libre alors que le père et les frères de Faria défendaient les islamistes du pays, surtout depuis que Faria avait été promise en mariage, contre son gré, à un nommé Qamar Fatali.

— C'est qui ?

— Un gros monsieur, dans les quarante-cinq ans, qui vit à Dhaka, dans une immense baraque avec un tas de domestiques. Il est propriétaire d'un groupe de textile, mais il finance également plusieurs *qawmi* au Bangladesh.

— *Qawmi* ?

— Ce sont des écoles coraniques qui échappent au contrôle de l'État, où de jeunes djihadistes reçoivent leur enseignement idéologique. Qamar Fatali a déjà une femme, de son âge, mais ce printemps-là il est tombé sous le charme des photos de Faria et a décidé de la prendre pour deuxième épouse. Mais tu te doutes bien que ce n'est pas simple, pour lui, d'obtenir un visa suédois. Sa frustration est donc allée croissant.

— Je vois... Et c'est là que Jamal Chowdhury entre en scène ?

— Tout à fait. Du coup, Qamar et les frères Kazi avaient au moins deux raisons de le tuer.

— Jamal ne s'est pas suicidé, c'est ça que tu veux dire ?

— Je ne dis rien encore, Mikael. Je te donne juste le contexte – un bref résumé de ce dont on a parlé avec Lisbeth. À partir de là, Jamal est devenu l'ennemi n° 1, un Montaigu. Jamal était aussi musulman pratiquant, mais il était bien plus libéral. Et à l'instar de ses parents – professeurs d'université tous les deux –, il considérait les droits de l'homme comme un fondement de la société. Cela seul aurait suffi à le désigner comme un ennemi pour Qamar et la famille Kazi. Mais son amour pour Faria a fait de lui une menace personnelle. Il devenait dangereux non seulement pour l'honneur du père et des frères mais aussi pour leurs affaires. Ces gens avaient toutes les raisons de se débarrasser de lui ; Jamal l'a compris, il savait que le jeu était risqué. Mais c'était plus fort que lui. Il en parle dans son journal – que la police a fait traduire du bengali et qui est cité dans l'enquête préliminaire. Je peux t'en lire un passage ?

— Volontiers.

Mikael dégustait son chianti. Annika se pencha pour récupérer les documents dans sa sacoche.

— Là, dit-elle en les feuilletant. Écoute : "Depuis que j'ai vu mourir mes amis et que j'ai été forcé de quitter mon pays natal, le monde a plongé dans l'obscurité. Tout, autour de moi, a perdu sa couleur. Je ne vois plus de raison de vivre." La dernière phrase a été retenue pour soutenir la thèse du suicide. Mais ça continue : "J'essaie malgré tout de m'occuper. Un jour, au mois de juin, je suis allé assister à un débat à Stockholm sur l'oppression religieuse. Je ne m'attendais à rien de spécial. Plus rien de ce qui avait tant compté pour moi n'avait de sens. L'optimisme de l'imam sur scène, qui brandissait tant de causes à défendre, me laissait froid. J'avais baissé les bras. J'avais un pied dans la tombe. J'étais comme mort." Bon, hum, c'est un peu mélodramatique, s'excusa Annika.

— Non, pas du tout. Jamal était jeune, non? On a tous écrit des trucs comme ça. Il me fait penser à mon pauvre collègue Andrei. Continue!

— "Je me croyais mort et perdu pour ce monde. Puis j'ai aperçu une jeune femme vêtue d'une robe noire, plus loin dans la salle. Elle avait les larmes aux yeux et elle était tellement belle que ça faisait mal. Ça m'a fait l'effet d'une décharge électrique ; il fallait absolument que je lui parle. Je savais déjà à ce moment-là qu'on était faits l'un pour l'autre, que c'était à moi et à personne d'autre de la réconforter. J'ai pris n'importe quel prétexte pour l'aborder et j'ai cru que j'avais foiré. Mais elle m'a souri et on est sortis sur la place, comme si on avait toujours su qu'on sortirait sur la place, puis on a continué à marcher, dans une rue piétonne qui longeait le Parlement." Bref, je m'arrête là. Jamal n'avait encore parlé à personne de ce qui était arrivé à ses amis de Mukto-Mona, il n'en avait pas eu le courage. Mais avec Faria, voilà que les mots lui coulent de la bouche. Il raconte tout, ça ressort clairement dans son journal. Et quand, au bout d'un kilomètre à peine, Faria lui dit qu'elle doit filer, il lui donne sa carte de visite. Elle promet de lui téléphoner rapidement. Mais l'appel ne vient jamais. Jamal attend désespérément. Il trouve le numéro de portable de Faria sur le Net et lui laisse un message. Il lui laisse quatre, cinq, six messages. Mais elle ne rappelle jamais. Au lieu de quoi, un homme lui téléphone et lui ordonne de cesser d'appeler. "Faria te déteste, petit merdeux", lui dit-il. Jamal est effondré. Mais petit à petit, il commence à se poser des questions et il se renseigne. Évidemment, il ne comprend pas tout. Il ne sait pas que son père et ses frères ont confisqué le téléphone et l'ordinateur de Faria, qu'ils vérifient sa boîte mail et ses appels et qu'ils la retiennent prisonnière. Mais il comprend que quelque chose ne va pas. Il va voir l'imam, qui se dit également inquiet. Ensemble, ils contactent les autorités, mais n'obtiennent évidemment aucune aide. Il ne se passe rien, *nada*. Ferdousi rend visite à la famille personnellement, mais on lui claque la porte au nez. Jamal est prêt à retourner ciel et terre. Et là…

— Oui ?

— Faria l'appelle, depuis un autre numéro. Elle veut le voir. À l'époque, Jamal loue en toute confidentialité un appartement sur Upplandsgatan, que la maison d'édition Norstedts l'a aidé à trouver. La suite des événements n'est pas très claire. On sait seulement que le plus jeune fils de la famille, Khalil, aide Faria à s'enfuir et que celle-ci se rend directement à l'appartement de Jamal. Leurs retrouvailles se passent comme dans les films… ou dans les rêves. Ils font l'amour, ils discutent nuit et jour. Même Faria, qui d'habitude refuse de parler durant les interrogatoires, l'a confirmé. Ils décident de solliciter la police et le PEN Club suédois pour qu'on les aide à s'enfuir. Mais ensuite… C'est tellement tragique ! Faria veut dire au revoir à son petit frère, en qui elle a désormais confiance. Ils se donnent rendez-vous dans un café vers la place Norra Bantorget. C'est un jour d'automne frisquet. Elle porte le parka bleu de Jamal, dont elle remonte la capuche sur sa tête. Elle est vêtue d'un jean et de bottes noires en caoutchouc… Elle n'est jamais arrivée à destination.

— C'était une embuscade, c'est ça ?

— Clairement – il y a quelques témoins de l'incident. Mais ni moi ni Lisbeth ne pensons que Khalil lui a sciemment tendu un piège. On soupçonne plutôt les frères aînés de l'avoir surveillé et suivi. Ils attendent Faria dans une Honda Civic rouge sur Barnhusgatan et, en moins de deux, ils la jettent dans la voiture et la ramènent à Sickla. Les frères auraient un moment envisagé d'envoyer Faria à Dhaka. Mais ils ont dû réaliser que l'entreprise serait trop risquée. Comment l'obliger à se tenir tranquille à l'aéroport d'Arlanda puis dans l'avion ? En la droguant ?

— Alors ils la forcent à écrire une lettre.

— Oui, absolument. Mais cette lettre, Mikael, ne vaut rien. D'accord, c'est l'écriture de Faria. Mais chaque phrase révèle l'intervention des frères ou du père – hormis certains messages secrets que Faria glisse dans le texte. Elle écrit par exemple : "Je t'ai toujours dit que je ne t'ai jamais aimé." C'est de toute évidence un message codé. Car Jamal, dans son journal, raconte qu'ils se déclaraient leur amour tous les matins et tous les soirs.

— Jamal a bien dû donner l'alerte quand elle n'est pas revenue du rendez-vous avec son frère ?

— Évidemment. Mais la police n'a pas assuré. Deux agents se sont rendus à Sickla, histoire de. Mais quand le père s'est pointé sur le seuil, assurant que tout allait bien, que Faria avait juste la grippe, ils sont repartis. Jamal n'a pas abandonné pour autant. Il a passé des coups de fil un peu partout. La famille a dû sentir qu'il y avait urgence.

— Ça ne sent pas bon, tout ça.

— Non. On arrive au lundi 9 octobre. Jamal écrit dans son journal – un récit des événements retrouvé après sa mort – qu'il se réveille avec une sensation de mort dans le corps. La police en a évidemment fait grand cas par la suite. Mais je ne vois pas ça comme un abandon de sa part. C'est juste sa façon de s'exprimer. Il est déchiré, il saigne. Il n'arrive pas à dormir ni à réfléchir, il ne se sent presque plus humain. Il *"tâtonne dans le noir"*. Il crie son *"désespoir"*. Tels sont ses propos, que les enquêteurs s'empressent de surinterpréter. C'est mon avis, en tout cas. Entre les lignes, on devine plutôt quelqu'un qui veut se battre pour récupérer ce qu'il a perdu. Il est inquiet plus qu'autre chose. *"Que fait Faria en ce moment ?* écrit-il. *Est-ce qu'ils lui font du mal ?"* Il ne dit pas un mot de la lettre de Faria, alors que celle-ci se trouvait sur la table de sa cuisine, décachetée. Il a probablement tout de suite compris la supercherie. On sait qu'il a essayé de joindre Ferdousi, qui se trouvait alors à Londres pour un séminaire. Il appelle aussi Fredrik Lodalen, un maître de conférences en biologie avec lequel Jamal est devenu ami à Stockholm. Ils se retrouvent à Hornbruksgatan, où habite Lodalen avec sa femme et ses deux enfants, vers

19 heures. Jamal reste longtemps. Les enfants s'endorment. La femme va se coucher. Fredrik Lodalen est de plus en plus gêné : il a vraiment de la peine pour son ami, mais il doit se lever tôt le lendemain. Et, comme beaucoup de gens qui traversent une crise, Jamal est en boucle. Il ressasse. Aux alentours de minuit, Fredrik lui demande de rentrer chez lui. Il promet de contacter la police et le Centre d'aide aux femmes victimes de violences dès le lendemain. En se dirigeant vers le métro, Jamal appelle l'auteur Klas Fröberg, qu'il a connu grâce au PEN Club suédois. Klas ne répond pas. Jamal descend dans le métro à Hornstull. Il est 00 h 17. C'est la nuit du mardi 10 octobre. La tempête vient de se lever. La pluie tombe.

— Il n'y a donc pas grand monde dehors.

— Seule une femme, une bibliothécaire, se trouve sur le quai. Les caméras de surveillance captent Jamal quand il passe devant elle. Il semble infiniment triste. Le contraire eut été étonnant. Il a à peine dormi depuis la disparition de Faria et il se sent abandonné de tous. Mais quand même, Mikael, quand même… Jamal n'aurait jamais laissé tomber Faria au moment où elle avait le plus besoin de lui. L'une des caméras de surveillance était en panne : une malheureuse coïncidence ? Difficile de le savoir. Mais pour ce qui suit, en tout cas, je refuse de croire à un simple hasard : un jeune homme s'adresse à la bibliothécaire en anglais au moment même où le train arrive et où Jamal tombe sur les rails. La femme ne voit pas ce qui se passe. Jamal a-t-il été poussé ? A-t-il sauté ? Elle n'en a aucune idée. Et le jeune homme avec lequel elle a parlé n'a pas été identifié.

— Que dit le conducteur ?

— Il s'appelle Stefan Robertsson. Son témoignage a été déterminant pour classer l'affaire comme un cas de suicide. Robertsson se dit persuadé que Jamal a sauté de lui-même. Mais il était sous le choc et, par ailleurs, je n'hésiterais pas à qualifier de tendancieuses les questions qu'on lui a posées.

— Comment cela ?

— L'officier qui menait l'interrogatoire n'avait pas l'air de vouloir envisager une autre possibilité. Dans sa première déclaration – une déclaration à chaud, avant qu'il n'ait pu construire une histoire plus cohérente –, Robertsson évoque de drôles de mouvements, comme des moulinets des bras et des jambes. Il ne revient plus là-dessus et, étrangement, sa mémoire s'améliore par la suite.

— Et l'agent qui tenait le guichet, en haut ? Il aurait dû voir le coupable se précipiter sur le quai et remonter fissa, le cas échéant, non ?

— L'agent en question regardait un film sur son iPad. Il dit que plusieurs individus sont passés, mais qu'il n'a remarqué personne en particulier. Pour lui, ce sont des gens qui seraient descendus de la rame à cette station. Il n'a pas noté d'heure précise.

— N'y a-t-il pas des caméras là-haut aussi ?

— Si, effectivement, et j'ai justement trouvé quelque chose en visionnant les bandes. Rien d'exceptionnel, mais la plupart des gens sont identifiables, sauf un type, un jeune, dégingandé. L'homme garde la tête penchée de sorte qu'on ne voit jamais son visage. Mais son comportement est à la fois nerveux et méfiant. C'est scandaleux que ces images n'aient pas été examinées de plus près, d'autant que son langage corporel semble très spécial, saccadé.

— Je vois. Je vais regarder ça…, dit Mikael.

— Ensuite il y a le délit de Faria Kazi, celui pour lequel elle a été condamnée.

Annika s'apprêtait à développer ce dernier point quand leurs plats arrivèrent.

Ils furent distraits un moment : par le serveur, qui mit un soin méticuleux à disposer les assiettes et à manipuler le parmesan, mais aussi par une bande de jeunes, qui montait en hurlant vers Yttersta Tvärgränd, en direction du mont Skinnarviksberget.

HOLGER PALMGREN ÉTAIT ALLONGÉ dans son lit. Il songeait à la guerre en Syrie, à toute la misère du monde… et à ses propres tourments : la douleur qui lui transperçait les hanches tels des coups de couteau, son malheureux coup de fil de la veille ou encore la soif atroce qui le tenaillait. Il n'avait vraiment pas bu assez, il n'avait pas mangé non plus et Lulu ne serait pas là avant un moment pour le rituel du soir. Si toutefois elle venait…

Rien ne fonctionnait, apparemment, aujourd'hui. Ses téléphones étaient en panne, et personne n'était venu l'aider, même pas Marita. Il était resté là, à s'impatienter. Il devrait vraiment déclencher son alarme, maintenant. Celle-ci était accrochée à une sangle autour de son cou. Il hésitait toujours à s'en servir, mais là, c'était peut-être le bon moment. Il avait tellement soif qu'il arrivait à peine à penser clairement. Il faisait chaud aussi. Personne n'avait aéré de toute la journée. Il tendit l'oreille vers la cage d'escalier, au bord du désespoir. N'était-ce pas le bruit de l'ascenseur ? On l'entendait sans cesse. Les gens allaient et venaient. Mais personne ne s'arrêtait chez lui. Il pesta, s'agita dans son lit, terriblement tourmenté. Une chose surtout le tracassait. Au lieu de téléphoner au professeur Martin Steinberg – qui était sûrement un malfaiteur –, il aurait dû contacter cette psychologue, mentionnée dans les notes confidentielles. Celle qui s'appelait Hilda von Kanterborg et qui aurait rompu le secret professionnel en parlant du Registre à la mère de Lisbeth. C'était évidemment elle et non le responsable de tout le projet qui pourrait l'aider ! Mais quel âne il avait été ! Et mon Dieu, comme il avait soif ! Il envisagea de crier à l'aide – de crier de toutes ses forces vers la cage d'escalier. Peut-être l'un de ses voisins l'entendrait-il. Mais juste à ce moment-là… il distingua des bruits de pas. Un sourire éclaira son visage. C'était forcément Lulu, sa merveilleuse Lulu.

— Bonjour bonjour ! Alors ? Comment ça s'est passé à Haninge ? C'était quoi son nom, déjà ? s'écria-t-il de ses dernières forces tandis que la porte se refermait et que quelqu'un s'essuyait les pieds au paillasson.

Il n'obtint pas de réponse. Les pas étaient plus légers que ceux de Lulu, plus dynamiques et plus appuyés. Il regarda autour de lui, cherchant de quoi se défendre au besoin. Puis il poussa un soupir de soulagement. Une grande femme svelte vêtue d'un col roulé noir apparut sur le seuil et lui sourit. Elle avait dans les soixante, soixante-dix ans. Les traits de son visage étaient fins, son regard plutôt chaleureux. La mallette médicale qu'elle portait semblait sortie d'une autre époque. Elle se tenait très droite, avec une grande dignité naturelle. Son sourire paraissait étudié.

— Bonsoir, monsieur Palmgren, dit-elle. Lulu était vraiment navrée de ne pas pouvoir venir aujourd'hui.

— Elle n'est pas malade, au moins ?

— Non, non, un contretemps personnel, rien de grave.

Holger fut un peu déçu. Un autre sentiment se mêlait confusément à celui-ci, qu'il n'arrivait pas à identifier. Il était trop assommé pour cela, et toujours aussi assoiffé.

— Est-ce que vous pourriez me donner un verre d'eau ? demanda-t-il, sur quoi la femme le gratifia d'un : "Pauvret !", exactement comme le faisait sa mère autrefois.

Elle enfila des gants en latex avant de disparaître et de revenir avec deux verres. L'eau fraîche, qu'il but les mains tremblantes, lui remit les idées en place. Le monde reprit ses couleurs. Il regarda la femme. Ses yeux paraissaient toujours chaleureux et dévoués. Mais il n'aimait pas ses gants, ni ses cheveux. Ils étaient épais et noirs et ne lui allaient pas. Portait-elle une perruque ?

— Ça va mieux, comme ça ?

— Beaucoup mieux, merci ! Vous faites des remplacements pour le centre de soins ? demanda-t-il.

— Je fais des petites interventions d'urgence parfois. Mais j'ai soixante-dix ans, alors ils font rarement appel à moi.

La femme déboutonna sa chemise de nuit, trempée de sueur après cette longue journée passée au lit. Elle sortit un patch de morphine de la mallette en cuir, remonta son lit et nettoya une zone en haut de son dos avec un tampon d'ouate,

Ses mouvements étaient précis et soignés. Elle était compétente, pas de doute là-dessus. Il était entre de bonnes mains. Il n'y avait chez elle pas un brin de gaucherie comme chez les autres aides-soignantes. Ce qui donna à Holger le sentiment d'être délaissé – comme si le professionnalisme de la femme le rabaissait.

— N'allez pas trop vite.

— Non, non, je vais faire attention. J'ai lu votre dossier, je suis au courant pour vos douleurs. Ça doit être terrible.

— Je m'en sors, dit-il, songeur.

— *Vous vous en sortez ?* répéta-t-elle. Ça ne suffit pas. Ce n'est pas une vie. Je vais vous donner une dose un peu plus forte, aujourd'hui. Je trouve qu'ils ont été radins avec vous.

— Lulu…

— Lulu est super. Mais ce n'est pas elle qui décide du dosage de la morphine. Cela excède ses prérogatives, l'interrompit la femme avant de poser le patch d'une main experte.

Il lui sembla que la morphine faisait aussitôt effet.

— Vous êtes médecin, non ?

— Non, non, je ne suis jamais allée jusque-là. J'ai été longtemps infirmière en ophtalmologie à l'hôpital Sophiahemmet.

— Ah bon, vraiment ?

La femme lui sembla nerveuse, elle avait comme un tic au niveau de la bouche.

Peut-être n'était-ce rien, en fin de compte. Il se raisonna… mais ne put s'empêcher d'étudier son visage plus attentivement. Elle était assez classe. Elle n'aurait pas déparé dans un salon bourgeois. Mais sa coiffure, elle, n'avait rien de classe, non plus que ses sourcils. Leur couleur ne collait pas et ils semblaient avoir été dessinés à la hâte. Holger songea à l'étrangeté de cette journée et à l'appel passé la veille. Il observa le col roulé de la femme. Il y avait là quelque chose de bizarre, non ? Mais il n'arrivait pas à mettre le doigt dessus : il faisait trop chaud, trop lourd. Presque inconsciemment, sa main chercha le boîtier d'alarme.

— Est-ce que vous voudriez bien ouvrir une fenêtre ?

Elle ne répondit pas à sa question. Au lieu de cela, elle caressa délicatement son cou d'une main déterminée. Puis, lui retirant le collier avec l'alarme, elle lui asséna avec un sourire :

— On va laisser les fenêtres fermées.

— Comment ?

La remarque était si désagréable derrière sa simplicité apparente qu'il avait du mal à l'assimiler. Il la fusilla du regard, interloqué. Que faire ? Elle avait pris son alarme. Il était cloué au lit. Elle, elle avait sa mallette médicale et toute son efficacité professionnelle. Par ailleurs, c'était étrange. La femme paraissait floue, comme quand on règle la netteté d'une image. Subitement, il comprit : toute la pièce était en train de devenir floue.

Il était sur le point de sombrer. Pour ne pas glisser vers l'inconscience, il lutta de toutes ses forces. Il secoua la tête, agita sa main valide, haleta. La femme sourit de plus belle, d'un sourire triomphal. Elle lui apposa un nouveau patch sur le dos. Ensuite, elle lui renfila sa chemise de nuit, remit son coussin bien en place et rebaissa le lit. Elle le couvrit soigneusement, mais sa gentillesse, à présent, semblait une sorte de compensation perverse.

— Vous allez mourir, Holger Palmgren, dit-elle. Il est temps, de toute façon, vous ne trouvez pas ?

ANNIKA ET MIKAEL BURENT LEUR VIN en silence un petit moment, les yeux tournés vers Skinnarviksberget.

— Faria Kazi avait sans doute plus peur pour sa propre vie que pour celle de Jamal, poursuivit Annika. Mais les jours s'écoulaient sans qu'il ne se passe rien. On sait peu de chose, en réalité, sur ce qui se déroulait dans l'appartement de Sickla. Faria a gardé le silence durant presque tous les interrogatoires ; quant à son père et ses frères, ils en ont donné une version tellement concordante et enjolivée qu'elle ne peut qu'être fausse. Ce qui est certain, c'est qu'ils étaient en stress. Les rumeurs circulaient, des plaintes avaient été déposées et il ne dut pas être facile de calmer Faria. Les frères ont sans doute compris qu'il fallait agir vite.

— Je vois…

— Nous avons quelques certitudes. Nous savons que juste avant 19 heures, le lendemain du jour où Jamal est passé sous le métro, le frère aîné, Ahmed, se trouve dans le salon devant les grandes baies vitrées. À l'issue d'une brève conversation, Faria semble soudain devenir folle. Elle se jette sur Ahmed, qui passe par la fenêtre. Pourquoi ? Parce qu'il lui apprend que Jamal est mort ?

— C'est plausible.

— Oui. C'est forcément ça. Mais est-ce qu'elle apprend aussi autre chose – quelque chose qui l'incite à tourner toute sa colère et son désespoir contre son frère en particulier ?

— Bonne question…

— Et surtout : pourquoi n'en parle-t-elle pas, après ? Théoriquement, elle aurait tout à y gagner. Pourtant, elle reste fermée comme une huître durant les interrogatoires et pendant tout le procès.

— Un peu comme Lisbeth.

— Oui, mais pas complètement. Faria s'enferme dans un deuil muet et impénétrable, refuse de se soucier du monde extérieur et ne répond à aucune accusation.

— Pas étonnant que Lisbeth n'aime pas que des gens emmerdent cette fille.

— Je sais, et c'est bien ce qui m'inquiète.

— Est-ce que Lisbeth a eu accès à un ordinateur à Flodberga ?

— Quoi ? Non, non, dit Annika. Ils sont très stricts là-dessus. Pas d'ordinateur. Pas de portable. Tous les visiteurs sont méticuleusement fouillés. Pourquoi cette question ?

— J'ai le sentiment, dans toute cette histoire, que Lisbeth a appris quelque chose de nouveau au sujet de son enfance. Mais il se peut évidemment que cela vienne de Holger.

— Tu n'as qu'à le lui demander. À quelle heure tu dois le voir, déjà ?

— À 21 heures.

— Il a essayé de me joindre.

— Oui, tu me l'as dit.

— J'ai tenté de le rappeler aujourd'hui. Mais il y a un problème avec ses téléphones.

— *Ses* téléphones ?

— J'ai essayé à la fois son portable et sa ligne fixe. Aucun n'a marché.

— Son fixe était donc en panne aussi… À quelle heure as-tu téléphoné ?

— Aux alentours de 13 heures.

Mikael se leva et regarda en direction de la butte, songeur.

— Ça ne te dérange pas de prendre l'addition cette fois, Annika ? Je crois qu'il faut que j'y aille.

Il disparut dans la bouche du métro à Zinkensdamm.

COMME À TRAVERS UNE BRUME de plus en plus opaque, Holger Palmgren vit la femme prendre son portable ainsi que les documents sur Lisbeth et les glisser dans sa mallette. Il l'entendit fouiller son bureau et ses tiroirs. Mais il était incapable de bouger. Une mer noire le submergeait peu à peu. Un instant, il crut qu'il aurait le privilège de sombrer dans la léthargie.

Au lieu de quoi il eut un sursaut de panique, comme si l'air était soudain toxique. Son corps se cambra. Il lui devenait impossible de respirer. La mer l'engloutit de nouveau, il coulait vers le fond. Il crut que c'était la fin. Il distingua pourtant quelque chose. Un homme, une voix familière, quelqu'un qui tirait sur ses habits et lui arracha ses patchs du dos. Holger oublia alors tout le reste. Il se concentra profondément, lutta désespérément, tel un plongeur en eau profonde qui doit remonter à la surface avant qu'il ne soit trop tard. C'était en soi un exploit, vu les poisons qui se propageaient dans son corps et la détresse respiratoire dont il était victime.

Il ouvrit les yeux et réussit à articuler cinq mots. Il en aurait fallu un de plus, mais c'était quand même le début d'une information importante.

— Parle avec…
— Avec qui ? Avec qui ? cria l'homme.
— Avec Hilda von…

MIKAEL AVAIT GRIMPÉ LES ESCALIERS en courant et avait trouvé la porte grande ouverte. En entrant dans l'appartement et en sentant l'air étouffant qui y régnait, il devina que quelque chose n'allait pas. Il se précipita vers la chambre, remarquant au passage quelques documents étalés par terre dans le vestibule. Holger Palmgren gisait sur son lit, dans une position qui n'avait rien de naturel. Une couverture marron lui couvrait les hanches. Sa main droite cherchait à atteindre sa gorge et ses doigts étaient secoués de spasmes. Son visage était cendreux et sa bouche béante, figée dans une grimace désespérée. Le vieil homme semblait mort. Il avait l'air de quelqu'un qui vient de succomber dans une souffrance atroce. L'espace d'un instant, Mikael resta simplement planté là, bras ballants, sous le choc. Puis quelque chose, peut-être une lueur au fond des yeux de son ami, le fit réagir et appeler les secours. Il secoua Holger, observa sa poitrine et sa bouche. Comprenant instinctivement que le bonhomme manquait d'oxygène, il n'hésita pas une seconde. Il lui pinça le nez et souffla de l'air dans ses poumons, avec force et régularité. Ses lèvres étaient bleues et froides. Mikael crut d'abord que ses efforts n'avaient aucun effet. Pourtant, il refusa de laisser tomber et il aurait sans doute continué jusqu'à l'arrivée de l'ambulance si le vieux n'avait pas subitement gigoté et agité sa main valide.

Mikael interpréta d'abord le geste comme un spasme, un soubresaut provoqué par le retour de la vie dans son corps, et il ressentit une lueur d'espoir. Puis il regarda la main de Holger. Essayait-il de lui dire quelque chose ? La main désignait son dos. Mikael lui retira sa chemise de nuit. Il découvrit deux patchs en haut du dos, qu'il arracha sans hésiter. Puis il les examina. Qu'est-ce qu'il y avait d'écrit ? Qu'est-ce qu'il y avait de marqué, bordel ? Sa vue se brouilla.

Substance active : fentanyl.

C'était quoi ? Il regarda Holger et hésita un instant. Qu'est-ce qu'il fallait privilégier ? Il sortit son portable et regarda sur Wikipédia. "Le fentanyl est un analgésique opioïde. Son potentiel analgésique vaut environ 100 fois celui de la morphine. Effets secondaires : détresse respiratoire, crampe musculaire au niveau des voies respiratoires de la gorge... Antidote : la naloxone."

— Merde, merde !

Il rappela les secours, leur expliqua qui il était et qu'il venait de téléphoner à l'instant. Il criait presque dans le combiné :

— Vous devez apporter de la naloxone ! Il souffre d'une profonde détresse respiratoire.

Il raccrocha et s'apprêta à reprendre la respiration artificielle. Mais Holger tentait manifestement de dire quelque chose.

— Plus tard, le réconforta Mikael. Garde tes forces.

Holger secoua la tête, en grognant quelque chose d'insaisissable. C'était un raclement rauque atroce, et presque inaudible. Mikael se mordit la lèvre. Il était sur le point d'insuffler de l'air dans les poumons du vieil homme lorsqu'il eut l'impression de déceler deux mots malgré tout :

— Parle avec...

— Avec qui ? Avec qui ?

Holger rassembla alors ses dernières forces pour grommeler quelque chose qui ressemblait à "Hilda bonne...".

— Comment ça, Hilda bonne ?

— Avec Hilda von...

Mikael sentit que c'était là une information cruciale.

— Von quoi ? Essen. Rosen. Quoi ?

Holger le fixa avec des yeux pleins de désespoir. Puis, soudain, ses pupilles se dilatèrent. Sa mâchoire se relâcha. Son état général se détériora de façon dramatique. Mikael fit tout ce qui était en son pouvoir – respiration artificielle, massage cardiaque, etc. Un court instant, il crut voir une amélioration. Le bras de Holger se souleva, dans un mouvement presque majestueux. Les doigts tordus se replièrent. Le vieil homme brandit un poing serré quelques décimètres au-dessus du matelas, comme par défi. Puis la main retomba sur la couverture. Ses yeux se révulsèrent.

Le corps tressaillit, puis ce fut fini. Mikael le sut instinctivement. Il ne relâcha pas pour autant ses efforts. Il appuya plus fort sur la poitrine de Holger et continua à souffler de l'air dans ses poumons. Il le gifla, lui cria de respirer, de vivre. À la fin, il dut se rendre à l'évidence. Cela ne servait plus à rien. Il n'y avait plus de pouls, plus de respiration, rien. Il frappa du poing sur la table de chevet, envoyant valdinguer la boîte de médicaments. Les comprimés dégringolèrent. Il regarda dehors, vers Liljeholmen. Il était près de 20 h 45. De la place lui parvint le rire de quelques adolescentes.

Une odeur de cuisine flottait dans l'air. Mikael ferma les paupières du vieil homme, remit en place le drap et la couverture, puis il observa son visage. Tout était tordu, de travers, marqué par la vieillesse. Pourtant, il y avait chez lui une dignité profonde. C'est ce que ressentit Mikael. Le monde semblait soudain un peu plus miséreux. Sa gorge se noua. Il songea à Lisbeth, à la visite de Holger à la prison, à tout et à rien.

L'instant d'après, les ambulanciers arrivèrent, deux types d'une trentaine d'années. Mikael expliqua du mieux qu'il put ce qui s'était passé. Il leur parla du fentanyl. Holger avait peut-être fait une overdose, expliqua-t-il, les circonstances n'étaient pas nettes, il fallait contacter la police. En face de lui, il ne trouva qu'une lassitude désabusée qui lui donna envie de hurler et de tout casser. Mais il prit sur lui, se contenta de hocher la tête en serrant les dents lorsqu'ils recouvrirent Holger d'un drap, dans l'attente du médecin qui devait établir l'acte de décès. Mikael resta dans l'appartement. Il ramassa les comprimés tombés par terre, ouvrit les fenêtres et la porte du balcon. Il s'installa dans le fauteuil à côté du lit et s'efforça de mettre de l'ordre dans ses pensées. Sans grand succès. Trop de choses se bousculaient dans sa tête. Il songea soudain aux documents qu'il avait vus éparpillés dans le couloir en se précipitant dans l'appartement.

Il se leva et alla les ramasser. Il les lut debout, à côté du paillasson. Même s'il ne comprit pas tout de suite le lien, un nom retint aussitôt son attention. Celui de Peter Teleborian. Teleborian était le psychiatre qui avait rédigé un faux rapport après que Lisbeth s'était vengée de son père, à l'âge de douze ans, en l'aspergeant d'essence et en y mettant le feu. Teleborian était l'homme qui avait prétendu soigner Lisbeth et lui rendre une vie normale, mais qui en réalité la tourmentait volontairement jour après jour, des heures durant. Il l'attachait avec des sangles de contention et lui faisait subir les pires abus, notamment sexuels. Qu'est-ce que ces documents sur lui venaient foutre dans ce vestibule ?

Ces pages, constata-t-il rapidement, ne contenaient rien de nouveau. C'étaient des copies conformes des notes qui avaient valu à Peter Teleborian une condamnation pour faute professionnelle aggravée et une interdiction d'exercer. Mais il nota également que les documents ne se suivaient pas. Une page s'arrêtait au milieu d'une phrase, qui ne se poursuivait pas à la page suivante. En toute logique, il manquait des documents. Le reste se trouvait-il dans l'appartement ? L'avait-on enlevé ?

Mikael se demanda s'il lui fallait fouiller les tiroirs et les placards. Il décida de ne pas perturber l'enquête qui allait sans doute s'ensuivre. Il téléphona à l'inspecteur Jan Bublanski pour l'informer de ce qui était arrivé. Ensuite, il composa le numéro du quartier de haute sécurité de Flodberga. Un homme du nom de Fred décrocha. Son ton, nonchalant et arrogant, faillit faire perdre son calme à Mikael. D'autant qu'il avait sous les yeux le corps de Holger couvert du drap blanc. Mais il se ressaisit et expliqua avec toute l'autorité dont il était capable qu'il y avait eu un décès dans la famille de Lisbeth. Enfin, on la lui passa.

Il aurait préféré ne pas avoir cette conversation.

LISBETH RACCROCHA. Elle fut raccompagnée dans le long couloir menant à sa cellule par deux surveillants. Elle ne remarqua pas la profonde hostilité que trahissait le visage du gardien Fred Strömmer. Elle ne remarqua rien de ce qu'il se passait autour d'elle, ne dévoila rien de ce qu'elle ressentait. Elle ignora évidemment la question : "Quelqu'un est mort ?" Elle ne releva même pas la tête. Elle se contenta d'avancer, écoutant ses pas et sa respiration, rien d'autre. Elle ne comprit pas pourquoi les gardiens l'avaient raccompagnée jusqu'à l'intérieur de sa cellule. Mais ils voulaient évidemment l'emmerder. Depuis le coup porté à Benito, ils saisissaient la moindre occasion de lui pourrir la vie. Et là, ils allaient visiblement fouiller sa cellule une nouvelle fois. Ils ne pensaient pas y trouver quoi que ce soit, mais c'était l'occasion rêvée de mettre tout sens dessus dessous et de balancer son matelas par terre. Peut-être espéraient-ils qu'elle pique une crise et leur fournisse l'occasion de s'embrouiller avec elle pour de bon. Ils n'étaient pas loin de réussir sur ce point. Mais Lisbeth serra les dents sans même les regarder partir.

Ensuite, elle ramassa son matelas, s'installa au bord du lit et se concentra sur ce qu'avait dit Mikael. Elle songea aux patchs qu'il avait arrachés du dos de Holger, aux documents qui traînaient dans le vestibule et aux mots *Hilda von*. Elle n'arrivait pas à faire de lien entre ce nom et les autres éléments. Puis soudain, elle se leva, frappa du poing sur le bureau et balança un coup de pied dans le placard et dans le lavabo.

Pendant une seconde vertigineuse, on l'aurait crue capable de tuer. Mais elle se ressaisit. Il s'agissait de faire les choses dans l'ordre. D'abord on trouve la vérité. Ensuite on peut se venger.

10

LE 20 JUIN

L'INSPECTEUR JAN BUBLANSKI aimait se livrer à de longues considérations philosophiques. Mais pour l'heure, il ne disait rien. Il portait une chemise bleue, un pantalon en toile gris et de simples mocassins. Il était 15 h 20, il faisait lourd et son service avait travaillé dur toute la journée. Ils étaient désormais tous installés dans une salle de réunion, au quatrième étage du commissariat, sur Bergsgatan.

Bublanski redoutait beaucoup de choses, à son âge. Mais ce dont il se méfiait plus que tout, c'était de l'absence de doute. Bien que croyant, il était vite mal à l'aise lorsqu'il était confronté à des convictions trop absolues ou à des explications trop simples. Encore et toujours, il y opposait des contre-arguments et des contre-hypothèses. Rien n'était sûr au point de ne pouvoir être remis en question. Si une certaine lenteur résultait de son procédé, il lui évitait également de nombreuses erreurs. À présent, il ressentait le besoin de raisonner ses collègues. Mais il ne savait pas par quel bout commencer.

À bien des égards, Bublanski était un homme heureux. Il vivait avec une nouvelle femme, le professeur Farah Sharif, qui était – avait-il coutume de dire – plus belle et plus intelligente que ce qu'il méritait. Le couple venait d'emménager dans un trois-pièces près de la place Nytorget. Ils avaient un labrador, sortaient souvent pour dîner au restaurant ou voir des expos. Mais à côté de ça, il trouvait que le monde était devenu fou. Le mensonge et la bêtise se répandaient comme jamais. Les démagogues et les psychopathes dominaient la scène politique, les préjugés et l'intolérance instillaient partout leur poison. Parfois même au sein de son équipe, par ailleurs raisonnable. Sonja Modig, sa collègue la plus proche, rayonnait comme le soleil. D'après les bruits de couloir, elle était amoureuse. Mais ceci agaçait visiblement Jerker Holmberg et Curt Bolinder, qui passaient leur temps à l'interrompre et à chercher la dispute. Le fait qu'Amanda Flod, la plus jeune du groupe, prenne systématiquement le parti de Sonja, en avançant le plus souvent des arguments intelligents, n'arrangeait rien à l'affaire. Peut-être Bolinder et Holmberg se sentaient-ils menacés dans leur autorité de seniors ? Bublanski s'efforça de leur adresser des sourires encourageants.

— En soi…, dit Jerker Holmberg.

— En soi, c'est bien, répondit-il.

— En soi, je ne vois pas pourquoi quelqu'un se donnerait autant de mal pour tuer un homme de quatre-vingt-dix ans, poursuivit Jerker.

— Quatre-vingt-neuf ans, corrigea Bublanski.

— Exact, un homme de quatre-vingt-neuf ans qui ne sort quasiment pas de chez lui et qui de toute manière allait crever d'un instant à l'autre.

— Pourtant, il semble que ce soit le cas, n'est-ce pas ? Sonja, est-ce que tu peux résumer ce qu'on sait pour le moment ?

Sonja était évidemment tout sourire, elle était radieuse, et même Bublanski aurait préféré qu'elle se contienne un peu, ne fût-ce que pour la paix du service.

— Nous avons Lulu Magoro, dit Sonja Modig.

— On n'en a pas suffisamment parlé ? coupa Curt Bolinder.

— Il se trouve que non, intervient Bublanski d'une voix tranchante. Là, on a besoin de tout reprendre à zéro pour avoir une vue d'ensemble.

— En réalité, nous n'avons pas seulement Lulu, poursuivit Sonja. Nous avons la totalité du personnel de Sofia Care, la structure en charge des soins de Holger Palmgren. Hier après-midi, les responsables ont été informés que Palmgren avait été admis d'urgence à l'hôpital Ersta à cause de terribles douleurs à la hanche. Personne n'a songé à remettre en cause cette information. La personne qui a téléphoné affirmait être médecin-chef et orthopédiste et s'est présentée sous le nom de Mona Landin. Elle a été jugée crédible et on lui a fourni des informations au sujet du traitement de Holger Palmgren et de son état de santé général. Ensuite, toutes les visites à domicile pour Palmgren ont été suspendues. Lulu Magoro, qui était particulièrement proche de Palmgren, a voulu aller le voir. Au standard de l'hôpital, elle a essayé de savoir dans quelle chambre il était. Et pour des raisons évidentes – puisqu'il n'y était pas –, elle n'a pas réussi à obtenir l'information. En revanche, l'après-midi même, elle a été contactée par cette Mona Landin – de toute évidence un faux nom. Celle-ci prétendait qu'il n'y avait rien de grave, mais que Holger s'était endormi après une intervention chirurgicale mineure et qu'il ne fallait pas le déranger. Plus tard le soir, Lulu a essayé sur le portable de Holger et celui-ci était… coupé. Personne chez son fournisseur Telia n'a été en mesure d'expliquer ce qu'il s'était passé. Au cours de l'après-midi, le téléphone a simplement été mis hors service – sans qu'il soit possible de déterminer qui dans la boîte a fait la démarche. Quelqu'un ayant des compétences informatiques et des relations dans cette société semble avoir voulu isoler Holger Palmgren.

— Mais pourquoi se donner tant de mal ? demanda Jerker.

— Il y a une circonstance qu'il vaut la peine de prendre en considération, dit Bublanski. Je vous rappelle que Holger Palmgren a rendu visite à Lisbeth Salander il y a quelque temps. Étant donné la menace qui pèse sur elle, on peut se demander si Palmgren n'a pas été aspiré dans ses histoires – peut-être parce qu'il avait appris quelque chose ou parce qu'il voulait aider. Lulu Magoro nous a expliqué qu'elle lui avait sorti un tas de documents samedi, qui parlaient de Salander, et que Holger les avait lus très attentivement. Il s'agit de documents qu'il aurait récupérés quelques semaines plus tôt auprès d'une femme qui avait jadis été en lien avec Lisbeth.

— Qui ça ?

— On l'ignore pour le moment. Lulu ne connaissait pas son nom et Lisbeth ne veut rien dire. Mais nous avons une piste.

— Laquelle ?

— Comme vous le savez, Mikael Blomkvist a trouvé quelques documents dans le vestibule, peut-être perdus par Holger ou par le coupable. Il semblerait s'agir de dossiers de la clinique pédopsychiatrique Sankt Stefan où Salander avait été admise petite. Le nom de Peter Teleborian apparaît dans ces pages.

— Ce filou…

— Ce salaud, tu veux dire, intervint Sonja Modig.

— Teleborian a été interrogé ?

— Amanda lui a parlé aujourd'hui. Il habite un appartement assez luxueux sur Amiralsgatan avec sa femme et son berger allemand. Il s'est dit navré de ce qui est arrivé à Palmgren, mais n'avait aucune idée de ce qui avait pu se passer. Il n'a pas voulu en dire plus. Il ne connaissait personne du nom de *Hilda von* quelque chose.

— Je suppose qu'il va falloir y revenir, dit Bublanski. Entretemps, nous allons examiner les autres documents et effets personnels de Holger Palmgren. Mais reviens à Lulu Magoro, Sonja, s'il te plaît.

— Lulu Magoro s'occupait du rituel du soir chez Holger quatre ou cinq jours par semaine. Chaque fois, elle lui posait des patchs analgésiques de la marque Norspan contenant pour substance active… aide-moi, Jerker !

C'est bien, songea Bublanski. *Implique-les ! Qu'ils se sentent compétents.*

— De la buprénorphine, répondit Jerker. C'est un opioïde produit à partir de pavot somnifère, que l'on trouve notamment dans le Subutex administré aux héroïnomanes mais qui est également un analgésique commun dans les soins pour les personnes âgées.

— Tout à fait, et la dose que recevait habituellement Holger était modeste, dit Sonja Modig. Mais c'est tout autre chose que Mikael Blomkvist a arraché de son dos hier. Il s'agissait de deux patchs de la marque Fentanyl, une dose carrément mortelle, n'est-ce pas, Jerker ?

— C'est clair. Il y avait là de quoi tuer un cheval.

— Exact. C'est incroyable que Holger ait réussi à tenir aussi longtemps, et même à prononcer quelques mots.

— Et ces mots sont intéressants, intervint Bublanski.

— Tout à fait, même si la prudence s'impose : ce sont tout de même les propos d'un homme semi-conscient, dans des circonstances très spéciales. Comme vous le savez, ces mots étaient : "Hilda von", ou plus exactement : "Parle avec Hilda von". Selon Mikael, ce que Holger cherchait à dire lui tenait à cœur. La question se pose évidemment de savoir s'il s'agit du nom du coupable. Je vous rappelle que des témoins ont vu une femme svelte d'un âge indéterminé, aux cheveux noirs, portant des lunettes de soleil et une valise marron, descendre les escaliers en toute hâte hier soir. Mais le signalement est par ailleurs très insuffisant et il m'est impossible de juger de sa valeur pour le moment. Et puis, j'ai du mal à croire que Palmgren aurait dit "Parle avec" pour dénoncer la personne qui venait de lui faire du mal. Je crois plutôt que *Hilda von* désigne quelqu'un qui possède des informations importantes. Ou alors quelqu'un qui n'a rien à voir avec tout cela, et dont le nom lui est venu à l'esprit au moment de mourir.

— C'est évidemment une éventualité. Qu'est-ce qu'on a sur le nom lui-même ?

— Au début, ça paraissait prometteur, dit Sonja. En Suède, le préfixe *von* est associé à des noms de l'aristocratie, ce qui restreint pas mal le champ des recherches. Mais Hilda est un prénom commun en Allemagne, où *von* est simplement une préposition qui signifie *de*. Si l'on s'intéresse du coup à l'ensemble du monde germanique, le champ s'élargit considérablement. Jan et moi sommes d'accord pour dire qu'il vaut mieux attendre un peu avant d'interroger toutes les femmes de la noblesse prénommées Hilda. Mais nous continuons évidemment nos recherches et nos vérifications.

— Et que dit Lisbeth Salander ? demanda Curt Bolinder.

— Pas grand-chose, malheureusement.

— Comme d'hab, putain.

— Oui… bon… d'accord, reprit Sonja Modig. Mais nous ne lui avons pas encore parlé directement. On a juste demandé un coup de main à nos collègues de la police d'Örebro, qui viennent d'interroger Lisbeth en tant que témoin dans une autre affaire, l'agression grave de Beatrice Andersson à Flodberga.

— Qui a eu les couilles d'agresser Benito ? s'exclama Jerker.

— Le surveillant-chef du quartier de haute sécurité, Alvar Olsen. Il dit qu'il n'avait pas le choix. Je vais y revenir.

— J'espère pour lui qu'il a des gardes du corps, dit Jerker.

— La sécurité du quartier a été renforcée et Benito sera transférée dans une autre prison dès qu'elle sera rétablie. Elle est actuellement hospitalisée à Örebro.

— Ça ne va pas suffire, je te le garantis. Est-ce que tu as la moindre idée du genre de personne qu'est Benito ? Tu as déjà vu ses victimes ? Crois-moi, elle ne lâchera pas le morceau avant qu'Alvar Olsen ne se fasse trancher la gorge – lentement.

— La direction de la prison et nous-mêmes avons conscience de la gravité de la situation, répondit Sonja, légèrement agacée. Mais pour l'heure, nous ne voyons pas de danger immédiat. Je peux continuer maintenant ? Bien. Comme je le disais, nos collègues d'Örebro n'ont pas obtenu grand-chose de Lisbeth Salander. Espérons que Bublanski – en qui elle a une certaine confiance – réussira mieux. Nous avons tous le sentiment que Salander est au cœur de l'affaire. Selon Mikael Blomkvist, Palmgren était inquiet pour elle, il aurait, en voulant la protéger, fait quelque chose d'imprudent ou de stupide, ce qui est évidemment intéressant. De quoi s'agissait-il ? Et par ailleurs : quelle imprudence un vieil homme grabataire a-t-il bien pu commettre dans ce contexte ?

— Sans doute passer un coup de fil ou faire certaines recherches imprudentes sur son ordinateur, suggéra Amanda Flod.

— Exactement ! Mais de ce côté-là, on n'a rien trouvé de significatif – hormis le fait que son téléphone portable reste introuvable.

— Ça paraît suspect, dit Amanda.

— Oui, indéniablement, dit Sonja. Il y a encore un autre point, qu'on a peut-être intérêt à évoquer tout de suite. Mais je veux bien que tu prennes le relais, là, Jan.

BUBLANSKI SE TORTILLA sur sa chaise : il aurait préféré s'éviter ça. Mais il s'exécuta, et raconta l'histoire de Faria Kazi dont il avait été informé dans la matinée.

— Comme on vous l'a dit, Salander ne voulait rien dire à la police d'Örebro sur sa rencontre avec Palmgren. Elle ne voulait pas s'étendre non plus sur l'agression de Benito. En revanche il y avait une chose dont elle voulait bien parler, c'était de l'enquête qui a suivi la mort de Jamal Chowdhury. Elle la juge particulièrement mal menée et je ne peux pas lui donner tort…

— Qu'est-ce qui te fait dire ça ?

— L'empressement avec lequel l'affaire a été classée comme suicide. À la limite, s'il s'était agi du énième cas d'un pauvre diable passé sous une rame de métro, ça se comprendrait. Mais ce cas n'a rien d'ordinaire. Une fatwa avait été lancée contre Chowdhury, on ne peut pas prendre ça à la légère. Il y a à Stockholm un groupuscule, radicalisé sous l'influence d'extrémistes du Bangladesh, qui semble prêt à tuer pour un rien. Dès l'arrivée de Jamal en Suède, on aurait dû se méfier, ne serait-ce que s'il avait glissé sur une peau de banane. Mais ensuite il tombe amoureux de Faria Kazi – que ses frères veulent marier à un riche islamiste de Dhaka. Vous imaginez leur fureur lorsque Faria fugue pour se réfugier précisément chez Jamal. Celui-ci devient non seulement un ennemi personnel, qui détruit l'honneur de la famille, mais aussi un ennemi religieux et politique. Soudain, il passe sous un train et que font nos collègues ? Ils classent le dossier aussi vite qu'une enquête sur un cambriolage en banlieue. Alors que l'affaire présente toute une série de coïncidences troublantes... Mais ce n'est pas tout, que se passe-t-il le lendemain de la mort de Jamal ? Faria Kazi pète les plombs et défenestre son frère Ahmed. J'ai vraiment du mal à croire que ça ne soit pas lié à l'accident dans le métro.

— D'accord, je vois, ça ne sent pas bon. Mais quel est le rapport avec la mort de Holger Palmgren ? demanda Curt Bolinder.

— Il n'y en a peut-être pas, mais quand même – Faria Kazi se retrouve dans le quartier de haute sécurité de Flodberga et comme c'est le cas pour Salander, de graves menaces pèsent sur elle. Le risque que ses frères cherchent à se venger d'elle est important. Aujourd'hui, la Säpo nous a confirmé que ceux-ci sont en contact avec Benito, justement. Les frères de Faria se définissent comme des fidèles. Mais ils ont plus en commun avec Benito qu'avec la communauté musulmane. Et s'ils veulent se venger de Faria, Benito est l'outil idéal.

— J'imagine bien, dit Jerker.

— Il paraît justement que Benito s'est intéressée à la fois à Faria Kazi et à Lisbeth Salander.

— Comment le savons-nous ?

— Grâce à l'enquête instruite par la prison pour déterminer comment Benito a réussi à faire entrer un stylet dans le quartier de haute sécurité. Tout, le moindre recoin, a été passé au peigne fin, même les poubelles du parloir du pavillon H. Dans une des corbeilles à papier, on a retrouvé une feuille chiffonnée avec l'écriture de Benito contenant des informations compromettantes. Par exemple, l'adresse de l'école où la fille d'Alvar Olsen, neuf ans, a été transférée il y a quelques mois. Des éléments sur la tante de Faria, Fatima, la seule personne de la famille dont elle soit restée proche. Ou encore, et surtout, des notes concernant l'entourage de Lisbeth Salander : Mikael Blomkvist, un avocat nommé Jeremy MacMillan, à Gibraltar – non, je ne sais pas encore qui c'est – et enfin Holger Palmgren.

— Vraiment ? dit Amanda Flod.

— Oui, malheureusement. Ça fait froid dans le dos de voir ça et de savoir que c'était écrit avant sa mort. À côté de son nom, sur cette page, il y a son adresse, le code de sa porte d'entrée et son numéro de téléphone.

— Ça craint, dit Jerker Holmberg.

— Oui. Ce qui ne prouve pas que cela ait un lien avec le meurtre, ou ce que nous pensons être un meurtre. Mais c'est frappant, non ?

— Oui, c'est frappant, répéta Sonja Modig.

MIKAEL BLOMKVIST LONGEAIT Hantverkargatan sur Kungsholmen lorsque son portable sonna. C'était Sofie Melker, de la rédaction. Elle voulait juste savoir comment il allait. Il répondit : "Comme ci, comme ça", en espérant que l'histoire s'arrêterait là. Sofie était la huitième personne de la journée à lui faire part de ses condoléances. Il n'y avait évidemment rien de mal à cela, mais il n'était pas d'humeur. Il n'aspirait qu'à une chose : gérer la situation comme il gérait habituellement les décès – en se jetant corps et âme dans le travail.

Il avait passé la matinée à Uppsala, à lire l'enquête sur le directeur financier de Rosvik accusé du coup accidentel tiré sur Carl Seger. Il était maintenant en route pour aller voir Ellenor Hjort, la fiancée de Seger à l'époque.

— Merci Sofie, dit-il. À plus. J'ai un rendez-vous, là.

— D'accord, on verra ça plus tard, alors.

— On verra quoi plus tard ?

— Erika m'a demandé de vérifier un truc pour toi.

— Tout à fait ! Ça a donné quelque chose ?

— Ça dépend.

— Ça dépend de quoi ?

— Il n'y a pas d'anomalie dans les données personnelles de Herman et Viveka Mannheimer.

— OK, je ne m'attendais pas non plus à ce qu'il y en ait. Je m'intéressais au dossier de Leo. Savoir s'il avait éventuellement été adopté ou s'il y avait quelque chose de sensible ou d'étrange dans son passé.

— J'ai bien compris. Son dossier est également propre et soigné. Il indique clairement qu'il est né dans la commune de Västerled, là où ses parents habitaient au moment de sa naissance. La colonne 20, consacrée aux adoptions, est complètement vide. Rien dans le dossier n'est rayé ni classé confidentiel. Tout semble normal. Chaque commune où il a habité durant son enfance est soigneusement listée et rien ne détonne.

— Pourtant, tu m'as bien dit "ça dépend", non ?

— Disons que, puisque j'étais déjà aux archives municipales, tout ça m'a un peu intrigué. Du coup, pour la somme de huit couronnes – dont je fais cadeau à *Millénium* – j'en ai profité pour faire sortir mon propre dossier de données personnelles.

— C'est généreux de ta part.

— Et je n'ai que trois ans de plus que Leo, tu vois. Pourtant, mon dossier est complètement différent.

— Comment ça ?

— Il n'est pas aussi… beau. Je me suis sentie vieille en le lisant. Il y a une colonne dans les documents, la 19, où figurent les dates de chaque déménagement, de chaque changement de commune. J'ignore qui fait ces annotations, des gratte-papier je suppose, des employés de l'état civil. Mais c'est brouillon. Parfois c'est écrit à la main, parfois à la machine à écrire. Des fois il y a un tampon ou bien c'est écrit de travers, comme si le scripteur avait eu du mal à suivre les lignes. Mais chez Leo, c'est parfait, tout est uniforme et écrit avec le même genre de machine ou d'ordinateur.

— Comme si ça avait été corrigé plus tard ?

— Ben… Si quelqu'un d'autre que toi m'avait posé la question ou si j'avais juste vu son dossier par hasard, l'idée ne m'aurait même pas effleurée. Mais tu nous rends tous un peu paranos, Mikael, tu le sais. Avec toi, on voit des trucs louches partout. Alors oui, d'après ces éléments, je n'exclus pas l'idée que le dossier ait pu être réécrit par la suite. C'est quoi l'histoire ?

— Je ne sais pas vraiment encore. Tu n'as pas donné ton nom, Sofie ?

— J'ai suivi les consignes d'Erika en me réclamant du droit à l'anonymat, dans le cadre de la liberté de l'information. Et par chance, je ne suis pas aussi célèbre que toi.

— Tant mieux. Prends soin de toi et merci !

Il raccrocha et jeta un regard sombre sur la place Kungsholm. C'était une journée magnifique, ce qui ne faisait qu'aggraver les choses. Il poursuivit son chemin en descendant vers l'adresse indiquée : 32, Norr Mälarstrand, où l'ancienne fiancée de Carl Seger, Ellenor Hjort, vivait seule avec sa fille de quinze ans. À cinquante-deux ans et divorcée depuis trois ans, Ellenor Hjort était conservatrice à la société de ventes aux enchères Bukowksi. Membre de nombreuses associations caritatives, elle entraînait également l'équipe de basket de sa fille. C'était de toute évidence une femme active.

Mikael observa le calme plat du lac Mälar en contrebas et regarda en direction de son propre appartement sur l'autre rive. La chaleur était accablante. Il était en nage et se sentait las quand il tapa le code, avant de prendre l'ascenseur jusqu'au dernier étage puis de sonner à la porte. Il n'eut pas à attendre longtemps.

Ellenor Hjort avait l'air étonnamment jeune. Vêtue d'une veste noire et d'un pantalon gris, elle portait les cheveux courts. Elle avait de beaux yeux marron et une petite cicatrice pâle à la racine des cheveux. Son appartement était rempli de livres et de tableaux. Elle lui offrit du thé et des biscuits. Elle semblait nerveuse. Les tasses tremblaient quand elle les posait sur leurs soucoupes. Ils s'installèrent dans le coin salon, sur un canapé bleu clair surmonté d'une peinture à l'huile : une représentation de Venise très colorée.

— Je dois dire que je suis étonnée de vous voir débarquer avec cette histoire au bout de tant d'années, dit-elle.

— Je comprends bien et je suis navré si je rouvre de vieilles blessures. Mais j'aurais aimé en savoir un peu plus sur Carl.

— Pourquoi vous intéresse-t-il tout à coup ?

Mikael hésita avant de répondre en toute sincérité :

— J'aurais aimé pouvoir vous le dire. Je crois que sa mort cache une histoire que nous ne connaissons pas encore. J'ai l'impression que quelque chose ne colle pas.

— À quoi pensez-vous, plus concrètement ?

— Pour l'instant, ce n'est qu'une impression. Je rentre juste d'Uppsala, où j'ai lu tous les témoignages versés au dossier à l'époque. En réalité, il n'y a rien à redire, hormis le fait qu'il n'y a rien à redire, justement. Nous autres, êtres humains, ne sommes pas très rationnels, et s'il y a bien une chose que j'ai apprise avec le temps, c'est que la vérité est souvent surprenante et qu'elle défie parfois la logique. Alors que le mensonge, lui, est en règle générale bien trop homogène et vague, souvent proche du cliché – surtout si le menteur n'est pas très bon.

— L'enquête sur la mort de Carl tiendrait du cliché, selon vous ?

— Tout colle un peu trop bien, répondit-il. Il y a trop peu d'incohérences, trop peu de détails saillants.

— Vous avez autre chose à me dire à quoi je n'aurais pas déjà pensé ?

Ellenor Hjort semblait limite sarcastique.

— Je serais également tenté de dire que le tireur désigné, Per Fält…

Ellenor l'interrompit en lui expliquant qu'elle avait beaucoup de respect pour son métier et pour sa perspicacité. Mais, s'agissant de l'enquête, il ne lui apprendrait rien.

— Je l'ai lue cent fois, dit-elle, et j'ai ressenti moi aussi tout ce que vous décrivez. C'était un coup de poignard dans le dos. Qu'est-ce que vous croyez ? J'ai hurlé à la face de Herman et Alfred Ögren : "Qu'est-ce que vous me cachez, enfoirés ?"

— Et qu'est-ce qu'ils ont dit ?

— On m'a gratifiée de petits sourires indulgents et de mots gentils. "On comprend que ce ne soit pas facile. On est vraiment navrés, pauvre chérie." Mais à la fin, comme je ne lâchais toujours pas, on m'a menacée. Je devrais faire attention. Ils étaient puissants, mes insinuations n'étaient que calomnies, ils connaissaient de bons avocats, etc. J'étais trop faible et accablée pour continuer à me battre. Carl avait été ma vie. J'étais complètement détruite, je n'arrivais plus à étudier, à travailler, à rien faire. Je n'arrivais même plus à gérer le quotidien.

— Je vois.

— Mais il y avait une chose étrange, et c'est pour ça que je suis assise ici avec vous, malgré tout. D'après vous, qui m'a réconfortée plus que quiconque – plus que mon père, ma mère, mes frères et sœurs, plus que mes amis ?

— Leo ?

— Exactement ! L'adorable petit Leo. Il était aussi inconsolable que moi. Nous restions des heures dans la maison, à pleurer et maudire le monde et ces foutus chasseurs. Et quand je sanglotais : "J'ai perdu ma moitié", il disait comme moi. Il n'était qu'un enfant, mais le deuil nous a réunis.

— Pourquoi Carl était-il si important pour lui ?

— Ils se voyaient toutes les semaines au cabinet de Carl, chez nous. Mais ça allait évidemment plus loin. Pour Leo, Carl n'était pas seulement un thérapeute, mais aussi un ami, peut-être le seul au monde qui le comprenait. Et Carl, de son côté, il voulait…

— Il voulait quoi ?

— Aider Leo, lui faire réaliser qu'il était quelqu'un d'exceptionnellement doué, que des possibilités fabuleuses s'offraient à lui et enfin, bien sûr… je ne vous le cacherai pas, Leo est devenu important pour les recherches de Carl, pour sa thèse.

— Leo était atteint d'hyperacousie, c'est ça ?

Ellenor adressa un regard étonné à Mikael avant de dire d'un air songeur :

— Oui, c'était un des éléments. Ce qui intéressait Carl, c'était de savoir si cette pathologie contribuait à l'isolement du garçon, et si Leo considérait le monde autrement que nous. Mais Carl n'était pas un cynique, détrompez-vous. Il y avait entre eux un lien que même moi je n'arrivais pas à comprendre.

Mikael décida de tenter le coup :

— Leo était un enfant adopté, n'est-ce pas ?

Ellenor but une gorgée de son thé et regarda en direction du balcon, sur la gauche.

— Peut-être.

— Qu'est-ce qui vous fait dire ça ?

— Par moments, j'avais l'impression que son passé recelait quelque chose de sensible.

Mikael tenta encore sa chance :

— Leo avait-il des origines tsiganes ?

Ellenor leva sur lui un regard attentif.

— C'est curieux, dit-elle.

— Pourquoi ?

— Parce que des fois, je pense à…

— Vous pensez à quoi ?

— Un déjeuner auquel Carl nous avait invités à Drottningholm.

— Que s'y est-il passé ?

— Rien, vraiment, mais je m'en souviens quand même. Carl et moi, on s'aimait vraiment profondément. Mais parfois, j'avais l'impression qu'il avait des secrets pour moi – plus que ceux qu'impliquait son travail de thérapeute. Ça me rendait sans doute jalouse. Ce fut le cas lors de ce déjeuner.

— Comment ça ?

— Leo était triste parce que quelqu'un l'avait traité de Gitan. Au lieu de s'offusquer et de dire : "Mais qui est le crétin qui t'a dit ça?", Carl s'est contenté d'expliquer de façon un peu pédagogique ce que l'insulte avait de raciste, en quoi elle était le vestige d'une époque sombre. Leo hocha la tête comme s'il avait déjà entendu tout ça. Il n'était pas bien grand. Pourtant il connaissait le peuple tsigane, sa parenté avec les Roms et les abus perpétrés envers eux – les stérilisations forcées, les lobotomies et même la purification ethnique dans certaines communes. Ça paraissait… je ne sais pas… étrange pour un garçon comme lui.

— Que s'est-il passé ensuite ?

— Rien, rien du tout. Carl a éludé mes questions lorsque je l'ai interrogé là-dessus après coup. Il se peut évidemment qu'il se soit agi d'éléments protégés par le secret professionnel.

Mais au fond de moi, j'avais l'impression qu'il me cachait des choses. C'est pour ça que cet incident me revient en mémoire parfois, comme une petite épine.

— Était-ce l'un des fils Ögren qui avait traité Leo de Gitan ?

— Oui, c'était Ivar, le plus jeune, le petit dernier, le seul qui ait ensuite marché dans les pas de son père. Vous le connaissez ?

— Un peu. Il était méchant, non ?

— Terrible.

— Pourquoi ?

— C'est la question qu'on se pose toujours. En tout cas, il y a eu très tôt une forme de rivalité entre eux. Non seulement entre les garçons, mais aussi entre leurs pères. À travers leurs fils, Herman Mannheimer et Alfred Ögren s'affrontaient comme des coqs de combat : qui surpassait l'autre ? qui était le plus fort, le plus entreprenant ? Si Ivar l'emportait dans toutes les disciplines qui exigeaient de la force physique, Leo le battait pour tout ce qui était d'ordre intellectuel, ce qui suscitait certainement beaucoup de jalousie. Ivar était au courant de l'hyperacousie de Leo. Mais au lieu d'y faire attention, il lui arrivait de le réveiller l'été à Falsterbo en montant à fond le son de la stéréo. Une fois, il a acheté des ballons de baudruche, il les a gonflés et les a fait éclater dans le dos de Leo. Lorsque Carl l'a appris, il a pris Ivar à part et l'a giflé. Ça a fait de sacrées histoires, vous vous en doutez bien. Alfred Ögren est devenu fou furieux.

— Il y avait donc de l'hostilité contre Carl dans le milieu ?

— Sûrement. Mais je dois préciser que les parents de Leo ont toujours défendu Carl. Ils savaient à quel point il était important pour le garçon. Je me suis donc faite à l'idée – du moins j'ai essayé de me faire à l'idée – que c'était un accident, malgré tout. Une balle perdue. Herman Mannheimer n'aurait jamais tué le meilleur ami de son fils.

— Comment Carl a-t-il connu la famille Mannheimer ?

— Via l'université. Il a eu de la chance en termes de timing, je crois. Auparavant, aucune attention particulière n'était portée aux enfants surdoués à l'école. On considérait que ç'aurait été à l'encontre de l'égalité des chances à la suédoise. On manquait également de connaissances pour les identifier et les comprendre. De nombreux enfants intelligents étaient tellement sous-stimulés à l'école qu'ils devenaient ingérables et finissaient par être placés dans des classes spéciales. On disait qu'il y avait une surreprésentation d'enfants surdoués dans les services de soins psychiatriques. Carl trouva cela insupportable et il se battit pour ces garçons et ces filles. Au début, on le traitait d'élitiste. Mais rapidement il a été intégré dans des comités gouvernementaux. Et par le biais de sa directrice de thèse, Hilda von Kanterborg, il s'est trouvé en relation avec Herman Mannheimer.

Mikael sursauta.

— Qui est Hilda von Kanterborg ?

— Elle était maître de conférences au département de psychologie et directrice de thèse de deux ou trois doctorants. Elle était jeune, pas beaucoup plus âgée que Carl, et on la considérait comme quelqu'un de très prometteur. Alors c'est tellement tragique qu'elle…

— Elle est morte ? interrompit Mikael, inquiet.

— Pas à ma connaissance. Mais elle a été impliquée dans un scandale. J'ai entendu dire qu'elle serait aujourd'hui alcoolique profonde.

— C'était quoi, ce scandale ?

Ellenor Hjort sembla soudain se perdre dans ses pensées. Puis elle fixa Mikael droit dans les yeux, d'un regard intense.

— C'était après la mort de Carl, donc je n'ai pas suivi ça de très près. Mais mon sentiment, c'est que c'était injuste.

— En quoi ?

— Hilda von Kanterborg n'était sans doute pas pire que n'importe lequel de ses homologues masculins, ces universitaires imbus d'eux-mêmes. Je l'ai rencontrée une ou deux fois avec Carl ; elle avait un charisme incroyable. On se perdait dans ses yeux. Elle avait une réputation de femme volage, enchaînant les histoires d'amour. Elle a couché avec deux ou trois étudiants aussi, il me semble, ce qui n'est évidemment pas bien. Mais bon, ils étaient tous adultes, et par ailleurs elle était appréciée, elle était brillante et personne ne se préoccupait vraiment de ces ragots. Pas au début, en tout cas. Hilda était en somme une femme avide. Avide de vie, de connaissances – et d'hommes. Elle n'était ni méchante ni calculatrice, au fond. Simplement, elle avait la bougeotte.

— Et que s'est-il passé ?

— Je ne sais pas trop. Je sais seulement que, du jour au lendemain, la direction du département a déniché des élèves à elle qui insinuaient vaguement que Hilda leur aurait vendu son corps. C'était tellement grossier – comme s'ils n'avaient pas trouvé mieux que de la faire passer pour une pute. Qu'est-ce que vous faites ?

Presque sans s'en rendre compte, Mikael s'était levé et avait lancé une recherche sur son portable.

— Je trouve une Hilda von Kanterborg sur Rutger Fuchsgatan, c'est elle à votre avis ?

— Il ne doit pas y avoir tant de gens que ça avec ce nom. Mais… Pourquoi vous intéressez-vous tant à elle subitement ?

— Parce que… C'est une histoire un peu compliquée. Mais merci, tout ce que vous m'avez dit est infiniment précieux.

— Vous partez, là ?

— Je suis un peu pressé d'un coup. J'ai le sentiment que…

Il n'eut pas le temps de terminer sa phrase. Il avait un appel de Malin ; elle semblait tout aussi excitée que lui. Il demanda à la rappeler. Il serra la main d'Ellenor et la remercia encore avant de dévaler les escaliers. Une fois dans la rue, il téléphona à Hilda von Kanterborg.

Décembre, un an et demi plus tôt

Qu'est-ce qui est pardonnable et qu'est-ce qui ne l'est pas ? Leo et Carl en avaient souvent parlé. La question était importante pour chacun d'eux, pour des raisons différentes. En général, ils adoptaient une attitude généreuse : on pouvait presque tout pardonner – même le harcèlement d'Ivar. Et pendant un temps, Leo se réconcilia avec lui. Il se disait qu'Ivar n'y pouvait rien, qu'il était méchant comme d'autres sont timides ou n'ont pas l'oreille musicale. Ivar comprenait aussi mal les émotions des autres qu'une personne manquant d'oreille et mélangeant les sons et les mélodies. Leo le considérait avec indulgence. En retour, il glanait un peu de gentillesse : une tape sur l'épaule, un regard de connivence. Ivar lui demandait souvent conseil, peut-être par intérêt personnel, mais quand même… Parfois il lui faisait un compliment : "Tu n'es pas si bête après tout, Leo !"

Le mariage d'Ivar avec Madeleine Bard balaya tout cela. Leo fut pris d'une haine qu'aucune thérapie au monde n'aurait pu soigner ou dompter. Il la laissa venir. Il l'accueillit comme une fièvre. Le pire, c'était la nuit ou bien au petit matin. La colère et la soif de vengeance palpitaient alors à ses tempes. Il fantasmait sur des agressions, des accidents, des humiliations, des maladies ou des éruptions hideuses. Il déchirait Ivar sur les photos ou essayait, par la seule force de son esprit, de le faire tomber des balcons ou des terrasses. Il était au bord de la folie. Mais il ne se passa rien. Il parvint juste à éveiller la méfiance d'Ivar, qui se tenait désormais sur ses gardes et concoctait peut-être des plans de son côté. Le temps passa. Par moments ça allait mieux, et par moments c'était pire. Puis arriva le mois de décembre. C'était il y a un an et demi.

La neige tombait, il faisait particulièrement froid. Sa mère était mourante. Il était à son chevet trois fois par semaine et s'efforçait d'être un bon fils, de la réconforter. Mais ce n'était pas facile. La maladie ne la rendait pas plus douce. Au contraire, à cause de la morphine, elle se contrôlait encore moins que d'habitude et, à deux reprises, elle l'avait traité de faible : "Tu as toujours été une déception, Leo."

Il ne répondit pas. Il ne répondait jamais quand sa mère était comme ça. Il rêvait de quitter le pays pour de bon. Ses fréquentations, de toute façon, se limitaient à Malin Frode. Or Malin était en plein divorce et elle s'apprêtait à quitter l'entreprise. Il n'avait jamais cru qu'elle l'aimait vraiment, mais il appréciait sa compagnie. Ils se soutenaient mutuellement, ils rigolaient bien ensemble, même si sa colère et ses fantasmes ne disparaissaient pas pour autant. Parfois, Leo avait vraiment peur d'Ivar Ögren. Il s'imagina même, une fois, être suivi – peut-être par un espion envoyé par Ivar. Il ne se faisait plus aucune illusion sur lui. Il s'attendait à tout de sa part.

Il s'attendait à tout de lui-même, aussi. Peut-être un jour se jetterait-il sur Ivar et lui ferait-il vraiment mal. Si ce n'était pas ça, ce serait lui qui se ferait agresser ou piéger. Il s'efforça de repousser ces pensées, de les mettre sur le compte de la paranoïa. Mais il n'arrivait pas à s'en défaire. Il entendait des pas derrière lui, sentait des regards qui l'observaient en cachette. Il s'imaginait des ombres dans les ruelles et au coin des rues. Une fois ou deux, vers Humlegården, il se retourna rapidement. Il ne vit jamais rien d'anormal.

Le vendredi 15 décembre, il neigeait de plus belle. Les décorations de Noël illuminaient la ville. Il rentra tôt chez lui. Il se changea, enfilant un jean et un pull de laine. Il se servit un verre de vin rouge, qu'il posa sur le piano à queue. C'était un piano de la marque Bösendorfer Imperial à quatre-vingt-dix-sept touches. Il accordait l'instrument lui-même tous les lundis. Le tabouret était un Jansen en cuir noir. Il s'installa et joua l'une de ses dernières compositions, écrite dans la gamme mineure dorienne. Les phrases mélodiques se terminaient presque systématiquement sur la sixte de l'accord, produisant une consonance à la fois inquiétante et mélancolique. Il joua un bon moment sans rien entendre d'autre que le son du piano, pas même les pas dans la cage d'escalier. Il était profondément concentré. Puis il distingua quelque chose de tellement étrange qu'il crut d'abord au fruit de son imagination ou de son ouïe hypersensible. Pourtant, on aurait vraiment dit que quelqu'un l'accompagnait à la guitare. Il cessa de jouer, s'approcha de la porte. Devait-il ouvrir ? Il songea à crier : "Qui est là ?"

Mais il déverrouilla et ouvrit la porte. Ce fut alors comme s'il décollait de la réalité.

11

LE 20 JUIN

LES PRISONNIÈRES DU QUARTIER de haute sécurité avaient terminé leur dîner et quitté la cantine. Certaines s'entraînaient. Deux ou trois fumaient et papotaient dans la cour. Quelques-unes regardaient un film – *Ocean's Eleven*. Les autres erraient dans les couloirs ou chuchotaient dans les cellules, toutes portes ouvertes. On aurait dit un jour habituel. Mais rien n'était plus pareil. Rien ne serait plus jamais pareil.

Non seulement il y avait plus de surveillants que d'habitude. Mais personne n'avait le droit de recevoir de visite ni d'appels. Et il faisait particulièrement lourd. Le directeur de la prison, Rikard Fager, était présent en personne, renforçant l'anxiété des molosses, que la tension entre les détenues stressait déjà pas mal.

L'air vibrait de soulagement. Un sentiment de liberté tout neuf se devinait dans les démarches et dans les sourires, dans le murmure des voix jusqu'alors toujours chargé du poids de la menace et de la peur, mais qui désormais semblait plus léger, plus effervescent, comme après la chute d'un tyran. D'un autre côté, il y avait, exactement comme après la chute d'un tyran, une certaine agitation, des signes patents d'un vide de pouvoir. Certaines, comme Tine Grönlund, semblaient avoir peur de se faire agresser à tout moment. Et partout l'on discutait inlassablement de ce qui était arrivé et de ce qui allait se passer.

Même si beaucoup de mensonges et de légendes circulaient, les prisonnières en savaient quand même plus que la police ou les gardes. Tout le monde savait que c'était Lisbeth qui avait brisé la mâchoire de Benito, et tout le monde savait que sa vie était en danger. Selon les rumeurs, des membres de la famille de Lisbeth avaient déjà été assassinés et la vengeance allait être terrible, d'autant plus que le visage de Benito serait, affirmait-on, déformé à vie. Tout le monde était également au courant qu'on avait mis à prix la tête de Faria Kazi. Il se chuchotait que la récompense serait versée par de riches islamistes.

Tout le monde savait que Benito serait transférée dans une autre prison dès qu'elle serait rétablie. De grands changements s'annonçaient. La simple présence du directeur en témoignait. Rikard Fager était l'individu le plus détesté de la taule – hormis quelques femmes du pavillon C qui avaient tué leurs propres enfants. Pour une fois, les détenues ne le voyaient pas uniquement d'un œil hostile, mais aussi avec un certain espoir. Qui sait, peut-être les conditions de détention seraient-elles assouplies, maintenant que Benito était partie ?

Rikard Fager regarda sa montre. Il repoussa une détenue qui l'abordait pour se plaindre de la chaleur. Rikard Fager avait quarante-neuf ans. C'était un homme élégant, au regard froid. Il portait un costume gris, une cravate rouge et des chaussures Alden toutes neuves. En général, la direction avait tendance à s'habiller modestement pour ne pas provoquer les détenus, mais lui faisait souvent le contraire pour renforcer son autorité. Ce jour-là, toutefois, il regretta son choix. La sueur lui coulait du front, sa veste et les jambes de son pantalon qui lui collaient aux cuisses le gênaient. Il passa un appel sur son talkie-walkie.

Ensuite, il hocha la tête résolument. Il s'approcha du surveillant-chef par intérim Harriet Lindfors et lui chuchota quelque chose à l'oreille. Tous deux se dirigèrent vers la cellule n° 7, où Lisbeth Salander était isolée depuis la veille au soir.

AU MOMENT OÙ RIKARD FAGER et Harriet Lindfors entrèrent dans sa cellule, Lisbeth était installée à son bureau en train de calculer un aspect particulier des boucles de Wilson, devenues de plus en plus centrales dans ses tentatives pour élaborer une gravitation quantique à boucles. Elle n'avait aucune raison de lever la tête ou d'interrompre son travail. Elle ne vit donc pas le directeur de la prison donner un coup de coude à Harriet pour lui signifier d'annoncer son arrivée.

— Le directeur est là pour te parler, annonça Harriet d'un ton sévère, comme à contrecœur.

À cet instant seulement, Lisbeth se retourna, remarquant au passage le geste de Rikard Fager, qui essuyait les manches de sa veste comme s'il craignait de s'être sali en pénétrant dans la cellule.

Ses lèvres remuaient imperceptiblement. Il plissait les yeux. On aurait dit qu'il réprimait une grimace. Il ne semblait pas l'aimer particulièrement, ce qui tombait bien. Elle ne l'aimait pas non plus. Elle avait lu trop de ses mails.

— J'ai de bonnes nouvelles, dit-il.

Lisbeth resta muette.

— De bonnes nouvelles, répéta-t-il.

Elle ne dit toujours rien, ce qui agaça visiblement Rikard Fager.

— Vous êtes sourde ou quoi ?

— Non.

Elle avait les yeux rivés au sol.

— Ah bon, hum, tant mieux. Bon, il vous reste encore neuf jours à purger. Mais nous allons vous libérer dès demain matin. Dans un instant vous serez interrogée par l'inspecteur Jan Bublanski de Stockholm et nous aimerions que vous vous montriez coopérative.

— Vous ne voulez donc plus de moi ici ?

— Vouloir ou pas vouloir, là n'est pas la question. Nous avons des consignes. Le personnel ayant par ailleurs certifié…

Rikard Fager semblait avoir du mal à le dire.

— … que vous vous êtes bien comportée, les conditions sont remplies pour une remise de peine.

— Je ne me suis pas bien comportée, dit-elle.

— Ah bon ? J'ai reçu des rapports…

— Des rapports ? De la merde, bien emballée, je suis sûre. Tout comme vos propres rapports.

— Que savez-vous de *mes* rapports ?

Lisbeth fixait toujours le sol et répondit de façon objective et directe, comme si elle récitait par cœur :

— Je sais qu'ils sont nuls et beaucoup trop bavards. Vous utilisez souvent les mauvaises prépositions et votre écriture est maladroite, mais, par-dessus tout, ils sont obséquieux, ignorants et parfois mensongers. Vous ne vous privez pas de faire de la rétention d'information, quand ça vous arrange. Vous avez tout fait pour laisser croire à la direction pénitentiaire que le quartier de haute sécurité est un endroit formidable, ce qui est grave, Rikard. Ça a contribué à faire du séjour de Faria Kazi un enfer. Ça vient presque de lui coûter la vie, et ça, ça me fout la rage.

Rikard Fager ne répondit pas. Il resta bouche bée, soudain pris de tics nerveux. Son visage perdit ses couleurs. Il fit néanmoins une tentative confuse, après s'être raclé la gorge :

— Qu'est-ce que vous racontez, ma pauvre fille ? C'est quoi cette histoire ? Vous avez lu mes rapports, des documents officiels alors ?

— Il se peut que certains aient été officiels.

Rikard Fager ne savait plus trop ce qu'il disait :

— Vous mentez !

— Je ne mens pas. Je les ai lus, c'est tout, peu importe comment j'ai fait.

Il tremblait de tout son corps :

— Vous êtes…

— Quoi ?

Rikard Fager ne semblait pas trouver de mots assez forts. Il se contenta de menacer :

— Je vous rappelle que votre libération peut être annulée sur-le-champ.

— Annulez-la alors. Il n'y a qu'une chose qui m'intéresse.

La transpiration gagnait la lèvre supérieure de Fager.

— À savoir ?

— Que Faria Kazi obtienne de l'aide, que l'on veille à ce qu'elle soit totalement en sécurité jusqu'à ce que son avocate, Annika Giannini, arrive à la faire sortir de là. Ensuite il lui faudra bénéficier de la protection des témoins.

Rikard Fager rugit :

— Vous n'êtes pas en position d'exiger quoi que ce soit !

— Vous avez tort et vous, vous n'auriez pas dû être en position tout court, répondit-elle. Vous êtes un hypocrite, qui a laissé un gangster prendre le pouvoir dans le quartier le plus important de sa prison.

— Vous ne savez pas de quoi vous parlez, balbutia-t-il.

— Je m'en fous de votre avis. J'ai des preuves contre vous. J'aimerais juste savoir ce qu'il va advenir de Faria Kazi.

Le regard de Fager était fuyant.

— Nous allons évidemment prendre soin d'elle, grommela-t-il.

Il semblait avoir honte de ses propos et ajouta d'une voix menaçante :

— Je devrais peut-être vous rappeler que Faria Kazi n'est pas la seule sur qui pèsent des menaces graves.

— Sortez d'ici.

— Je vous préviens. Je ne tolère pas…

— Sortez !

La main droite de Rikard Fager tremblait. Des tics parcouraient ses lèvres et durant quelques secondes il resta comme paralysé. Il voulait manifestement ajouter quelque chose, mais il se contenta de tourner les talons et de claquer la porte en exhortant Harriet à bien la verrouiller. Ses pas s'éloignèrent en résonnant dans le couloir.

FARIA KAZI ENTENDIT LES PAS. Elle songea à Lisbeth Salander. Encore et encore, elle revoyait Lisbeth passer à l'attaque et Benito s'écraser sur le sol en béton. La scène se répétait inlassablement dans sa tête. Impossible de penser à autre chose. Parfois, par association d'idées, la chute de Benito la ramenait vers d'autres souvenirs et l'enchaînement d'événements qui l'avaient conduite ici.

Elle se rappela par exemple un épisode intervenu quelques jours après sa conversation avec Jamal. Elle était allongée dans sa chambre en train de lire les poèmes de Tagore. Bashir était passé vers 15 heures ce jour-là et l'avait giflée en lui rappelant que les filles devaient s'abstenir de lire, sans quoi elles devenaient des putes et des renégates. Mais pour une fois, elle ne s'était pas sentie humiliée, ni en colère. Elle avait plutôt puisé de la force dans cette agression. Elle s'était levée et s'était promenée dans l'appartement en suivant du regard son petit frère Khalil.

Elle avait changé de plan toutes les cinq minutes cet après-midi-là. Elle allait demander à Khalil de la laisser sortir, feignant un moment d'inattention. Elle ferait appel aux services sociaux, à la police, à son ancienne école. Elle leur demanderait de contacter un journaliste ou l'imam Ferdousi, ou tante Fatima. Elle menacerait de s'ouvrir les veines si on ne l'aidait pas…

Mais au final, elle ne dit ni ne fit rien. Juste avant 17 heures, elle ouvrit sa garde-robe. À part des habits d'intérieur et des voiles, il n'y restait plus grand-chose. Les robes et les jupes avaient été découpées en lanières ou jetées à la poubelle depuis longtemps. Mais il lui restait encore quelques jeans et un chemisier noir. Elle enfila son chemisier, un jean et des baskets avant de rejoindre la cuisine où Bashir était installé avec Ahmed. Il la fusilla du regard. Elle aurait voulu crier, casser tous les verres et les assiettes de la cuisine. Mais elle resta immobile, tendant l'oreille. Elle entendit des pas vers la porte d'entrée, les pas de Khalil. Elle agit alors comme dans un brouillard d'urgence et d'irréalité. Elle prit un couteau à viande dans le tiroir, le cacha sous son chemisier et rejoignit le salon.

Khalil était près de la porte d'entrée, vêtu de son survêtement bleu. Il avait l'air misérable et perdu. Il dut l'entendre, car il tâta nerveusement le verrou de sûreté.

— Il faut que tu me laisses sortir, Khalil, supplia-t-elle à mi-voix. Je ne peux pas vivre comme ça. Je préfère me suicider.

Khalil se retourna et lui adressa un regard si triste qu'elle recula. Au même moment, elle entendit Bashir et Ahmed se lever dans la cuisine. Elle sortit alors le couteau.

— Fais comme si je te menaçais, Khalil, trouve n'importe quoi. Mais laisse-moi sortir !

— Ils vont me tuer, dit-il.

Elle crut alors que c'était fini.

Ce n'était pas possible. Elle n'était pas prête à payer un tel prix. Bashir et Ahmed s'approchèrent. Elle entendit des éclats de voix dans la cage d'escalier. C'était foutu. Elle en était persuadée. Puis le miracle se produisit. Toujours avec le même air triste, Khalil ouvrit la porte. Elle lâcha le couteau et s'élança dans la cage d'escalier. Elle passa devant son père et Razan, et se précipita en bas. Pendant un petit moment, elle n'entendit plus rien que ses propres pas et sa respiration. Ensuite, des voix se mirent à gronder à l'étage et des pas lourds, furieux, se lancèrent à sa poursuite. Comme elle avait couru, alors ! C'était tellement étrange. Elle n'était pas sortie depuis des mois. Elle avait à peine bougé et, en toute logique, elle aurait dû être dans un état physique déplorable. Mais elle avait l'impression d'être portée par le vent d'automne et la fraîcheur de l'air.

Elle courait comme elle n'avait jamais couru de sa vie, zigzaguant entre les maisons, rejoignant les quais du port de Hammarby, remontant les rues menant à Ringvägen, de l'autre côté du pont. Là, elle grimpa dans un bus qui l'emmena à Vasastan, où elle continua à courir. Elle tomba plusieurs fois. Elle avait les coudes en sang lorsqu'elle arriva à la porte de l'immeuble, sur Upplandsgatan, et qu'elle se précipita trois étages plus haut. Elle sonna à la porte de droite.

Elle se souvenait. Les pas de l'autre côté de la porte, dans l'appartement. Comme elle avait fermé les yeux, priant, suppliant. Puis la porte s'était ouverte et elle avait été terrifiée : Jamal était vêtu d'une robe de chambre, au beau milieu de la journée. Il était mal rasé, les cheveux en pétard. Il semblait consterné et désorienté. D'un coup, elle se dit qu'elle avait fait une erreur. Mais Jamal était simplement sous le choc. Il arrivait à peine à le croire.

— Mon Dieu, merci ! murmura-t-il.

Elle s'effondra dans ses bras, tremblant de tout son corps. Elle ne voulait plus le lâcher. Il la conduisit à l'intérieur de l'appartement, tirant derrière eux un verrou de sécurité. Comme chez elle, sauf que ce verrou-ci avait un effet rassurant. Pendant un long moment, ils ne dirent rien. Ils restèrent simplement enlacés sur le matelas étroit. Des heures s'écoulèrent. Puis ils commencèrent à parler, à s'embrasser et enfin, à faire l'amour. Lentement, la pression dans sa poitrine se relâcha. La peur s'estompa. Elle s'unit à Jamal ; la sensation lui était totalement inconnue. Ce qu'elle ignorait – et c'était mieux ainsi –, c'est que dans le même temps il y avait du nouveau chez elle, à Sickla. Sa famille s'était trouvé un nouvel ennemi. Et cet ennemi était son petit frère, Khalil.

MIKAEL AVAIT DU MAL À COMPRENDRE ce que Malin Frode voulait lui dire. D'un autre côté, il était tellement concentré sur sa tentative de joindre Hilda von Kanterborg qu'il écoutait à peine. Il était installé dans un taxi sur Västerbron en direction de Rutger Fuchsgatan, près de Skanstull. Dans le parc en contrebas, des gens se faisaient bronzer. Des bateaux à moteur passaient sur Riddarfjärden.

— Écoute-moi, Micke, dit-elle. Je t'en prie. C'est toi qui m'as mêlée à cette histoire.

— Je sais, pardon. Je suis juste un peu distrait. Prenons les choses dans l'ordre. On parle de la fois où Leo était assis dans son bureau en train d'écrire, c'est ça ?

— Exact. Je savais bien qu'il y avait quelque chose d'étrange dans cette scène.

— Tu as eu l'impression qu'il était en train d'écrire un testament.

— Mais ce n'est pas *ce* qu'il écrivait qui était étrange. C'est *comment* il écrivait.

— C'est-à-dire ?

— Il écrivait de la main gauche. Mikael, Leo a toujours été gaucher – d'un coup, c'est devenu clair dans ma tête. Il écrivait toujours de la main gauche. Il attrapait des pommes, des oranges, ou n'importe quoi avec la main gauche. Mais maintenant, il est droitier.

— Ah oui : ça paraît très étrange.

— Pourtant, c'est la vérité. J'ai déjà dû le remarquer inconsciemment en voyant Leo à la télé il y a quelque temps. Dans la séquence à laquelle je pense, il faisait défiler un PowerPoint. Il tenait le boîtier dans sa main droite.

— Je suis désolé, Malin, mais je ne trouve pas ça très convaincant.

— Je n'ai pas terminé. Je n'en ai pas fait tout un plat non plus, à l'époque. Je ne l'avais même pas vraiment relevé. Mais quelque chose avait déjà commencé à me ronger. Du coup, j'ai méticuleusement étudié Leo au musée Fotografiska. Tu vois, on était devenus proches à la fin de mon passage chez Alfred Ögren, et j'étais attentive à plein de petites choses, comment il manipulait les objets et tout ça.

— Je vois.

— Eh bien à la conférence, il faisait tout pareil, sauf que c'était dans l'autre sens. Comme les droitiers, il prenait la bouteille de la main droite et dévissait le bouchon de la main gauche. Il se servait et buvait ensuite avec la main droite. C'est alors que l'idée m'est venue pour la première fois. Après je l'ai abordé.

— Et la conversation fut un échec.

— Complet. Il voulait juste se débarrasser de moi. Puis il a pris son verre de vin au bar de la main droite. Ça m'a carrément donné des frissons.

— Est-ce qu'il peut y avoir une explication neurologique ?

— C'est en gros ce qu'il dit lui-même.

— Quoi ? Tu lui en as parlé ?

— Pas moi. Mais, après coup, j'ai eu l'impression de devenir complètement folle. Je refusais de croire mes propres yeux.

J'ai regardé toutes les vidéos que j'ai pu trouver sur le Net. Puis j'ai téléphoné à d'anciens collègues pour leur en parler. Tout ça n'a fait que confirmer que je devenais folle. Personne n'avait rien remarqué. Personne ne remarque jamais rien, tu sais ? Mais ensuite j'ai réussi à joindre Nina West. C'est une courtière, elle est assez vive et elle l'avait également remarqué. Tu ne t'imagines pas à quel point ça m'a soulagée. Elle lui avait posé la question.

— Et il a répondu quoi ?

— Il a été gêné, d'après ce qu'elle m'a dit. Il aurait commencé à grommeler un truc pour finir par lui confier qu'il était ambidextre.

— C'est quoi ?

— Le fait d'être aussi habile des deux mains – ni gaucher ni droitier. Je me suis renseignée. Environ un pour cent de la population est ambidextre. Un certain nombre de sportifs le sont. Jimmy Connors notamment, je ne sais pas si tu te souviens de lui.

— Ah, oui…

— Leo a dit que le changement était intervenu subitement, après la mort de sa mère, que ça faisait partie de son émancipation. Qu'il essayait plus généralement de trouver de nouvelles façons de vivre.

— C'est plausible, non ?

— Je ne sais pas. L'hyperacousie et l'ambidextrie à la fois… Ça fait un peu trop, je trouve.

Mikael se tut un instant, laissant son regard errer sur Zinkensdamm.

— Il peut effectivement avoir deux dons hors norme. Mais… tu as sans doute raison, quelque chose dans cette histoire paraît étrange. On se voit bientôt ?

— Ça marche !

Ils raccrochèrent. Mikael poursuivit son chemin en direction de Skanstull – et de Hilda von Kanterborg.

AVEC LES ANNÉES, Jan Bublanski avait développé une grande sympathie pour Lisbeth Salander, mais il ne se sentait pas particulièrement à l'aise en sa compagnie. Il savait qu'elle n'appréciait pas les forces de l'ordre et même si c'était compréhensible compte tenu de son passé, Bublanski n'aimait pas les généralisations abusives, quelles qu'elles fussent.

— Un jour, lui dit-il, il va falloir commencer à faire confiance aux gens, Lisbeth, même aux policiers. Ça va être difficile pour toi, sinon.

— Je vais essayer, répondit-elle sèchement.

Assis en face d'elle au parloir du pavillon H, Bublanski se tortilla sur sa chaise. Il trouvait qu'elle avait l'air étrangement jeune. Il devina des traces rouges dans ses cheveux noirs.

— Tout d'abord, laisse-moi t'exprimer mes plus sincères condoléances pour la mort de Holger Palmgren. Ça a dû être un coup dur pour toi. Je me rappelle quand j'ai perdu ma femme...

— Passons ! l'interrompit-elle.

— D'accord. Concentrons-nous sur les faits. Est-ce que tu as une idée de la raison pour laquelle quelqu'un aurait voulu tuer Palmgren ?

Lisbeth Salander mit une main sur son épaule, juste au-dessus de sa poitrine, à l'endroit où elle avait une ancienne blessure par balle. Ensuite elle commença à parler avec une étrange froideur qui mit Bublanski encore plus mal à l'aise. Mais ce qu'elle disait avait l'avantage d'être concis et précis – le rêve pour un officier chargé de mener un interrogatoire.

— Il y a quelques semaines, Holger a reçu la visite d'une dame d'un certain âge, une dénommée Maj-Britt Torell, qui avait été la secrétaire du professeur Johannes Caldin, ancien directeur de la clinique pédopsychiatrique Sankt Stefan à Uppsala.

— La clinique où tu as été internée ?

— Elle avait lu des choses sur moi dans les journaux, et elle a remis à Holger un tas de documents, dont il a d'abord cru qu'ils ne contenaient rien de nouveau. Mais ils confirmaient ce qu'on avait toujours su sans en avoir bien compris la portée : qu'il y avait eu des projets bien avancés pour me faire adopter quand j'étais petite. De mon côté, j'ai toujours cru que j'avais bénéficié d'une bienveillance indue à cause des rapports compliqués avec mon salopard de père. Mais en réalité, ça faisait partie d'une expérience scientifique montée par une administration qui porte le nom de Registre d'études génétiques et environnementales. C'est un organe secret, je n'ai pas réussi à trouver le nom des responsables, et ça m'a énervée. Du coup j'ai téléphoné à Holger pour lui demander de regarder ces documents d'un peu plus près. Je n'ai aucune idée de ce qu'il y a trouvé. Je sais seulement qu'ensuite, Mikael Blomkvist m'a appelée pour m'apprendre que Holger était mort, peut-être assassiné. Je vous conseille de prendre contact avec Maj-Britt Torell. Elle habite à Aspudden. Il se peut qu'elle ait des copies ou des sauvegardes de ces documents. De toute manière, vu les circonstances, ce serait une bonne idée d'aller y faire un tour.

— Merci, dit-il. C'est précieux. Que faisait cette administration ?

— Son nom me paraît assez révélateur.

— Un nom peut induire en erreur.

— Il y a une belle ordure du nom de Teleborian.

— Nous l'avons interrogé.

— Interroge-le de nouveau.

— Tu as une idée de ce qu'on doit chercher ?

— Vous pouvez essayer de cuisiner les responsables du Genetikcentrum, l'institut de recherches génétiques de l'université des sciences agricoles à Uppsala. Mais je doute que vous puissiez avancer beaucoup de ce côté-là.

— Tu peux être un peu plus précise, Lisbeth ? De quoi est-ce qu'il s'agit ?

— De science – ou plutôt de pseudoscience – et de quelques crétins qui s'imaginaient pouvoir apprendre des trucs sur l'influence de l'environnement social et de l'héritage génétique sur les individus en faisant adopter des enfants.

— Ça paraît assez fumeux.

— Une bonne analyse, je dirais.

— Pas d'autres indices ?
— Non.
Bublanski ne la croyait qu'à moitié.
— Tu sais certainement que les derniers mots de Holger ont été "Parle avec Hilda von..." Est-ce que ça te dit quelque chose ?

POUR SÛR QUE ÇA LUI DISAIT quelque chose. Dès l'appel de Mikael, la veille, ça lui avait mis la puce à l'oreille. Mais elle garda l'information pour elle. Elle avait ses raisons. Elle ne mentionna pas non plus Leo Mannheimer ni la femme avec la tache de naissance. Puis elle ne répondit plus que laconiquement aux questions de Bublanski. Elle prit congé de lui et fut reconduite à sa cellule. Le lendemain à 9 heures, elle prendrait ses cliques et ses claques, elle quitterait Flodberga. Sans doute Rikard Fager voulait-il toujours se débarrasser d'elle.

12

LE 20 JUIN

COMME D'HABITUDE, RAKEL GREITZ était mécontente du ménage. Elle aurait dû être plus sévère avec les employées. Maintenant elle était obligée de frotter elle-même, d'arroser les fleurs, de ranger des livres, des verres et des tasses. Qu'elle se sente mal et perde ses cheveux par poignées n'arrangeait rien à l'affaire. Elle serra les dents. Elle avait beaucoup à faire. Elle parcourut encore une fois les documents qu'elle avait récupérés chez Holger Palmgren. Il n'était pas difficile de comprendre quels passages l'avaient incité à passer ce coup de fil.

Dans l'absolu, les annotations en question n'avaient rien de particulièrement inquiétant. D'autant que Teleborian avait eu l'amabilité de ne la désigner que par une initiale. Il n'y avait rien au sujet de l'activité même, et aucun autre enfant n'était cité. Ce n'était pas cela qui la dérangeait. Ce qui la dérangeait, c'était que Holger Palmgren ait lu ces pages maintenant, après toutes ces années.

Il pouvait évidemment s'agir d'une coïncidence. Martin Steinberg était de cet avis. Peut-être Holger Palmgren avait-il été en possession de ces documents depuis des années ; il les aurait simplement feuilletés sur un coup de tête, s'interrogeant ensuite sur certaines informations sans pour autant en faire grand cas. Si cette hypothèse était la bonne, son intervention avait été une terrible erreur. Mais Rakel Greitz ne croyait pas aux hasards, pas quand le navire menaçait de prendre l'eau de toutes parts.

Or elle savait que Holger Palmgren avait récemment rendu visite à Lisbeth Salander à la prison pour femmes Flodberga.

Rakel Greitz ne comptait pas refaire l'erreur de sous-estimer Lisbeth Salander, surtout que le nom de Hilda von Kanterborg était mentionné dans les documents. Hilda était le seul lien qui pourrait mener Lisbeth jusqu'à elle. Elle restait confiante : a priori, Hilda ne s'était pas trahie depuis son amitié malencontreuse avec Agneta Salander. Mais rien n'était jamais sûr et il n'était pas impossible qu'il existe des copies de ces documents. Il était donc de la plus grande importance de se demander comment Holger Palmgren se les était procurés. Était-ce à l'occasion de sa vieille enquête sur Teleborian ou les avait-il récupérés plus tard – et dans ce cas, auprès de qui ? Rakel était persuadée qu'ils avaient fait le ménage et éliminé les dossiers sensibles à la clinique pédopsychiatrique Sankt Stefan, mais allez savoir… Elle se perdit dans ses pensées. Puis un nom lui vint à l'esprit : celui de Johannes Caldin, le directeur de la clinique. Celui-là avait toujours été une épine dans leur pied. Se pouvait-il qu'il ait remis les documents à Palmgren avant sa mort, ou bien à quelqu'un dans son entourage – comme sa… ?

Rakel ne put retenir un juron.

— Évidemment, cette garce !

Elle gagna la cuisine et avala deux analgésiques avec un verre d'eau citronnée. Ensuite, elle composa le numéro de Martin Steinberg – qu'il se rende donc utile, ce lâche ! – et l'enjoignit de contacter im-mé-dia-te-ment Maj-Britt Tourette, comme l'appelait Rakel, plus ou moins volontairement.

Puis elle mangea une salade de roquette aux noix avec des tomates et rangea la salle de bains. Il était 17 h 30. Il faisait chaud, bien que la porte du balcon fût ouverte. Elle aurait tant aimé enlever son col roulé et enfiler une chemise, mais elle résista à la tentation. Elle songea de nouveau à Hilda. Elle la méprisait. C'était une alcoolique et une traînée. Pourtant, à une époque, Rakel l'avait enviée. Les hommes étaient attirés par Hilda, les femmes et les enfants aussi, d'ailleurs.

Et au bon vieux temps, quand ils étaient tous portés par un espoir immense, elle faisait montre d'audace et d'indépendance d'esprit.

En réalité, leur projet n'était pas inédit. Ils s'inspiraient d'un projet similaire, monté à New York. Mais Martin et elle avaient poussé les choses plus loin. Et bien que les résultats eussent été surprenants et parfois décevants, elle n'avait jamais trouvé le prix à payer trop élevé. Certains enfants souffraient plus que d'autres, soit, mais c'était la vie.

De son point de vue, le Projet 9, au fond, était tout à fait noble et important. Il pourrait apprendre au monde à créer des individus plus forts et plus épanouis. Il était donc vraiment dommage que L. M. et D. B. aient failli tout compromettre et l'aient forcée à prendre des mesures aussi extrêmes. L'illégalité ne la gênait pas particulièrement en soi, elle était la première à s'en étonner. Rakel Greitz se connaissait bien. Elle n'était pas douée pour le remords, elle le savait. Mais les conséquences de tout cela l'inquiétaient.

Des cris et des rires lointains lui parvenaient de Karlbergsvägen. Une odeur de détergent émanait de la cuisine et du salon. Elle regarda de nouveau sa montre et se leva du bureau. Elle sortit une autre mallette médicale, noire et plus moderne, ainsi qu'une nouvelle perruque, plus discrète. Elle prit aussi de nouvelles lunettes de soleil, quelques canules et ampoules et enfin un petit flacon bleu clair. Elle sortit une canne ferrée d'argent de sa penderie et attrapa un chapeau gris sur l'étagère du couloir. Ensuite elle sortit attendre Benjamin, qui passerait la prendre pour l'emmener à Skanstull.

HILDA VON KANTERBORG se servit un verre de vin blanc. Elle le but lentement. Elle était clairement alcoolique. Mais elle ne buvait pas autant que les gens le pensaient. Elle exagérait sa consommation, tout comme elle exagérait ses autres défauts. Hilda von Kanterborg n'était pas une élégante bourgeoise devenue une loque, comme beaucoup le croyaient. Elle n'était pas non plus une femme oisive qui passait son temps à picoler. Elle continuait à publier des articles de psychologie sous le pseudonyme de Leonard Bark.

Son père s'appelait Wilmer Karlsson. C'était un entrepreneur et un arnaqueur de première qui finit par être condamné pour escroquerie aggravée au tribunal de première instance de Sundsvall. Par la suite, il découvrit l'histoire d'un jeune lieutenant de cavalerie du régiment royal nommé Johan Fredrik Kanterberg. Ce dernier ayant trouvé la mort au cours d'un duel, en 1787, ce fut l'extinction de sa lignée. À l'issue d'une série de négociations et de magouilles, Wilmer Karlsson parvint, malgré les règles strictes de la Maison des chevaliers, à changer son nom pour celui non pas de Kanterberg, mais de Kanterborg. Et de son propre chef, il ajouta un *von* qui s'immisça progressivement dans les registres officiels.

Hilda détestait ce nom, qu'elle trouvait artificiel et peu approprié, surtout depuis que, son père les ayant abandonnées, elle s'était installée avec sa mère dans un deux-pièces vétuste du centre de Timrå. Von Kanterborg sonnait aussi faux dans ce milieu qu'elle-même aurait été peu à sa place à la Maison des chevaliers. Peut-être qu'une partie de sa personnalité s'était forgée en opposition à ce nom. Adolescente, elle s'était mise à la drogue et avait commencé à traîner avec les loubards du quartier.

Pourtant, elle n'était pas qu'une vaurienne. Elle était bonne élève et, après le lycée, elle avait étudié la psychologie à l'université de Stockholm. Même si au début, elle passait le plus clair de son temps à faire la fête, les professeurs l'avaient remarquée. Elle était belle, intelligente et elle avait des idées originales. Elle avait également un sens moral aigu, bien que peu conforme à ce que l'on entendait par là chez une fille à l'époque. Elle n'était pas chaste, ni discrète ni gentille. Simplement, elle détestait l'injustice et elle ne trahissait jamais une confidence.

Juste après sa soutenance de thèse, elle croisa par hasard le professeur de sociologie Martin Steinberg dans un petit restaurant de Vasastan. Comme tous les doctorants, elle connaissait

Martin. Il était grand et élégant, il avait une moustache soignée et faisait un peu penser à David Niven. Bizarrement, il était marié à une femme trapue nommée Gertrud, qu'on prenait parfois pour sa mère. Elle avait quatorze ans de plus que lui. Elle était tout à fait banale, surtout comparée à son charismatique mari.

D'après les rumeurs, Martin Steinberg voyait d'autres femmes. On disait de lui que c'était une huile, qu'il était bien plus influent que ne le suggérait son CV. Même si son CV n'était déjà pas mal. Il avait été directeur de l'École supérieure de sciences sociales et chargé de commissions d'enquêtes gouvernementales. Hilda, à l'époque, le trouvait déjà bien trop dogmatique et obtus, il ne laissait pas de la fasciner. Sans même parler de son physique et de son aura, elle le voyait comme une énigme à résoudre.

Du coup, l'apercevoir ainsi dans ce restaurant avec une femme d'une tout autre stature que son épouse la laissa perplexe. La femme avait des cheveux cendrés, coupés court, de beaux yeux déterminés, une taille fine et un port majestueux. Ses mains étaient longues et délicates, ses ongles peints en rouge. Hilda n'était pas certaine qu'il s'agisse d'un rendez-vous amoureux. Toujours est-il qu'à sa vue, Martin Steinberg se troubla. Dans le fond, la scène n'avait rien d'exceptionnel. Pourtant, Hilda eut l'impression d'entrevoir la vie secrète qu'elle avait toujours prêtée à Martin Steinberg. Elle se sauva discrètement sans plus attendre.

Durant les jours et les semaines qui suivirent, Martin Steinberg la regarda avec une certaine curiosité. Un soir, il l'invita à se promener avec lui sur les chemins forestiers longeant la faculté. Le ciel était obscur ce jour-là. Martin garda le silence un bon moment, comme s'il se préparait à lui révéler un secret ou une chose extraordinaire. Enfin, il lui posa une question qui l'étonna par sa banalité :

— Est-ce que tu t'es déjà demandé, Hilda, pourquoi tu es comme tu es ?

Elle répondit poliment :

— Oui, Martin, ça m'est arrivé.

— C'est l'une des grandes questions. Non seulement pour ton histoire et la mienne, mais aussi pour notre futur, dit-il.

C'était comme ça que tout avait commencé. Elle se trouva impliquée dans le Projet 9 et pendant longtemps ça lui parut tout à fait innocent. Ils étudiaient simplement le cas d'un certain nombre d'enfants placés, issus de différentes classes sociales, qui avaient participé à des tests depuis leur petite enfance. Certains étaient très doués. D'autres pas. Aucun résultat n'était rendu public. Mais au début, elle n'avait décelé dans le projet aucun cynisme, aucune forme d'exploitation. Il y avait là au contraire une attention, une sollicitude pour les enfants. Dans certains domaines, ils lançaient de nouvelles expériences, même si celles-ci n'étaient pas révolutionnaires.

Puis, petit à petit, des questions émergèrent : comment ces enfants avaient-ils été sélectionnés et pourquoi tant d'entre eux se retrouvaient-ils dans des milieux si disparates ? Lentement, elle comprit. Mais alors le piège s'était déjà refermé sur elle. Et malgré tout, d'ailleurs, elle continuait à trouver le projet acceptable. L'ensemble, mais aussi chaque cas, pouvait se défendre.

Un nouvel automne passa. Puis elle apprit la mort accidentelle de Carl Seger au cours d'une chasse à l'élan. Elle prit alors peur pour de bon. Elle décida de quitter le projet. Martin et Rakel Greitz le devinèrent aussitôt. On lui offrit la possibilité de faire du bien, ce qui l'incita à rester encore un peu. Elle devait sauver une fille du projet. Celle-ci vivait un véritable enfer avec sa sœur jumelle sur Lundagatan. Et les autorités ne faisaient rien. Hilda devait trouver une solution et une famille d'accueil.

Mais les choses n'étaient pas aussi simples qu'on avait bien voulu le lui faire croire. Elle devint proche de la mère et de la fille. Elle se battit pour elles, au prix de sa carrière, presque même de sa vie. Par moments, elle le regrettait. Mais le plus souvent, elle en était fière : c'était probablement ce qu'elle avait fait de mieux tout le temps qu'elle avait été au Registre.

Le soir approchait. Hilda buvait son chardonnay en regardant par la fenêtre. Les gens flânaient, semblaient heureux.

Peut-être devrait-elle sortir, elle aussi, s'installer en terrasse, avec un livre ? Soudain, elle devina une silhouette, plus loin dans la rue, qui s'extirpait d'une Renault noire. C'était Rakel Greitz. En soi, cela n'avait rien d'exceptionnel : Rakel passait parfois pour prendre des nouvelles, elle la baratinait, la couvrait de gentillesses doucereuses. Mais ces derniers temps, quelque chose n'allait pas. Rakel lui avait semblé nerveuse au téléphone, et elle avait de nouveau proféré des menaces, comme à l'époque.

Rakel était maintenant sur le trottoir – déguisée mais très reconnaissable. À ses côtés marchait Benjamin. Benjamin Fors était l'homme à tout faire de Rakel : il lui faisait ses courses, et elle faisait appel à lui pour tout ce qui nécessitait un tant soit peu de force musculaire. Hilda eut peur. Elle prit une décision rapide et radicale.

Elle attrapa son portefeuille, son manteau et son portable qui était resté en mode silencieux sur le bureau. Puis elle sortit en fermant la porte à clé. Mais elle était trop lente. Des pas résonnaient déjà dans l'entrée, en bas. Prise de panique, elle se précipita en bas des escaliers, bien consciente qu'elle risquait ainsi de se jeter dans la gueule du loup. Mais heureusement, ils attendaient l'ascenseur. Hilda put rejoindre la cour, la seule issue possible si elle voulait éviter la porte d'entrée. Dans la cour, il y avait un muret jaune, qu'elle pouvait escalader à condition de rapprocher la table de jardin. La table grinça lorsqu'elle la poussa sur les dalles de pierre. Elle grimpa sur le mur tel un enfant maladroit et se laissa tomber dans la cour voisine, par laquelle elle sortit sur Bohusgatan. Elle se dirigea ensuite vers les bains Eriksdalsbadet et vers le bord de l'eau. Elle marchait rapidement, même si son pied gauche lui faisait mal à cause du saut, et bien qu'elle ne fût pas complètement sobre.

Arrivée près du terrain de sport, vers Årstaviken, elle sortit son portable. Quelqu'un l'avait appelée plusieurs fois. En écoutant le répondeur, elle se figea. Il se passait vraiment quelque chose d'étrange. Le journaliste Mikael Blomkvist cherchait à la joindre. Et, même s'il s'excusait poliment du dérangement, sa voix était fébrile. Dans son deuxième message, il précisait qu'il devenait "particulièrement urgent de se parler" maintenant que Holger Palmgren était mort…

Holger Palmgren, murmura-t-elle. *Holger Palmgren.* Pourquoi ce nom lui paraissait-il familier ? Elle fit une recherche sur son portable et comprit aussitôt. Palmgren était l'ancien tuteur de Lisbeth Salander. Quelque scandale allait manifestement éclater au grand jour, ce qui ne présageait rien de bon. Si les médias couraient après l'information, elle était le maillon faible.

Elle pressa le pas, le paysage défilait à côté d'elle : l'eau, les arbres, tous les gens qui flânaient ou pique-niquaient sur les pelouses. Juste après le terrain de sport, sur la place jouxtant le port de plaisance, trois adolescents étaient assis sur une couverture, en train de boire de la bière. Ils affichaient une attitude rebelle et nonchalante. Elle s'arrêta, regarda son téléphone. Hilda von Kanterborg n'y connaissait rien en technologie, mais elle savait qu'on pouvait la repérer via son portable. Elle passa donc un dernier coup de fil à sa sœur, qu'elle regretta aussitôt. Chaque conversation avec elle lui laissait un arrière-goût de culpabilité. Ensuite elle aborda les jeunes, elle choisit parmi eux un type aux longs cheveux crasseux vêtu d'une veste en jean effilochée. Elle lui donna son portable.

— Tiens, dit-elle. C'est un iPhone tout neuf. Il est à toi. Tu peux changer la carte SIM ou ce que tu veux…

— C'est quoi ce délire ? Pourquoi tu me files ça ?

— Parce que tu me sembles être un garçon adorable. Bonne chance, n'achète pas de drogues, dit-elle en repartant d'un pas pressé sous le soleil du soir.

Trente minutes plus tard, elle s'arrêta, tout en sueur, au distributeur de Hornstull. Elle sortit trois mille couronnes en espèces et prit la direction de la gare centrale. Elle allait partir à Nyköping, dans un petit hôtel excentré où elle s'était réfugiée une fois, il y a longtemps, lorsque tous ses collègues de l'université s'étaient mis à la traiter de pute.

MIKAEL BLOMKVIST CROISA une femme âgée à la porte d'entrée. Elle avait une canne et un chapeau, et paraissait farouche. Derrière elle se tenait un homme costaud de l'âge de Mikael, qui devait faire dans les deux mètres. Il avait des yeux bleus, un visage rond et des bras musclés. Mais tout à sa joie de pouvoir entrer dans l'immeuble, Mikael n'y prêta pas attention. Il grimpa les escaliers quatre à quatre jusqu'à l'appartement de Hilda et sonna à la porte. Il semblait n'y avoir personne.

Il ressortit, marcha en direction de l'hôtel Clarion de Skanstull, où il essaya de téléphoner à nouveau. Un garçon arrogant décrocha, peut-être le fils de Hilda ?

— Salut !

— Salut ! répondit Mikael. Est-ce que Hilda est là ?

— Il n'y a plus de Hilda, putain. C'est mon portable maintenant.

— Comment ça ?

— Une pochtronne cinglée me l'a filé.

— Quand ?

— Là, maintenant.

— Elle avait l'air comment ?

— Stressée et débile.

— Tu es où, là ?

— Occupe-toi de ce qui te regarde, dit le type en lui raccrochant au nez.

Mikael jura. Faute de meilleure idée, il entra dans le bar de l'hôtel Clarion et commanda une Guinness.

Il avait besoin de réfléchir. Il s'installa dans un fauteuil près des fenêtres donnant sur Ringvägen. À l'accueil, derrière lui, un vieil homme chauve contestait sa facture d'une voix indignée. Pas loin de sa table, deux filles se racontaient des choses à voix basse.

Tout se bousculait dans son esprit. Il songea à Lisbeth. Elle avait parlé de listes de noms et de Leo Mannheimer, dont le psychologue, Carl Seger, avait reçu une balle perdue dans des circonstances suspectes vingt-cinq ans plus tôt. Sans trop s'aventurer, on pouvait supposer que l'affaire remontait loin dans le temps, ce que tendait à confirmer la mort de Holger Palmgren et les documents retrouvés dans son vestibule.

Parle avec Hilda von…

Pouvait-il s'agir d'une autre que Hilda von Kanterborg? C'était possible, mais guère vraisemblable. D'autant qu'à l'instant même Hilda, hyper stressée, venait de refourguer son portable à un ado. On lui servit sa Guinness. Il observa les filles, à sa droite. On aurait dit qu'elles parlaient de lui à présent. Il sortit son portable et fit une recherche sur Hilda von Kanterborg. Il se doutait bien que ce qu'il cherchait n'allait pas apparaître en tête des résultats Google ni même être accessible sur le Net. Mais peut-être devinerait-il quelque chose entre les lignes. On ne pouvait jamais savoir. Des pistes se cachaient parfois dans des réponses banales ou évasives, dans certaines interviews, ou dans les centres d'intérêt d'une personne.

Il ne trouva rien. Hilda von Kanterborg avait été un auteur d'articles scientifiques assez productif jusqu'à ce qu'elle perde son poste à l'université de Stockholm. Depuis, elle n'écrivait plus. Et dans ses anciens écrits, Mikael ne trouva aucune piste. Rien qui semble secret ou louche ou qui ait un quelconque rapport avec des enfants adoptés. Encore moins avec des gauchers subitement devenus droitiers et souffrant d'hyperacousie!

En revanche, il trouva tout à fait sensée sa dénonciation du fond de racisme encore décelable à l'époque dans la recherche consacrée au rôle de la génétique dans le développement de l'intelligence. Elle avait également écrit un essai plus court dans le *Journal of Applied Psychology* au sujet de l'effet Flynn, qui montre l'accroissement constant de l'intelligence humaine depuis les années 1930, sans doute en raison des stimulations croissantes de notre cerveau.

Mais à part ça, rien. Aucune piste. Il jeta un œil par la fenêtre puis commanda une deuxième Guinness. Qui d'autre pouvait-il appeler? Il sonda les articles, cherchant le nom de coauteurs ou de collègues de Hilda. Ensuite il fit une recherche sur "von Kanterborg" et ne trouva qu'une seule autre personne vivante portant ce nom. C'était une femme, de six ans plus jeune, qui s'appelait Charlotta et qui était coiffeuse. Elle avait son propre salon sur Götgatan. Mikael fit une recherche “images” et remarqua tout de suite la ressemblance entre Hilda et Charlotta von Kanterborg. Elles étaient probablement sœurs. Sans plus réfléchir, il composa le numéro de Charlotta.

— Lotta, répondit-elle.

— Bonjour. Je m'appelle Mikael Blomkvist, je suis journaliste à *Millénium*…

Ces premiers mots avaient tout de suite inquiété son interlocutrice, il le sentait. Il avait l'habitude, malheureusement. Il disait souvent, pour plaisanter, qu'il devrait écrire des articles plus joyeux pour que les gens cessent d'être effrayés quand il les appelait. Mais cette fois, il y avait aussi autre chose…

— Je suis navré de vous déranger. J'ai besoin de joindre Hilda von Kanterborg, dit-il.

— Qu'est-ce qu'il lui est arrivé ?

Ce n'était pas : “Est-ce qu'il lui est arrivé quelque chose ?” Mais bien : “Qu'est-ce qu'il…”

— Quand est-ce que vous avez eu de ses nouvelles pour la dernière fois ?

— Il y a seulement une heure.

— Où se trouvait-elle, à ce moment-là ?

— Est-ce que je peux vous demander de quoi il s'agit ? Je veux dire…

Elle hésita.

— Oui ?

— Ce n'est plus tous les jours qu'un journaliste cherche à la joindre.

Elle respira profondément.

— Je ne voulais pas vous inquiéter, dit-il.

— Elle semblait apeurée. Qu'est-ce qu'il se passe ?

— Honnêtement, je ne sais pas, dit-il. Voici ce que je peux vous dire : un vieil homme du nom de Holger Palmgren a été assassiné. Il est mort sous mes yeux, et la dernière chose qu'il m'ait dite, c'est que je devais parler avec Hilda. Je crois qu'elle détient des informations importantes.

— À quel sujet ?

— C'est ce que je cherche à savoir. J'aimerais l'aider. J'aimerais qu'on s'aide mutuellement.

— Vous le promettez ?

La réponse de Mikael fut d'une franchise surprenante :

— Dans mon métier, il n'est pas facile de faire des promesses, vous savez. La vérité – si tant est que je parvienne à la trouver – peut causer du tort, même aux personnes à qui je veux du bien. Mais en général, parler de ce qui nous tourmente fait du bien.

— Hilda est une loque, dit Lotta.

— Je vois…

— Ça fait vingt ans que c'est comme ça, c'est vrai. Mais là, c'est pire que jamais, on dirait.

— Pourquoi, à votre avis ?

— Je n'ai… je n'en ai aucune idée.

La sentant hésitante, il attaqua tel un cobra :

— Je peux passer vous voir un petit moment ? Je vois que vous habitez dans le coin.

Lotta von Kanterborg semblait de plus en plus nerveuse. Mais il était assez confiant, s'attendait à la voir céder et l'inviter à passer chez elle. Il fut donc très surpris quand elle lui opposa un "Non !" catégorique.

— Je ne veux pas être impliquée, ajouta-t-elle.

— Impliquée dans quoi ?

— Enfin…

Elle se tut. Mikael l'entendit soupirer dans le combiné. Il comprit que c'était un instant décisif. Il avait souvent vu ça, dans son métier de journaliste. Les gens arrivent à un point où ils se demandent s'ils doivent chanter ou pas. Alors, en général, ils se concentrent à l'extrême et essaient de mesurer les conséquences. Ils finissent souvent par parler. L'hésitation en elle-même les a exposés et a libéré des forces inconscientes. Mais là, il n'y avait aucune garantie que ça marche. Il s'efforça juste de ne pas paraître trop empressé :

— Est-ce que vous avez quelque chose sur le cœur ?

— Hilda écrit parfois sous le pseudonyme de Leonard Bark, dit Lotta von Kanterborg.

— Comment ? C'est elle ?

— Vous connaissez ce nom ?

— Je suis effectivement un vieux tâcheron du journalisme. Mais je lis aussi les pages culturelles. Je l'aime bien, lui – enfin elle, je veux dire. Pourquoi vous me dites ça ?

— Sous ce nom, elle a écrit un article de fond dans *Svenska Dagbladet*, intitulé "Nés ensemble, élevés séparément". C'était il y a trois ans, il me semble.

— D'accord.

— L'article parlait d'une expérience scientifique menée par des gens de l'université du Minnesota. Cet article n'a rien de remarquable. Mais il était important pour elle, ça se sentait quand elle en parlait.

— D'accord, dit-il. Que voulez-vous dire par là ?

— Rien, je ne sais pas. C'est juste que… quelque chose la troublait clairement dans cette histoire.

— Vous pouvez être un peu plus précise ?

— Je n'en sais pas vraiment plus. Je n'ai jamais eu le courage de creuser et j'ai eu beau insister, Hilda n'a jamais dit un mot là-dessus. Mais je suppose que vous tirerez les mêmes conclusions que moi de cet article.

— Un grand merci. Je vais regarder ça.

— Promettez-moi de ne pas la traîner dans la boue.

— Je crois qu'il y a bien plus méchant qu'elle dans cette histoire.

Ils se dirent au revoir. Mikael régla ses Guinness et sortit de l'hôtel Clarion. Il traversa le croisement pour Götgatan et continua en direction de la place Medborgarplatsen et de Sankt Paulsgatan. Il évita des connaissances et des inconnus qui tentèrent de l'approcher. Il n'était pas d'humeur. Il voulait seulement lire l'article. Mais il attendait d'être chez lui.

Il trouva l'article en ligne, le parcourut trois fois, puis il lut une série d'autres articles sur le même sujet et passa quelques coups de fil. Il ne s'arrêta que vers 00 h 30. Il but alors un verre de barolo. Il commençait à comprendre un peu ce qui avait pu se passer, malgré tout. Même s'il ignorait encore le rôle de Lisbeth dans l'histoire.

Il fallait qu'il lui parle. Quoi qu'en pense la direction de la prison.

II

SOMBRES CONSONANCES

21 juin

Un accord mineur 6 est composé de la fondamentale, de la tierce mineure, de la quinte juste et de la sixte majeure de la gamme mineure mélodique.

Cependant, dans la musique jazz et pop américaine, le mineur 7 est l'accord le plus employé. Il est considéré comme plus harmonieux et élégant.

Le mineur 6 est rarement utilisé. Sa consonance est jugée rêche et lugubre.

13

LE 21 JUIN

LISBETH SALANDER AVAIT QUITTÉ pour de bon le quartier de haute sécurité. Pour l'heure, elle était à la guérite du centre pénitencier Flodberga. Un type rasé, d'à peu près son âge, à la peau violacée et aux petits yeux arrogants la scrutait de haut en bas.

— Mikael Blomkvist a essayé de te joindre, dit-il.

Lisbeth ne leva même pas les yeux et ignora l'information. Il était 9 h 30 et elle n'avait qu'une chose en tête : sortir. La paperasse qui restait encore à faire lui tapait sur les nerfs. Elle griffonna quelques phrases illisibles sur les formulaires qu'on lui tendait avant de récupérer son laptop et son téléphone portable. Ensuite, on la laissa sortir.

Elle passa les grilles, le mur et les voies ferrées. Elle s'installa sur un banc rouge à la peinture écaillée, au bord de la grand-route, pour attendre le bus 113 en direction d'Örebro. La matinée était chaude, le ciel dégagé ; tout était calme hormis quelques mouches qui bourdonnaient autour d'elle. Elle tendait son visage vers le soleil et semblait savourer le beau temps, mais en fait, elle n'éprouvait aucune joie particulière à être libre.

En revanche, elle était contente de retrouver son laptop. Assise sur le banc, vêtue d'un jean noir qui lui collait aux cuisses, elle prit l'ordinateur sur ses genoux et se connecta. Elle vérifia qu'Annika Giannini lui avait bien envoyé l'enquête sur la mort de Jamal Chowdhury, comme promis. Le dossier était dans sa boîte mail, parfait. Lisbeth allait s'y consacrer sur le chemin du retour.

Annika Giannini avait une théorie, un soupçon qui s'appuyait sur le fait curieux que Faria Kazi n'avait pas décroché un mot durant les interrogatoires, mais aussi sur une petite séquence de vidéosurveillance de la station de métro Hornstull. Annika en avait discuté avec un imam de Botkyrka du nom de Hassan Ferdousi, qui pensait qu'elle était peut-être sur la bonne voie. L'idée, donc, c'était que Lisbeth, avec ses connaissances informatiques, regarde la séquence à son tour. Elle rechercha le film parmi tous les documents de l'enquête. Mais avant de l'étudier, elle laissa son regard errer sur la route, sur les champs jaunes alentour, en songeant à Holger Palmgren. Elle avait pensé à lui plus ou moins toute la nuit. *Parle avec Hilda von…*

La seule *Hilda von* que connaissait Lisbeth était Hilda von Kanterborg, cette bonne vieille Hilda, avec ses gestes exubérants, qui passait son temps dans leur cuisine, quand elle était petite. Elle avait été l'une des seules amies de sa mère quand tout s'effondrait autour d'elle. Hilda avait été un soutien, c'est ce qu'avait cru Lisbeth en tout cas, pas le genre de personne à cacher des secrets. C'était aussi la raison pour laquelle Lisbeth l'avait revue un jour, il y avait une dizaine d'années. Elles avaient passé la soirée à boire du mauvais rosé. Lisbeth voulait en savoir plus sur sa mère. Hilda lui avait donné pas mal d'éléments et elle lui avait aussi raconté une chose ou deux ; elle lui avait même fait une confidence qu'elle n'avait jamais partagée avec Holger. Ce fut une longue soirée. Elles avaient trinqué pour Agneta et pour toutes les femmes dont la vie avait été détruite par des connards et des salauds.

Mais Hilda n'avait jamais rien dit qui eût pu laisser penser qu'elle connaissait le Registre. Avait-elle caché le plus important ? Au début, Lisbeth refusa de le croire. En général, lorsqu'il y avait des choses enfouies sous la surface elle le devinait. Mais Hilda était tellement ravagée, à l'époque, que cela avait évidemment pu la tromper. Elle repensa aux fichiers qu'elle avait téléchargés depuis l'ordinateur d'Alvar et à certaines initiales présentes dans les documents. H. K. S'agissait-il de Hilda von Kanterborg ? Lisbeth lança une recherche et comprit rapidement que Hilda avait été une psychologue bien plus influente qu'elle ne l'avait cru. Une vive colère s'empara d'elle. Mais elle décida de réserver son jugement pour l'instant.

Le bus 113 à destination d'Örebro s'approcha dans un nuage de poussière. Elle régla son trajet auprès du chauffeur et s'installa au fond du véhicule. Elle visionna alors la séquence prise à la station de métro Hornstull juste après minuit, le 10 octobre, presque deux ans plus tôt. Au bout d'un moment, un petit détail attira son attention, une irrégularité dans le mouvement de la main droite du suspect. Une piste possible ? Elle n'était pas sûre.

La reconnaissance de mouvement était une science encore précoce, elle le savait. Elle ne doutait pas que la gestuelle de chacun constitue une empreinte mathématique spécifique. Mais pour l'heure, celle-ci était difficile à mesurer. Le moindre petit mouvement contient des milliers de bribes d'information qui ne sont pas déterminantes. Nous ne nous grattons jamais deux fois la tête de la même façon. Nos mouvements possèdent une similarité, mais ne sont jamais exactement les mêmes d'une fois à l'autre. Il faut des détecteurs, des processeurs de signal, des gyroscopes, des accéléromètres, des algorithmes de suivi, des analyses de Fourier, des mesures de fréquence et de distance pour pouvoir décrire et comparer les mouvements avec exactitude. Il existait bien un certain nombre de programmes téléchargeables sur le Net. Mais non, elle n'y croyait pas trop. Cela prendrait trop de temps. Une autre idée lui vint à l'esprit.

Elle songea à ses amis de Hacker Republic et au réseau de neurones profonds, le RNP, sur lequel Plague et Trinity avaient travaillé si longtemps. Serait-il possible de l'appliquer à son problème ? Ce n'était pas délirant. Il faudrait qu'elle trouve un plus grand registre de mouvements des mains que les algorithmes pourraient étudier et à partir desquels apprendre. Mais ça ne devrait pas être impossible.

Elle travailla dur dans le train qui la ramenait en ville, et finit par avoir une idée cinglée. La direction pénitentiaire n'allait pas apprécier, surtout pour son premier jour de liberté. Mais peu importait. Elle sortit du train à la gare centrale de Stockholm et prit un taxi pour Fiskargatan, où elle continua à travailler.

DAN BRODY POSA SA GUITARE – une Ramirez flambant neuve – sur la table du salon et alla à la cuisine où il se prépara un expresso, qu'il but si vite qu'il se brûla la langue. Il était 9 h 10. Le temps avait filé. Il s'était absorbé dans *Recuerdos de la Alhambra* et il était en retard pour le travail. Non qu'il s'en souciât particulièrement, mais il ne voulait pas paraître désinvolte. Il ressortit donc de la cuisine et ouvrit la penderie de la chambre. Il choisit une chemise blanche, un costume sombre et des Church's noires. Ensuite il dévala les escaliers, et une fois dans la rue il constata que la chaleur était déjà étouffante. L'été était arrivé pour de bon, ce qui ne l'enchanta guère.

Le costume semblait mal choisi pour la saison. Ses vêtements lui apparurent soudain trop stricts, trop habillés, à la lumière du soleil. Et en quelques mètres seulement, il eut le dos et les aisselles trempés de sueur. Cela renforça son sentiment d'imposture. Il regarda les jardiniers de Humlegården et fut agressé par le bruit des tondeuses. Il pressa le pas en direction de Stureplan et, même s'il restait inquiet, il nota avec une certaine satisfaction que les autres hommes en costume avaient également le visage luisant et l'air légèrement tourmenté. L'été était arrivé subitement après une longue période de pluie. Plus loin, sur Birger Jarlsgatan, il y avait une ambulance. Il songea à sa mère.

Sa mère était morte en couches. Il était né sous le nom de Daniel Brolin. Son père était un musicien ambulant, qui ne s'était jamais préoccupé de lui et était mort d'une cirrhose après une longue période d'alcoolisme. Daniel avait grandi dans un orphelinat à Gävle, puis, à six ans, il avait été placé dans une ferme au nord de Hudiksvall avec trois autres enfants. Dès son plus jeune âge, il travaillait dur, auprès des animaux, à la récolte et au déblayage du fumier ainsi qu'à l'abattage et au dépeçage des cochons. Sten, le fermier et son père d'accueil, ne cachait pas que s'il accueillait des enfants – tous des garçons –, c'était uniquement pour la main-d'œuvre gratuite que ça lui procurait. Quand il avait obtenu la garde des enfants, Sten était marié à une rousse trapue nommée Kristina. Mais celle-ci avait eu tôt fait de se sauver pour ne plus jamais revenir. On disait qu'elle était partie en Norvège et quiconque connaissait un peu Sten ne s'étonnait guère qu'elle en ait eu marre. Sten n'était pas laid. Il était grand, bien bâti, il avait une barbe soignée qui vira rapidement poivre et sel. Mais son visage avait quelque chose de sinistre, autour de la bouche ou du front, qui mettait les gens mal à l'aise. Il souriait rarement. Il n'aimait pas les gens ni les mots inutiles. Il détestait qu'on ait de l'ambition ou de la fantaisie.

Il disait sans arrêt : "Ne faites pas les importants. Ne vous faites pas d'illusions, vous n'êtes rien." Quand les garçons se rêvaient footballeur, avocat ou millionnaire lorsqu'ils seraient grands, il les cassait systématiquement : "Il faut savoir rester à sa place !" Il était avare : d'argent, comme de compliments ou d'encouragements. Il fabriquait son propre alcool, mangeait la viande des animaux qu'il avait chassés lui-même et vivait quasiment en autarcie. Rien n'était acheté qui ne soit pas soldé ou bradé. Les meubles provenaient des marchés aux puces ou avaient été récupérés chez des voisins ou des membres de la famille. La maison était peinte d'un jaune criard, un choix qui laissa tout le monde perplexe jusqu'à ce que l'on découvre que la peinture était une fin de stock, que Sten avait eue gratuitement.

Sten n'avait aucun sens esthétique. Il ne lisait jamais de livre ni de journal. Mais cela ne posait pas de problème à Daniel. Son école disposait d'une bibliothèque. Quant à l'aversion de Sten pour toute musique qui n'était pas joyeuse et suédoise, c'était une autre histoire. Daniel n'avait rien hérité de son père hormis son nom de famille et une guitare Levin avec des cordes en nylon. Longtemps, l'instrument était resté au grenier, mais Daniel l'avait récupéré à l'âge de onze ans et ne s'en séparait plus. La guitare semblait l'avoir attendu. Et il se sentait né pour jouer.

Il apprit rapidement les accords et les harmonies de base et réalisa qu'il était capable de reproduire des chansons qu'il n'avait entendues qu'une seule fois à la radio. Longtemps son répertoire resta typique d'un garçon de sa génération : il jouait *Tush* de ZZ Top, la ballade des Scorpions *Still Loving You*, *Money for Nothing* de Dire Straits, des classiques du rock… Puis il se produisit quelque chose. Par une froide journée d'automne, il se sauva de l'étable, où il était censé travailler. Il avait quatorze ans. L'école était pour lui un enfer à l'époque. Il avait pourtant des facilités pour apprendre, mais il n'arrivait pas à écouter les professeurs. Le vacarme ambiant le dérangeait, il se languissait toujours de retrouver le calme de la ferme, même s'il détestait les longues journées de travail imposé. Il s'échappait aussi souvent qu'il le pouvait pour s'accorder du temps à lui.

Ce jour-là – il était tout juste 17 h 30 passées –, il arriva dans la cuisine et alluma la radio qui diffusait un truc plat et un peu niais. Il tourna alors le bouton de fréquences et tomba sur Sveriges Radio P2, l'une des quatre grandes stations de la radio publique. Il ne connaissait pas grand-chose de cette chaîne. Il pensait que c'était surtout pour les vieux et ce qu'il entendit ne fit que confirmer ses préjugés. C'était un solo de clarinette énervant. On aurait dit le bourdonnement d'une abeille ou un signal d'alarme.

Pourtant, il continua à écouter et il se produisit quelque chose. Une guitare vint accompagner la musique, un jeu de guitare tâtonnant, espiègle. Il tressaillit. Un air nouveau semblait envahir la pièce, une sensation solennelle, de concentration le captiva complètement. Il n'entendait plus aucun autre bruit : ni les cris de ses frères adoptifs, ni les oiseaux, ni le moteur des tracteurs ou des voitures au loin, ni même le bruit des pas qui s'approchaient. Il restait planté là, absorbé dans un bonheur soudain, s'efforçant de comprendre ce que ces notes avaient de différent de ce qu'il avait déjà entendu, pourquoi elles le touchaient aussi profondément. Mais une douleur aiguë au cou et aux cheveux interrompit sa méditation.

— Petit paresseux de mes deux, tu crois que je ne t'ai pas vu t'esquiver ?

C'était Sten. Il lui tira les cheveux, cria, jura. Mais Daniel le remarqua à peine. Il n'avait qu'une seule idée en tête : écouter jusqu'au bout ! La musique dévoilait quelque chose de nouveau et d'inconnu, de plus riche et de plus grand que la vie qu'il avait connue jusque-là. Il ne savait pas qui jouait, mais il fixa la vieille horloge de la cuisine, au-dessus du poêle en faïence, tandis que Sten le traînait dehors. Il comprit que l'heure était importante. Le lendemain, à l'école, il trouva un moyen de téléphoner et appela Sveriges Radio.

Il n'avait jamais fait une chose pareille. Il n'avait pas ce genre d'audace, d'ordinaire. Il ne levait même pas la main en classe quand il connaissait la réponse. Il s'était toujours senti minable face aux gens de la ville, a fortiori si ces derniers évoluaient dans des milieux aussi glamours que celui de la radio ou de la télévision. Pourtant, il passa ce coup de fil et fut mis en relation avec un certain Kjell Brander, de l'émission *Jazzredaktionen*. D'une voix qui trahissait sa timidité, il demanda quelle chanson avait été diffusée juste après 17 h 30 la veille. Et, pour ne laisser aucune place au doute, il fredonna le morceau en question. Ainsi Kjell Brander n'eut pas à chercher bien loin.

— Eh ben ! Ça a l'air de te plaire, hein ?

— Oui !

— C'est que tu as bon goût, jeune homme. C'était *Nuages* de Django Reinhardt.

Daniel, qui n'avait jamais été appelé "jeune homme" auparavant, demanda qu'on lui épelle le nom, puis, nerveux, il osa demander :

— C'est qui ?

— L'un des plus grands guitaristes du monde, je dirais. Pourtant, il jouait ses solos avec seulement deux doigts.

Après coup, Daniel n'aurait su dire ce que Kjell Brander lui raconta ce jour-là et ce qu'il apprit plus tard. Mais petit à petit, il comprit que derrière cette musique il y avait une histoire, qui ne la rendait que plus précieuse. Django avait été pauvre. Il avait grandi à Liberchies, en Belgique, et avait souvent volé des poules pour subsister. Il avait commencé très jeune à jouer de la guitare et du violon, et on le disait prometteur. Mais à l'âge de dix-huit ans, il avait renversé une bougie dans la roulotte où il habitait et les fleurs en papier de sa femme avaient pris feu – la vente de fleurs en papier était le gagne-pain de son épouse. Tout était parti en fumée, Django avait été grièvement blessé. Pendant longtemps, on avait pensé qu'il ne pourrait plus jouer, d'autant qu'il avait perdu l'usage de deux de ses doigts de la main gauche. Pourtant, il avait développé une nouvelle technique de jeu et continué à progresser jusqu'à devenir célèbre dans le monde entier.

Mais avant tout, Django était tsigane, ou "rom" comme on disait aujourd'hui. Daniel était lui-même rom. Il venait d'une famille de gens du voyage. Il l'avait appris de la façon la plus douloureuse qui soit – en se faisant exclure et traiter de Gitan. Il en avait donc retenu que c'était là quelque chose de honteux, l'idée qu'il pût en être autrement ne l'avait même pas effleuré. Django lui permit d'affirmer fièrement ses origines, il commença à se dire : Je suis peut-être différent, mais pourquoi ne pas en faire un avantage. Si Django avait pu devenir le meilleur guitariste du monde avec une main cramée, peut-être que Daniel aussi pouvait devenir quelqu'un.

En empruntant de l'argent à une fille de sa classe, il se procura un disque de Django Reinhardt, et il apprit tous ses classiques : *Minor Swing*, *Daphne*, *Belleville* et *Djangology*, tous. Et en un rien de temps, son jeu se transforma. Il abandonna ses gammes de blues et se consacra aux arpèges de mineur 6 et à des solos en gammes diminuées et en gammes minMaj7. De jour en jour, sa passion allait en grandissant. Avec une ferveur qui ne faiblissait jamais – même dans son sommeil –, il répéta jusqu'à s'en durcir le bout des doigts, on aurait dit du cuir. Il en rêvait la nuit. Il ne pensait plus qu'à ça, et dès que l'occasion se présentait, il s'échappait dans la forêt, s'installait sur une pierre ou un tronc d'arbre et improvisait des heures durant. Il se nourrissait inlassablement de nouvelles connaissances, de nouvelles influences : non plus seulement Django mais aussi John Scofield, Pat Metheny et Mike Stern, tous les grands guitaristes de jazz moderne.

Sa relation avec Sten se dégrada au même rythme. "Tu te crois spécial, hein ? Mais tu n'es qu'un petit merdeux", l'agressait-il à tout bout de champ, en martelant que Daniel "s'était toujours cru supérieur aux autres". Pour Daniel, qui s'était au contraire toujours senti inférieur et misérable, ces propos étaient incompréhensibles. Il s'efforça de contenter Sten, même s'il ne voulait pas ou ne pouvait pas arrêter de jouer. Bientôt, il commença à prendre des gifles. Il recevait des coups de poing aussi et parfois ses frères adoptifs s'y mettaient. Ils lui mirent des coups dans le ventre et sur les bras ; ils l'effrayaient avec des bruits violents, du métal frotté contre du métal, des couvercles de casseroles entrechoqués. Daniel se mit à détester de toute son âme le travail aux champs, surtout en été, lorsqu'il n'y avait pas d'échappatoire et qu'il fallait épandre l'engrais, labourer, herser et semer.

L'été, les garçons travaillaient souvent du matin jusqu'à tard le soir. Daniel faisait tout son possible pour se faire accepter, et apprécier, et parfois cela marchait. Le soir, il jouait volontiers à ses frères des chansons de leur choix. Il en retirait parfois des applaudissements, voire un certain prestige. Mais il savait qu'il restait un poids pour eux. Il se sauvait souvent.

Un après-midi, alors que le soleil tapait sur sa nuque, il entendit un merle chanter au loin. Il avait seize ans. À l'automne, il commencerait sa deuxième année de lycée. Il rêvait déjà du jour où il aurait dix-huit ans et serait majeur. Il pourrait alors partir loin d'ici. Son plan, c'était d'essayer d'entrer à l'École supérieure de musique ou de trouver un travail comme musicien de jazz. Il travaillerait si dur, serait si fidèle à son ambition qu'un jour il enregistrerait un album. Il en rêvait jour et nuit. D'autres fois, comme c'était le cas en cet instant, il lui arrivait d'entendre dans la nature quelque chose qui lui inspirait une petite phrase musicale, et le poussait à quitter le champ.

Il siffla une réponse au merle, comme une variation sur le chant d'oiseau, qui se transforma en une mélodie dans sa tête. Ses doigts s'agitèrent comme grattant une guitare invisible. Il tressaillit. Plus tard, à l'âge adulte, il rêva souvent de retrouver ces instants où il avait l'impression d'une perte irrémédiable s'il ne s'installait pas aussitôt pour composer. Dans de tels moments, rien au monde ne pouvait l'empêcher de se sauver pour aller chercher sa guitare. Il se souvenait encore du plaisir interdit qui gonflait sa poitrine quand il courait pieds nus, sa tenue de travail flottant au vent, jusqu'au petit lac forestier Blackåstjärnen, la guitare à la main. Là, il s'installait sur le vieux ponton et reprenait la mélodie qu'il avait sifflée en l'accompagnant cette fois-ci à la guitare. C'étaient des instants magiques. Il ne les oublierait jamais.

Mais ce jour-là, l'état de grâce fut de courte durée. L'un des garçons dut le voir partir et le dénonça à Sten. Il surgit au ponton, en short et torse nu. Il était fou furieux. Daniel, qui ne savait pas s'il fallait s'excuser ou juste partir, hésita une seconde de trop. Sten eut le temps d'attraper la guitare, la lui arracha des mains d'un coup sec, ce qui lui fit perdre l'équilibre. Il tomba en arrière et se cogna le coude. La chute n'avait rien de grave, la scène était même plutôt comique, vue de l'extérieur. Mais pour Sten, c'était la goutte de trop. Il se releva, le visage écarlate, et écrasa la guitare contre le ponton. Lui-même eut l'air choqué après coup – comme s'il ne comprenait pas vraiment ce qu'il avait fait. Mais cela n'avait plus aucune importance.

Pour Daniel, c'était un organe vital qu'on lui avait arraché. Il hurla “connard” et “enfoiré”, des mots qu'il n'avait jamais prononcés à l'encontre de Sten auparavant. Puis il courut à travers champs, se précipita dans la maison, rassembla ses disques et quelques vêtements qu'il enfonça dans un sac à dos, et quitta la ferme.

Il rejoignit la route européenne E4 et marcha pendant des heures, jusqu'à ce qu'un poids lourd le prenne en stop et l'emmène à Gävle. Il poursuivit en direction du sud. Il dormait dans la forêt, chapardait des pommes et des prunes et mangeait les baies qu'il trouvait. Une femme mûre qui le prit jusqu'à Södertälje lui offrit un sandwich au jambon. Un jeune homme qui le déposa à Jönköping l'invita à déjeuner. Finalement, tard dans la soirée du 22 juillet, il arriva à Göteborg. Quelques jours plus tard, il trouva un boulot au noir mal rémunéré dans le port, et au bout de six semaines, après avoir vécu de quasiment rien, dormant parfois dans les halls d'immeubles, il s'acheta une nouvelle guitare. Pas une Selmer Maccaferri – la guitare de Django, son rêve – mais une Ibanez d'occasion.

Il décida d'embarquer pour New York. Mais ce n'était pas aussi simple que ce qu'il avait entendu ou lu. Il n'avait pas de passeport, pas de visa, le temps était révolu où l'on pouvait trouver du travail sur un bateau d'un simple claquement de doigts, même si c'était pour être agent d'entretien. Or, voilà qu'un jour, en début de soirée, une femme l'attendait à la sortie de son travail, sur le port. Elle s'appelait Ann-Catrine Lindholm. C'était une femme en surpoids, vêtue de rose, avec des yeux gentils. Elle était assistante sociale et avait reçu un coup de fil à son sujet, disait-elle. C'est ainsi qu'il apprit qu'il était recherché, porté disparu. À contrecœur, il l'accompagna aux bureaux des services sociaux sur Järntorget.

Ann-Catrine expliqua qu'elle avait discuté avec Sten au téléphone et qu'il lui avait fait bonne impression, ce qui n'eut pour effet que d'accroître la méfiance de Daniel.

— Tu lui manques, dit-elle.

Il rétorqua que c'était du grand n'importe quoi. Il ne pouvait pas y retourner. Il allait prendre une raclée. Sa vie serait un enfer. Ann-Catrine lui laissa alors expliquer la situation. Ensuite, elle lui proposa plusieurs options. Aucune ne lui convenait. Il pouvait s'en sortir tout seul, elle n'avait pas à se soucier de lui. Ann-Catrine dit qu'il était trop jeune, qu'il avait besoin de soutien et de conseil. C'est alors qu'il songea aux

Stockholmards, comme il les appelait en secret. Les Stockholmards étaient des psychologues et des médecins qui lui avaient rendu visite chaque année pendant son enfance, qui le pesaient, le mesuraient, l'interrogeaient. Ils prenaient des notes et ils lui faisaient passer des tests, plein de tests différents.

Il ne les avait jamais beaucoup aimés. Des fois, il pleurait après leur départ, il se sentait seul, scruté comme un rat de laboratoire. Il songeait à sa mère, à la vie qu'il n'avait jamais eue avec elle. D'un autre côté, il ne les détestait pas non plus. Ils lui souriaient, l'encourageaient, lui disaient qu'il était doué et intelligent. En réalité, personne parmi eux n'avait été vraiment méchant avec lui. Et il n'avait jamais considéré ces visites comme étranges. Il trouvait naturel que le gouvernement veuille savoir comment il s'en sortait dans sa famille d'accueil. Le fait qu'on parle de lui dans des rapports ou dans des dossiers ne lui posait aucun problème. Il prenait plutôt cela comme le signe qu'il comptait, malgré tout. Parfois, en fonction de la personne qui venait, ces visites étaient pour lui des pauses bienvenues dans le travail à la ferme. En particulier ces dernières années, quand les Stockholmards commencèrent à s'intéresser à sa musique, à le filmer pendant qu'il jouait. Parfois, quand il lui semblait les voir s'étonner et chuchoter entre eux, il se prenait à rêver que ses enregistrements soient diffusés et se retrouvent entre les mains d'agents ou de directeurs de maisons de disques.

Les psychologues et les médecins – c'étaient souvent des gens différents – ne donnaient jamais plus que leur prénom, et il ne savait rien d'eux. Sauf une femme qui, sans doute par mégarde, lui prit la main un jour et se présenta en déclinant son nom complet. Mais ce n'était pas la seule raison pour laquelle il s'en souvenait. Il avait été émerveillé par cette femme : ses formes, ses longs cheveux blond-roux, ses talons hauts si peu adaptés aux chemins boueux devant la maison. Mais surtout, la femme lui avait souri comme si elle l'aimait vraiment. Elle s'appelait Hilda von Kanterborg. Elle portait des chemisiers décolletés et des robes, elle avait de grands yeux, des lèvres rouges et charnues qu'il avait rêvé d'embrasser.

C'était à elle qu'il pensait dans le bureau des services sociaux de Göteborg quand il demanda à passer un appel. On lui donna un annuaire de la région de Stockholm, qu'il feuilleta nerveusement. Il se demanda l'espace d'une minute si son nom n'était pas une fausse identité. C'était la première fois que l'effleurait l'idée que les Stockholmards ne soient pas de simples fonctionnaires au sein du système social suédois. Mais il trouva bien son nom dans l'annuaire et composa son numéro. Il n'eut pas de réponse, mais laissa un message.

Quand il revint le lendemain après une nuit au foyer de Stadsmissionen, l'association caritative chrétienne, Hilda avait rappelé et laissé un autre numéro. Il réussit à la joindre. Elle semblait contente d'entendre sa voix. Il comprit aussitôt qu'elle savait qu'il s'était enfui de la ferme. Elle dit qu'elle en était "vraiment désolée" et lui répéta qu'il était "très talentueux". Il se sentait horriblement seul et se retint de pleurer.

— Aidez-moi, alors, dit-il.

— Mon cher Daniel, je ferais n'importe quoi. Mais nous sommes censés étudier, et non intervenir.

Daniel se repasserait la réplique encore et encore dans les années à venir. C'est en partie à cause de cette phrase qu'il se procurerait une nouvelle identité, qu'il protégerait bec et ongles. Mais sur le moment, il fut juste très mal à l'aise et s'exclama : "Comment ça ? De quoi vous parlez ?" Hilda était manifestement gênée. Elle changea de sujet, embraya sur le fait qu'il devait finir son lycée, ne pas prendre de décisions précipitées. Lui dit qu'il ne voulait qu'une chose : jouer de la guitare. Hilda von Kanterborg lui dit qu'il pouvait tout à fait étudier la musique. Il répondit qu'il voulait prendre la mer pour rejoindre New York et jouer là-bas, dans des clubs de jazz. Elle le lui déconseilla fortement. Pas à son âge et pas dans sa situation.

Après avoir pesé les pour et les contre jusqu'à ce que Ann-Catrine et ses collègues s'impatientent, il lui promit d'y réfléchir. Il espérait la revoir. Elle dit espérer le revoir aussi. Mais il n'en fut jamais rien. Il ne la revit jamais et il n'eut jamais le temps de réfléchir à son avenir non plus.

Il avait évoqué sa volonté de partir jouer à New York et, sans qu'il comprenne ni pourquoi ni comment, il tomba très vite sur des gens qui l'aidèrent à se procurer un passeport et un visa, et à se faire embaucher comme serveur et plongeur sur un cargo de la compagnie de navigation Wallenius. Le navire l'emmènerait non pas à New York mais à Boston. Sur un bout de papier, accroché à son contrat de travail par un trombone, il y avait écrit au stylo à bille bleu : *Berklee College of Music, Boston Massachusetts. Bonne chance ! H.*

Sa vie ne serait plus jamais la même. Il deviendrait citoyen américain et prendrait le nom de Dan Brody. Il vivrait des tas de choses fantastiques et passionnantes, mais toujours, au fond de son cœur, il se sentirait seul et trahi. Au début de sa carrière, il faillit effectivement percer. Un jour, à l'âge de dix-huit ans, il faisait une jam-session dans le club de jazz Ryles, sur Hampshire Street, à Boston. Il se lança dans un solo qui était dans l'esprit de Django mais avait aussi un truc en plus, de nouveau. Un frémissement parcourut la salle. On commença à parler de lui, il rencontra des managers et des responsables de maisons de disques. Mais chaque fois, on lui renvoyait qu'il lui manquait quelque chose, de l'audace peut-être, de la confiance en lui. Ça tombait toujours à l'eau au dernier moment. Toute sa vie, il serait éclipsé par des gens moins doués mais plus entreprenants. Il lui faudrait se contenter d'une vie au second plan, d'être toujours derrière la star. De plus en plus, il regretterait cette ferveur et cette évidence qu'il avait ressenties en jouant sur le ponton près du lac Blackåstjärnen.

LISBETH AVAIT TROUVÉ plusieurs grands registres de mouvements de la main – utilisés dans la recherche médicale et dans la robotique – qu'elle avait intégrés au réseau de neurones profonds de Hacker Republic. Elle avait travaillé tellement dur qu'elle en avait oublié de manger et de boire, en dépit de la chaleur. Elle finit par décrocher les yeux de l'écran et par boire, mais non pas de l'eau, dont elle aurait eu besoin. Elle but du Tullamore Dew.

L'alcool lui avait manqué. Le sexe, la lumière du soleil, la malbouffe, l'odeur de la mer, le murmure des bars et la sensation de liberté lui avaient manqué. Mais elle se contenta d'un whisky. Qu'elle sente l'alcool n'était pas un problème, de toute façon, pour ce qu'elle avait à faire. Au contraire : on ne se méfie pas d'une pochtronne. Elle regarda vers Riddarfjärden et ferma les yeux. Elle les rouvrit, s'étira le dos et laissa les algorithmes du réseau de neurones tourner tout seuls pendant qu'elle allait se réchauffer une pizza au micro-ondes. Ensuite elle téléphona à Annika Giannini.

Annika ne fut pas particulièrement enchantée des projets de Lisbeth. Elle fit tout pour la dissuader, mais comme ses objections tombaient dans l'oreille d'une sourde, elle lui conseilla de filmer éventuellement le suspect, mais rien d'autre. Elle lui recommanda de prendre contact avec l'imam Hassan Ferdousi. Il pourrait l'aider pour la partie "relations humaines". Lisbeth n'écouta pas son conseil. Mais cela ne changea pas grand-chose. Annika contacta l'imam à sa place et l'envoya à Vallholmen.

De son côté, Lisbeth mangea sa pizza en buvant du whisky et pirata l'ordinateur de Mikael. Elle laissa le message suivant :

> [Rentrée. Libérée aujourd'hui.
> Hilda von est Hilda von Kanterborg. Trouve-la.
> Vérifie également Daniel Brolin. C'est un guitariste, doué.
> J'ai autre chose à faire. Te tiens au jus.]

MIKAEL VIT LE MESSAGE de Lisbeth. Content de savoir qu'elle avait été libérée, il essaya de lui téléphoner. Il n'obtint pas de réponse et il pesta en relisant ses mots. Elle savait donc aussi que *Hilda von* désignait Hilda von Kanterborg ? Qu'est-ce que cela voulait dire ? La connaissait-elle ? Ou bien avait-elle trouvé l'information par piratage ? Il n'en avait aucune idée. Mais une chose était sûre : il n'avait pas besoin que Lisbeth le lui ordonne pour traquer von Kanterborg. Il était à fond dessus depuis longtemps.

En revanche, il ne réussit pas à comprendre ce que ce Daniel Brolin avait à voir là-dedans. Il trouva un tas de Daniel Brolin sur le Net, mais aucun n'était guitariste, ni même musicien. Peut-être n'était-il pas assez concentré sur sa recherche ? Il était trop absorbé par d'autres pistes.

Depuis la veille, l'article que lui avait indiqué la sœur de Hilda von Kanterborg le travaillait. À première vue pourtant, il n'avait rien de particulier : il semblait bien trop général pour contenir quoi que ce soit d'explosif. Le sujet n'était autre que le bon vieux débat inné *vs* acquis. Qu'est-ce qui nous détermine ?

Hilda von Kanterborg écrivait – sous le pseudonyme de Leonard Bark – ce que Mikael savait déjà parfaitement : que la question avait depuis longtemps été politisée. La gauche défendait évidemment l'idée que ce sont avant tout les facteurs sociaux qui nous déterminent alors que la droite prônait l'influence de la génétique.

Cette politisation était déplorable, estimait Hilda von Kanterborg, qui rappelait que la science s'égarait toujours lorsqu'elle s'appuyait sur un fond idéologique ou utopique. L'introduction témoignait d'une certaine prudence, comme si elle préparait le terrain à quelque révélation. Mais sinon, l'article était équilibré, bien que clairement opposé aux marxistes et aux psychologues de la vieille école. Les facteurs héréditaires, s'efforçait-il de démontrer, façonnent davantage notre personnalité que ce que les chercheurs et l'opinion publique s'imaginaient dans les années 1960 et 1970.

L'article n'était pas pour autant purement déterministe, il ne défendait pas l'idée qu'un destin précis était inscrit dans nos gènes. Simplement, précisait-il, certaines facultés, comme notre intelligence – notre capacité cognitive – ont une composante héréditaire importante, surtout à l'âge adulte. Au final, l'article affirmait que la génétique et les facteurs environnementaux jouaient un rôle à peu près équivalent dans le développement de l'individu, ce qui était grosso modo ce à quoi s'était attendu Mikael.

Une chose le surprit cependant. C'était que les facteurs environnementaux censés nous façonner le plus n'étaient pas ceux qu'il aurait imaginés : à savoir les conditions sanitaires et sociales dans lesquelles nous grandissons, la personnalité de nos parents ou la façon dont ils nous élèvent. Selon Hilda von Kanterborg, les parents sont souvent persuadés d'avoir joué un rôle déterminant dans le développement de leurs enfants. "Mais ils ne font là que se flatter."

D'après von Kanterborg, ce qui détermine notre sort, c'est plutôt ce qu'elle appelle notre environnement unique – celui qu'on ne partage avec personne, pas même nos frères et sœurs. C'est l'environnement que nous recherchons et créons pour nous-même, par exemple lorsque nous découvrons quelque chose qui nous amuse ou nous fascine et nous pousse dans une certaine direction. Un peu comme ce film *Les Hommes du président*, songea Mikael, qu'il était allé voir enfant et qui lui avait donné le désir fervent de devenir journaliste.

L'inné et l'acquis vont dans le même sens, écrivait von Kanterborg. Nous sommes attirés par des événements et des activités qui stimulent nos gènes et assurent leur développement et nous fuyons ce qui nous fait peur ou nous met mal à l'aise. C'est cela, plus que des circonstances générales, qui façonne notre personnalité. Certes, selon les conditions économiques et culturelles dans lesquelles nous évoluons, nous n'aurons pas les mêmes chances de développer nos talents, et nous héritons par ailleurs évidemment des valeurs dominantes de notre environnement. Mais ce qui nous forme avant tout, ce sont des expériences que nous ne partageons avec personne d'autre, qui peuvent d'abord être invisibles mais auront à terme une influence profonde car ce sont elles qui nous poussent, pas à pas, à avancer dans la vie.

Les conclusions de von Kanterborg s'appuyaient sur une série d'études, notamment le Mistra, Minnesota Study of Twins Reared Apart*, et sur des recherches menées par Svenska Tvillingregistret, le registre des jumeaux suédois, à l'institut

* Étude du Minnesota sur les jumeaux élevés séparément.

Karolinska. Les vrais jumeaux, ce qu'on appelle les jumeaux monozygotes, ont un génome quasiment identique. Ils sont donc des objets d'étude parfaits pour comprendre l'importance respective de l'héritage et de l'environnement.

Partout dans le monde, il y a des milliers de vrais jumeaux qui ont grandi séparément. Soit parce que l'un d'entre eux ou les deux ont été adoptés. Soit, dans de rares et malheureux cas, parce qu'ils ont été échangés à la maternité. Si ce sont souvent des destins brisés, ces cas n'en offrent pas moins aux scientifiques un beau terrain d'étude.

Les groupes de vrais jumeaux séparés à la naissance ont été comparés avec de vrais jumeaux ayant grandi ensemble et avec de faux jumeaux – qui ont en commun la moitié de leur ADN –, ayant également été séparés très tôt ou ayant au contraire grandi ensemble. Les études sont toutes arrivées à peu près à la même conclusion : notre personnalité est le résultat de facteurs héréditaires combinés avec notre environnement unique.

Immédiatement, Mikael songea aux contre-exemples qu'il pourrait aisément opposer à cette thèse, et aux problèmes d'interprétation des données qu'elle soulevait. Il n'en trouvait pas moins l'étude intéressante d'un point de vue général. En outre, il découvrit au passage quelques histoires assez géniales : des vrais jumeaux ayant grandi dans des familles différentes, ne s'étant rencontrés qu'à l'âge adulte, mais dont la ressemblance était frappante. Non seulement du point de vue physique, mais aussi dans leur façon d'être. Il lut notamment l'histoire des fameux jumeaux Jim de l'Ohio, aux États-Unis : alors qu'ils ignoraient tout de l'existence de leur jumeau, ils devinrent tous deux de gros fumeurs de la marque Salem, se rongeaient les ongles, souffraient de migraines, avaient installé un atelier dans leur garage, avaient baptisé leur chien Toy, s'étaient tous deux mariés deux fois avec des femmes du même nom, avaient baptisé leurs fils James-Allan et Dieu sait quoi encore.

Mikael comprenait que la presse à sensation se soit emballée sur le sujet. De son côté, il n'en fit pas grand cas. Il savait combien il était facile de se focaliser sur les ressemblances et les coïncidences – on insiste sur le sensationnel, et celui-ci prend le dessus sur l'ordinaire, qui pourtant par sa simplicité même nous dit quelque chose de plus significatif de la réalité.

Au demeurant, Mikael comprit aussi que la série d'études sur les jumeaux constituait une vraie révolution en épidémiologie. La communauté scientifique avait commencé alors à croire davantage au pouvoir des gènes et à leur interaction complexe avec l'environnement. Auparavant, surtout dans les années 1960 et 1970, on accordait plus de poids aux facteurs sociaux dans le développement des personnalités. De nombreux chercheurs étaient alors sous l'influence des grandes idéologies de l'époque, persuadés que l'homme était modelable à l'envi. Des conceptions mécanicistes de l'être humain circulaient. On pensait que l'immersion dans certains milieux ou que certaines méthodes d'éducation pourraient, en laissant faire les lois de la nature, créer tel ou tel genre d'individu. On rêvait de le prouver scientifiquement et de trouver peut-être comment forger des êtres humains meilleurs, plus heureux. C'était l'une des raisons pour lesquelles tant d'expériences sur les jumeaux furent lancées à cette époque, y compris certaines que Hilda von Kanterborg, au détour d'une phrase, qualifiait de "volontaristes et radicales".

C'est ce passage, sans doute, qui interpella Mikael. Il se mit à creuser le sujet, bien que ne sachant absolument pas s'il était sur la bonne voie. Il combina les mots "volontaristes et radicales" avec des études sur les jumeaux. Il tomba alors sur le nom de Roger Stafford.

Roger Stafford était un psychanalyste et psychiatre américain qui avait été professeur à Yale. Il avait eu une proche collaboration avec la fille de Freud, Anna, et avait la réputation d'être à la fois charismatique et séduisant. Il y avait des photos de lui avec Jane Fonda, Henry Kissinger et Gerald Ford. Il fréquentait les hautes sphères et ressemblait un peu à une star de cinéma lui-même.

Mais ce qui plus que tout l'avait rendu célèbre était moins flatteur, et avait justement un rapport avec le "volontaristes et radicales" de Hilda. En septembre 1989, le *Washington Post* avait révélé qu'à la fin des années 1960, Stafford avait noué des relations intimes avec les directrices de cinq agences d'adoption différentes à New York et à Boston. Parmi ces femmes, trois avaient une formation de psychologue et deux semblaient avoir engagé une véritable relation amoureuse avec lui. Assortie peut-être de fausses promesses de mariage. Ce qui, cela dit, n'aurait sans doute pas été nécessaire à Stafford pour parvenir à ses fins. Stafford était une autorité à l'époque. Plusieurs de ses livres se trouvaient dans les bibliothèques de référence des agences d'adoption. Dans l'un d'entre eux, *L'Enfant égoïste*, il affirmait que les vrais jumeaux se portaient mieux et devenaient plus indépendants s'ils grandissaient sans leur jumeau. La conclusion se révéla complètement infondée, mais elle se répandit à l'époque parmi les thérapeutes de la côte sud. Les directrices avaient toutes les raisons de lui faire confiance.

Il conclut avec elles un accord : elles devaient prendre contact avec lui si des jumeaux arrivaient pour l'adoption. Les enfants étaient ensuite placés en concertation avec Stafford. Il s'était agi au total de quarante-six nourrissons, dont vingt-huit étaient de vrais jumeaux et dix-huit des faux. Aucune des familles adoptantes ne sut que leur fils ou leur fille avait un jumeau. En revanche, on imposait aux parents de laisser Stafford et son équipe examiner les enfants chaque année et leur faire passer une série de tests de personnalité. C'était, disait-on, pour le bien des enfants.

Le choix des parents adoptifs aurait été fait avec beaucoup de soin. Derrière les belles formules, il y avait clairement d'autres intérêts en jeu. L'une des directrices – une femme répondant au nom de Rita Bernard – remarqua très tôt que Stafford plaçait systématiquement chacun des jumeaux chez des parents très différents de par leur statut, leur niveau d'études, leur appartenance religieuse ou ethnique, leur tempérament, leur personnalité, leur conception de l'éducation. Au lieu de veiller au bien de l'enfant, Stafford semblait vouloir faire des recherches sur l'inné et l'acquis.

Il ne niait pas le fait qu'il menait un travail scientifique. Il considérait le projet comme une excellente opportunité de mieux comprendre la façon dont les individualités se forgeaient. Il prétendait – dans un accès d'orgueil et en guise d'autojustification – que son travail deviendrait une "ressource scientifique inestimable". Toutefois, il se défendait fermement de ne pas mettre le bien des enfants en première ligne. Arguant du "droit à l'intégrité", il refusait de rendre ses travaux publics. Il en fit don au Centre d'études pour enfants de Yale avec l'exigence qu'ils ne soient consultables par les chercheurs et par le public qu'en 2078, lorsque toutes les personnes concernées seraient mortes. Il ne voulait pas, disait-il, exploiter le sort des jumeaux.

Cela semblait très noble de sa part. Mais bien des critiques s'élevèrent, affirmant que, s'il avait classé ses travaux secrets, c'était parce que les résultats ne correspondaient pas à ses attentes. Beaucoup s'accordaient à dire que l'expérience était profondément immorale et que Stafford avait privé des frères et des sœurs de la joie de grandir ensemble. Un confrère psychiatre de Harvard compara même sa recherche aux expériences sur les jumeaux menées par Josef Mengele à Auschwitz. Stafford, la tête haute, contra toutes les attaques, avec l'aide de deux ou trois avocats. Le débat était clos. À sa mort, en 2001, Roger Stafford fut enterré en grande pompe en présence de plusieurs célébrités. De belles nécrologies parurent dans la presse spécialisée et dans les quotidiens. Sa bonne renommée ne fut jamais vraiment remise en cause. Peut-être parce que les enfants qui avaient été si brutalement séparés venaient tous des couches inférieures de la société.

C'était souvent comme ça, à l'époque, Mikael le savait depuis longtemps. Au nom de la science et de la bonne société, on abusait impunément des minorités, quelles qu'elles soient. Mikael refusa donc – comme beaucoup d'autres – de tenir l'expérience de Stafford pour un phénomène isolé. Il alla au fond de l'histoire, découvrit que Roger Stafford avait visité la Suède dans les années 1970 et 1980. Il y avait des photos de lui avec les plus grands psychanalystes et sociologues de l'époque : Lars Malm, Birgitta Edberg, Liselotte Ceder, Martin Steinberg.

À ce moment-là, les expériences de Stafford sur les jumeaux n'étaient pas encore connues, et peut-être était-il venu en Suède pour d'autres raisons. Mais Mikael continua à creuser l'histoire, tout en songeant à Lisbeth, évidemment. Elle aussi avait une jumelle, une fausse jumelle tout droit sortie d'un cauchemar, sa sœur Camilla. Il savait que des gens, des représentants de telle ou telle autorité, avaient essayé de l'examiner quand elle était petite et qu'elle détestait ça. Il songea à Leo Mannheimer. À son QI élevé, à sa possible appartenance à la communauté des gens du voyage, à l'hypothèse de Malin comme quoi il aurait cessé d'être gaucher. Il ne rejeta plus cette idée comme étant absurde, au contraire.

Il fit une recherche sur les phénomènes médicaux qui pourraient expliquer cette transformation. Il s'absorba dans un article de *Nature* consacré aux raisons pour lesquelles un ovule fécondé dans l'utérus se divise et génère de vrais jumeaux. Après quoi, il se leva de son bureau et resta comme paralysé une minute ou deux en marmonnant pour lui-même. Ensuite, il téléphona à Lotta von Kanterborg et lui fit part de ses théories. Mieux que ça : il risqua le coup. Il présenta son nouveau soupçon délirant comme un fait.

— Ça paraît complètement fou, dit-elle.

— Je sais. Mais est-ce que vous pouvez faire passer le message à Hilda si elle vous contacte ? Dites-lui que la situation est critique.

— Je vous le promets, dit Lotta von Kanterborg.

MIKAEL S'ÉTAIT COUCHÉ en gardant son portable à portée de main, sur la table de nuit. Mais personne n'avait appelé. Il avait à peine dormi et était de nouveau installé devant son ordinateur. Il étudiait désormais les personnes que Roger Stafford avait rencontrées en Suède. Avec surprise, il tomba alors sur le nom de Holger Palmgren. Holger et le professeur en sociologie Martin Steinberg avaient travaillé ensemble sur une affaire pénale il y avait de cela plus de deux décennies. Mikael avait du mal à voir là un indice significatif – après tout, Stockholm est une petite ville. On finit toujours par se croiser.

Il nota tout de même le numéro de téléphone et l'adresse de Martin Steinberg à Lindö et continua à fouiller son passé. Mais il n'était plus aussi concentré, il était tiraillé entre plusieurs intentions. Devait-il envoyer un message crypté à Lisbeth pour lui dire ce qu'il avait trouvé ? Devait-il rencontrer Leo Mannheimer et essayer de comprendre s'il était sur la bonne voie ? Il but un autre expresso et subitement, Malin lui manqua. En un rien de temps, elle s'était introduite dans sa vie comme une évidence.

Il se rendit à la salle de bains et se pesa. Il avait pris du poids, il était temps de réagir. Et aussi de se couper les cheveux, qui partaient dans tous les sens. Il arrangea sa frange. "Et puis merde", lâcha-t-il finalement avant de retourner à son bureau. Il passa un coup de fil, écrivit un mail et envoya un SMS à Lisbeth. Il déposa également un message pour elle dans le fichier dédié sur son ordinateur :

[Contacte-moi ! Je pense avoir trouvé quelque chose !]

Il se relut. Quelque chose clochait. C'était évidemment le mot "pense". Lisbeth n'aimait pas les demi-mesures. Il se corrigea : *J'ai trouvé quelque chose*, en espérant que ce soit vrai. Dans son dressing, il prit une chemise en coton fraîchement repassée, qu'il enfila. Il sortit sur Bellmansgatan et se dirigea vers le métro sur Mariatorget.

Sur le quai, il sortit ses notes de la nuit et les reparcourut. Il fit le bilan des points restés en suspens et des hypothèses. Était-il devenu fou ? L'écran digital au-dessus de lui indiquait l'arrivée imminente du train. Pile à ce moment-là, son portable sonna. C'était Lotta von Kanterborg.

— Elle a téléphoné, dit-elle, haletante.

— Hilda ?

— Oui. Elle dit que c'est complètement insensé ce que vous m'avez raconté au sujet de Leo Mannheimer. Que c'est impossible.

— Je vois.

— Mais elle veut vous rencontrer. Elle veut vous dire ce qu'elle sait, j'en suis sûre. Elle se trouve… Je ne devrais peut-être pas vous le dire au téléphone.

— Ça me paraît judicieux, en effet.

Mikael lui proposa de la retrouver aussitôt au Kaffebar sur Sankt Paulsgatan. Il se hâta de remonter les escaliers du métro.

14
LE 21 JUIN

JAN BUBLANSKI ÉTAIT ASSIS dans un appartement meublé à l'ancienne à Aspudden. Il discutait avec Maj-Britt Torell, la femme qui, selon Lisbeth Salander, avait rendu visite à Holger Palmgren quelques semaines plus tôt. Maj-Britt était sans doute une vieille dame bien intentionnée. Mais elle avait quelque chose d'étrange. Non seulement elle tripotait nerveusement les viennoiseries qu'elle lui avait proposées, mais elle semblait aussi très distraite et confuse, ce qui collait mal avec sa longue carrière de secrétaire médicale.

— Je ne sais pas vraiment ce que je lui ai donné, dit-elle. C'est juste que j'avais tellement entendu parler de cette fille. Je trouvais qu'il était temps qu'il sache tout – les horreurs qu'elle avait subies.

— Vous avez donc remis à Palmgren les documents originaux ?

— On peut dire ça. La clinique est fermée depuis longtemps. Je n'ai pas la moindre idée de ce que sont devenus les dossiers des patients. Mais j'avais encore pas mal de documents que le professeur Caldin m'avait remis officieusement.

— En secret, vous voulez dire ?

— Si l'on veut.

— Des documents importants, j'imagine ?

— Sans doute.

— Dans ce cas, n'auriez-vous pas dû en faire des copies ou les scanner ?

— Peut-être, mais je…

Bublanski garda le silence. Il trouvait le moment bien choisi. Mais cela n'eut pas l'effet escompté. Maj-Britt se remit à émietter ses viennoiseries de plus belle et ne finit jamais sa phrase.

— Est-ce que… reprit Bublanski.

— Oui ?

— Est-ce que par hasard vous n'auriez pas reçu une visite ou un appel au sujet de ces documents qui fait que vous êtes un peu inquiète ?

— Absolument pas, répondit Maj-Britt avec un peu trop d'empressement.

Bublanski se leva. Il était grand temps. Il la regarda de son air navré, qui faisait en général son petit effet sur les gens qui n'avaient pas la conscience tranquille.

— Alors, je vais vous laisser.

— Ah bon, vraiment ?

— Au cas où, je vais vous appeler un taxi qui vous emmènera dans un café sympa en ville. L'affaire est tellement grave qu'à mon avis, vous avez besoin d'un peu de temps pour y réfléchir, n'est-ce pas madame Torell ?

Ensuite, il lui donna sa carte de visite et retourna à sa voiture.

Décembre, un an et demi plus tôt

Dan Brody – Daniel Brolin de son vrai nom – jouait ce jour-là au club de jazz A-Trane à Berlin avec le quintette Klaus Ganz. Des années avaient passé. Il avait trente-cinq ans. Il avait coupé ses longs cheveux. Il avait retiré l'anneau de son oreille et commencé à porter des costumes gris. Il avait l'air d'un fonctionnaire ; cela lui convenait. Il faisait, d'après sa propre analyse, une sorte de crise existentielle.

Il en avait marre d'être constamment en tournée. Mais il ne voyait pas d'autre solution. Il n'avait pas d'économies. Il ne possédait rien qui ait de la valeur – pas d'appartement, pas de voiture, rien. Et sa chance de percer, de devenir riche et célèbre semblait passée depuis longtemps. Il paraissait condamné à rester au second rang. Son talent, pourtant, était reconnu ; il était très demandé, même si les cachets étaient de plus en plus maigres. Les temps étaient durs. Vivre de sa musique, en tant que jazzman, devenait difficile. Peut-être ne jouait-il plus avec la ferveur d'antan.

Il ne répétait même plus tellement. Il s'en sortait malgré tout mais se sentait souvent sous-stimulé, en particulier pendant les longs temps morts des voyages. Au lieu de répéter, il lisait. Il dévorait des livres et restait à l'écart. Il ne supportait pas les conversations qui tournaient à vide, sans parler du brouhaha des bars. Moins il buvait et plus il s'instruisait, mieux il se portait. Il s'était tout simplement assagi et il regrettait de plus en plus souvent de ne pas mener une vie normale – une femme, une maison, un travail qui l'attendait tous les matins, une certaine sécurité.

Il avait essayé toutes les drogues imaginables, multiplié les relations amoureuses et les rencontres. Mais il restait miné par un sentiment de manque. Si se réfugier dans la musique le réconfortait, ça ne lui suffisait plus. Il se demandait s'il ne s'était pas trompé de voie. Peut-être aurait-il dû tout simplement devenir professeur, comme l'y avait incité une expérience marquante vécue dans son ancienne école. Le Berklee College of Music, à Boston, lui avait demandé d'animer une conférence sur Django Reinhardt. L'idée l'avait d'abord terrorisé.

Il s'était dit qu'il ne saurait pas parler en public, que c'était justement une des raisons pour lesquelles les maisons de disques ne misaient pas sur lui – son manque de présence sur scène. Il avait quand même accepté la proposition et s'était préparé avec une minutie ridicule. Tout se passerait bien, s'était-il convaincu, tant qu'il suivrait son texte à la lettre et jouerait plus qu'il ne parlerait. Mais lorsqu'il s'était enfin retrouvé devant deux cents étudiants, ça n'avait pas suffi. Il avait les jambes en coton, il tremblait et… impossible de sortir un mot. Au bout d'une petite éternité, il avait dit :

— Moi qui rêvais de revenir dans mon ancienne école pour frimer ! Me voilà planté là comme un con.

Ce n'était même pas une blague, plutôt la vérité du désespoir. Mais il avait fait rire les étudiants. Alors, il s'était mis à parler de Django, de Stéphane Grappelli et du Quintette du Hot Club de France, de l'alcoolisme et du manque de sources écrites sur ces sujets. Il avait joué *Minor Swing* et *Nuages* ainsi que divers solos et des riffs de plus en plus audacieux. Des idées, comiques ou sérieuses, lui venaient spontanément. Il raconta comment Django avait été condamné à la perte. Menacé des camps et d'extermination par le régime hitlérien, comme tous les Roms, il avait été miraculeusement sauvé par un nazi, un officier de la Luftwaffe qui adorait sa musique. Il avait survécu et ne mourrait que le 16 mai 1953, au sortir de la gare de la petite ville d'Avon, près de Samois-sur-Seine. C'était un grand homme, conclut Dan. "Il a changé ma vie." Le silence se fit dans la salle. Il ne savait pas à quoi s'attendre.

Quelques secondes plus tard, un tonnerre d'applaudissements éclatait. Les étudiants se levèrent, certains se mirent à siffler. Dan était rentré chez lui heureux et un peu sonné.

L'expérience l'avait marqué. Depuis, il lui arrivait, comme là pendant sa tournée en Allemagne, de dire un mot entre les chansons, de raconter une anecdote qui faisait rire les gens, même si ce n'était pas lui la star. Souvent, ces moments lui procuraient plus de plaisir encore que ses solos, peut-être parce que c'était nouveau.

Mais l'école ne l'avait pas recontacté, ce qui l'avait déçu. Il s'était imaginé les professeurs parler de lui : "Voilà quelqu'un qui sait vraiment enthousiasmer les étudiants." Or il n'y eut pas de nouvelles propositions, et il était de son côté trop fier et trop lâche pour prendre l'initiative et dire à quel point il aurait aimé revenir à l'école. Il ne voyait pas que c'était l'un des grands problèmes dans sa vie : il manquait d'esprit d'initiative dans un pays où c'était le moteur de la société. Le silence de l'école le minait. Sombre, isolé, il jouait désormais sans grand enthousiasme.

Il était 21 h 20, le vendredi 8 décembre. Le club était rempli. Le public était plus fringant que d'habitude, plus habillé, plus snob et peut-être également plus indifférent. C'étaient surtout des gens de la finance, lui semblait-il. Il y avait du fric dans l'air, ça le déprimait. À une certaine période, il gagnait bien sa vie. Depuis sa fuite, il n'avait jamais souffert de la faim. Mais, même lorsqu'il avait un peu d'argent, il lui glissait entre les doigts. De ce côté-là, il n'avait jamais été discipliné. Son expérience des gens de la finance n'était pas terrible non plus. Il avait croisé des types de Wall Street qui l'avaient traité comme un valet. Qu'ils aillent tous se faire foutre !

Ce soir-là, il décida de ne pas se préoccuper du public, de se concentrer sur la musique, même si c'était devenu la routine pour lui. Il entama bientôt *Stella by Starlight*, un standard qu'il avait joué des milliers de fois : il allait pouvoir briller. Il prenait son solo en avant-dernier, avant Klaus. Il ferma les yeux. Le morceau était en *si* majeur, mais au lieu de suivre les cadences II-V-I, il improvisait complètement en dehors de la tonalité. En réalité, ce n'était pas un solo excellent, du moins pas selon ses critères à lui. Pourtant, ce n'était pas mal. À peine s'était-il lancé qu'il entendit quelques applaudissements spontanés. Il leva les yeux sur le public, pour montrer qu'il appréciait. C'est alors qu'il vit une scène étrange.

Une jeune femme vêtue d'une élégante robe rouge le regardait intensément. Un bijou vert brillait à son cou. Elle était blonde, gracile et belle. Son visage, fin et anguleux, avait quelque chose du renard. Elle paraissait riche. Elle faisait sûrement partie des gens de la finance venus ce soir-là. Mais il n'y avait rien d'indifférent chez elle. Elle était ravie. Il ne se souvenait pas avoir déjà été regardé ainsi par une femme, en tout cas pas par une inconnue, encore moins une beauté des hautes sphères de la société. Mais ce n'était pas ce que ce regard avait de plus curieux. Le plus étrange, c'était la sensation d'intimité qu'il véhiculait, une familiarité mêlée d'admiration. La femme ne semblait pas fixer un guitariste inconnu, mais un ami cher qu'elle aurait vu réaliser une prouesse. Elle semblait émerveillée et, à la fin du solo, elle mima quelques mots avec ses lèvres. Des mots fabuleux, comme si elle le connaissait.

Un immense sourire éclairait son visage. Elle secouait la tête et avait les larmes aux yeux.

Elle l'aborda après le concert. Elle se montra alors plus timide. Peut-être l'avait-il blessée en ne répondant pas à ses regards. Elle tripota nerveusement son bijou. Elle observa ses mains et sa guitare. Elle fronçait les sourcils et semblait soucieuse. Il eut soudain un élan de compassion, d'instinct protecteur envers elle. Il descendit de la scène et lui sourit. Elle posa une main sur son épaule et lui dit en suédois :

— Tu as été incroyable. Je savais que tu jouais du piano, mais ça… c'était magique. C'était terrible, Leo.

— Je ne m'appelle pas Leo.

LISBETH SALANDER SAVAIT qu'elle et sa sœur Camilla figuraient sur une liste du Registre d'études génétiques et environnementales. Ce dernier émanait d'une organisation secrète bien que rattachée à l'Institut de génétique médicale d'Uppsala, qui jusqu'en 1958 portait le nom d'Institut d'État de génétique humaine et de biologie des races.

Il y avait seize autres personnes sur la liste, pour la plupart plus âgées qu'elle et Camilla. Chacune était étiquetée soit MZA soit DZA. Lisbeth avait rapidement compris que MZ signifiait "monozygotes" et désignait des jumeaux issus d'un seul ovule. DZ désignait de faux jumeaux. Le *A* était mis pour *apart*, comme dans l'expression anglaise *"reared apart"*, ayant grandi séparément.

Il ne fut pas difficile pour Lisbeth de comprendre que les personnes listées étaient de vrais et de faux jumeaux volontairement séparés et éduqués loin les uns des autres. D'autant plus qu'elle et Camilla écopaient de l'appellation *DZ – failed A*. Sinon, la répartition était équilibrée. La liste comprenait huit couples de vrais jumeaux et huit de faux, tous séparés dès leur plus tendre enfance. À chaque nom étaient associés les résultats d'une série de tests d'intelligence et de personnalité.

Deux personnes s'étaient visiblement distinguées : Leo Mannheimer et Daniel Brolin. On les décrivait comme des jumeaux miroirs exceptionnels. Les résultats de leurs tests concordaient de façon remarquable sur de multiples points. On leur supposait des origines tsiganes. Dans une note signée M. S., il était écrit :

> Très intelligents. Oreille musicale hors norme. Presque des enfants prodiges. Mais esprit d'initiative insuffisant. Sujets au doute et à la dépression, peut-être également psychoses. Les deux ont souffert de paracousie, d'hallucinations sonores. Solitaires et rapport ambivalent à leur isolement : ils le recherchent, mais témoignent en même temps d'un "fort sentiment de manque" et d'une "solitude intense". Caractères empathiques et dénués d'agressivité – hormis crises de colère sporadiques provoquées par bruits importants. Des résultats remarquables, y compris aux tests de créativité. Une grande éloquence. Peu d'estime de soi, pourtant naturellement un peu plus développée chez L, mais pas autant qu'on l'aurait imaginé. Possible explication : la relation problématique à la mère – qui ne s'est pas attachée comme on l'avait espéré.

… *qui ne s'est pas attachée comme on l'avait espéré.*

La formulation avait écœuré Lisbeth, qui n'avait pas fait grand cas du reste du diagnostic, surtout au vu des conneries sur elle et Camilla. Cette dernière, par exemple, était caractérisée comme "très belle, bien qu'assez froide et narcissique". *Assez* froide et narcissique ? *Assez* ? N'importe quoi ! Elle se rappelait bien comment Camilla fixait les psychologues de ses yeux de biche : elle les embobinait, eux aussi ! Et pourtant… ici ou là, les documents contenaient des éléments utiles, exploitables pour enquêter plus avant. Il y avait notamment une phrase sur "des circonstances malheureuses" qui auraient obligé l'organisation à "informer les parents de Leo en toute confidentialité". De quoi les avait-on informés ? Ce n'était pas dit clairement. Mais peut-être bien de l'activité réelle de l'organisation, ce qui serait évidemment intéressant.

Lisbeth avait mis la main sur ces documents en piratant le système informatique de l'Institut de génétique médicale d'Uppsala. Elle avait créé une passerelle entre le réseau du serveur et l'intranet du RGE, le Registre d'études génétiques et environnementales. C'était une opération complexe qui lui avait demandé des heures de travail laborieux. Très peu de gens auraient pu réussir ce genre de piratage, surtout avec si peu de temps de préparation.

Elle avait donc espéré être mieux récompensée de son effort. Mais en face, ils avaient dû se montrer extrêmement prudents. Elle ne trouva pas un seul nom de responsable, seulement des initiales, telles que H. K. et M. S. C'était désespérant. Elle considérait les fichiers sur Daniel et Leo comme son plus grand espoir. Ces derniers n'étaient pas complets. La majeure partie manquait, elle avait manifestement été archivée autrement. Ces fichiers n'en éveillèrent pas moins son intérêt – notamment parce qu'un point d'interrogation avait été placé à côté du nom de Leo, avant d'être effacé grossièrement.

Daniel Brolin, apprit-elle, avait émigré pour devenir guitariste. Il avait fait un an d'études au Berklee College of Music à Boston, financé par une bourse, après quoi il avait disparu de la circulation. Il avait sans doute changé de nom. Leo avait étudié à l'École supérieure de commerce de Stockholm. Plus loin, on mentionnait "sa profonde amertume suite à sa séparation d'avec une femme de sa classe sociale. Pour la première fois, il a eu des rêves violents. Est-il dangereux ? De nouvelles crises de paracousie ?".

Ensuite, sans doute plus récemment, apparaissait une décision – signée M. S. – d'après laquelle le RGE était officiellement arrêté. "Le Projet 9 est abandonné, lisait-on. Des facteurs inquiétants avec Mannheimer."

Lisbeth ignorait ce que cela signifiait. Et comme, à l'époque, elle était encore en prison et ne pouvait pas aller voir Leo ni ses proches, elle avait demandé à Mikael de regarder ça de plus près. Mikael avait été impossible, ces derniers temps : un vrai papa poule, toujours à s'inquiéter pour elle. Parfois, elle avait juste eu envie de lui arracher ses vêtements et de le plaquer sur le matelas de la prison pour le faire taire. Mais le type était coriace et de temps en temps – ce qu'elle n'admettait qu'à contrecœur –, il voyait des choses qui lui avaient échappé. C'est la raison pour laquelle elle avait évité de tout lui raconter, estimant que Mikael serait plus perspicace s'il enquêtait de son côté sans préjugés. Elle l'appellerait bientôt. Elle allait s'occuper de ce merdier.

Elle était installée sur un banc sur Flöjtvägen à Vallholmen, avec son laptop qui était connecté à son téléphone portable. Elle regarda les tours grisâtres changer de couleur dans la lumière du soleil. Il faisait chaud et lourd, ses habits n'étaient pas adaptés. Elle portait une veste en cuir et un jean noir. On décrivait souvent Vallholmen comme un ghetto. On y brûlait des voitures la nuit. Des bandes de jeunes y rôdaient pour organiser des vols. Un violeur était dans la nature. À ce qu'on disait dans la presse, personne, dans le quartier, n'osait se plaindre à la police.

Mais en cet instant, Vallholmen paraissait idyllique. Deux femmes voilées étaient installées sur la pelouse au pied des tours, avec un panier pique-nique. Quelques gamins jouaient au foot. Deux hommes, près de la porte d'entrée à gauche, s'éclaboussaient avec un tuyau d'arrosage, en se marrant comme des gosses. Lisbeth essuya une goutte de sueur de son front et continua à travailler sur son réseau de neurones profonds.

Comme elle s'y était attendue, c'était difficile. La séquence qui l'intéressait au métro Hornstull était floue, bien trop courte et trop de parties du corps étaient masquées par d'autres passagers qui remontaient du quai. Le visage n'était jamais complètement visible non plus. Il – il s'agissait d'un jeune homme – portait un bonnet et des lunettes de soleil. Il gardait la tête baissée. Lisbeth n'arrivait même pas à mesurer la distance entre ses épaules.

En réalité, elle ne disposait que d'un indice : le mouvement vif d'un doigt saillant, et une gesticulation saccadée de la main droite. Et encore : étaient-ce là des éléments caractéristiques ?

N'était-ce pas plutôt une simple réaction nerveuse, une anomalie dans son langage corporel habituel ? En tout cas, cette sorte de spasme irrégulier était assez étrange pour être soulignée. Elle était désormais activée dans les nœuds de son réseau et comparée avec une séquence qu'elle venait d'enregistrer, celle d'un jeune homme passé quarante minutes plus tôt en faisant son footing.

Il y avait des correspondances dans son langage corporel, ce qui était prometteur. Mais ce n'était pas suffisant. Elle devait capter le coureur dans une situation qui rappelait davantage celle du métro. Elle le chercha donc du regard ; il avait filé vers la pelouse avant de rejoindre une allée goudronnée et de disparaître. Il n'y avait toujours personne alentour. Elle prit le temps de consulter ses messages et ses mails.

Mikael avait trouvé quelque chose, lui écrivait-il. Elle eut envie de l'appeler tout de suite. Mais ce serait trop bête de se déconcentrer maintenant. Elle devait se tenir prête. Elle travaillait sur son réseau en vérifiant de temps en temps où en était son coureur. Au bout d'un quart d'heure, le type réapparut plus loin, dans la descente. Il était grand et il avait une bonne foulée. Il courait comme un pro, malgré sa maigreur quasi anorexique. Mais elle ne s'en préoccupa pas. Seule sa main droite l'intéressait – l'irrégularité du spasme vers le haut et le frétillement du doigt. Elle le filmait désormais avec son téléphone portable et la réponse fut immédiate. La correspondance était moindre. Peut-être à cause de la fatigue du joggeur ; ou bien parce qu'en fait, la corrélation n'avait jamais été suffisante. Elle fut de nouveau prise de doute.

C'était une entreprise hasardeuse – même si ses soupçons étaient justifiés. L'homme sur la séquence vidéo était l'un des seuls, parmi les personnes remontées des quais après la mort de Jamal Chowdhury, qu'il n'ait pas été possible d'identifier et qui ait eu un comportement aussi louche. Or ce type avait des points communs évidents avec le joggeur. Si ses soupçons se confirmaient, cela expliquerait aussi le silence de Faria Kazi durant les interrogatoires. Mais il ne s'agissait pas forcément de la bonne personne. Même des hypothèses erronées fournissent parfois de bonnes explications.

Lisbeth devait obtenir plus de matière. Elle rangea donc son laptop dans son sac, se leva du banc et interpella le type. L'homme ralentit le pas et la regarda en plissant les yeux à cause du soleil. Elle sortit alors une flasque de whisky de sa poche intérieure, but une gorgée et fit un pas de travers. Le jeune homme ne sembla pas s'en formaliser. Il s'arrêta juste pour reprendre son souffle. Lisbeth s'appliqua à bafouiller :

— Putain, qu'est-ce que tu cours !

Il ne répondit pas. Il voulait de toute évidence se débarrasser d'elle et rejoindre au plus vite la porte de son immeuble. Mais elle ne le lâcha pas si facilement.

— Tu peux faire comme ça ? lui demanda-t-elle en faisant un mouvement de la main.

— Pour quoi faire ?

Elle n'avait pas de réponse. Elle fit un pas dans sa direction :

— Parce que j'en ai envie ?

— Tu es complètement à la masse, ou quoi ?

Elle ne répliqua pas. Elle se contenta de le fusiller de ses yeux sombres. Il prit peur, c'était le moment d'exploiter la faille. Elle se rapprocha de lui d'un pas menaçant.

— Allez ! ordonna-t-elle.

Le type agita la main, soit parce qu'il avait peur, soit pour lui faire plaisir et qu'elle le lâche. Ensuite, il disparut dans l'immeuble sans même remarquer qu'elle l'avait filmé avec son portable.

Lisbeth, restée sur place, consulta son ordinateur et elle vit les nœuds de son réseau s'activer. Subitement, tout devint clair. Elle avait eu une touche, une correspondance dans le mouvement saccadé des doigts. Rien qui tiendrait dans un tribunal, mais suffisamment pour se faire sa conviction.

Elle se dirigea vers la porte de l'immeuble. Elle ne savait pas comment elle allait entrer, mais ce fut facile. Elle poussa la porte d'un coup violent et se retrouva dans une cage d'escalier largement vétuste. L'ascenseur était en panne, l'air était chargé d'une odeur d'urine et de tabac froid. Un rayon de soleil éclairait encore faiblement, au rez-de-chaussée, les murs gris, couverts de graffitis. Mais dès le premier étage, il faisait plus sombre. Il n'y avait pas de fenêtre dans la cage d'escalier et quasiment pas d'éclairage qui soit fonctionnel. Il faisait lourd, ça sentait le renfermé. Des déchets étaient éparpillés dans l'escalier.

Lisbeth montait lentement, concentrée sur son ordinateur. Elle le tenait devant elle de la main gauche. Au deuxième étage, elle s'arrêta et envoya l'analyse de mouvement à Jan Bublanski, à sa fiancée Farah Sharif, qui était professeur en informatique, et enfin à Annika Giannini. Parvenue au troisième étage, elle remit le laptop dans son sac et étudia les plaques de noms. Au fond à gauche, il y avait marqué K. Kazi, comme pour Khalil Kazi. Elle se redressa et se prépara. Avec Khalil, il n'y avait pas trop de quoi s'inquiéter. Mais, selon Annika, il avait souvent la visite de ses frères aînés. Lisbeth frappa à la porte. Des pas résonnèrent, puis la porte s'ouvrit. Khalil la fixa du regard, moins effrayé cette fois-ci.

— Salut, dit-elle.

— Encore toi ? Qu'est-ce que tu veux ?

— Je veux te montrer un truc. Un film.

— Quel film ?

— Tu verras.

Il la laissa entrer. C'était un peu trop facile, se dit-elle, mais elle comprit vite pourquoi.

Khalil n'était pas seul dans l'appartement. Bashir Kazi – elle l'avait vu en photo au cours de ses recherches – la fixait d'un regard plein de mépris. Finalement, cela risquait bien d'être aussi difficile qu'elle l'avait redouté.

Décembre, un an et demi plus tôt

Dan Brody ne comprenait rien. La femme refusait de croire qu'il n'était pas ce Leo. Elle tripotait son collier, repoussa une mèche de cheveux, et lui dit qu'elle comprenait qu'il préfère faire profil bas. Elle avait toujours pensé qu'il méritait mieux, lui confia-t-elle.

— Tu ne sais même pas à quel point tu es extra, Leo. Tu ne l'as jamais su. Ni personne chez Alfred Ögren. Sans parler de Madeleine.

— Madeleine ?

— Madeleine n'a rien compris. Te préférer Ivar. C'est tellement absuuuuurde. Ivar est un gros naze.

Il lui trouvait un langage plutôt immature. Mais c'était peut-être parce qu'il avait perdu la notion du suédois actuel. La femme était nerveuse, elle aussi. Elle semblait inquiète. Autour d'eux, c'était la cohue. Les gens se bousculaient pour commander des cocktails au bar. Klaus et les autres membres du groupe lui proposèrent d'aller manger avec eux. Il secoua la tête et regarda la femme. Elle se tenait si proche de lui. Sa poitrine se souleva, il sentit son parfum. Elle était très belle. C'était comme dans un rêve, un bon rêve, se dit-il, même s'il n'était pas tout à fait sûr de lui. Il se sentait enivré.

Plus loin, un verre se brisa. Un jeune homme hurla et Dan grimaça.

— Pardon, dit la femme. Vous êtes peut-être toujours potes, Ivar et toi.

— Je ne connais pas d'Ivar, rétorqua-t-il d'une voix bien trop tranchante.

Le désespoir qui s'afficha sur le visage de la femme lui fit aussitôt regretter sa réaction. Il était prêt à lui dire n'importe quoi – qu'il s'appelait Leo, qu'il connaissait Madeleine et qu'il trouvait qu'Ivar était un naze, tout ce qu'il faudrait pour ne plus la décevoir. Il aurait voulu la ravir encore, comme lors de son solo.

— Pardon, dit-il.

— Pas de souci.

Il lui caressa les cheveux. Il ne caressait jamais les cheveux des inconnues. Il était timide et réservé, d'habitude. Mais là, soudain, il ne l'était plus. Il était disposé à faire semblant, ne fût-ce qu'un petit moment. Il voulait la voir s'illuminer de nouveau. Alors, il lui donna raison : il était Leo. Ou plus exactement, il cessa de le nier. Il rangea sa guitare dans l'étui et lui proposa d'aller boire un verre dans un endroit plus calme. Elle répondit : "Volontiers, ça me ferait plaisir."

Ils longèrent Pestalozzistrasse. Il avait du mal à trouver ses mots, chacun pouvant se révéler un piège. Par moments, il craignait d'avoir été démasqué. À d'autres, il avait l'impression que c'était elle qui jouait la comédie. Ne regardait-elle pas ses chaussures et son costume d'un air dubitatif? Les habits qui lui avaient paru élégants l'instant d'avant lui semblaient désormais quelconques et malseyants. N'était-elle pas en train de se moquer de lui ? Mais... comment aurait-elle su qu'il était suédois ? Quasiment personne ne connaissait plus ses origines, désormais.

Ils s'installèrent dans un petit bar, plus loin dans la rue, et commandèrent des margaritas. Il la laissa mener la discussion, ce qui lui fournit pas mal d'indices. Il ne connaissait toujours pas son nom, il n'osait pas le lui demander. Mais elle était responsable – ou coresponsable – d'un fonds pharmaceutique à la Deutsche Bank.

— Tu imagines l'avancement, comparé à toute cette merde que me faisait faire Ivar ?

Ivar, nota-t-il, Ivar qui s'appelait peut-être Ögren, comme dans la société de gestion Alfred Ögren où la femme avait récemment travaillé. Et où il y avait également une personne du nom de Malin Frode, que la femme semblait considérer comme une concurrente.

— J'ai entendu que toi et Malin aviez commencé à vous voir ? dit-elle.

— Pas vraiment, pas du tout en fait.

Il répondit à tout de façon aussi évasive, sauf quand il s'agit de raconter comment il s'était retrouvé à jouer avec Klaus Ganz. C'était grâce à des contacts, dit-il. Des recommandations de Till Brönner et Chet Harold.

— J'ai joué avec eux à New York. Klaus a pris le risque, dit-il.

Ça se tenait, comme histoire. Mais c'était quand même n'importe quoi. Aucun groupe de jazz ne prenait de risque en l'engageant. Il était tout de même suffisamment conscient de son talent pour le savoir.

— Mais la guitare, Leo ? Tu es incroyable. Tu as dû vraiment beaucoup jouer. Tu as commencé quand ?

— À l'adolescence.

— Ah bon ? Je croyais que seuls le piano et le violon étaient assez bien pour Viveka.

— Je jouais en cachette.

— Mais le piano a dû bien te servir. J'ai reconnu un peu les accords quand tu as fait ton solo. Non pas que je sois une experte, loin de là. Mais je me rappelle quand je t'ai entendu jouer chez Thomas et Irene. C'était le même engagement. La même fougue.

Le même engagement, au piano ? Qu'entendait-elle par là ? Qu'est-ce que ça voulait dire ? Il aurait voulu lui poser la question, obtenir plus d'indices. Mais il n'osait pas. Pendant presque toute la discussion, il resta silencieux ou se contenta de sourire et d'acquiescer. Par moments, il faisait un commentaire innocent ou racontait un truc qu'il avait lu. Par exemple – ce n'était sans doute pas un hasard – que le requin du Groenland pouvait vivre jusqu'à l'âge de quatre cents ans puisqu'il vivait sa vie en *slow motion*.

— C'est triste, dit-elle.

— Mais long, répondit-il avec une lenteur exagérée qui la fit rire.

Il n'en fallait pas plus. Petit à petit, il devint plus audacieux. Il osa même lui demander comment, d'après elle, évoluerait la Bourse "maintenant que les tendances étaient si difficiles à prévoir et les taux si bas".

— Elle va monter ? dit-il. Ou baisser ?

Manifestement, il avait encore dit quelque chose de drôle. Il se rendait compte d'une chose : il aimait jouer un rôle. Cela ajoutait à sa personnalité, lui donnait plus de liberté. Il vivait des instants de libération. Le rôle nouveau qu'il endossait l'aidait à pénétrer un monde qui lui était jusqu'alors resté fermé, un monde où l'argent était facile, et où tout était possible. Les cocktails y étaient peut-être pour quelque chose. Ou le regard qu'elle portait sur lui. Mais le fait est qu'il parlait de plus en plus et il aimait cette fantaisie, les idées nouvelles qui lui passaient par la tête.

Avant tout, il voulait être vu avec elle. Il adorait son raffinement indescriptible. Loin de se limiter à ses habits, ses bijoux ou ses chaussures, il se manifestait dans des petits gestes et des expressions : dans son léger zézaiement, dans le naturel avec lequel elle parlait au barman, dans sa façon de voir le monde. Sa simple présence lui redonnait une dignité. Il regarda ses hanches, ses jambes, ses seins. Il avait envie d'elle. Il l'embrassa au beau milieu d'une phrase. Il était soudain bien plus audacieux que ne l'était Dan Brody. À l'extérieur du bar, il pressa son sexe contre elle.

À son hôtel – l'Adlon Kempinski, près de la porte de Brandebourg –, il la prit sauvagement et sans pudeur. Il n'était plus un amant inhibé. Elle lui dit des choses merveilleuses, après. Lui aussi lui dit des choses merveilleuses. Il se sentait heureux. Heureux comme un imposteur ayant réussi un coup osé, mais heureux malgré tout. Peut-être amoureux aussi, non seulement d'elle mais de sa nouvelle identité. Pourtant, il ne réussit pas à dormir. Il avait hâte de chercher sur Google les noms qu'elle avait mentionnés, pour tenter de comprendre. Mais il patienta. C'était une expérience qu'il voulait vivre seul. Au lever du jour, il envisagea de se sauver, mais il ne pouvait pas lui faire ça. Elle était tellement exquise dans son sommeil, si pure, comme si, même endormie, elle appartenait à une autre sphère, plus raffinée. Elle avait une tache rouge à l'épaule. Il aimait la moindre particularité de son corps.

Juste avant 6 heures, il l'entoura de ses bras et lui chuchota un "merci" à l'oreille. Il devait partir. Il avait une réunion. Elle dit qu'elle comprenait et lui donna sa carte de visite. Elle s'appelait Julia Damberg. Il lui promit de la rappeler "très bientôt". Il se rhabilla, sortit et héla un taxi.

Il n'attendit pas davantage pour chercher la société de gestion Alfred Ögren sur son portable. Le PDG de la société était justement Ivar Ögren. Il ressemblait assez à un naze de première, effectivement. Et arrogant avec ça, avec son double menton et ses yeux luisants. Mais ça, ce n'était rien. Juste en dessous se trouvait une photo de l'analyste en chef et associé d'Ivar, Leo Mannheimer. Cette image… le terrassa.

Longtemps, il refusa d'y croire. C'était trop délirant. Mais c'était bien *lui* sur la photo. Enfin, ce n'était évidemment pas lui. Mais la personne sur la photo lui ressemblait tellement qu'il fut pris de vertige. Il détacha sa ceinture et se pencha pour entrevoir son propre visage dans le rétroviseur.

Cela ne fit qu'aggraver les choses. Il souriait exactement comme l'analyste en chef de chez Alfred Ögren. Il avait les mêmes plis autour de la bouche, les mêmes rides au front. Le regard, le nez, les boucles de cheveux : tout était pareil. Même l'allure générale, bien que le type sur la photo fût plus soigné… et le costume sans aucun doute plus cher.

Dans sa chambre d'hôtel, Dan poursuivit ses recherches. Il oublia le temps et l'espace, il pesta et secoua la tête, complètement hors de lui. Leur ressemblance était bouleversante. Seul le contexte les différenciait. Leo Mannheimer appartenait à un autre monde, une autre classe sociale. Il était à des années-lumière de lui, et pourtant pas. C'était incompréhensible. Et le plus impressionnant, c'était la musique. Dan trouva un vieil enregistrement de la Maison des concerts de Stockholm. Leo devait avoir vingt ou vingt et un ans, son visage reflétait la solennité du moment, mais aussi son trac. La salle était pleine, c'était une soirée intimiste, où Leo intervenait comme artiste invité.

À l'époque, personne ne les aurait confondus comme Julia la veille. Dan était alors un jeune homme bohème aux cheveux longs, qui portait des jeans et des pulls simples. Leo, en revanche, était le même garçon soigné que sur la photo de chez Alfred Ögren, en un peu plus jeune. Il avait la même coiffure et un costume sur mesure similaire. Il ne manquait que la cravate. Mais rien de tout cela n'avait d'importance.

Quand Dan vit la vidéo, il se mit à pleurer. Il pleurait de son incroyable découverte – il avait un jumeau, mais il pleurait aussi sur sa vie – son enfance à la ferme, les coups et les exigences de Sten, le travail aux champs, la guitare fracassée contre le ponton, la fuite, le voyage à Boston et la misère des premiers mois. Il pleurait de ce qu'il n'avait jamais su et du manque, impossible à combler, toutes ces années. Mais avant tout, il pleurait à cause de ce qu'il entendait. Il finit par sortir sa guitare et accompagner le morceau – à distance, quinze ans plus tard.

Ce n'était pas uniquement la mélancolie du morceau qui le touchait – une composition de Leo. C'était aussi la tonalité et les harmonies. Leo Mannheimer jouait le même arpège à trois notes que Dan à l'époque, un demi-ton au-dessus de la tonique, en terminant ses cadences en II-V-I. Il utilisait, tout comme Dan, les anciens accords diminués au lieu du m7b5 et du 7b9 comme la plupart des gens, et il finissait souvent sur la sixième note de la gamme mineure dorienne.

Dan s'était cru unique, quand il avait découvert Django et trouvé sa voie, à mille lieues des goûts des jeunes de son âge, qui aimaient le rock, la pop, le hip-hop. Et voilà qu'un type à Stockholm, qui lui ressemblait comme deux gouttes d'eau, avait trouvé les mêmes harmonies et les mêmes gammes que lui, tout en vivant dans un monde complètement différent. C'était presque inconcevable. Tout se mélangeait : le manque, l'espoir, de l'amour peut-être, mais avant tout de l'étonnement. Il avait un frère.

Il avait un frère qui s'était retrouvé dans une famille aisée de Stockholm. Il y avait là non seulement quelque chose d'incroyable, mais aussi une profonde injustice. Autant qu'il s'en souvienne, c'était la rage qui, parmi ses sentiments mêlés, avait très vite prédominé. Une rage formidable, qui lui battait aux tempes. Dan ne comprenait évidemment pas ce qu'il s'était passé. Mais il avait des soupçons. Il songea aux gens de Stockholm avec leurs tests, leurs questions et leurs enregistrements. Étaient-ils au courant ?

Bien sûr que oui. C'était logique. Il balança un verre contre le mur. Puis, il chercha le numéro de Hilda von Kanterborg et lui téléphona. Il ne devait pas être bien tard – même s'il n'avait pas vu passer le temps. Mais Hilda avait l'air d'avoir bu. On était au milieu de la matinée, et elle semblait déjà ivre ou sous l'emprise d'une drogue. Cela l'agaça.

— C'est Daniel Brolin. Vous vous souvenez de moi ?

— C'est quoi votre nom, vous avez dit ?

— Daniel Brolin.

À l'autre bout du fil, il entendait sa respiration, lourde. Était-elle apeurée ?

— Mon cher Daniel ! Bien sûr que je m'en souviens. Comment vas-tu ? Nous avons été tellement inquiets de ne plus avoir de tes nouvelles.

— Est-ce que vous étiez au courant que j'avais un jumeau ? Vous le saviez ?

Sa voix se brisa. Le silence s'installa entre eux. Elle versait quelque chose dans un verre. Le silence et ce glouglou lui suffirent. Il comprit qu'elle savait tout – que c'était la raison même des visites à la ferme et de cette étrange phrase : "Nous sommes censés étudier, et non intervenir."

— Pourquoi vous n'avez rien dit ?

Elle ne répondait toujours pas. Il répéta sa question, de façon plus agressive, cette fois.

— Je n'avais pas le droit, chuchota-t-elle. J'avais signé une clause de confidentialité.

— Alors comme ça, ces documents étaient plus importants que ma vie ?

— C'était mal, Daniel. Très mal, je le sais ! Je ne fais plus partie de cet organisme. Ils m'ont virée. Je protestais trop.

— C'était donc un putain d'organisme !

Il perdit son sang-froid. Il ne savait plus ce qu'il disait. Il se souvint seulement de sa question :

— Toi et Leo, vous vous êtes retrouvés ?

Il perdit alors complètement ses moyens. Sans doute à cause de la façon familière dont elle avait parlé de lui et de Leo. Comme si c'était pour elle une notion évidente depuis toujours, alors que pour lui c'était un tremblement de terre.

— Il est au courant ?

— Leo ?

— Oui, évidemment !

— Je ne crois pas, Daniel. Je ne crois pas. Je ne peux pas en dire plus. J'en ai déjà trop dit.

— Trop ? Je vous ai téléphoné quand j'étais en pleine crise. Je n'avais plus rien, et qu'est-ce que vous avez dit ? Pas un mot. Vous m'avez laissé grandir dans l'ignorance de la chose la plus importante de ma vie. Vous m'avez privé…

Il chercha ses mots. Il ne trouva rien qui soit à la hauteur de ce qu'il ressentait.

— Pardon, Daniel, pardon, bégaya-t-elle.

Il lui cria une insulte et lui raccrocha au nez. Puis il commanda de la bière. Beaucoup de bière. Il lui fallait calmer ses nerfs et s'éclaircir les idées. Il lui faudrait aussi, très vite, prendre contact avec Leo. Le rencontrer. Mais comment ? Devrait-il lui écrire, lui téléphoner ou tout simplement se pointer chez lui ? Leo Mannheimer était riche. Il était différent de lui, sans doute plus heureux et plus audacieux. Et puis, Hilda ne l'avait pas exclu, peut-être Leo était-il déjà au courant de son existence et avait-il choisi de ne pas renouer contact. Peut-être avait-il honte de son pauvre jumeau malmené par la vie ? Ce ne serait pas complètement invraisemblable…

Dan retourna sur le site d'Alfred Ögren et contempla encore la photo de Leo. N'y avait-il pas une fragilité dans ses yeux ? Il lui semblait que si, ce qui lui donna un peu de courage. Peut-être Leo n'était-il pas si arrogant, après tout. Il songea à l'aisance avec laquelle il avait parlé avec Julia la veille. Il se perdit dans des rêveries et des fantasmes. Il sentit la colère s'estomper et les larmes revenir.

Qu'allait-il faire ? Il fit une recherche Google sur lui-même, pour trouver des enregistrements de ses propres performances.

Il finit par dénicher un clip datant de six mois plus tôt, quand il venait de se faire couper les cheveux. Vêtu de son costume gris, il jouait le solo de *All the Things You Are* dans un club de jazz, à San Francisco. Il utilisait la même tonalité que Leo à la Maison des concerts de Stockholm. Il mit le clip en pièce jointe d'un long mail. Il se souvenait encore des premières lignes :

[Cher Leo, cher frère jumeau,

Je m'appelle Dan Brody et je suis guitariste de jazz. Jusqu'à ce matin, je n'avais aucune idée de ton existence. Je suis tellement bouleversé que j'arrive à peine à écrire.
Je ne veux pas te déranger ni te mettre mal à l'aise. Je ne te demande rien, même pas une réponse. Je voulais juste te dire que la découverte de ton existence, le fait que tu sembles jouer le même genre de musique que moi, restera le plus grand événement de ma vie.
Je ne sais pas du tout si ma vie t'intéresse comme moi je brûle d'envie de connaître la tienne. Mais je vais quand même te raconter un peu. As-tu déjà rencontré notre père ? C'était un vaurien et un poivrot, mais il avait une oreille musicale incroyable. Notre mère est morte en couches. L'accouchement a dû être dur, peut-être parce qu'elle donnait naissance à des jumeaux. Je n'ai jamais su grand-chose là-dessus…]

Dan écrivit vingt-deux pages. Il n'envoya jamais le mail. Il n'osa pas. À la place, il téléphona à Klaus Ganz pour lui dire qu'il y avait eu un décès dans sa famille. Ensuite, il réserva un billet pour Stockholm et prit l'avion le lendemain matin.

C'était la première fois depuis dix-huit ans qu'il revenait en Suède. Un vent glacial balayait la ville. La neige tombait. C'était le 10 décembre : la ville résonnait des célébrations du prix Nobel ; les vitrines de Noël illuminaient les rues. Dan regardait autour de lui avec étonnement. Quand il était enfant, Stockholm était la belle ville, inaccessible. Il était nerveux, mais également plein d'espoir, comme un petit garçon. Il s'écoula pourtant encore cinq jours avant qu'il n'ose prendre contact. Entre-temps, il vécut dans l'ombre de Leo Mannheimer, comme un détraqué épiant sa cible.

15

LE 21 JUIN

BASHIR KAZI AVAIT UNE LONGUE BARBE broussailleuse, un pantalon militaire et un gilet de chasse blanc. Ses bras étaient musclés. Physiquement, il était impressionnant. Mais il glandait devant la télé, vautré dans un canapé de cuir et, après avoir examiné Lisbeth d'un regard condescendant, il ne lui prêta plus attention. Avec un peu de chance, il était stone. Elle fit semblant de tituber et but une gorgée de sa flasque. Bashir ricana et se tourna vers Khalil :

— C'est quoi cette pute que tu nous as ramenée ?

— Je ne l'ai jamais vue de ma vie. C'est elle qui s'est pointée en parlant d'un film qu'on devait voir. Dégage-la d'ici !

Khalil, lui, la craignait. C'était évident. Mais il avait encore plus peur de son frère, ce qui devrait jouer à son avantage. Elle posa son sac avec l'ordinateur sur un bureau gris à côté de la porte.

— Alors, t'es qui toi, petite ?

— Personne, répondit-elle, ce qui ne provoqua pas de réaction particulière.

Bashir se leva et bâilla, sans doute juste pour la galerie, pour montrer à quel point il en avait marre de toutes ces nanas qui faisaient les malignes.

— Comment t'as pu revenir dans ce quartier ? dit-il à Khalil. Il n'y a que des putes et des cons.

Lisbeth regarda l'appartement autour d'elle. C'était un studio avec un petit coin cuisine à droite. Il y avait peu de meubles et c'était en désordre, des vêtements traînaient partout. Il y avait un lit superposé, le canapé en cuir et une table basse. Juste à côté du bureau, une crosse de bandy était appuyée contre le mur.

— C'est pas très fin, comme généralisation, dit-elle.

— Qu'est-ce que t'as dit ?

— C'est une formulation assez peu nuancée, tu ne trouves pas Bashir ?

— Comment tu sais qui je suis ?

— Je viens de sortir de taule et j'ai un message de ta pote, Benito.

C'était une intuition. Ou pas vraiment, elle était assez persuadée qu'il y avait un contact entre eux. Et effectivement, le nom fit réagir Bashir. Benito n'était pas un nom inconnu pour lui. Une lueur dans ses yeux brumeux le trahissait.

— Quel genre de message ?

— Une petite vidéo. Tu veux voir ?

— Ça dépend.

— Je pense que ça va te plaire.

Elle sortit son téléphone portable et fit semblant d'avoir du mal à le faire marcher.

En réalité, elle écrivait quelques lignes de commandes et se connectait à l'infrastructure que la Hacker Republic mettait à jour quotidiennement. Puis elle fit un pas en avant et regarda Bashir dans le blanc des yeux.

— Benito rend volontiers service à ses amis, tu le sais. Mais il y a certains aspects discutables.

— Comme quoi ?

— Flodberga est une prison. Ce qui en soi est déjà un peu problématique. Tu as assuré en réussissant à faire entrer un couteau dans le quartier, remarque. Respect.

— Viens-en aux faits.

— Les faits concernent Faria.

— Qu'est-ce qu'elle a, Faria ?

— Comment avez-vous pu la traiter aussi mal ?

— Quoi ?

— Vous vous êtes comportés comme des porcs.

Bashir semblait perplexe.

— Qu'est-ce que tu racontes, putain ?

— Des porcs. Des ordures. Des putains de charognes. Je peux continuer si tu veux, même si aucun mot n'est assez fort pour décrire ce que vous avez fait. Vous méritez d'être punis, tu ne trouves pas ?

Lisbeth s'était attendue à une réaction. Mais elle en avait sous-estimé la force. Sans une seconde d'hésitation, la colère subite faisant suite à la surprise, Bashir lui envoya un coup de poing au menton. Elle garda tout juste l'équilibre. Elle se concentrait surtout pour tenir son portable fermement dans la main droite, l'écran dirigé sur le visage de Bashir.

— Tu sembles contrarié, reprit-elle.

— Pas qu'un peu !

Elle reçut un autre coup, qui la fit chanceler. Mais elle ne fit toujours pas mine de se défendre, ne fût-ce que lever le bras pour se protéger. Bashir la regarda alors avec fureur et étonnement. Elle avait du sang dans la bouche. Elle prit le risque :

— Est-ce que c'était vraiment une bonne idée de tuer Jamal ?

Bashir la frappa de nouveau et cette fois, il lui fut plus difficile de rester debout. Elle était sonnée, elle secoua la tête dans l'espoir de voir un peu moins flou. Elle aperçut alors les yeux terrorisés de Khalil juste à côté. Allait-il se jeter sur elle, lui aussi ? Elle n'en était pas sûre, elle avait du mal à prévoir ses réactions. Mais le plus probable était qu'il reste immobile, paralysé. Il était tellement chétif, c'en était pitoyable.

— Alors, est-ce que c'était vraiment une bonne idée ? répéta-t-elle en regardant Bashir d'un air moqueur.

Il perdit tout contrôle, tout comme elle l'avait espéré :

— C'était l'idée du siècle, tu ne peux même pas t'imaginer, salope !

— Pourquoi ?

— Il a fait de Faria une pute, cria Bashir. Une pute ! Ils nous ont tous déshonorés.

Elle reçut encore un coup. Cette fois-ci, Lisbeth eut bien du mal à maintenir le téléphone en place.

— Mais Faria doit mourir aussi alors, non ? bégaya-t-elle.

— Comme un rat, un petit cochon. On n'abandonnera pas avant qu'elle brûle en enfer.

— Bien, dit Lisbeth. Je commence à y voir plus clair. Tu veux regarder mon film, maintenant ?

— Pourquoi est-ce que je le regarderais, putain ?

— Parce que sinon, Benito sera déçue, ce qui ne serait pas bon du tout. Ça, tu as dû le piger maintenant.

BASHIR HÉSITAIT, ça se voyait dans ses yeux, dans sa main qui tremblait. Mais ça ne changeait pas grand-chose. Il était toujours furieux. Lisbeth, quant à elle, ne supporterait pas beaucoup plus de coups. Elle évalua rapidement la situation, mesura visuellement la distance, calcula, anticipa la chaîne des conséquences. Devait-elle lui donner un coup de tête ? Lui balancer un coup de genoux dans l'entrejambe ? Rendre coup pour coup ? Elle décida de tenir encore un peu, de feindre d'être brisée. Elle y parvint sans peine. Le coup suivant fut frappé de côté, plus fort que tous les autres. Sa lèvre supérieure éclata, sa tête bourdonna. Elle vacilla.

— Allez, montre-moi, à la fin !

Elle s'essuya la bouche, toussa et cracha du sang avant de s'effondrer sur le canapé.

— J'ai le film sur mon portable.

— OK, fais voir, lança Bashir en s'installant à côté d'elle.

Elle tripota le téléphone, faisant mine d'être perdue. Même Khalil s'approchait à présent, ce qui était une bonne chose, songea-t-elle. Sans se presser ni montrer trop d'habileté, elle pianota ses commandes et bientôt les codes sources surgirent à l'écran. Les frères devinrent clairement nerveux.

— C'est quoi, ce bordel ? dit Bashir. Il est cassé ? C'est un téléphone de merde ?

— Non, non, dit-elle. C'est normal. La vidéo s'intègre maintenant dans ce qu'on appelle le botnet. Et là, vous voyez ? Je nomme le fichier, je fais Control + Command, et je la diffuse.

— De quoi tu parles, putain ?

Elle sentit l'odeur âcre de sa transpiration.

— Je vais t'expliquer, poursuivit-elle. Un botnet est un réseau d'ordinateurs piratés qui sont contaminés par un virus – des chevaux de Troie, en l'occurrence. Ce n'est pas trop légal, mais c'est pratique. Avant de vous en dire plus, on devrait regarder le film. Je ne l'ai pas encore vu moi-même. Il n'a pas été édité. Attends juste un peu… Le voilà !

Le visage de Bashir surgit à l'écran. Il semblait contrarié, comme un élève qui n'aurait pas compris une question difficile.

— C'est quoi, ce délire ? dit Bashir.

— C'est toi, évidemment. Légèrement mal rasé peut-être, et un peu flou, je le reconnais. Mais c'était difficile de filmer à hauteur de hanche. Ça va s'améliorer, t'inquiète. Il va y avoir un peu plus de peps. Là, franchement tu donnes de jolis coups, et maintenant, écoute ! Oh, on dirait que tu avoues le meurtre de Jamal Chowdhury.

— Quoi ? Je rêve, putain !

Sur le film, Bashir criait désormais que Faria devait crever et brûler en enfer. Ensuite, l'image se mit à trembler, d'autres mots furent prononcés et de nouveaux coups frappés qui n'étaient guère visibles. On ne voyait plus qu'une succession d'images vagues du plafond et des murs.

— Qu'est-ce que tu as foutu, bordel de merde ?

Il frappa la table basse d'un coup de poing.

— Du calme, du calme, répondit Lisbeth. Il n'y a pas de raison de paniquer.

— Qu'est-ce que ça veut dire ? Réponds-moi, pauvre cinglée !

Sa voix se brisa.

— Une grande majorité de gens sur terre n'a pas encore reçu le fichier, dit-elle. Je dirais que cent millions de personnes à peine l'ont reçu. Et beaucoup d'entre eux, tu peux en être sûr, vont le considérer comme un spam et l'effacer direct. Mais heureusement, j'ai eu le temps de le nommer. Je l'ai enregistré sous [Bashir Kazi]. Alors tes amis vont sans doute regarder, la police aussi évidemment, et la Säpo, puis les amis de tes amis et enfin tous les Dubois, Dupont, Durand… Peut-être que la vidéo aura du succès sur YouTube. Impossible de contrôler ce genre de choses. Le Net est un truc de malade. Je n'ai toujours pas tout compris.

Bashir avait l'air à moitié fou. Sa tête semblait prise de spasmes.

— Je comprends que ça te chamboule, dit Lisbeth. Ce n'est jamais facile de gérer la notoriété. Je me rappelle la première fois qu'on m'a collée à la une des journaux. Honnêtement, je m'en suis à peine remise. Mais la bonne nouvelle, c'est qu'il y a une issue.

— C'est quoi ?

— Je vais te le dire. Il faut juste que je…

Elle profita de son désespoir et de l'effet de surprise. D'un mouvement rapide, elle lui saisit la tête, la cogna deux fois contre la table basse et se leva.

— Tu peux fuir, Bashir, dit-elle. Courir aussi vite que tu pourras, histoire d'échapper à la honte.

Bashir la fixa, complètement sonné. Sa main droite trembla. Il se toucha le front.

— Ça peut marcher. Bon, pas très longtemps, mais pendant un moment. Tu peux courir comme ton frère, pas aussi vite peut-être : tu commences à prendre du poids, non ? Mais tu arriveras bien à traîner ta carcasse d'une façon ou d'une autre.

— Je vais te tuer, grogna Bashir.

Il se leva, comme s'il allait lui foncer dessus. Mais n'avait pas trop l'air d'y croire lui-même. Il jetait plutôt des regards nerveux en direction de la porte d'entrée et des fenêtres.

— Faut se dépêcher, dit-elle. Je crois que tu ferais mieux de partir sans trop tarder.

— Je te trouverai.

— On se reverra, alors !

Sa voix était monocorde. Elle fit un pas en direction du bureau, lui tournant le dos et lui offrant ainsi la possibilité de se jeter sur elle. Mais il était comme paralysé. En plus, son portable se mit à sonner.

— C'est sans doute quelqu'un qui a vu le clip. Mais ce n'est pas grave, hein ? Il suffit de ne pas décrocher et de baisser les yeux en ville, dit-elle.

Bashir grommela une menace et fonça sur elle. Mais il n'arriva pas bien loin. Lisbeth saisit la crosse de bandy qui était appuyée contre le mur et le frappa au cou, au visage et à l'estomac.

— Ça, c'est de la part de Faria.

Bashir se plia en deux, prit encore un autre coup, mais réussit à se redresser. D'un pas chancelant, il gagna la porte, descendit l'escalier et sortit au soleil de l'après-midi.

Lisbeth tenait toujours la crosse. Khalil Kazi se trouvait juste derrière elle, près du canapé. Il était toujours en tenue de course avec ses baskets rouges, les yeux papillonnant et la bouche ouverte. C'était encore un ado, son corps était noueux, diaphane. Il était terrifié, cela se voyait dans ses yeux. Il ne constituait pas vraiment une menace. Mais il pouvait se sauver et péter les plombs, Annika avait parlé d'un risque suicidaire. Lisbeth garda un œil sur la porte et regarda sa montre.

Il était 16 h 20. Elle consulta ses mails. Ni Bublanski ni Farah Sharif n'avaient encore répondu. Annika lui avait écrit :

> [Excellent, ça a l'air prometteur. Maintenant, rentre tout de suite chez toi !]

Khalil haletait. Elle le regarda. Il semblait vouloir dire quelque chose.

— C'est toi, pas vrai ? marmonna-t-il.

— Qui ?

— Celle dont parlaient les journaux.

Elle hocha la tête.

— On a un autre film à regarder tous les deux, dit-elle. Il n'est pas aussi passionnant, il parle surtout de mouvements de main.

Elle reposa la crosse de bandy contre le mur, récupéra son sac avec l'ordinateur et lui dit de s'asseoir dans le canapé. Il était pâle ; ses jambes semblaient sur le point de flancher. Mais il obéit et alla s'asseoir.

Rapidement et de façon très technique, elle lui parla de la reconnaissance de mouvements, des réseaux de neurones profonds, de sa course à l'instant et de la séquence du métro. Elle sentit aussitôt qu'il avait compris. Son corps se figea, il murmura quelque chose d'inaudible. Elle s'installa à côté de lui et sortit les fichiers, les lui montra en essayant de lui expliquer. Mais il ne semblait plus rien enregistrer, il fixait seulement l'écran d'un regard vide. Son téléphone sonna. Il échangea un regard avec elle.

— Vas-y, réponds, dit-elle.

Khalil sortit son portable. La vénération dans sa voix signalait qu'il s'agissait de quelqu'un qu'il respectait. C'était son imam, qui se trouvait dans le quartier – Annika y était forcément pour quelque chose. Visiblement, l'imam voulait savoir s'il pouvait monter. Lisbeth se dit que c'était peut-être aussi bien et elle hocha la tête. L'imam était sûrement mieux placé qu'elle pour recueillir des aveux, d'autant qu'Annika avait parlé de celui-ci dans des termes très chaleureux.

Peu de temps après, on frappa à la porte. Un grand monsieur élégant, la cinquantaine, avec de petits yeux, une longue barbe et un turban rouge sur la tête entra dans l'appartement. Il salua Lisbeth et se tourna vers Khalil avec un sourire mélancolique.

— Bonjour, mon garçon, dit-il. Est-ce que tu as quelque chose à me dire ?

Ses mots étaient empreints de tristesse. L'espace d'un instant, ils restèrent tous silencieux. Lisbeth se sentit soudain mal à l'aise, elle ne savait plus quoi faire. Elle finit par se lever.

— Je ne crois pas que ce soit un lieu sûr ici, dit-elle. Je vous conseillerais de sortir ou d'aller à la mosquée.

Elle les laissa seuls, sans dire au revoir, et disparut avec son ordinateur dans l'obscurité de la cage d'escalier.

Décembre, un an et demi plus tôt

Dan Brody était installé sur un banc de la place Norrmalmstorg. Il avait atterri à Stockholm le jour même. Il ne neigeait plus. Il faisait frais, le ciel était dégagé. Il portait un manteau noir, des lunettes de soleil et un bonnet de laine gris baissé sur son front. Il lisait un livre sur le krach Lehman-Brothers. Il voulait connaître le monde de son frère.

Il avait pris une chambre à l'auberge af Chapman sur Skeppsholmen. C'était un vieux bateau rénové. Six cents couronnes la nuit. C'était à peu près ce qu'il pouvait se permettre. En cours de route, il avait déjà reçu quelques regards familiers, il en avait éprouvé de la peine. C'était comme s'il n'était plus lui-même, mais seulement la copie, plus pauvre, d'un autre. Lui qui, il y a peu, était un musicien du monde, était redevenu le petit paysan de Hälsingland écrasé par son complexe d'infériorité devant les Stockholmois. Sur Birger Jarlsgatan, il entra discrètement dans un magasin de vêtements et s'acheta une paire de lunettes de soleil ainsi que le bonnet gris derrière lesquels il essayait de se réfugier.

Il se demandait sans arrêt quelle était la meilleure façon de procéder. Devait-il finalement envoyer un mail malgré tout ? Un lien vers une vidéo ? Ou peut-être téléphoner ? Il n'osait pas. Il voulait d'abord voir Leo. C'était la raison pour laquelle il attendait sur la place Norrmalmstorg, devant les bureaux de la société de gestion Alfred Ögren.

Ivar Ögren sortit d'un pas résolu. Il avait l'air irrité. Il fut récupéré par une BMW noire aux vitres teintées et partit comme un homme d'État.

Mais toujours pas de Leo. Il devait pourtant bien se trouver là-haut, dans le bâtiment de briques rouges. Dan avait passé un coup de fil à son bureau en anglais et appris qu'il était en réunion. Il n'en avait plus pour longtemps, lui avait-on dit. Chaque fois que la porte du bâtiment s'ouvrait, Dan sursautait. Mais il dut attendre encore. La nuit était tombée sur Stockholm depuis longtemps. Un air marin soufflait et il fit bientôt trop froid pour rester assis à lire.

Il se leva et arpenta la place, en se frottant les doigts à travers ses gants de cuir. Toujours rien. La circulation, dense aux heures de pointe, se fit plus rare. Il regarda un restaurant sur la place, avec de grandes baies vitrées. À l'intérieur, des clients souriants discutaient à bâtons rompus. Il percevait le murmure des conversations comme une fête à laquelle il n'était pas invité. Il s'était toujours senti en dehors, de toute façon. N'était-ce pas l'histoire de sa vie ?

À cet instant, Leo arriva. Dan n'oublierait jamais ce moment. Le temps sembla s'arrêter, son champ de vision se rétrécit et tous les bruits alentour s'en trouvèrent étouffés. Mais ce ne fut pas qu'une expérience agréable, pas comme ça, dans le froid et à la lumière du restaurant. La vue de Leo ne fit qu'accentuer sa douleur. La ressemblance avec lui était désarmante. Leo marchait de la même façon, avait le même sourire, bougeait ses mains de la même manière. Ses traits étaient semblables, des joues jusqu'aux cernes. Tout était identique, et pourtant : c'était comme de se voir dans un miroir doré. L'homme là-bas était *lui* et ce n'était *pas lui*.

Il aurait pu être cet homme. Celui que Leo était devenu. Mais plus il regardait, plus il voyait de différences. Ce n'étaient pas uniquement le manteau, les chaussures et le costume coûteux. C'étaient la vitalité de sa démarche et l'éclat de son regard. Leo Mannheimer semblait dégager une assurance que Dan, lui, n'avait jamais eue. Il en éprouva comme un coup au cœur et eut soudain du mal à respirer.

Son cœur battait la chamade. Il observa la femme qui marchait aux côtés de Leo et glissait une main autour de sa taille. Elle avait l'air intelligente et sophistiquée, elle semblait amoureuse de Leo. Elle rit. Ils riaient tous les deux et il comprit que la femme devait être cette Malin Frode dont Julia avait parlé avec une pointe de jalousie. Il fut comme paralysé. Il n'osa pas les aborder, et il les regarda disparaître en direction de Biblioteksgatan. Il les suivit sans vraiment comprendre pourquoi. Il marchait lentement, en gardant ses distances.

Mais il ne risquait guère de se faire remarquer. Ils étaient complètement absorbés l'un par l'autre. Ils disparurent en direction de Humlegården en pouffant de rire. Leur rire flottait dans l'air tel un nuage d'insouciance. Lui avait l'impression de peser des tonnes. Comme si la simplicité de leur joie, leur légèreté, attirait par contraste son corps vers le sol. Il rentra à son auberge sans imaginer un seul instant que les apparences puissent être trompeuses. Encore moins qu'on l'avait peut-être déjà lui aussi regardé de cette façon – comme quelqu'un de bien loti.

La vie est souvent plus belle vue de loin. Mais ça, il ne le comprenait pas à ce moment-là.

MIKAEL ÉTAIT EN ROUTE pour Nyköping. Il portait un sac en bandoulière avec un carnet de notes, un magnétophone et trois bouteilles de rosé que Lotta von Kanterborg lui avait demandé d'acheter. Sa sœur, Hilda, devait loger dans l'hôtel Forsen près de la rivière Nyköpingsån sous le nom d'emprunt Fredrika Nord. Elle serait disposée à parler à certaines conditions. Les bouteilles de vin en faisaient partie.

Autre condition : observer une extrême prudence. Hilda se croyait pourchassée et ce que Mikael avait raconté n'arrangeait rien. Ces informations, d'après Lotta, l'avaient fait complètement dérailler. Mikael n'avait donc pas dit un mot de l'endroit où il allait à quiconque, même pas à Erika.

Il attendait désormais Malin dans un café près de Ringen, la fameuse balustrade du sculpteur Stig Blomberg située dans la gare centrale de Stockholm. Il sentait qu'il était important de lui parler. Il devait retourner le moindre caillou et examiner chacune de ses théories pour comprendre si l'histoire tenait ou pas. Malin arriva avec dix minutes de retard, vêtue d'un jean et d'un chemisier bleu. Elle était ravissante, même si, à l'instar de la moitié de la ville, elle était trempée de sueur.

— Désolée, dit-elle. J'ai dû déposer Love chez ma mère.

— Tu aurais pu venir avec lui. Je n'ai que quelques questions rapides.

— Je sais. Mais j'ai des trucs prévus après.

Il l'embrassa et alla droit au but :

— Quand tu as vu Leo au musée Fotografiska, est-ce qu'autre chose t'a marquée ? D'autres différences en dehors du fait que le type était devenu droitier ?

— Comme quoi, qu'est-ce que tu veux dire ?

Mikael jeta un œil à l'horloge de la gare.

— Par exemple une tache de naissance d'un côté plutôt que de l'autre. Ou un épi de cheveux dans le sens inverse de d'habitude. Il est assez bouclé, Leo.

— Tu me fais peur, Mikael. À quoi tu penses ?

— Je travaille sur une affaire de vrais jumeaux ayant été séparés à la naissance. Je ne peux pas en dire plus pour l'instant et même ça, je te demande de n'en parler à personne, tu me le promets ?

Elle eut soudain l'air terrifié et lui saisit le bras :

— Alors tu veux dire que…

— Je ne dis rien du tout, Malin, pas encore. Mais je me demande…

Il hésita.

— Les vrais jumeaux sont identiques du point de vue génétique, plus ou moins, poursuivit-il. De petits changements génétiques peuvent se produire chez n'importe qui, de petites mutations.

— Où veux-tu en venir ?

— Il faut juste que je te rappelle quelques données simples d'abord – sinon tu ne vas rien y comprendre. Les vrais jumeaux proviennent d'un seul ovule qui, dans l'utérus, se divise assez vite, OK ? Ce qui est intéressant, c'est de savoir à *quelle vitesse*. Si l'ovule se divise au-delà de quatre jours après la fécondation, les jumeaux partagent le même placenta, ce qui augmente le risque pour les fœtus. Mais si l'ovule se scinde au bout de plus d'une semaine, voire jusqu'à douze jours après la fécondation, les enfants deviennent souvent des jumeaux miroirs. Vingt pour cent de tous les vrais jumeaux sont des jumeaux miroirs.

— Qu'est-ce que ça signifie ?

— Qu'ils sont identiques, mais comme le reflet l'un de l'autre. L'un devient gaucher, l'autre droitier. Leurs cœurs peuvent même se retrouver du côté opposé du corps, etc.

— Et tu veux dire que…

Elle bégayait. Mikael lui caressa la joue pour la calmer.

— Il se peut que je me plante complètement, dit-il. Et même si c'était effectivement le jumeau miroir de Leo que tu as rencontré au Fotografiska, il n'y a pas forcément eu un crime, un vol d'identité, genre *Le Talentueux Mr. Ripley*. Peut-être ont-ils simplement échangé leurs rôles, joué un peu, essayé quelque chose de nouveau. Tu peux m'accompagner au train, Malin ? Je commence à être à la bourre.

Elle resta comme pétrifiée. Puis elle finit par se lever et l'accompagner au rez-de-chaussée, où ils longèrent les boutiques jusqu'à la voie 11. Il lui dit qu'il allait à Linköping pour le travail. Il voulait laisser le moins d'indices possible.

— J'ai lu un tas de choses, reprit-il, sur des vrais jumeaux qui ne se retrouvent qu'à l'âge adulte et qui jusque-là n'avaient aucune idée de l'existence l'un de l'autre. Ces retrouvailles, Malin, sont presque toujours décrites comme étant extraordinaires. Les plus bouleversantes des rencontres. Essaie de t'imaginer ! Tu as toujours cru être seul, unique en ton genre – puis un autre surgit. On dit que les vrais jumeaux qui se rencontrent tard dans la vie ne peuvent plus s'arrêter de parler. Ils passent tout en revue : les talents, les défauts, les habitudes, les gestes, les souvenirs, absolument tout. Ils guérissent, grandissent. Ils deviennent plus heureux qu'avant. Ces histoires m'ont vraiment touché, Malin. Et c'est toi qui parlais de l'euphorie de Leo à une certaine période.

— Oui, mais ensuite ça s'est arrêté.

— C'est vrai.

— Il est parti en voyage et on a perdu contact.

— Exact, dit Mikael. J'y ai pensé aussi. Mais est-ce que tu te souviens d'autre chose – dans son apparence ou n'importe quoi d'autre qui puisse m'aider à comprendre ce qui s'est passé ?

Ils s'arrêtèrent. Ils étaient arrivés sur le quai. Le train était déjà là.

— Je ne sais pas, dit-elle.

— Réfléchis !

— Si, peut-être une chose. Tu te souviens, je t'avais dit qu'il s'était fiancé avec Julia Damberg ?

— Ça t'a fait de la peine, non ?

— Pas vraiment.

Il ne la croyait qu'à moitié.

— Ça m'a surtout surprise, dit-elle. Julia travaillait chez nous avant. Ensuite, elle est partie pour Francfort et plus personne n'a eu de ses nouvelles pendant des années. Mais un peu avant que je ne quitte la banque, elle a téléphoné, elle cherchait à joindre Leo. Je ne crois pas qu'il l'ait rappelée. Il semblait plutôt gêné par son appel. Mais Julia a dit un truc étrange.

— Quoi ?

— Elle m'a demandé si je savais que Leo jouait encore mieux de la guitare que du piano. C'était un véritable virtuose, d'après elle. Je n'avais jamais entendu parler de ça, alors je lui ai posé la question.

— Et qu'est-ce qu'il a dit ?

— Il n'a rien dit. Il a simplement rougi et rigolé. C'était justement à l'époque où il était si épanoui.

— Ah oui ? dit Mikael, sans trop écouter la suite.

Les mots "virtuose" et "guitare" résonnaient dangereusement dans sa tête. Au moment de dire au revoir à Malin et de monter dans le train, il était perdu dans ses pensées.

Décembre, un an et demi plus tôt

Dan se tint à l'écart pendant quelques jours. Ce fut une période agitée. Il lisait dans sa chambre sur le bateau, ou, nerveux, faisait de brèves promenades à Skeppsholmen et Djurgården. Parfois il courait, vêtu de son survêtement gris. Le soir il buvait plus que d'habitude au bar de l'auberge. Il dormait mal et passait ses nuits à raconter sa vie dans des carnets recouverts de cuir rouge.

Le mercredi après-midi du 13 décembre, il fut de retour sur Norrmalmstorg. Pas plus que la fois précédente il n'osa s'approcher. Le vendredi, il prit sa guitare et s'installa sur le banc à côté du restaurant, sur la place. La neige tombait de nouveau et il avait froid. La température avait baissé, son manteau ne suffisait plus. Mais il n'avait pas les moyens de se payer autre chose de plus chaud. L'argent commençait à manquer. Il n'avait pas le courage de retourner jouer dans différents clubs de jazz pour gagner sa vie. Il ne pensait plus à rien d'autre qu'à Leo. Tout le reste lui paraissait sans importance.

Ce jour-là, Leo sortit tôt du bureau. Il portait un manteau en cachemire bleu foncé et une écharpe blanche. Il marchait vite. Dan le suivit. Il se rapprocha davantage, cette fois, ce qui était une erreur. Devant le cinéma Park, Leo se retourna, se sentant suivi. Mais il ne vit pas Dan. La rue était bondée, Dan portait son bonnet et ses lunettes de soleil et il se détourna rapidement. Leo se remit en route et traversa Karlavägen.

Devant l'ambassade de Malaisie, sur Floragatan, Dan s'arrêta et laissa Leo s'engouffrer dans son immeuble. La porte se referma avec fracas, et il resta là, dans la rue, dans le froid, et patienta. Ce n'était pas la première fois, il savait qu'il fallait être patient. Au bout de quelques minutes, les lumières s'allumèrent au dernier étage.

Les fenêtres, là-haut, s'illuminèrent comme l'aube d'un monde plus beau. Par moments, les notes d'un piano à queue lui parvenaient. Souvent il reconnaissait les harmonies et les larmes lui montèrent aux yeux. Mais il avait surtout froid et pesta pour lui-même. Au loin, des sirènes hurlaient. Un vent glacial soufflait ; il s'approcha de l'immeuble et ôta ses lunettes de soleil. Il entendit des pas derrière lui : c'était une femme et son chien. Une vieille dame vêtue d'un chapeau noir et d'un manteau vert clair, qui arrivait avec un petit carlin tenu en laisse.

— Tu n'as pas envie de rentrer chez toi aujourd'hui, Leo ?

Un instant, pas plus, il la regarda d'un air effrayé. Puis il sourit, comme s'il avait trouvé la remarque amusante.

— Parfois, on ne sait pas ce qu'on veut, dit-il.

— C'est bien vrai. Mais viens, rentre. Il fait bien trop froid pour rester dehors, à philosopher.

Elle composa le code, ils entrèrent ensemble et attendirent l'ascenseur. Elle le regarda de nouveau, et dit encore, avec un sourire amusé :

— C'est quoi ce vieux manteau que tu nous as sorti ?

— Un vieux truc du fond du placard.

La femme rit :

— Un vieux truc du fond du placard ? C'est ce que je dis quand j'ai mis ma plus belle robe pour m'attirer des compliments.

Il s'efforça de rire à sa blague. Ce ne fut pas particulièrement convaincant. La femme se mordit la lèvre et l'observa d'un air grave. Il fut persuadé qu'elle avait démasqué son imposture, comme si non seulement ses habits mais aussi son expression penaude avaient trahi son manque de classe. Mais la femme dit :

— Je suis navrée, Leo. Je comprends que ce ne soit pas facile pour toi en ce moment. Comment va Viveka ?

Il comprit au ton de sa voix que "bien" n'était pas la bonne réponse.

— Comme ci comme ça, dit-il.

— Espérons qu'elle ne souffre pas trop longtemps.

— Espérons-le, dit-il.

Puis, sentant qu'il ne tiendrait pas le coup s'il prenait l'ascenseur avec elle :

— Vous savez quoi ? Un peu d'exercice ne me fera pas de mal. Je vais prendre les escaliers.

— Allons, allons, Leo. Tu es mince comme une gazelle. Embrasse Viveka de ma part. Dis-lui que je pense à elle.

— Je n'y manquerai pas.

Il grimpa les marches en toute hâte avec sa guitare.

En approchant de l'appartement de Leo, il ralentit. Si Leo avait l'ouïe aussi fine que la sienne, ne fût-ce qu'à moitié, il lui fallait être aussi discret qu'une petite souris. Il grimpa furtivement les dernières marches. Leo vivait seul au dernier étage. Tant mieux, c'était isolé. Aussi silencieusement que possible, il s'installa dans le couloir, s'adossa au mur. Qu'allait-il faire ? Son cœur battait la chamade. Il avait la bouche sèche.

Une odeur de cire planait dans l'air et il observa au plafond une peinture de ciel bleu. Qui peignait des ciels au plafond d'une cage d'escalier ? Des pas résonnèrent en dessous, des pieds que l'on frottait, le bruit des postes de télévision. De l'intérieur de l'appartement, le grincement d'un tabouret qu'on déplaçait, un couvercle qui s'ouvrait puis une touche sur laquelle on appuyait. Un *la*.

Ce ne furent d'abord que des notes basses, hésitantes – comme si Leo ne savait pas encore s'il allait vraiment jouer. Puis il se lança. Il improvisait, ou peut-être pas. Il reprenait en boucle une mélodie mélancolique et grave et, exactement comme lors de sa performance à la Maison des concerts, Leo terminait toujours sur la sixième note de la gamme mineure, de façon quasiment rituelle. Mais c'était également plus raffiné, plus mûr. Leo parvenait à suggérer un sentiment de perte irrémédiable. Du moins, c'est ce que Dan ressentit. Il en frissonna.

Tout cela l'avait pris par surprise, il n'aurait su l'expliquer. Des larmes jaillirent de ses yeux. Ce n'était pas uniquement la musique, mais peut-être aussi la familiarité des harmonies et le simple fait de percevoir une telle douleur dans ce que Leo jouait. Comme si lui, qui n'était pas musicien professionnel, arrivait mieux à formuler leur chagrin.

Leur chagrin ?

Étrange idée, qui pourtant, en cet instant, lui parut juste. Leo, tantôt, lui avait semblé étranger, d'un autre genre, plus heureux. Désormais, Dan se reconnaissait en lui. Il se leva d'un pas mal assuré. Il avait pensé sonner à la porte. Mais à la place, il sortit sa guitare de son étui, l'accorda rapidement et accompagna la musique. Il ne lui fut pas difficile de trouver l'accord et de reprendre les notes de la mélodie. La façon qu'avait Leo de traîner sur les syncopes et d'alterner les phrasés de triolets et les croches régulières ressemblait à la sienne. Il se sentait chez lui. Il n'aurait pas su l'expliquer autrement. C'était comme s'il avait joué avec lui des milliers de fois auparavant. Il joua longtemps, probablement plusieurs minutes. Peut-être Leo n'avait-il pas la même ouïe que lui. Peut-être était-il complètement absorbé par son propre jeu. C'était difficile à dire.

Puis il s'arrêta d'un coup, sur un *fa* dièse ou un *mi* étouffé. Pourtant, il n'y eut aucun bruit de pas, aucun mouvement. Leo avait dû se figer complètement. Dan s'arrêta à son tour et patienta. Que se passait-il ? Il entendit, au fond de l'appartement, une respiration haletante. Il rejoua la mélodie. Plus rapidement cette fois, avec une touche personnelle, une nouvelle variante. Le tabouret de piano racla alors le sol et des pas se dirigèrent vers la porte. Il resta planté là, la guitare à la main. Il se sentait comme un mendiant, un musicien des rues égaré dans les beaux salons en espérant s'y faire accepter. Mais évidemment il y avait tant d'autres choses aussi. L'espoir brûlait en lui, il ferma les yeux et écouta le bruit de la chaîne de sûreté que décrochaient des mains maladroites.

La porte s'ouvrit. Leo le regarda. Il ne semblait pas comprendre. Puis, son menton s'affaissa. Sa bouche s'ouvrit. Il avait l'air sous le choc.

— Qui es-tu ?

Ce furent ses premiers mots. Que pouvait-il lui répondre ?

— Je m'appelle… commença-t-il.

Il se tut.

— … Dan Brody, poursuivit-il. Je suis musicien de jazz. Je crois que je suis ton frère jumeau.

Leo ne répondit pas. Il était livide, prêt à s'effondrer.

— Je…

C'est tout ce qu'il réussit à dire. Dan non plus n'arrivait plus à parler, son cœur battait à tout rompre, les mots s'étranglaient dans sa gorge.

— Je… articula-t-il à son tour.

— Quoi ?

Leo semblait en proie à un trouble extrême, qu'il avait du mal à gérer. Dan résista à l'envie de se sauver à toutes jambes.

— Quand je t'ai entendu jouer… dit-il.

— Oui ?

— J'ai compris que toute ma vie j'avais senti qu'il me manquait une moitié. Comme si j'avais perdu quelque chose et que, enfin…

Il n'aurait su dire d'où lui venaient ces mots. Était-ce même vrai ou juste des banalités sorties toutes seules de sa bouche ?

— Je ne comprends pas, dit Leo. Depuis quand le sais-tu ?

Ses mains tremblaient désormais.

— Quelques jours seulement.

— Je ne comprends pas, répéta-t-il.

— Je sais, c'est difficile. C'est irréel.

Leo lui tendit la main, ce qui paraissait étrangement formel, vu les circonstances.

— J'ai toujours…

— Quoi ?

Il se mordit la lèvre. Ses mains n'arrêtaient pas de trembler.

— Ressenti la même chose. Tu veux entrer ?

Dan hocha la tête et pénétra dans l'appartement le plus luxueux qu'il ait jamais vu de sa vie.

III

LA LYSE D'UN JUMEAU

21-30 juin

Près d'une grossesse sur huit serait une grossesse gémellaire à l'origine, mais il est fréquent que l'un des fœtus meure avant la naissance, d'où le fameux syndrome du jumeau perdu.

D'autres perdent leur jumeau après la naissance, à cause d'une adoption ou d'une erreur à la maternité. Certains jumeaux ne se rencontrent qu'à l'âge adulte, d'autres jamais. Les vrais jumeaux Jack Yufe et Oskar Stohr se sont rencontrés pour la première fois dans une gare d'Allemagne de l'Est en 1954. Jack Yufe avait vécu dans un kibboutz et avait servi dans l'armée israélienne ; Oskar Stohr avait milité dans les Jeunesses hitlériennes.

Nombreux sont ceux qui souffrent d'un sentiment d'incomplétude.

16

LE 21 JUIN

MIKAEL LONGEA LA RIVIÈRE de Nyköping jusqu'à l'hôtel Forsen. C'était un établissement modeste, tout en bois, avec un toit de tuiles rouges. C'était plutôt une auberge, d'ailleurs, qu'un hôtel. Mais le site, au bord de l'eau, était magnifique. Il y avait dans l'entrée la maquette d'un moulin et quelques photos de pêcheurs du dimanche en bottes de caoutchouc ornaient les murs.

Une jeune fille blonde tenait la réception : c'était sans doute une remplaçante pour l'été – dix-sept ans à tout casser. Elle portait un jean et une chemise rouge. Elle pianotait sur son téléphone portable. Mikael craignit qu'elle le reconnaisse et ne mentionne sa visite à l'hôtel sur Internet. Mais son regard indifférent le rassura. Il prit les escaliers, monta deux étages et frappa à la porte de la chambre 214. Il était 20 h 30. Une voix brisée lui répondit :

— Oui ? Qui est là ?

Il se présenta ; on vint lui ouvrir. Sur le coup, il resta bouche bée. Hilda von Kanterborg avait l'air complètement défaite. Ses cheveux étaient en bataille et ses yeux papillonnaient nerveusement. On aurait dit un animal apeuré. Elle avait une forte poitrine, des épaules larges et des hanches à l'avenant. Compressée dans sa robe bleu clair, elle était en nage et la sueur coulait sur son front et le long de son cou. Sa peau était irrégulière, parsemée de taches brunes. On aurait dit qu'on y avait passé le râteau.

— C'est gentil de me recevoir, dit-il.

— Gentil ? J'ai peur, c'est tout. Ce que vous avez dit à Lotta paraît complètement dingue.

Il ne lui demanda pas de précisions. Il fallait d'abord qu'elle se calme et reprenne son souffle.

Il sortit les bouteilles de rosé de son sac et les aligna sur la table ronde qui se trouvait près de la fenêtre ouverte.

— Je crains qu'elles ne soient plus très fraîches.

— Ça ne me fait pas peur, j'en ai vu d'autres.

Elle gagna la salle de bains et revint avec deux verres Duralex qu'elle posa sur la table.

— Vous allez rester sage et sobre, ou vous buvez avec moi ?

— Comme vous préférez.

— Les poivrots détestent boire seuls : alors buvez donc ! C'est une méthode journalistique comme une autre, non ?

Elle remplit son verre à ras bord. Il but une grande gorgée, pour bien montrer qu'il ne faisait pas semblant. Il observa le ciel qui se couvrait au-dehors, et le torrent en contrebas.

— Je voudrais simplement vous promettre… commença-t-il.

— Ne promettez rien, l'interrompit-elle. Vous ne pouvez pas. Et épargnez-moi vos tirades grandiloquentes sur la protection des sources. Ce que je vais vous dire, je le dis parce que je ne veux plus me taire.

Elle vida son verre d'un trait et le regarda dans les yeux. Elle avait un certain charme, une façon d'être à la fois alanguie et engageante qui désinhibait l'interlocuteur.

— Bien, je vois. Je suis navré si je vous ai inquiétée. On s'y met ?

Elle hocha la tête. Il sortit son magnétophone et l'enclencha.

— Vous connaissez évidemment l'Institut national de génétique humaine et de biologie des races, dit-elle.

— Oh que oui, répondit-il. Une institution détestable.

— C'est vrai, mais ne vous emballez pas, monsieur le grand reporter, ce n'est pas aussi excitant que ça en a l'air. On ne trouve plus tellement de vieux biologistes des races en Suède et, comme vous le savez peut-être, l'institut a fermé ses portes en 1958. Je le mentionne uniquement parce que c'est en lien avec notre affaire, comme vous allez le voir… Mais je ne le savais pas à l'époque. Lorsque je suis entrée au Registre, je croyais simplement que j'allais travailler auprès d'enfants surdoués. En réalité…

Elle but une gorgée de vin.

— … je ne sais pas par où commencer.

— Ne vous en faites pas, parlez et ça va venir.

Elle termina son verre et alluma une cigarette, une Gauloise. Elle observa Mikael d'un air amusé.

— Il est interdit de fumer ici, dit-elle. Et j'aurais très bien pu commencer par ça : fumer – et les premiers soupçons quant aux effets nocifs du tabac sur la santé. Dans les années 1950, il y avait même, figurez-vous, des chercheurs osant affirmer que fumer pouvait causer un cancer des poumons. Vous imaginez ?

— Incroyable !

— Oui. Et vous vous en doutez, cette affirmation a rencontré une opposition massive. Certes, avançait-on, les fumeurs sont souvent victimes de cancers du poumon, mais ça n'a pas forcément de rapport avec le tabac. Ça peut tout aussi bien venir du fait qu'ils mangent trop de légumes. On ne pouvait rien prouver. "Les médecins fument des Camel", c'était un slogan en vogue à l'époque. On citait les exemples de Humphrey Bogart et de Lauren Bacall pour montrer à quel point fumer était cool. Et pourtant… le soupçon persistait, ce qui n'était déjà pas rien. En Grande-Bretagne, le ministère de la Santé découvrit qu'en deux décennies la mortalité due au cancer du poumon avait été multipliée par quinze. Et à l'institut Karolinska de Stockholm, un groupe de médecins décida d'étudier le sujet sur une population de jumeaux. Comme leur ADN est identique, les jumeaux forment un terrain de recherche idéal et, en l'espace de deux ans, un registre répertoriant onze mille jumeaux fut établi. Interrogés sur leurs habitudes en termes de consommation de tabac et d'alcool, ceux-ci contribuèrent largement à la reconnaissance du fait que fumer et picoler n'était finalement pas si bon que ça.

Elle eut un petit rire jaune, tira sur sa cigarette et s'enfila un autre verre de rosé tiède.

— Mais ça ne s'arrête pas là, poursuivit-elle. Le registre fut enrichi. De nouveaux jumeaux vinrent s'ajouter à la liste. Parmi eux, il s'en trouvait un certain nombre qui n'avaient pas grandi ensemble. Dans les années 1930, des centaines de jumeaux avaient été séparés à la naissance en Suède, avant tout en raison de la pauvreté. Nombre d'entre eux ne se rencontraient qu'à l'âge adulte. Ce vivier représentait pour la science un potentiel inestimable. Et bientôt les chercheurs ne se servirent plus seulement des jumeaux pour étudier de nouvelles maladies et leurs causes, mais aussi pour trouver des réponses à la question classique : Qu'est-ce qui fait un être humain ? Qu'est-ce qui, chez l'individu, relève de l'inné ou de l'acquis ?

— J'ai lu des choses là-dessus, dit Mikael, et je connais Svenska Tvillingregistret, le registre des jumeaux. Mais son activité n'a rien d'illégal, si ?

— Non, effectivement. Les recherches qui y sont menées sont importantes, j'essaie simplement de vous donner le contexte. Tandis que le registre des jumeaux se développait, l'Institut national de génétique humaine et de biologie des races changea de nom pour devenir l'Institut de génétique médicale, qui relevait de l'université d'Uppsala. Le dernier directeur de l'Institut, Jan Arvid Böök, était ainsi professeur de "génétique médicale" et non de "biologie des races". Et ce n'était pas là que se payer de mots. Peu à peu, ces messieurs renforcèrent le caractère scientifique de leurs activités. C'en était fini des craniométries à l'ancienne et autres théories fumeuses sur la pseudo-supériorité de la race germano-suédoise.

— Mais les vieux registres répertoriant les Roms et les autres minorités existaient encore ?

— Ils existaient encore, mais il y avait bien pire.

— Ah bon ? Quoi donc ?

— La vision de l'homme. Peut-être qu'il n'y avait pas de race supérieure aux autres. Peut-être même les races humaines n'existaient-elles pas. Et pourtant… certains Suédois de souche étaient plus travailleurs et plus doués que d'autres. Pourquoi ? Peut-être parce qu'ils avaient reçu une bonne vieille éducation à la suédoise ? Alors pourquoi ne pas carrément établir la recette d'un bon Suédois – qui ne fume pas de Gauloises et ne se bourre pas la gueule au rosé, par exemple ?

— Assez douteux…

— Certes, l'esprit du temps avait changé mais, quand on a été extrémiste, passer d'un extrême à l'autre n'est pas très compliqué, n'est-ce pas ? Assez rapidement, la bande d'Uppsala s'est faite adepte de Freud et de Marx avec autant de ferveur qu'elle avait cru jadis à la biologie des races. L'institut s'appelait toujours Institut de *génétique médicale* et ses chercheurs ne minimisaient donc pas l'importance de l'héritage, pas du tout. Mais ils croyaient encore plus aux facteurs sociaux et à l'impact des conditions matérielles. Rien de mal à cela, surtout aujourd'hui où les classes sociales sont de plus en plus cloisonnées.

Mais ce groupe – avec à sa tête le professeur de sociologie Martin Steinberg – estimait que nous étions déterminés par notre environnement comme par des lois naturelles. Naître de telle mère plutôt que telle autre et grandir au sein de tel milieu culturel et social formerait presque automatiquement tel genre d'individu. Ce qui est loin d'être le cas. L'homme est bien plus complexe que ça. Toujours est-il que ces messieurs voulaient, par leurs expériences, déterminer quels genres d'éducation et de milieu produiraient un bon Suédois bien comme il faut. Ils étaient par ailleurs en lien étroit avec le registre des jumeaux et suivaient de près les recherches qui y étaient menées. Puis ils ont rencontré le psychanalyste américain Roger Stafford.

— J'ai lu des articles sur lui.

— C'est ce qu'on m'a dit. Mais vous ne l'avez jamais rencontré, n'est-ce pas ? Il avait un charisme incroyable. Sa seule présence vous illuminait une salle, mais surtout, il avait tapé dans l'œil d'une des femmes du groupe : Rakel Greitz. Rakel est psychiatre et psychanalyste, et elle… Je pourrais dire beaucoup de choses sur Rakel Greitz. Non seulement elle est tombée follement amoureuse de Roger Stafford, mais elle s'est passionnée pour ses travaux, au point de vouloir elle-même pousser son projet encore plus loin. À un moment donné – je ne sais plus quand exactement –, elle et le groupe ont pris la décision de séparer volontairement des jumeaux, des vrais comme des faux, et de les placer dans des familles opposées en tout point. Mais comme l'objectif était dès le départ très élitiste – il s'agissait de produire de beaux Suédois exemplaires –, il ne fallait pas prendre n'importe qui. Le groupe était très exigeant, fouillait les moindres recoins. On rouvrait notamment les anciens répertoires de Roms, gens du voyage, de Samis et que sais-je encore à la recherche de gens que même les biologistes des races n'auraient pas osé stériliser de force. On cherchait des parents extrêmement doués qui auraient eu des jumeaux. On voulait – pour le dire cyniquement – des cobayes de première classe.

Mikael songea au virtuose de la guitare dont avait parlé Lisbeth.

— Leo Mannheimer et Daniel Brolin ont été l'un de ces couples jumeaux ?

Hilda von Kanterborg resta silencieuse un moment, à regarder par la fenêtre.

— Oui, et c'est pour ça que nous sommes là tous les deux, n'est-ce pas ? Ce que vous avez raconté à Lotta paraît complètement délirant : que Leo ne soit plus Leo. Honnêtement, je n'y crois pas. Je ne peux pas y croire. Vous savez, Anders et Daniel Brolin, comme ils s'appelaient alors, étaient des gens du voyage. Ils venaient d'une famille à l'oreille musicale extraordinaire. La mère, Rosanna, était une chanteuse formidable. Il nous reste d'elle un enregistrement, où elle chante *Strange Fruit* de Billie Holiday, c'est à vous fendre le cœur. Mais elle est décédée quelques jours après l'accouchement, de la fièvre puerpérale. Elle n'était jamais allée au lycée, mais on a retrouvé ses notes de collège. Elle était au top partout. Le père s'appelait Kenneth, il était maniacodépressif. Mais c'était un génie à la guitare. Il n'était ni foncièrement méchant ni insensible, mais c'était un véritable névrotique, incapable de s'occuper des jumeaux. Du coup, ils ont été placés dans un orphelinat à Gävle, et c'est là que Rakel Greitz les a trouvés. Elle les a presque aussitôt séparés. Je ne veux même pas savoir comment elle et Martin Steinberg ont procédé pour trouver des familles pour tous ces jumeaux. Mais en ce qui concerne Daniel et Anders, ou Leo comme on l'a rebaptisé, ce fut particulièrement affreux.

— Comment cela ?

— C'était tellement injuste. Daniel est resté plusieurs années à l'orphelinat. Ensuite il s'est retrouvé chez un fermier antipathique et terre à terre au possible, aux alentours de Hudiksvall, qui cherchait surtout de la main-d'œuvre pas chère. Enfin, il y avait aussi une femme au début. Mais elle a rapidement déguerpi, et à partir de ce moment-là, on a clairement eu affaire à un cas de travail d'enfants. Daniel et ses frères adoptifs trimaient du matin au soir, souvent ils n'avaient même pas le droit d'aller à l'école. Leo, en revanche… a été placé dans une famille aisée et influente à Nockeby.

— Chez Herman et Viveka Mannheimer.

— Absolument. Et comme Herman était un dur à cuire, il n'a fait qu'une bouchée de Martin Steinberg. Les parents adoptifs ne devaient absolument rien savoir des origines des enfants, et surtout pas le fait qu'ils avaient un jumeau. Mais Herman Mannheimer n'a pas lâché l'affaire. Peut-être avait-il un moyen de pression sur le groupe, allez savoir. Quoi qu'il en soit, Martin a cédé. Il a craqué. Sous le sceau du secret absolu, il a mis Herman au parfum, ce qui était déjà préjudiciable en soi. Mais pire encore : Herman a commencé à douter. Il n'avait jamais aimé les "Gitans", la "racaille" comme il disait et, à l'insu de Rakel et de Martin, il a demandé conseil à son associé, Alfred Ögren.

— Je vois, dit Mikael. Et, d'une façon ou d'une autre, son fils Ivar l'a su aussi.

— Oui, mais ça, c'était bien plus tard. À ce moment-là, Ivar était déjà jaloux de Leo depuis longtemps, parce que tout le monde le disait plus intelligent et plus prometteur que lui. Ivar, ne l'oublions pas, faisait tout ce qu'il pouvait pour écraser

Leo et foutre la merde. C'était un véritable champ de mines entre les familles, ce pour quoi on a fait appel à mon collègue, Carl Seger.

— Mais, si Herman Mannheimer était un salaud bourré de préjugés, pourquoi a-t-il accueilli le garçon ?

— Herman était surtout un vieux réactionnaire mais, dans le fond, il n'était pas sans cœur. Vraiment, je le crois, malgré ce qui est arrivé à Carl. Mais Alfred Ögren… lui, c'était un enfoiré de première et un vrai raciste. Il lui a fortement déconseillé d'adopter Leo. Et tout serait sans doute parti à vau-l'eau s'il n'y avait eu ces rapports sur le développement moteur extrêmement précoce du garçon, et je ne sais quoi d'autre encore. C'est ça qui a fait pencher la balance. Viveka s'est prise d'affection pour le petit.

— On l'a donc accueilli uniquement parce qu'il était précoce ?

— Probablement. Il avait sept mois, et il avait les yeux clairs. On a très vite nourri d'immenses espoirs pour lui.

— Il est écrit dans son dossier de données personnelles qu'il est le fils biologique des Mannheimer. Je ne comprends pas comment les parents se sont débrouillés pour obtenir ça si le garçon a été adopté aussi tardivement.

— Les amis les plus proches et les voisins connaissaient évidemment la vérité. Mais pour les Mannheimer, c'était une question d'honneur. Tout le monde savait à quel point Viveka souffrait de ne pas pouvoir avoir d'enfants.

— Leo lui-même savait-il qu'il était adopté ?

— Il l'a su vers l'âge de sept ou huit ans, lorsque les fils d'Ögren ont commencé à se moquer de lui. Viveka s'est sentie obligée de le lui dire. Mais elle lui a demandé de garder le secret – pour ne pas salir l'honneur de la famille.

— Je vois…

— Oui, tout cela n'a pas été un long fleuve tranquille.

— Leo souffrait d'hyperacousie, si je ne m'abuse ?

— Oui, c'est vrai. Mais aussi de ce qu'on appelle aujourd'hui l'hypersensibilité. Il était extrêmement sensible. Le monde était trop dur pour lui. Il se retranchait en lui-même ; c'est devenu un enfant très solitaire. Parfois, je me dis que Carl était son seul véritable ami. Au début, moi, Carl et les autres psychologues, on n'avait aucune visibilité. On pensait seulement examiner un groupe d'enfants surdoués. On ignorait même qu'on travaillait sur des jumeaux. On nous répartissait de façon que nous ne rencontrions que l'un des frères ou des sœurs. Mais peu à peu, on a compris, et on a accepté – plus ou moins, je l'avoue. C'est Carl qui a eu le plus de mal avec la séparation intentionnelle des jumeaux – sans doute à cause de sa proximité avec Leo. Les autres enfants ne semblaient pas se douter qu'ils avaient fait l'objet d'une séparation. Mais Leo était différent. Il ne savait pas non plus qu'il avait un jumeau, seulement qu'il avait été adopté. Mais il devinait quelque chose ; il disait souvent qu'il avait l'impression de n'être qu'une moitié d'un tout. Pour Carl, c'était de plus en plus insupportable. "Je n'en peux plus", disait-il et il me posait sans arrêt des questions sur Daniel : "Est-ce qu'il ressent la même chose ?" Je lui confiais qu'il n'allait pas bien non plus : "Il se sent seul." J'ai dû aussi lui dire que Daniel montrait parfois des signes de dépression. "Il faut qu'on leur dise", insistait Carl. Ce à quoi je répondais : "C'est impossible, ce serait un désastre pour nous tous." Mais Carl n'a pas lâché, et il a fini par commettre la plus grosse erreur de sa vie. Il est allé voir Rakel et… vous savez…

Hilda ouvrit la deuxième bouteille de vin, bien que la première ne fût pas complètement vide.

— Rakel Greitz, reprit-elle, a peut-être l'air d'une femme sérieuse et honnête. Elle a dupé Leo, en tout cas. Ils sont restés en contact, toutes ces années. Ils se retrouvent parfois pour Noël, ce genre de choses. Mais en réalité, elle est froide comme la glace et c'est à cause d'elle que je suis là toute tremblante à picoler sous un faux nom. Elle m'a gardée à l'œil depuis tout ce temps, alternant signes d'amitié et menaces. Quand je me suis enfuie pour me cacher ici, elle était en train de venir chez moi. Je l'ai aperçue dans la rue.

— Carl est donc allé la voir ? demanda Mikael.

— Il a pris son courage à deux mains et l'a prévenue qu'il comptait tout dire, quoi qu'il en coûte. Quelques jours plus tard, il était mort, abattu comme un gibier en forêt.

— Vous voulez dire que c'était un meurtre ?

— Je ne sais pas. J'ai toujours refusé d'admettre l'idée d'être impliquée dans un organisme capable de meurtre.

— Ce qui ne vous a pas empêchée d'avoir des soupçons, n'est-ce pas ?

Hilda ne répondit pas. Elle se contenta de boire son rosé en regardant par la fenêtre.

— J'ai lu l'enquête, poursuivit Mikael. Ça sentait déjà mauvais, mais là vous venez de m'indiquer un mobile. Ils ont tous dû être impliqués : Mannheimer, Ögren, Greitz, tout le monde, je ne vois pas d'autre explication. Ils risquaient d'être démasqués et associés à un organisme se livrant à des expériences sur des enfants en séparant ceux qui étaient censés grandir ensemble, en les arrachant littéralement l'un à l'autre. Ils étaient obligés de se débarrasser de qui menaçait de tous les traîner dans la boue.

Hilda von Kanterborg avait l'air effrayée ; elle garda le silence un moment.

— En tout cas, le prix à payer a été élevé, dit-elle. Leo ne s'est jamais remis. Malgré tout son argent et le brillant avenir auquel il était appelé, il n'a jamais été heureux. Il a toujours manqué d'estime de soi. À contrecœur, il a fini par s'engager dans l'entreprise familiale, pour bientôt se voir écarter par des crétins comme Ivar.

— Et le frère, Daniel ?

— D'une certaine façon, il est plus solide, peut-être parce qu'il n'a pas eu le choix. Tout ce que Leo s'est vu encouragé à faire – faire des études, lire, jouer de la musique –, Daniel a été obligé de le faire en douce, par défi. Mais il a souffert lui aussi. Il était harcelé par ses frères adoptifs, il se prenait des roustes en permanence et s'est toujours senti différent, exclu.

— Qu'est-il devenu ?

— Il a fugué de la ferme et disparu du Registre. Mais j'ai été virée de l'organisme peu de temps après, alors je ne suis sûre de rien. La dernière chose que j'ai faite a été de lui conseiller une école à Boston. Ensuite, je n'ai plus eu de ses nouvelles jusqu'à…

Il s'était passé quelque chose. Mikael le devinait à sa façon de manipuler son verre et à son regard fuyant.

— Jusqu'à quoi ?

— J'étais chez moi, je picolais. C'était un matin, au mois de décembre, il y a un an et demi. Je lisais le journal en buvant un coup. Le téléphone a sonné. On avait des consignes strictes au sein du Registre : il nous était interdit de donner aux enfants notre vrai nom. Mais je… je picolais certainement déjà à l'époque et j'ai dû être négligente une fois ou deux, parce que Daniel avait déjà réussi à me dénicher des années auparavant. Et là, de nulle part, il m'appelait chez moi pour me dire qu'il avait compris.

— Compris quoi ?

— Que Leo existait et qu'ils étaient jumeaux.

— Ce sont des jumeaux miroirs, c'est ça ?

— Oui, mais ça, il ne le savait pas encore, je pense. Et c'était sans importance, en tout cas à ce moment-là. Il était terriblement bouleversé ; il m'a demandé si j'étais au courant. J'ai longtemps hésité. Puis je lui ai dit que oui et il s'est tu. Il m'a dit qu'il ne me pardonnerait jamais. Ensuite il a raccroché. J'avais envie de hurler, de m'effondrer pour ne plus jamais me relever. J'ai rappelé au numéro qui s'était affiché. Je suis tombée sur un hôtel à Berlin, où personne ne connaissait de Daniel Brolin. J'ai tout fait pour le joindre. Je n'ai pas réussi.

— Vous pensez qu'il a rencontré Leo ?

— Je ne crois pas, finalement.

— Qu'est-ce qui vous fait dire ça ?

— Parce que, quand ça arrive, on finit toujours par le savoir. Plusieurs de nos vrais jumeaux se sont rencontrés à l'âge adulte. C'est inévitable, à l'ère du numérique. Quelqu'un voit une image sur Facebook ou Instagram et clame sur tous les toits que la photo ressemble à Untel ou Untel. La rumeur se répand et l'histoire finit dans les médias. Les journalistes adorent ce genre de choses. Mais aucun de nos jumeaux n'a jamais compris le fond de l'affaire. Il y a toujours eu des explications – de fausses explications concoctées depuis le début, pour le cas où… –, et les journaux se sont focalisés sur la dimension romanesque des retrouvailles. Personne n'est allé au fond de l'histoire. Honnêtement, je n'arrive pas à comprendre comment vous êtes tombé sur la piste, vous. Tout le monde a été hyper rigoureux sur la confidentialité.

Mikael but encore un peu de rosé lui aussi, bien qu'il n'aimât pas ça. Il se demandait comment formuler les choses. Il garda un ton compatissant :

— Je crois que vous vous faites des illusions, Hilda. Il me semble que beaucoup d'éléments indiquent, au contraire, que Daniel et Leo se sont rencontrés. Il y a des choses bizarres. J'ai un ami qui connaît bien Leo. Il – Mikael employa volontairement *il* au lieu de Malin… – a étudié Leo attentivement. Comme je le disais à votre sœur, il est persuadé que Leo est devenu droitier. Par ailleurs, il serait devenu un virtuose à la guitare, du jour au lendemain.

— Il aurait donc aussi changé d'instrument ?

Hilda se recroquevilla nerveusement sur sa chaise.

— Vous insinuez donc…, reprit-elle.

— Je vous demande seulement quelles conclusions vous en tirez, abstraction faite de vos propres illusions.

— Si ce que vous dites est vrai, je me dis que Leo et Daniel ont échangé leur identité.

— Pourquoi auraient-ils fait cela ?

— Parce que… parce que ce sont des personnes profondément mélancoliques et extrêmement douées. Changer de vie a dû leur apparaître comme une chose facile, peut-être même comme une expérience excitante. Carl disait toujours que Leo se sentait souvent prisonnier d'un rôle qu'il n'aimait pas.

— Et Daniel ?

— Pour lui… je ne sais pas. Il a pu lui sembler assez fantastique d'entrer dans le monde de Leo.

— Vous disiez que Daniel s'était mis dans une colère noire au téléphone ? Ça a dû être extrêmement douloureux pour lui d'apprendre que son frère jumeau avait grandi dans une famille aisée alors que lui-même avait été valet de ferme.

— Oui, mais…

Hilda lorgna les bouteilles de rosé, comme si elle avait peur qu'il n'y en ait pas assez.

— Il faut bien comprendre que ce sont des garçons incroyablement sensibles et empathiques. Carl et moi, on en parlait souvent. Mais ils se sentaient seuls. Ils étaient en quelque sorte faits l'un pour l'autre. Et s'ils se sont effectivement rencontrés, je suis sûre que leurs retrouvailles ont été formidables. Sans doute ce qui leur est arrivé de plus beau dans la vie.

— Donc, vous n'envisagez pas qu'il ait pu se passer quelque chose d'horrible ?

Hilda secoua la tête, dans un geste qui ressemblait plus à du désespoir qu'à de la conviction.

— Est-ce que vous avez dit à quelqu'un que Daniel vous avait téléphoné ?

Hilda von Kanterborg réfléchit un peu trop longtemps. Mais elle n'était pas facile à déchiffrer. Elle alluma une nouvelle cigarette avec le mégot de l'ancienne.

— Non, dit-elle. Je n'ai plus de contact avec le Registre. À qui j'en parlerais ?

— Vous disiez que Rakel Greitz vous rendait régulièrement visite.

— Je ne lui aurais jamais dit un mot. Je me suis toujours beaucoup méfiée d'elle.

Mikael se perdit dans ses pensées. Il reprit d'un ton plus sec qu'il ne l'aurait voulu :

— Il y a un autre sujet sur lequel je dois vous interroger.

— Il s'agit de Lisbeth Salander ?

— Comment le savez-vous ?

— Personne n'ignore que vous êtes plutôt proches tous les deux.

— Est-ce qu'elle a fait partie du projet ?

— Elle a causé plus de souci à Rakel Greitz que tous les autres réunis.

Décembre, un an et demi plus tôt

Leo Mannheimer rentra dans son appartement, suivi de l'homme qui lui ressemblait tant. Celui-ci était vêtu d'un manteau noir élimé, au col de fourrure blanche, d'un pantalon de costume gris et de rangers marron qui semblaient avoir vu du pays. Il ôta son bonnet et son manteau, et posa sa guitare. Ses cheveux étaient plus ébouriffés que ceux de Leo, ses favoris plus longs et ses joues plus hâlées, mais cela ne faisait qu'accentuer leur ressemblance glaçante.

Leo croyait voir une autre version de lui-même. Il avait des frissons, il se sentait mal. En ouvrant la porte, il avait même été terrorisé, comme si le sol s'était dérobé sous ses pieds. Il observa les mains et les doigts de l'homme, puis les siens. Il aurait voulu avoir un miroir, pour comparer le moindre trait, la moindre ride de leurs visages. Plus que tout, il brûlait de poser mille et une questions à l'étranger. Il songeait aux notes de musique qu'il avait entendues dans la cage d'escalier et à ce que l'autre lui avait dit : ce sentiment d'incomplétude qu'il ressentait – tout comme lui. Les mots s'étranglaient dans sa gorge.

— Comment est-ce possible ? demanda-t-il.

— Je crois… dit l'autre.

— Tu crois quoi ?

— Qu'on faisait partie d'une expérience.

Leo avait du mal à assimiler tout cela. Il songea à Carl, aux pas de son père montant l'escalier ce fameux jour d'automne, et il chancela. Il s'affaissa sur le canapé rouge, juste sous le tableau de Bror Hjorth. L'homme s'installa dans le fauteuil à côté, et rien que ça, la façon dont son corps s'enfonça dans le fauteuil, avait quelque chose de si familier qu'il en eut des frissons dans le dos.

— Je m'en doutais, dit Leo. Que quelque chose n'allait pas.

— Tu savais que tu avais été adopté ?

— Oui, ma mère me l'a dit.

— Mais tu n'avais aucune idée de mon existence ?

— Absolument pas, je veux dire…

— Oui ?

— Il m'est arrivé de penser… de rêver… Je me suis imaginé un tas de choses. Tu as grandi où ?

— Dans une ferme près de Hudiksvall. Ensuite je suis parti à Boston.

— Boston, murmura Leo.

Il entendait battre son cœur. Mais ce n'était pas le sien, c'était celui de l'autre, de son frère jumeau.

— Tu veux boire quelque chose ? demanda-t-il.

— Ce n'est pas de refus.

— Du champagne ? Ça te dit ? Ça passe direct dans le sang.

— Parfait.

Leo se leva et se dirigea vers la cuisine, mais il s'arrêta en chemin sans savoir pourquoi. Il était bien trop bouleversé pour savoir ce qu'il faisait.

— Pardon, dit-il.

— Pardon pour quoi ?

— J'étais tellement sous le choc, tout à l'heure… Je ne me souviens même pas de ton nom.

— Dan. Dan Brody.

— Dan ? répéta Leo. Dan.

Il alla chercher une bouteille de dom pérignon et deux verres. La conversation tâtonna encore un moment. La neige tombait au-dehors. La rumeur du vendredi soir montait de la rue : des rires, des voix, de la musique provenant des voitures et des appartements voisins. Ils se sourirent, trinquèrent et s'ouvrirent de plus en plus. Bientôt, ils se parlaient comme aucun d'entre eux n'avait jamais parlé à personne.

Ils parlèrent d'absolument tout. A posteriori, ni l'un ni l'autre n'aurait pu rendre compte de la conversation et de ses méandres. Chaque sujet n'était abordé que pour être bientôt interrompu par des questions et ouvrir d'autres fils de discussion. C'était comme si les mots ne suffisaient pas – comme s'ils n'arrivaient pas à parler assez vite. La nuit tomba, un jour nouveau se leva. Ils ne s'arrêtaient de parler que de temps en temps, pour manger, dormir ou jouer. Ils jouèrent des heures durant et pour Leo, ce fut plus fort que tout.

Leo était un solitaire. Il avait joué des heures tous les jours de sa vie, mais toujours seul. Dan, lui, avait joué avec des centaines de gens – des amateurs et des pros, des virtuoses et des débutants, des musiciens à l'oreille fine, des spécialistes d'un genre et des touche-à-tout, d'autres encore capables d'improviser au beau milieu d'une chanson et de saisir le moindre changement de rythme. Mais jamais il n'avait joué avec quelqu'un qui le comprenne aussi intuitivement. Ce n'était pas une simple jam-session qu'ils faisaient là. Ils discutaient en même temps, échangeaient des expériences musicales. Parfois, Leo montait sur la table ou sur une chaise pour porter un toast :

— Je suis tellement fier ! Tu es tellement bon, putain !

Jouer avec son frère jumeau était une telle joie qu'il se dépassait lui-même. Ses solos se firent plus audacieux, plus inventifs. Même si Dan était meilleur, évidemment, son jeu à lui retrouvait toute sa ferveur. Parfois ils jouaient et parlaient en même temps.

Ils se racontaient leur vie comme s'ils la découvraient, percevant du sens ou de la cohérence où ils n'en voyaient pas avant. Ils laissaient leurs histoires se confondre et déteindre l'une sur l'autre. Certes, tout n'était pas toujours réciproque, même si Dan n'en parla pas sur le moment. Parfois, la jalousie le brûlait, lui qui enfant avait connu la faim. Il songea à sa fuite de la ferme, et aux mots de Hilda von Kanterborg : "Nous sommes censés étudier, et non intervenir."

Par moments, la moutarde lui montait au nez, par exemple quand Leo se plaignait de n'avoir pas eu le courage de miser sur la musique, d'avoir été "contraint" de devenir codirecteur d'Alfred Ögren. L'injustice lui paraissait insupportable. Mais ces moments restaient rares. Ce week-end de décembre, Dan aussi le vécut dans une joie incommensurable.

C'était un tel miracle non seulement de rencontrer son frère jumeau, mais de trouver en lui un semblable, qui partageait sa façon de penser, ses émotions, et même… son ouïe. Combien ils en parlèrent, des sons ! Ils s'emparèrent du sujet en véritables savants, tout à leur plaisir de se plonger ensemble dans cet univers que personne d'autre ne pouvait comprendre. Dan aussi, parfois, grimpait sur une chaise pour porter un toast.

Ils se promirent de ne plus se quitter. Ils se jurèrent beaucoup de choses – de belles choses, des choses grandioses. Mais ils se promirent également de faire toute la lumière sur ce qu'il s'était réellement passé jadis, et de comprendre pourquoi. Ils évoquèrent longuement les personnes qui les avaient examinés durant leur enfance, et tous les tests, les films, les questions. Dan parla de Hilda von Kanterborg et Leo de Carl Seger et de Rakel Greitz, avec laquelle il était resté en contact.

— Rakel Greitz, dit Dan. Elle est comment ?

Leo mentionna la tache de naissance sur son cou, et Dan se figea. Il avait également rencontré Rakel Greitz. Ce fut là un tournant. Il était 23 heures le dimanche 17 décembre. La rue au-dehors était sombre et silencieuse, la neige ne tombait plus. Seul le bruit des chasse-neiges leur parvenait au loin.

— Greitz, c'est un vrai serpent, non ?

— Elle est assez froide en apparence, répondit Leo.

— Moi, elle me donnait la chair de poule.

— Je ne l'ai jamais trop aimée non plus.

— Pourtant, tu as continué à la voir ?

Leo répondit, un peu sur la défensive :

— Je ne me suis jamais vraiment opposé à elle.

— On a tous nos faiblesses, dit Dan en guise de réconfort.

— Sans doute. Mais c'est aussi Rakel qui m'a présenté Carl. Elle m'a toujours parlé de lui en bien – c'est sans doute ce que je voulais entendre, tu me diras… Je dois déjeuner avec elle la semaine prochaine, pour Noël.

— Tu lui as déjà posé des questions sur tes origines ?

— Des milliers de fois ! Chaque fois, sa réponse était…

— … que tu as été abandonné dans un orphelinat à Uppsala, mais qu'ils n'ont jamais pu retrouver tes parents biologiques.

— J'ai téléphoné à ce putain d'orphelinat, et ils ont confirmé l'information !

— Comment expliquer cette histoire de Gitans, alors ?

— Elle dit que ce sont des rumeurs.

— Elle ment.

— Manifestement.

Une grimace résolue passa sur le visage de Leo.

— Rakel, c'est elle qui tire les ficelles, tu ne crois pas ? poursuivit Dan.

— Probablement.

— On va les coincer, tu vas voir !

Une irrépressible soif de vengeance unissait maintenant les deux hommes. Le temps que le dimanche se perde dans la nuit et que pointe l'aube du lundi, ils étaient convenus de faire profil bas et de ne rien dire à personne de leur rencontre. Leo allait contacter Rakel Greitz, annuler leur déjeuner de Noël et l'inviter chez lui à la place. Il la mettrait à l'aise pour qu'elle ne se doute de rien, tandis que Dan se cacherait dans une pièce attenante. Rakel Greitz allait comprendre sa douleur.

HILDA VON KANTERBORG buvait verre sur verre. Elle n'avait pas l'air ivre ; et pourtant, elle tremblait. Elle transpirait à grosses gouttes. Son cou et sa poitrine étaient trempés.

— Comme il était d'usage, Rakel Greitz et Martin Steinberg voulaient à la fois de vrais et de faux jumeaux dans le projet. Ils avaient besoin des deux groupes pour pouvoir comparer. Lisbeth Salander et sa sœur Camilla étaient inscrites sur l'un des registres de l'Institut de génétique médicale. Les filles étaient considérées comme un cas idéal. Agneta n'avait rien de spécial, le père, en revanche, était…

— Un monstre.

— Et j'ajouterais : un monstre extrêmement doué. Ce qui rendait les filles particulièrement intéressantes. Rakel Greitz voulait les séparer. L'idée l'obsédait.

— Bien que les filles aient eu une maison et une mère.

— Oui. Et loin de moi l'idée de défendre Rakel, je ne le ferais pas une seconde. Et pourtant… D'un point de vue humain, elle ne manquait pas d'arguments à l'époque. Le père, Zalachenko, était violent et alcoolique.

— Je connais l'histoire.

— Je sais bien. Mais je tiens à le rappeler, à notre décharge. C'était un foyer infernal, Mikael. Non seulement à cause des viols et de la maltraitance dont le père se rendait coupable. Mais il favorisait également Camilla, systématiquement. L'ambiance entre les deux filles était catastrophique dès le départ. Elles étaient comme ennemies de naissance.

Mikael songea à Camilla et au meurtre de son collègue Andrei Zander. Il serra fort son verre, sans rien dire.

— Il y avait en réalité une raison valable – je l'ai soutenu moi-même quelque temps – de placer Lisbeth dans une autre famille, poursuivit Hilda.

— Mais elle adorait sa mère !

— Je le sais, croyez-moi. J'ai appris beaucoup de choses sur cette famille. Et Agneta était peut-être brisée après les passages de Zalachenko, qui la démolissait à coups de poing. Mais quand il s'agissait de ses enfants, c'était une battante. On lui a proposé de l'argent. On l'a menacée. Elle a reçu des lettres d'intimidation, avec des tampons officiels. Mais elle ne s'est pas laissé faire. "Lisbeth reste avec moi, disait-elle. Je ne l'abandonnerai jamais." Comme elle se battait bec et ongles, le processus s'est éternisé. Il commençait à être trop tard pour séparer les filles, surtout par rapport aux normes de l'époque. Mais pour Rakel, c'était devenu une question de principe, une idée fixe. On a donc fait appel à moi.

— Que s'est-il passé ?

— D'abord, j'ai été de plus en plus impressionnée par Agneta. On était souvent en contact, à cette période-là, on est presque devenues amies. Ensuite, j'ai commencé à me battre pour qu'elle puisse garder Lisbeth. J'ai vraiment lutté. Mais Rakel ne s'est pas écrasée aussi facilement, et un soir elle s'est pointée avec son homme fort, Benjamin Fors.

— Qui c'est ?

— À la base, c'est un travailleur social, mais il bosse pour Rakel depuis une éternité. C'est Martin Steinberg qui a mis en place ce binôme. Benjamin n'est pas particulièrement intelligent, mais il est très grand et d'une loyauté sans bornes. Rakel l'a aidé à des périodes difficiles de sa vie, notamment quand il a perdu son fils dans un accident de voiture, et en contrepartie il ferait n'importe quoi pour elle. Il doit avoir cinquante-cinq ans passés, maintenant, mais il fait plus de deux mètres et il a une très bonne condition physique. Il a plutôt une tête de gentil, un regard mélancolique et des sourcils broussailleux qui lui donnent parfois un air comique. Mais si Rakel l'exige, il peut être violent. Et ce fameux soir sur Lundagatan…

Hilda hésita et but un peu de rosé.

— Oui ?

— C'était au mois d'octobre. Il faisait froid, poursuivit-elle. C'était peu de temps après que Carl Seger avait été tué lors de la chasse à l'élan. J'étais partie assister à une cérémonie d'hommage, ce qui n'était sans doute pas un hasard. L'opération avait été méticuleusement planifiée. Camilla dormait chez une amie ; seules Agneta et Lisbeth étaient chez elles. Lisbeth avait six ans. C'est son anniversaire en avril, non ? Elles étaient dans la cuisine en train de boire du thé et de manger des tartines. Une tempête soufflait sur Skinnarviksberget.

— Comment pouvez-vous savoir ce genre de choses ?

— J'ai trois sources. Notre rapport officiel, sans doute le moins fiable, puis la version d'Agneta. On en a parlé des heures après les événements.

— Et la troisième source ?

— Lisbeth elle-même.

Mikael la regarda, étonné. Lisbeth, il le savait, était avare de détails sur sa vie. Et pour sa part, il n'avait pas entendu un mot de cette histoire, même pas de la part de Holger.

— Comment ça se fait ?

— C'était il y a bien dix ans maintenant. Lisbeth, à cette époque, cherchait à en savoir plus sur sa mère. Je lui ai raconté de mon mieux : je lui ai dit qu'Agneta était une femme forte et intelligente, ça lui a fait plaisir. On est restées longtemps à discuter chez moi, et à la fin elle m'a raconté cette histoire. Ça m'a fait l'effet d'un coup dans le ventre.

— Lisbeth savait-elle qu'elle faisait partie du Registre ?

Hilda von Kanterborg déboucha la troisième bouteille.

— Non, dit-elle. Elle n'en avait aucune idée. Elle ne connaissait même pas le nom de Rakel Greitz. Elle pensait que tout ça n'était qu'une affaire de garde, une mesure coercitive des services sociaux. Elle ne savait rien des recherches de jumeaux, et je…

Hilda tripota son verre.

— Vous lui avez caché la vérité.

— J'étais surveillée, Mikael. J'étais tenue par le secret professionnel, je savais ce qu'il s'était passé pour Carl.

— Je comprends, dit-il, presque sincèrement.

Cela n'avait pas dû être facile pour Hilda von Kanterborg. Qu'elle soit là maintenant en train de lui confier tout ça, c'était déjà beaucoup. Inutile de la juger davantage.

— Que s'est-il passé ? la relança-t-il.

— Ce fameux soir ?

— Oui.

— Comme je le disais, la tempête faisait rage. Le père était passé la veille, Agneta était couverte de bleus et souffrait de douleurs au ventre et au bas-ventre. Elle buvait un thé dans la cuisine avec Lisbeth. Elles passaient un moment tranquille, toutes les deux. Puis on a sonné à la porte. Je vous laisse imaginer à quel point elles étaient terrifiées. Elles pensaient que Zalachenko était revenu.

— Mais c'était Rakel Greitz.

— C'étaient Rakel et Benjamin, ce qui n'était guère mieux. Ils ont pris un ton autoritaire pour expliquer qu'ils étaient venus récupérer Lisbeth afin de la protéger, se référant à tel ou tel article de loi. Puis tout a dégénéré.

— De quelle façon ?

— Lisbeth a dû se sentir terriblement trahie. Elle était tellement petite. Et au début, lorsque Rakel venait pour lui faire passer différents tests, Lisbeth attendait beaucoup d'elle. Vous savez, on peut dire ce qu'on veut de Rakel Greitz, mais elle a une certaine aura. Elle a même de l'allure, avec son port de reine et sa tache de naissance sur le cou. Je crois que Lisbeth avait rêvé qu'elle les aiderait, qu'elle veillerait personnellement à ce que son père soit tenu à l'écart. Et là, elle s'est rendu compte que Rakel était comme les autres.

— Les autres qui ne faisaient rien pour faire cesser les violences et les viols.

— Oui, qui laissaient faire. Et voilà que, par-dessus le marché, Rakel allait l'enlever pour la mettre à l'abri. *Elle!* Rakel a même sorti une seringue de Stesolid. Elle pensait endormir la fillette et l'emmener avec elle. Mais Lisbeth est devenue folle. Elle a mordu Rakel au doigt, elle a sauté sur une table accolée au mur du salon, elle a ouvert la fenêtre et elle s'est jetée dehors. Ils habitaient au rez-de-chaussée, mais ça faisait quand même un saut de deux mètres cinquante, et Lisbeth était une petite fille maigrichonne. Elle n'avait pas de chaussures, elle était en chaussettes. Elle portait seulement un jean et un pull. Or, c'était la grosse tempête dehors, il pleuvait aussi, me semble-t-il. Elle a atterri sur ses pieds, accroupie, mais elle a basculé en avant et s'est cogné la tête. Ce qui ne l'a pas empêchée de se relever aussitôt et de s'élancer dans l'obscurité. Elle a couru, couru de toutes ses forces, en direction de Slussen et Gamla Stan, pour finalement arriver à la place Mynttorget et au Palais royal, frigorifiée et trempée jusqu'aux os. Je crois qu'elle a dormi dans une cage d'escalier, cette nuit-là. On ne l'a pas vue pendant deux jours.

Hilda se tut.

— S'il vous plaît… reprit-elle.

— Oui ?

— Je me sens tellement mal, aujourd'hui. Vous ne voulez pas descendre à la réception me prendre encore quelques bières fraîches ? J'ai besoin de quelque chose de plus rafraîchissant que cette eau de vaisselle, dit-elle en désignant le rosé.

Mikael la regarda, embarrassé. Mais il finit par hocher la tête, sortir dans le couloir et descendre les escaliers pour rejoindre la petite jeune à la réception. Il ne se contenta pas d'acheter six bouteilles de Carlsberg. À son propre étonnement, il envoya également un message crypté, ce qui n'était peut-être pas très malin de sa part. Mais il lui devait bien cela.

Il écrivit :

> [La femme avec la tache de naissance sur le cou qui a voulu t'enlever quand tu étais petite s'appelle Rakel Greitz. Elle est psychanalyste et psychiatre ; c'était l'une des responsables du Registre.]

Puis il monta rejoindre Hilda von Kanterborg avec les bières, pour écouter la suite de l'histoire.

17

LE 21-22 JUIN

LISBETH ÉTAIT À L'OPERABAREN, où elle tentait de célébrer sa libération. Sans grand succès. Derrière elle, une bande de jeunes filles affublées de couronnes dans les cheveux festoyaient sans retenue – sans doute un enterrement de vie de jeune fille. Leurs rires perçants lui agressaient les oreilles. Elle contempla le parc Kungsträdgården. Un homme passa avec un chien noir.

Elle était venue là pour les cocktails. Peut-être aussi pour l'ambiance, mais ce n'était pas une réussite. De temps en temps, elle jetait un œil sur la gauche, derrière les fêtardes. Peut-être ramènerait-elle quelqu'un chez elle ce soir ? Un homme. Ou bien une femme. À voir…

Les pensées se bousculaient dans sa tête. Agitée, elle consulta son téléphone. Elle avait reçu un mail de Hanna Balder, la mère d'August, le garçon autiste à la mémoire photographique qui avait été témoin du meurtre de son père et que Lisbeth avait caché dans une petite maison, à Ingarö.

Le garçon était de retour chez lui après un long séjour à l'étranger. Selon sa mère, il allait bien "vu les circonstances". Tant mieux. Mais Lisbeth n'arrivait pas à oublier son regard, ses yeux vitreux qui avaient vu et enregistré bien plus qu'ils n'auraient dû. Et qui semblaient également se couper du monde. Elle s'avoua, non sans douleur, que certaines choses vous marquent au fer rouge. On ne s'en libère jamais. Il faut vivre avec. Elle songea à la façon dont le petit garçon s'était frappé la tête contre la table, à Ingarö, sous le coup d'une violente crise de frustration.

L'espace d'un instant, elle fut prise de l'envie de faire pareil : se cogner la tête contre le comptoir. Mais elle se contenta de serrer les mâchoires. Au même moment, elle sentit quelqu'un s'approcher.

C'était un jeune homme aux cheveux blond foncé vêtu d'un costume bleu, qui s'installa à côté d'elle. Il avait une moue boudeuse. Il l'aborda ainsi : "Vous tirez une sacrée tronche, vous, dites donc", avant de commenter sa lèvre fendue. Ce n'était pas une bonne idée, dans les deux cas. Mais elle n'eut même pas le temps de le fusiller du regard. Elle reçut un message crypté de Mikael. En le lisant, elle se figea. Elle balança quelques billets de cent sur le comptoir, bouscula l'homme et quitta les lieux.

La ville était tout illuminée. C'était une magnifique soirée d'été, pour qui avait la tête à cela. On entendait de la musique au loin. Mais Lisbeth n'y prêta aucune attention. Elle avait l'air prête à tuer quelqu'un. Elle fit une recherche sur le nom qu'elle avait reçu et constata rapidement que Rakel Greitz avait une identité protégée. En soi, ce n'était pas un problème. On laisse tous des traces : achats sur le Net, négligence, adresse donnée par mégarde... Mais, en traversant le pont Strömbron en direction de Gamla Stan, elle n'en était pas à mettre au point un quelconque plan, pas même le piratage d'un site de vente en ligne où Rakel Greitz aurait pu faire des achats. Non : elle pensait aux dragons.

Elle songea à ce fameux soir où, enfant, elle avait couru en chaussettes dans les rues de Stockholm. Jusqu'au Palais royal et à une église illuminée dans le noir. C'était Storkyrkan, la cathédrale. Mais elle n'en savait rien à l'époque. Le monument l'avait attirée, tout simplement. Elle était frigorifiée, elle avait les pieds trempés et il fallait absolument qu'elle se repose et se réchauffe. Elle dépassa un grand pilier et traversa une cour intérieure avant d'entrer dans l'église proprement dite. Le plafond était tellement haut qu'il semblait toucher le ciel. Elle s'était enfoncée plus avant dans l'église pour mieux échapper aux regards. C'est alors qu'elle avait aperçu la statue, dont elle n'apprit que plus tard qu'elle était célèbre. Elle figurait le chevalier saint Georges terrassant un dragon et sauvant une vierge en détresse. Mais Lisbeth l'ignorait et l'eût-elle su qu'elle s'en serait bien moquée. Elle vit tout autre chose dans la statue ce soir-là. Elle vit une agression. Le dragon – elle s'en souvenait encore parfaitement – était sur le dos, une lance lui transperçait le corps, tandis qu'un homme impassible lui assénait un coup d'épée. Le dragon était seul, sans défense. Lisbeth avait songé à sa mère.

Elle avait vu sa mère dans ce dragon, et elle avait senti dans chaque muscle de son corps le désir de la sauver. Plus encore, elle aurait aimé être ce dragon et rendre coup pour coup, cracher du feu, faire tomber le chevalier de sa monture et le tuer. Car le chevalier, évidemment, n'était autre que Zala. Il était le père. Il était le mal qui avait détruit leur vie. Mais ce n'était pas tout.

Il y avait un autre personnage dans cette scène, une femme qui pouvait facilement passer inaperçue car elle se tenait sur le côté. La femme portait une couronne et tenait ses mains devant elle tel quelqu'un lisant un livre. Le plus étrange, c'était son calme. Comme si, au lieu d'assister à un massacre, elle était juste en train de contempler un champ de blé ou la mer. À l'époque, Lisbeth n'aurait jamais imaginé que cette femme représentât une vierge sauvée des griffes du dragon. À ses yeux, elle était glaciale, indifférente. Tout comme la femme avec la tache de naissance qu'elle venait de fuir, celle qui laissait les violences et les viols continuer, comme tous les autres.

Ainsi allait le monde, comprit-elle. Non seulement sa mère et le dragon subissaient les pires tortures, mais cela, qui plus est, dans une parfaite indifférence générale. Le chevalier et la femme lui inspirèrent un profond dégoût. Elle ressortit sous la pluie en courant, tremblant de froid et de rage. C'était il y a longtemps, mais elle n'avait rien oublié de cette scène.

À présent, des années plus tard, elle traversait le pont en direction de Gamla Stan pour rentrer chez elle. Elle marmonna le nom entre ses dents : Rakel Greitz.

C'était donc ça, le lien avec le Registre, celui qu'elle avait cherché en vain depuis la visite de Holger à Flodberga.

HILDA VON KANTERBORG décapsula une bière. Elle louchait un peu de l'œil gauche désormais, et par moments elle perdait le fil. Des fois, elle semblait submergée par l'angoisse, d'autres fois elle était d'une lucidité étonnante, comme si l'alcool ne faisait qu'aiguiser ses sens.

— J'ignore ce que Lisbeth a fait après avoir quitté la cathédrale. La seule chose que je sais, c'est qu'elle a fait la manche à la gare centrale le lendemain. Elle a aussi volé des chaussures trop grandes pour elle et une doudoune chez Åhléns. Agneta, évidemment, était paniquée et moi, je… j'étais furieuse. J'ai dit à Rakel qu'elle mettrait en péril tout le projet si elle s'obstinait dans cette voie. Elle a fini par lâcher l'affaire. Elle a laissé Lisbeth tranquille. Mais elle n'a jamais cessé de la haïr. Je crois même qu'elle a joué un rôle dans l'internement de Lisbeth à Sankt Stefan.

— Qu'est-ce qui vous fait dire ça ?

— Son cher Peter Teleborian travaillait à la clinique.

— Ils étaient amis ?

— Teleborian était un patient de Rakel, il suivait une psychanalyse. Tous deux croyaient à l'inconscient, aux souvenirs refoulés, ce genre de conneries. Il lui vouait une grande loyauté. Mais ce qui est intéressant, c'est que, si Rakel détestait Lisbeth, elle la craignait aussi de plus en plus. Elle avait compris avant tout le monde, je crois, ce dont Lisbeth était capable.

— Vous pensez que Rakel Greitz est impliquée dans la mort de Holger Palmgren ?

Hilda von Kanterborg baissa les yeux sur ses chaussures à talons. Des voix s'élevèrent sur le quai, au-dehors.

— Elle est impitoyable. Je suis bien placée pour le savoir. Cette campagne de diffamation qu'elle a lancée contre moi quand j'ai décidé de quitter le Registre m'a brisée à bien des égards. De là à l'accuser de meurtre… Je ne sais pas. J'ai tout de même du mal à le croire. Je n'ai pas *envie* d'y croire, en tout cas, et encore moins…

Une grimace déforma le visage de Hilda.

— Quoi ?

— … encore moins en ce qui concerne Daniel Brolin. C'est un garçon tellement fragile et talentueux. Il ne ferait pas de mal à une mouche, alors à son frère jumeau… Ils étaient comme faits l'un pour l'autre.

Mikael faillit lui dire que c'était exactement ce que disaient les gens quand un ami ou une de leurs connaissances se révélait être l'auteur d'un crime abominable. "C'est incompréhensible. Ce n'est pas possible. Pas lui, pas elle." Pourtant, cela arrive. Celui ou celle dont on ne pense que du bien est aveuglé par la colère, et l'impensable se produit. Mais il se tut, s'efforçant de ne pas tirer de conclusions hâtives. On pouvait imaginer bien des scénarios. Ils parlèrent encore un moment, puis se mirent d'accord sur la façon dont ils communiqueraient à l'avenir, passant en revue quelques détails pratiques. Il l'exhorta à être prudente et à prendre soin d'elle. Puis, il vérifia sur son portable si, malgré l'heure tardive, il aurait encore un train pour Stockholm. Il y en avait un quinze minutes plus tard. Il la remercia, rangea son magnétophone, l'embrassa et partit pour la gare d'un pas pressé. En route, il essaya de joindre Lisbeth Salander. Il était temps qu'ils se voient.

Dans le train, il regarda une vidéo envoyée par sa sœur : l'image tremblait pas mal, mais on y voyait néanmoins un Bashir Kazi furieux qui semblait avouer être l'instigateur du meurtre de Jamal Chowdhury.

LA VIDÉO N'AVAIT PAS SEULEMENT connu un succès viral sur le Net. Elle avait aussi provoqué un branle-bas de combat au commissariat, sur Bergsgatan, a fortiori lorsqu'elle fut complétée par deux analyses complexes de mouvements de mains envoyées à l'inspecteur Jan Bublanski de la Crim. C'est également à cause de ce film qu'un jeune homme hagard et au physique de joggeur se trouvait maintenant affalé dans l'une des salles d'interrogatoire du sixième étage, en compagnie de son imam, Hassan Ferdousi.

Bublanski avait rencontré Hassan Ferdousi il y a quelque temps, et il le connaissait assez bien à présent. En plus d'avoir fait ses études avec sa fiancée, Farah Sharif, Ferdousi s'illustrait régulièrement, dans un contexte de montée de l'antisémitisme comme de l'islamophobie, par son action en faveur du dialogue entre les communautés religieuses. Bublanski n'était pas toujours d'accord avec l'imam, en particulier sur la question d'Israël, mais il avait pour lui le plus grand respect. Aussi le salua-t-il en s'inclinant respectueusement.

L'imam, il le savait, avait contribué à faire significativement avancer l'enquête sur la mort de Jamal Chowdhury. Il lui en était évidemment reconnaissant, mais cela lui pesait aussi. Notamment parce que cela faisait apparaître au grand jour la profonde incompétence de ses collègues. Bublanski, lui, était déjà surchargé de travail. Maj-Britt Torell avait fini par le contacter : elle lui avait confié avoir effectivement reçu de la visite, en lien avec les documents qu'elle avait remis à Holger Palmgren. Un certain professeur Martin Steinberg était venu la voir – un citoyen respecté, visiblement, collaborant à la fois avec Socialstyrelsen, la direction des affaires sociales, et avec le gouvernement. D'après ce monsieur, des gens auraient déjà eu des problèmes à cause de ces documents, ce pour quoi il lui avait fait jurer devant Dieu et feu le professeur Caldin de ne plus jamais en parler. Et de taire a fortiori sa petite visite, "dans l'intérêt de la sécurité des anciens patients". Steinberg lui avait pris la clé USB sur laquelle elle gardait une copie des documents. Ce que contenaient ces derniers, Maj-Britt Torell ne le savait pas, si ce n'est quelques annotations dans le dossier de Salander. Mais cette histoire le travaillait, d'autant plus que Martin Steinberg était maintenant injoignable. Bublanski aurait préféré continuer à creuser cette piste. Mais pour l'heure, il allait devoir y renoncer. On l'avait prié de se charger de l'interrogatoire du joggeur, et il allait le faire, qu'il ait le temps ou non. Il n'y avait qu'à serrer les dents.

Il regarda l'heure. Il était 9 heures. C'était encore une journée magnifique, dehors. Mais il n'allait pas beaucoup en profiter. Il observa le jeune homme silencieux assis à côté de l'imam, qui attendait son avocat commis d'office. L'homme s'appelait Khalil Kazi et aurait avoué avoir tué Jamal Chowdhury par amour pour sa sœur. *Par amour?*

Cela semblait impossible à comprendre, mais il allait essayer. Tel était le triste sort de Bublanski dans la vie. Les gens faisaient des choses monstrueuses et il lui incombait de comprendre pourquoi et de les faire condamner. Il regarda l'imam et le jeune homme et, sans trop savoir pourquoi, il songea à la mer.

MIKAEL SE RÉVEILLA dans le lit de Lisbeth. Ce n'était pas vraiment ce qu'il avait prévu, mais bon… il ne pouvait s'en prendre qu'à lui-même. Il s'était simplement pointé à sa porte et, sans un mot, elle lui avait fait signe d'entrer. Au début, ils avaient effectivement travaillé et échangé des informations. Mais tous deux avaient eu une journée riche en émotions. À la fin, Mikael n'avait plus eu la force de se concentrer. Il essuya un peu de sang coagulé sur les lèvres de Lisbeth et l'interrogea sur le dragon de la cathédrale. Ils étaient installés sur le canapé rouge Ikea, il était 1 h 30. Le ciel s'éclaircissait déjà.

— C'est pour ça que tu as ce tatouage de dragon sur le dos?

— Non, répondit-elle.

À l'évidence, elle ne voulait pas en parler et il n'eut aucune envie d'insister. Il était fatigué. Au moment où il se leva pour rentrer chez lui, Lisbeth le retint, le ramena sur le canapé et lui posa une main sur la poitrine.

— Je l'ai tatoué parce qu'il m'a aidée.

— Comment ça, il t'a aidée?

— Je pensais à lui quand on m'attachait, à Sankt Stefan.

— Tu pensais à quoi?

— Je me disais qu'il avait l'air d'être dominé, avec cette lance qui lui transperçait le corps, mais qu'un jour il se relèverait pour cracher son feu et anéantir ses ennemis. Voilà à quoi je pensais. C'est ce qui m'a permis de tenir.

Une lueur sombre, troublante, brillait dans ses yeux. Ils se regardèrent, comme sur le point de s'embrasser. Mais ils ne le firent pas. Lisbeth se perdit dans ses pensées en contemplant, au cœur de la ville, un train qui se dirigeait vers la gare centrale. Elle avait déniché Rakel Greitz, confia-t-elle à Mikael. Elle l'avait retrouvée via une boutique en ligne domiciliée à Sollentuna, qui vendait des produits désinfectants. Mikael répondit que c'était bien, ce qui ne l'empêchait pas d'être inquiet pour elle. Peu après, comme en contraste avec l'atmosphère de tension érotique précédente, il se mit à piquer du nez et lui demanda s'il pouvait s'allonger un moment sur son lit. Lisbeth n'avait rien contre. Elle le rejoignit rapidement et s'endormit sans demander son reste.

AU MATIN, MIKAEL ENTENDIT du bruit dans la cuisine. Il s'extirpa du lit et alluma la cafetière. Il vit Lisbeth sortir une pizza hawaïenne du micro-ondes et s'installer à table. De son côté, il fouilla le frigo sans rien y trouver. Il pesta avant de se rappeler qu'elle sortait de prison et avait eu pas mal de choses à faire lors de son premier jour de liberté. Il se contenta de café et alluma la radio. Sur Sveriges Radio P1, il tomba sur la fin des actualités, qui annonçaient un record de chaleur dans la région de Stockholm. Puis il dit bonjour à Lisbeth, qui le gratifia en retour d'un vague grommellement. Elle portait un jean et un tee-shirt noir. Elle n'était pas maquillée, sa lèvre était enflée et des bleus constellaient son visage. Il lui dit de prendre soin d'elle, elle hocha la tête. Peu après, ils sortirent ensemble de l'appartement, discutèrent brièvement de leurs projets respectifs et se séparèrent au niveau de Slussen.

Mikael se rendait à la société de gestion Alfred Ögren.

Lisbeth allait voir Rakel Greitz.

HARALD NILSSON, L'AVOCAT commis d'office, tripotait nerveusement son stylo pendant que Khalil Kazi racontait sa version des faits dans la salle d'interrogatoire. Bublanski était profondément indigné par son histoire. Khalil avait un bel avenir devant lui. Mais il avait tout gâché, il avait causé sa propre perte tout en nuisant à autrui. Tout avait commencé presque deux ans auparavant, début octobre.

Lorsque Faria s'était enfuie de l'appartement de Sickla, elle avait secrètement gardé contact avec Khalil. Elle lui avait confié qu'elle comptait rompre avec la famille. Elle voulait donc faire ses adieux à son petit frère et ils avaient convenu d'un rendez-vous dans un café de la place Norra Bantorget. Khalil jurait qu'il n'en avait pipé mot à personne. Mais ses frères avaient dû le suivre. Ils avaient embarqué Faria dans une voiture, l'avaient ramenée de force à l'appartement et l'avaient traitée comme une bête. Les premiers jours, elle fut ligotée, un scotch sur la bouche et une pancarte en carton sur la poitrine, sur laquelle était écrit le mot "pute". Bashir et Ahmed la frappaient. Ils lui crachaient dessus et laissaient les visiteurs en faire autant.

Khalil comprit que Faria n'était plus considérée comme leur sœur, ni même comme un être humain. Elle n'avait plus le droit de disposer de son propre corps. Il se doutait de ce qui l'attendait. On l'emmènerait dans un coin paumé, échappant au contrôle de la police, et l'honneur de la famille serait lavé dans le sang. Parfois, on parlait encore du mariage avec Qamar, qui pourrait la sauver. Mais Khalil n'y croyait pas. Elle était déjà souillée. Et comment auraient-ils pu la faire sortir du pays et la maîtriser ?

Khalil était persuadé que seule la mort attendait Faria. Étant lui-même pris en otage et privé de son téléphone portable, il ne pouvait alerter personne. Tout à son désespoir, il ne lui restait qu'à prier pour qu'un miracle se produise. De fait, un petit miracle se produisit. De quoi le soulager, du moins. On libéra les poignets de Faria, la pancarte fut balancée à la poubelle et elle eut le droit de se doucher, de manger dans la cuisine et de se balader dans l'appartement sans son voile. On lui fit même des cadeaux – comme une compensation pour la souffrance endurée.

Ses frères lui donnèrent une radio. Khalil, lui, reçut un StairMaster d'occasion récupéré auprès d'un ami. Cela lui redonna un peu d'énergie. La course lui avait manqué : privé de mouvement, de cet envol de la foulée, il avait déprimé encore plus. Il s'entraîna désormais des heures durant. En se démenant sur son engin, il commença à voir de la lumière au bout du tunnel, une lueur d'espoir. Même s'il redoutait toujours le pire. Deux jours plus tard, Bashir et Ahmed débarquèrent dans sa chambre et s'assirent sur son lit. Bashir avait une arme à feu dans la main. Pourtant, les frères n'avaient pas l'air fâchés. Ils lui souriaient. Ils portaient des chemises bleues assorties et fraîchement repassées. Bashir prit la parole :

— On a de bonnes nouvelles !

Faria allait rester en vie, ou plutôt : elle resterait en vie si quelqu'un en payait le prix. Sinon, Allah serait en colère, l'honneur ne serait pas rétabli, la souillure se répandrait et les empoisonnerait tous. Khalil avait le choix. Soit il mourait tout de suite avec sa sœur, soit il tuait Jamal pour les sauver tous les deux. Il ne comprit pas immédiatement. Il ne voulait pas comprendre, expliqua-t-il. Il continuait obstinément à marcher sur son StairMaster. La question lui fut donc répétée.

— Pourquoi moi ? Je n'ai jamais fait de mal à personne, répondit-il, désemparé.

Bashir expliqua à Khalil qu'il était le seul, parmi eux, à ne pas être connu des services de police, le seul à jouir d'une bonne réputation, même auprès des ennemis de la famille. Et surtout : cet acte serait pour Khalil une expiation, car lui aussi avait trahi. Sur le coup, ou peut-être plus tard, il finit par accepter. Il allait tuer Jamal. Sa position était intenable, il était désespéré, plaida-t-il.

Il aimait sa sœur et il avait le couteau sous la gorge.

Il y avait pourtant une chose que Bublanski n'arrivait pas à comprendre : pourquoi Khalil n'avait-il pas téléphoné à la police dès qu'on l'avait laissé sortir pour commettre le meurtre ? C'est exactement ce qu'il avait prévu de faire, expliqua l'accusé. Son intention était de tout dévoiler et de demander de l'aide. Mais il avait été pris de court, comme paralysé en voyant à quel point l'intervention avait été minutieusement préparée. D'autres personnes étaient impliquées, des islamistes, qui ne l'avaient pas lâché d'une semelle, et qui ne manquaient pas une occasion de lui rabâcher combien Jamal était une personne horrible. Il y avait une fatwa contre lui. Il avait été condamné à mort par des fidèles, au Bangladesh. Il était pire que les porcs, que les juifs, que les rats porteurs de peste. Il était tout ce qu'il y avait de plus ignoble et de plus abject : il avait détruit l'honneur de la famille et celui de sa sœur. Petit à petit, Khalil fut aspiré du côté obscur et incité à commettre l'impensable. Il poussa Jamal sur les rails du métro. Il n'était pas le seul auteur du crime. Mais c'est bien lui qui s'était jeté sur Jamal.

— C'est moi qui l'ai tué, conclut-il.

FARIA KAZI ÉTAIT AU PARLOIR du pavillon H de la prison pour femmes Flodberga. Devant elle se trouvaient l'inspecteur Sonja Modig et l'avocate Annika Giannini. L'ambiance était tendue. Pour la deuxième fois, Annika repassa la vidéo tremblotante dans laquelle on entendait Bashir avouer être l'instigateur du meurtre de Jamal. Annika expliqua par ailleurs comment interpréter l'analyse de mouvements et ajouta que Khalil avait fait des aveux détaillés et admis avoir poussé Jamal sur la voie.

— Il pensait que c'était la seule façon de vous sauver, Faria – et de se sauver lui-même. Il a dit qu'il vous aimait.

Faria ne répondit pas. Elle savait déjà tout cela, et elle avait envie de crier : "Il m'aime ? Eh bien moi, je le hais." Elle le haïssait véritablement. Mais elle savait aussi que ce n'était pas toute la vérité. C'est pourquoi elle avait si longtemps gardé le silence. Malgré tout le mal qu'il lui avait fait, elle conservait un instinct protecteur envers lui. En réalité, c'était surtout à cause de leur mère. Un jour, elle lui avait promis de veiller sur lui. Mais apparemment, il n'y avait plus personne à protéger. Elle serra les dents, regarda les femmes en face d'elle et dit :

— C'est Lisbeth Salander qu'on entend, dans le film ?

— Oui, c'est Lisbeth.

— Elle va bien ?

— Ça va. Elle s'est battue pour vous, vous savez.

Faria déglutit, s'arma de courage et se mit à raconter. Une tension mêlée de recueillement emplit la pièce, comme toujours lorsqu'un témoin ou un suspect se livre enfin après un long silence. Annika Giannini et Sonja Modig, profondément concentrées, n'entendirent pas les téléphones sonner dans le couloir ni les voix de plus en plus agitées des surveillants.

LA CHALEUR DANS LE PARLOIR était accablante. Sonja Modig essuya la sueur qui perlait sur son front et répéta ce que Faria Kazi avait déjà dit deux fois, dans deux versions proches mais pas tout à fait identiques. Elle avait encore l'impression qu'il manquait un élément.

— Vous aviez donc la sensation que les choses s'amélioraient. Vous pensiez que vos frères s'étaient radoucis et qu'ils vous laisseraient finalement reprendre un peu de votre liberté.

— Je ne sais pas ce que je pensais, dit-elle. J'étais complètement en vrac. Mais on m'a fait des excuses. Bashir et Ahmed ne m'avaient jamais fait d'excuses auparavant. Ils disaient qu'ils avaient dépassé les bornes. Qu'ils avaient honte. Qu'ils voulaient seulement que j'aie une vie respectable, que j'avais déjà été assez punie. Ils m'ont donné une radio.

— Vous ne vous êtes pas dit qu'il pouvait s'agir d'un piège ?

— Si, bien sûr. J'avais lu des histoires sur d'autres filles, à qui on avait donné un faux sentiment de sécurité avant de…

— De les tuer.

— J'ai réalisé que le risque était bien réel et j'épiais les gestes de Bashir. J'avais peur. J'osais à peine dormir. J'avais la boule au ventre. Mais je voulais y croire aussi, comprenez-moi ! Je n'aurais pas tenu sinon. Jamal me manquait terriblement.

Alors je m'accrochais à cet espoir que j'avais, si maigre fût-il. Je me disais que Jamal était là quelque part, et qu'il se battait pour moi. J'ai donc attendu mon heure tout en espérant m'en sortir. C'est vrai que Khalil était devenu dingue. Il ne lâchait plus son StairMaster. C'était insensé. Je l'entendais marcher sur son step toute la nuit. Ça me rendait folle. Je ne comprenais pas comment il tenait. Il marchait, marchait sans s'arrêter, et ne sortait que pour m'embrasser et s'excuser pour la centième fois. Je lui disais que j'allais le protéger, veiller à ce que les amis de Jamal s'occupent de nous deux et peut-être, je ne sais pas… C'est difficile à dire, maintenant, après coup…

— Essayez d'être plus claire. C'est important, intervint Sonja Modig avec une brusquerie surprenante.

Annika Giannini regarda sa montre, se passa la main dans les cheveux et dit d'une voix furieuse :

— Arrêtez un peu ! Si Faria n'est pas claire, c'est parce que la situation en soi était confuse et compliquée. Vu les circonstances, je trouve au contraire qu'elle est d'une clarté remarquable.

— Je cherche seulement à comprendre, répliqua Sonja. Faria, vous deviez bien vous douter que quelque chose se tramait. Vous avez dit que Khalil était comme surexcité. Qu'il s'entraînait comme un malade.

— Khalil était une loque. Il était prisonnier, lui aussi. Mais j'ai eu l'impression, à cette période-là, qu'il commençait à aller mieux. C'est seulement plus tard que je me suis souvenue de son regard.

— Son regard ? Il était comment ?

— Désespéré. On aurait dit un animal en cage. Mais sur le moment, je n'ai pas voulu l'admettre.

— Et vous n'avez pas entendu vos frères quitter l'appartement le soir du 9 octobre ?

— Je dormais, ou du moins j'essayais de dormir. Mais je me souviens qu'ils sont rentrés au milieu de la nuit et qu'ils chuchotaient dans la cuisine. Je n'ai pas entendu ce qu'ils disaient. Le lendemain, ils me regardaient bizarrement et j'ai pris ça comme un bon signe. Je me suis imaginé que Jamal était dans le coin. Je sentais sa présence. Mais plus l'heure tournait, plus l'ambiance devenait étrange et fébrile. La nuit est tombée. Et là, j'ai vu Ahmed, comme je vous l'ai dit.

— Il était près de la fenêtre.

— Il y avait quelque chose de menaçant dans son attitude, sa respiration était lourde. J'ai senti ma poitrine se contracter, puis Ahmed m'a dit qu'il était mort. Je ne comprenais pas de qui il parlait. "Jamal est mort", a-t-il insisté. J'ai été prise de vertiges. Je me suis effondrée sur les genoux, je crois. Mais je ne réalisais toujours pas.

— Vous étiez sous le choc, dit Annika.

— Pourtant, l'instant d'après vous faites preuve d'une force inouïe, ajouta Sonja Modig.

— J'ai déjà expliqué tout ça.

— Elle s'est déjà expliquée là-dessus, effectivement, confirma Annika.

— Je veux bien l'entendre encore.

— Tout à coup, Khalil était là, dit Faria. Ou alors il était là depuis le début, je ne me souviens pas. Il criait que c'était lui qui avait tué Jamal. Je comprenais encore moins. Mais il ne faisait que le répéter, en disant qu'il l'avait fait pour moi. Que sinon, c'était *moi* qu'ils auraient tuée. Qu'il avait dû choisir entre moi et Jamal. C'est à ce moment-là que cette force a jailli en moi, cette immense colère. J'ai craqué et je me suis jetée sur Ahmed.

— Pourquoi pas sur Khalil ?

— Parce que je…

— Parce que… ?

— Parce que au milieu de tout ça, j'ai compris, je pense.

— Quoi ? Qu'ils s'étaient servi de l'amour de Khalil pour vous comme moyen de pression ?

— Qu'ils l'avaient forcé à le faire, qu'ils avaient détruit sa vie comme ils avaient détruit la mienne et celle de Jamal. Ça m'a fait dérailler. Je suis devenue folle. Vous ne pouvez pas le comprendre, ça ?

— Si, tout à fait, dit Sonja. Je peux effectivement l'entendre. Mais il y a autre chose que j'ai plus de mal à comprendre

– notamment le fait que vous ayez gardé le silence pendant les interrogatoires. Vous avez dit avoir voulu vous venger. Que vous vous étiez vengée sur Ahmed en vous précipitant sur lui. Mais vous auriez pu également vouloir vous venger de Bashir, le pire de tous. Vous auriez pu l'envoyer derrière les barreaux pour incitation au meurtre, nous aurions pu vous y aider.

— Mais vous ne comprenez pas !

Sa voix se brisa.

— Qu'est-ce qu'on ne comprend pas ?

— Qu'avec la mort de Jamal, ma vie était terminée. Qu'est-ce que j'aurais eu à y gagner ? Khalil aussi serait allé en prison. Et il était le seul dans la famille que...

Elle regarda fixement la porte.

— Que quoi ?

— Que j'aimais.

— Vous avez dû le haïr, pourtant. Il a tué l'amour de votre vie.

— Je le haïssais. Je l'aimais. Je le haïssais. Tout ça en même temps. C'est si dur à comprendre ?

Annika Giannini s'apprêtait à interrompre l'interrogatoire en expliquant que la fille avait besoin d'une pause, lorsqu'on frappa à la porte. Le directeur du centre pénitentiaire, Rikard Fager, voulait parler à Sonja Modig.

SONJA COMPRIT AUSSITÔT que quelque chose de grave s'était produit. Le directeur semblait ébranlé dans son amour-propre. Et sa façon alambiquée de s'exprimer l'agaçait. Il tournait autour du pot sans jamais en venir aux faits, comme s'il cherchait à se justifier plutôt que d'expliquer ce qu'il s'était passé. Tout se mélangeait dans son propos : les gardes, la surveillance, le détecteur de métal, et Benito, qui était mal en point. Elle avait des fractures crâniennes, une commotion cérébrale, la mâchoire brisée.

— Elle s'est donc enfuie de l'hôpital, c'est ce que vous essayez de me dire ? demanda Sonja.

C'était bien ça, et pourtant il continua :

— On n'a rien vu venir…

Tous les visiteurs avaient été fouillés. Auraient dû être fouillés en tout cas. Puis il y avait eu un bug dans le système informatique du service. Il s'était éteint, et avec lui un certain nombre d'appareils médicaux. La situation était devenue critique. Les médecins et les infirmières couraient de partout et, au même moment, trois messieurs en costume étaient arrivés. Ils avaient affirmé être là pour rendre visite à un autre patient, un ingénieur d'ABB qui se trouvait dans le même service. Puis les choses étaient allées très vite. Les hommes étaient armés de nunchakus. Rikard Fager, ce crétin, crut que le moment était bien choisi pour faire un exposé sur les nunchakus : c'étaient des bâtons en bois utilisés dans les sports de combat. Sonja écourta ses explications d'un revers de la main.

— Que s'est-il passé ?

— Les hommes ont assommé les gardes, libéré Benito et se sont enfuis dans une fourgonnette grise parée de fausses plaques d'immatriculation. L'un des hommes a été identifié comme étant Esbjörn Falk, du MC Svavelsjö, le gang de motards.

— Je connais bien le MC Svavelsjö, dit-elle. Quelles mesures ont été prises pour l'instant ?

— Une alerte nationale a été lancée pour retrouver Benito. Nous avons prévenu les médias. Alvar Olsen a été mis en sécurité.

— Et Lisbeth Salander ?

— Comment ça ?

— Imbécile, marmonna-t-elle, ajoutant qu'étant donné l'urgence de la situation elle devait partir sur-le-champ.

En sortant de la prison, elle téléphona à Bublanski. Elle l'informa des dernières nouvelles concernant Benito et rendit compte de sa conversation avec Faria Kazi. La déposition de la jeune fille, étrangement, lui fit citer ce proverbe juif :

"Ce n'est pas parce que l'on regarde quelqu'un dans les yeux que l'on connaît le fond de son cœur."

18

LE 22 JUIN

DAN BRODY ÉTAIT ENCORE EN RETARD au travail. Il était angoissé et assailli d'idées noires. Mais il était habillé plus en accord avec la saison. Il portait un costume en toile bleu clair sans cravate, un tee-shirt et des sneakers à la place de ses chaussures en cuir. Il longeait Birger Jarlsgatan sous un soleil de plomb et songeait à Leo. Subitement, une voiture freina dans un crissement de pneus qui le fit vaciller, exactement comme l'autre jour, au musée Fotografiska.

Il avait du mal à respirer. Pourtant, il continua à avancer, plongé dans ses souvenirs. Les jours de décembre qui avaient suivi leurs retrouvailles avaient été marqués par la douleur et la jalousie, mais ils n'en demeuraient pas moins les plus heureux de sa vie. Avec Leo, ils avaient parlé et joué inlassablement. Ils n'étaient pas sortis tous les deux ensemble, en revanche, seulement chacun de son côté. Leur plan était au point. Ils allaient piéger Rakel Greitz : mais pour cela, il fallait qu'elle ne se doute de rien, et donc éviter à tout prix de susciter des rumeurs.

Décembre, un an et demi plus tôt

Leo avait annulé son repas de Noël avec Rakel Greitz et l'avait invitée chez lui le samedi 23 décembre à 13 heures. En attendant, les deux frères jouaient à un petit jeu qu'ils avaient inventé : ils se partageaient l'identité de Leo en ville, ce qui les amusait follement. Dan empruntait les costumes, les chemises et les chaussures de son frère. Ils avaient adopté la même coupe de cheveux et répétaient ensemble ce rôle de composition, en se jouant des saynètes ou des sketchs. Leo disait toujours que Dan était le meilleur, dans le rôle de Leo.

— J'ai l'impression que tu incarnes mieux l'essence du personnage.

Leo rentrait tôt du travail. Une fois où il avait enchaîné sur une soirée au Riche avec ses collègues, il confia à Dan qu'il avait été à deux doigts de tout raconter à Malin Frode.

— Mais tu ne l'as pas fait ?

— Non, non. Elle a cru que j'étais amoureux.

— Et ça l'a blessée ?

— Pas particulièrement.

Dan savait que Leo flirtait avec Malin, qui était en plein divorce et allait bientôt quitter Alfred Ögren. Mais Leo persistait à croire qu'elle ne l'aimait pas vraiment. Selon lui, elle était amoureuse de Blomkvist, le journaliste. Et Leo ne l'aimait sans doute pas non plus. C'était plus un jeu entre eux, disait-il. Ou peut-être pas complètement…

Leo et Dan continuèrent à analyser leur passé, à échanger des idées, des souvenirs et des ragots. Ils conclurent un pacte que rien ne semblait pouvoir briser. Dan se rappelait à quel point la rencontre avec Rakel Greitz avait été méticuleusement planifiée, jusque dans le détail de leur propre comportement : Dan se cacherait au début, Leo l'interrogerait, d'abord prudemment, puis de façon plus offensive.

La veille, le vendredi 22 décembre, Malin Frode organisait une fête de départ chez elle, à Bondegatan. Tout comme Dan, Leo avait du mal avec les fêtes dans de petits appartements. C'était trop bruyant. Il n'avait pas le courage d'y aller. Il avait une meilleure idée. Il allait montrer à Dan son bureau chez Alfred Ögren. A priori, il n'y aurait personne là-bas. La plupart des employés seraient chez Malin, et personne ne travaillait tard le vendredi soir. C'était bientôt Noël. Dan aimait l'idée. Il était curieux du travail de Leo.

À 20 heures, ils sortirent à dix minutes d'intervalle. Leo en premier, avec un bourgogne et une bouteille de champagne dans sa serviette. Dan ensuite, habillé quasiment comme Leo, mais avec un costume plus clair et un manteau plus foncé. Il faisait froid. Il neigeait. Ils avaient des choses à fêter.

Le lendemain de leur rencontre avec Greitz, ils rendraient publique leur histoire. Et, même si Dan s'y était opposé, Leo lui avait promis une grosse donation. Fini les inégalités, disait-il, et fini la vie de banquier et de déprime chez Alfred Ögren. Désormais, ils passeraient leur temps à jouer ensemble. Au début, ce fut une très bonne soirée. Ils trinquaient, ils faisaient des projets d'avenir : "Demain", répétaient-ils. "Demain !"

Pourtant, les choses avaient mal tourné. Selon Dan, le bureau de Leo chez Alfred Ögren n'y fut pas pour rien. La pièce avait un plafond peint avec des angelots, façon Renaissance, des tableaux du début du siècle ornaient les murs, des vases chinois trônaient sur des meubles aux poignées d'or. C'était tellement tape-à-l'œil que Dan fut pris d'une soudaine envie de provoquer son frère :

— Dis donc, tu n'as manqué de rien, toi, on dirait !

Leo acquiesça.

— Je sais. Et j'en ai honte. Mais je n'ai jamais aimé cette pièce, c'était le bureau de mon père.

Dan poussa la provocation plus loin :

— Pourtant, tu as tenu à m'amener ici, non ? Tu as voulu étaler tes richesses, remuer le couteau dans la plaie.

— Non, non, pardon, répondit Leo. Je voulais juste te montrer ma vie. Je sais que c'est injuste.

— Injuste ?

Dan haussa la voix. C'était comme si le mot *injuste* ne suffisait plus. C'était bien plus que ça. C'était indécent. Ça dépassait les bornes. Ils se querellèrent. Dan bombardait son frère d'accusations et de reproches, puis il se raisonnait, puis il repassait à l'attaque. Soudain, difficile de dire à quel moment exactement, quelque chose se brisa, irrémédiablement. Le feu qui depuis le début couvait sous la cendre, contenu par la joie des retrouvailles, se mit à flamber. Non seulement une déchirure fut actée entre eux, mais toute la situation se trouva soudain éclairée d'un jour nouveau.

— Tu as eu tout ça, et pourtant tu n'as fait que geindre et te plaindre. "Maman ne me comprenait pas, papa n'a rien compris. Je n'ai pas eu le droit de jouer. Pauvre de moi, pauvre petit riche !" Je ne veux plus en entendre parler, plus un mot. Tu entends ? Moi, j'ai été battu et privé de nourriture. Je n'ai rien eu, *nada*, tandis que toi…

Dan tremblait de tout son corps, il ne savait pas trop ce qu'il se passait. Peut-être était-ce l'effet de l'alcool. Toujours est-il qu'il traita Leo de merde, de pauvre hypocrite, de nanti qui se complaisait dans la dépression. Il se retint de casser quelques vases chinois, et se contenta de partir en claquant la porte.

Longtemps, il erra sans savoir où aller. Il arpenta les rues des heures durant, frigorifié et en pleurs. Mais il finit par retourner à l'auberge af Chapman et y passa la nuit. À 11 heures le lendemain, il retourna chez Leo, le prit dans ses bras et s'excusa. Ils s'excusèrent tous les deux et entreprirent de préparer leur rencontre avec Rakel Greitz. Toutefois, entre eux persistait quelque chose qui n'était pas réglé, et qui pèserait lourd sur la suite des événements.

UN AN ET DEMI PLUS TARD, Dan, songeant encore à cette histoire, bifurqua sur Smålandsgatan avec une moue de dégoût. Il passa devant Konstnärbaren et déboucha sur Norrmalmstorg. Il faisait chaud et lourd. Il était 10 heures du matin. Il n'allait pas très bien. Il ne se sentait pas prêt à rencontrer le plus célèbre journaliste d'investigation suédois.

RAKEL GREITZ ET BENITO ANDERSSON, en revanche – qui n'avaient rien en commun hormis leur sadisme et le fait qu'aucune d'entre elles n'était en très bonne santé –, étaient prêtes à rencontrer Lisbeth Salander. Elles ne se connaissaient pas, mais si jamais elles s'étaient croisées, elles se seraient considérées avec un mépris réciproque. Elles étaient aussi déterminées l'une que l'autre à éliminer Lisbeth, et chacune d'elles avait un réseau influent. Elles étaient pareillement futées, même si leurs parcours étaient pour le moins différents.

Benito était proche du gang de motards de Svavelsjö, qui était aussi en cheville avec Camilla, la sœur de Lisbeth, et ses hackers. Rakel Greitz avait le soutien de son organisation, qui était à la pointe sur le plan technologique, et elle avait pour elle, malgré son cancer, sa volonté et sa vigilance. Par exemple, elle s'était installée provisoirement dans un hôtel sur Kungsholmen.

Elle savait pertinemment que les choses étaient sur le point de très mal tourner. En réalité, elle s'y était attendue. Elle s'y attendait depuis plus d'un an : depuis ce 23 décembre où tout avait dérapé. Elle n'avait pas vu d'autre issue à l'époque. Mais cela avait été un coup risqué. De nouveau, elle était prête.

Elle aurait préféré commencer par Salander et von Kanterborg. Mais les deux femmes étaient introuvables. Aussi avait-elle décidé de s'occuper de Daniel Brolin en premier. Il était fragile. C'était le maillon faible. Elle longea donc Hamngatan et les grands magasins NK. Elle portait un tailleur gris léger et un col roulé en coton noir. Malgré la douleur qui irradiait son corps, elle se sentait forte.

Mais la chaleur lui pesait. Qu'était devenue la Suède? Des étés comme ça, carrément tropicaux, ça n'existait pas dans sa jeunesse. C'était dingue : elle était en nage! Mais elle serra les dents et se redressa. Plus loin, l'air lourd se chargea d'une odeur de moisi. Elle dépassa deux hommes en bleu de travail, qu'elle trouva obèses et immondes. Elle continua jusqu'à Norrmalmstorg et s'apprêtait à pénétrer chez Alfred Ögren lorsqu'elle s'arrêta net. Le journaliste Mikael Blomkvist – qu'elle avait déjà croisé dans la cage d'escalier de chez Hilda, à Skanstull – était lui-même au seuil de la société de gestion. C'était fort inquiétant. Rakel recula d'un pas. Ensuite elle téléphona à Benjamin.

Il allait mériter son salaire.

DAN BRODY, ou plutôt Leo Mannheimer, comme il se faisait appeler dorénavant, était installé dans son bureau bien trop chic. Il sentait son pouls battre à ses poignets et avait l'impression de voir les murs se rapprocher. Qu'allait-il faire ? Son *junior advisor*, comme préférait se faire appeler son secrétaire au prétexte qu'il était un homme, lui fit savoir que Mikael Blomkvist l'attendait à l'accueil. Dan répondit qu'il en avait pour vingt minutes.

Ce n'était pas très poli de sa part, mais il avait encore besoin de temps pour réfléchir à la meilleure façon de coincer Rakel Greitz. Allez savoir, Mikael Blomkvist pouvait peut-être lui être utile. Peu importait finalement le prix à payer.

Décembre, un an et demi plus tôt

Il neigeait le jour où ils attendaient Rakel Greitz à Floragatan. Dan n'avait eu de cesse de s'excuser.

— Ce n'est pas grave, répondit Leo. J'ai reçu de la visite au bureau, après ton départ.

— De qui ?

— Malin. On a bu du champagne. C'était assez raté, j'étais complètement à l'ouest. Après j'ai écrit un truc, tu veux voir ?

Dan hocha la tête. Leo s'éloigna du piano, où il était assis, et disparut trente secondes. Il revint avec une feuille, glissée dans une pochette en plastique. Il avait l'air solennel et bourré de culpabilité. Il remit le document à Dan avec une lenteur exagérée. Le papier était de couleur sable, légèrement tramé, avec un filigrane en tête de page.

— Je crois qu'il faut le faire certifier, aussi, dit-il.

L'écriture était soignée. Le document disait que Leo lui cédait la moitié de tous ses biens.

— Eh ben dis-moi, fit Dan.

— Je dois voir le notaire entre Noël et le Jour de l'an pour l'en informer, poursuivit Leo. Vu les circonstances, ça ne devrait pas poser de problème. Je ne considère pas ça comme un cadeau. Tu reçois enfin ce qui aurait dû être à toi depuis longtemps.

Dan restait silencieux. Il savait qu'il aurait dû être ému, se jeter au cou de son frère, dire quelque chose comme : "C'est trop, mais tu ne peux pas faire ça, c'est bien trop généreux!"

Mais ces quelques lignes ne suffisaient pas à tout changer. Au début, il ne comprit pas pourquoi. Il se sentait bêtement susceptible et mesquin. Puis il réalisa que le cadeau avait quelque chose d'agressif ; il témoignait d'une agressivité déguisée, comme auraient dit les psychologues. C'était certes un cadeau exceptionnel, mais l'argent était donné depuis une position de supériorité écrasante. Si grandiose que fût le geste, il le rabaissait.

Dan prononça quelques mots de politesse convenue. Mais ajouta résolument :

— Je ne peux pas accepter.

Il vit le désarroi dans les yeux de Leo.

— Pourquoi pas?

— Ça ne marche pas comme ça. Ce qui est fait est fait. On ne peut pas le réparer d'un trait, comme ça.

— Il ne s'agit pas de réparer quoi que ce soit. Je voulais juste te rendre justice. De toute façon, je me fiche de cet argent.

— Tu t'en fiches?

Dan crut devenir fou. Il était bien conscient de l'absurdité de la situation. On lui proposait des dizaines de millions, susceptibles de changer fondamentalement sa vie, et pourtant il se sentait blessé et furieux. Le fait qu'ils se soient disputés la veille, que Dan ait pas mal bu et à peine dormi n'était peut-être pas pour rien dans sa réaction. Beaucoup de choses avaient pu jouer, à commencer par son complexe d'infériorité. Toujours est-il qu'il s'écria :

— Tu ne comprends rien. On ne peut pas dire ça à quelqu'un qui a toujours galéré pour s'en sortir. Il est trop tard, Leo. Trop tard!

— Non, non. On peut recommencer.

— Il est trop tard, je te dis.

— Arrête un peu! s'emporta Leo à son tour. Tu es injuste.

— Ça me donne l'impression d'être acheté. Tu comprends, ça? Acheté!

Il était allé trop loin. Il le savait. Et cela lui fit un coup d'entendre Leo, au lieu de répliquer sur le même ton, dire d'une voix triste :

— Je sais.

— Qu'est-ce que tu sais ?

— Qu'ils ont tout détruit. Je les hais pour ça. Mais… On s'est trouvés. C'est énorme, non ?

Il y avait un tel désespoir dans sa voix que Dan marmonna en retour :

— Bien sûr que c'est formidable, mais…

Il n'eut pas le temps de finir. Il n'aimait pas ce *mais*, dans sa bouche, et il s'apprêtait justement à dire autre chose, peut-être : "pardon, j'ai été stupide", quelque chose de ce genre. Ce moment resterait gravé dans sa mémoire. Ils étaient sur le point de se réconcilier ; et ils l'auraient fait, c'est sûr, s'ils avaient eu plus de temps. Mais ce ne fut pas le cas. Ils entendirent du bruit dans l'escalier. Des pas, qui s'arrêtèrent subitement. Il était à peine midi. Plus d'une heure avant l'arrivée prévue de Rakel Greitz. Leo n'avait même pas mis la table, ni disposé les mets livrés par le traiteur.

— Cache-toi, chuchota-t-il.

Leo rangea le document de la donation. Dan fila dans une chambre à coucher attenante et ferma la porte.

LEO MANNHEIMER avait toujours été une source d'inquiétude pour Rakel, et pas seulement à cause de ce qu'ils avaient été obligés de faire à Carl Seger. Leo s'était montré instable ces derniers temps. C'était sans doute en rapport avec Madeleine Bard : le fait de l'avoir perdue l'avait rendu parano. Elle s'était donc immédiatement interrogée lorsqu'il avait annulé leur déjeuner de Noël pour l'inviter chez lui. Rakel Greitz savait tout sur Leo.

Elle savait par exemple que Leo, comme tant de célibataires, n'était pas du genre à aimer cuisiner ou inviter des gens chez lui. Encore moins des gens avec lesquels il ne se sentait pas spécialement à l'aise. Rakel Greitz avait donc décidé de se pointer plus tôt, sous prétexte de l'aider pour la cuisine. Mais en réalité, elle voulait vérifier si par hasard quelque chose n'aurait pas mal tourné.

Il neigeait au-dehors. En montant l'escalier sous le ciel bleu peint au plafond, elle avait entendu des voix agitées dans l'appartement, des voix d'une ressemblance inquiétante. Elle tressaillit et se dit que quelque chose n'allait vraiment pas. L'espace d'un instant, elle ne sut trop que faire. Leo avait une ouïe exceptionnelle, elle ne fut donc pas étonnée quand les voix se turent soudain à l'intérieur. Elle envoya un message à Benjamin :

[Chez Leo, sur Floragatan. J'ai besoin de ton aide.]

Elle ajouta :

[Apporte ma mallette médicale, tout équipée !]

Puis elle se redressa et frappa à la porte en se préparant à afficher son sourire de Noël le plus chaleureux. Mais ce ne fut pas nécessaire. Leo apparut sur le seuil, lui-même tout sourire, et comme toujours – fidèle à sa bonne éducation – il l'embrassa sur les deux joues et la débarrassa de son manteau. Il avait évidemment bien trop de tact pour commenter son arrivée prématurée.

— Quelle élégance, Rakel, comme toujours ! Noël s'annonce bien, dit-il.

— Merveilleux.

Il jouait bien son rôle, se dit-elle. Elle dut l'étudier de très près pour déceler des signes de tension sur son visage. Dans d'autres circonstances, il aurait pu la tromper. Mais là, son regard était affûté et Leo avait aussi fait des erreurs grossières. Sans doute s'en rendait-il compte lui-même. Un instant plus tôt, il y avait deux voix ; désormais il était seul. Mais surtout, ce qu'elle nota particulièrement, c'est qu'il y avait une guitare sur le canapé. *Une guitare !*

Elle demanda :

— Comment va Viveka ?

— Elle n'en a plus pour longtemps, je crois.

— La pauvre !

— Oui, c'est affreux.

Sale petit hypocrite, se dit-elle. *Tu es probablement ravi que cette garce crève enfin.*

— Quand vos deux parents ont disparu, on se retrouve seul, poursuivit-elle en lui touchant le bras.

Ce geste compatissant, destiné à le mettre en confiance, fut une erreur. Leo frissonna, clairement troublé. Ses yeux luisaient de colère. Elle prit peur. Elle regarda de nouveau la guitare, mais décida de ne pas encore commenter sa présence. Elle voulait laisser à Benjamin le temps de préparer sa mallette et de la rejoindre. Elle réussit à alimenter une conversation banale encore dix minutes environ. Mais à la fin, elle n'y tint plus.

— Qui est là ? demanda-t-elle.

— À votre avis ?

Elle ne savait pas, affirma-t-elle. Elle n'en avait aucune idée. Mais ce n'était pas vrai. Elle commençait à comprendre. Elle nota à quel point les épaules de Leo étaient tendues. Et il la regardait d'une façon étrange, totalement nouvelle. Avant même que Daniel Brolin ne surgisse de la pièce d'à côté, elle sut qu'elle allait devoir frapper fort, et sans pitié.

19

LE 22 JUIN

RAKEL GREITZ N'ÉTAIT PAS CHEZ ELLE, et Lisbeth dut ronger son frein. Elle prit le métro jusqu'à Slussen pour rentrer, et longea Götgatan. Elle avait appris d'Annika Giannini que Benito Andersson s'était enfuie de l'hôpital d'Örebro et elle était sur ses gardes. Elle était toujours sur ses gardes, et son passage en prison n'avait rien arrangé. Mais elle sous-estimait sans doute malgré tout la menace. Elle ignorait les alliances de ses ennemis. Des puissances obscures du passé unissaient leurs forces et échangeaient des informations.

C'était une journée de juin torride. La vie semblait s'être un peu arrêtée. Les gens flânaient dans les rues, contemplaient les vitrines et traînaient en terrasse. Lisbeth continua en direction de Fiskargatan. Sa poche vibra. Elle avait reçu un SMS crypté de Blomkvist :

[Leo est Daniel. J'en suis quasiment sûr !]

Elle répondit :

[Il va parler ?]

Il écrivit :

[Sais pas encore. Te tiens au jus !]

Elle envisagea de se rendre à Norrmalmstorg pour voir si elle pouvait aider. Mais elle rejeta l'idée. Elle voulait d'abord mettre la main sur Rakel Greitz, et pour cela vérifier si elle n'aurait pas une autre adresse. Elle monta vers Fiskargatan. Vigilante, elle se demandait tout de même si c'était vraiment une bonne idée de rentrer chez elle. Elle habitait là clandestinement. L'appartement était enregistré sous sa fausse identité, Irene Nesser, et il était protégé par une série d'écrans de fumée. Mais le filet se resserrait. Elle s'était montrée dans le quartier. Elle était devenue une petite célébrité et elle détestait ça. Deux personnes – ce foutu Super Blomkvist et l'agent de la NSA Ed the Ned – avaient déjà réussi à la dénicher à cette adresse, et ce genre d'infos se répandait facilement. Les commérages allaient bon train. Elle allait devoir vendre sans tarder. De toute façon, cette saloperie d'appartement était bien trop grand pour elle. Il faudrait partir. Loin. Peut-être même plus vite que prévu.

En réalité, il était déjà trop tard. Elle le devina en apercevant une fourgonnette grise plus loin dans la rue. La voiture n'avait rien d'étrange – c'était un vieux modèle, garé comme il faut le long du trottoir. Pourtant, elle éveilla ses soupçons. Et effectivement, la voiture se mit à rouler vers elle. Lisbeth fit demi-tour. Mais elle n'arriva pas bien loin. Un homme barbu surgit soudain d'une entrée d'immeuble et colla un chiffon humide sur son visage. Elle fut prise d'un malaise. Elle n'avait pas été maligne. Elle allait s'évanouir. La rue et les façades dansaient autour d'elle, elle n'avait pas la force de résister. Elle eut à peine le temps de sortir son téléphone et de chuchoter :

— *Vildvittra**.

Puis, elle chancela et fut chargée à bord d'une fourgonnette par la porte arrière. Sa vue était brouillée, mais elle sentit une odeur sucrée, qui ne lui était que trop familière.

* Créature maléfique inventée par Astrid Lindgren dans *Ronya, fille de brigand* (Hachette, 2002, Livre de poche, 2009). Mi-corbeau, mi-femme, elle attaque les êtres humains dans le seul but de voir couler le sang. On peut la comparer aux Harpies de la mythologie grecque.

Décembre, un an et demi plus tôt

Dan avait entendu la discussion dans le salon et comprit que rien ne se déroulait comme prévu. Rakel Greitz semblait les avoir démasqués d'emblée et il ne vit pas d'autre solution que de sortir en trombe de sa cachette pour la coincer quand même, en renonçant à l'effet de surprise.

Était-ce à cause de cela que les choses avaient mal tourné ? Ou peut-être Dan avait-il également sous-estimé l'impression que Rakel Greitz ferait sur lui. Sa simple présence le projeta dans son enfance. Il se souvint d'elle, à l'étage de la ferme tant d'années auparavant, comme elle l'observait froidement quand il jouait de la guitare. Elle devait déjà, à l'époque, le comparer à Leo, analyser leurs ressemblances. À cette pensée, il perdit tout contrôle.

— Vous me reconnaissez ? demanda-t-il de but en blanc.

Il était hors de lui. Il fit un pas en avant. Il se sentait maladroit, malgré sa détermination.

Rakel Greitz ne bougea pas, curieusement impassible.

— Je te reconnais, dit-elle. Comment vas-tu ?

— On veut savoir exactement ce qui s'est passé, s'emporta-t-il.

Alors seulement, elle recula légèrement. Elle corrigea tranquillement son col et regarda sa montre. Elle était vêtue d'un tailleur et d'un col roulé noirs. Ses cheveux étaient courts et teints en blond foncé. Elle était manifestement nerveuse, sa bouche se contracta. Néanmoins, l'autorité et la froideur qu'elle dégageait, avec son air de maîtresse d'école, lui donnèrent l'impression que c'était lui qui allait se faire gronder, et non l'inverse.

— Calme-toi, dit-elle.

— Jamais, répliqua-t-il. Vous nous devez des explications.

— Je vais tout vous dire. Je vais vous raconter la vérité. Mais d'abord, il faut que je sache si vous avez parlé aux médias.

Il ne répondit pas.

— Je comprends que vous soyez bouleversés. Mais il serait regrettable que l'histoire fuite maintenant, avant que vous ayez tous les éléments. Ce n'est pas du tout ce que vous croyez.

— On n'a rien dit – pas encore, dit Dan.

Il regretta aussitôt ces mots, en voyant la satisfaction gagner le visage de Rakel.

Il jeta un regard à Leo.

Son frère restait silencieux, les jambes écartées, comme sous le choc. Il ne lui donnait aucune indication sur ce qu'il convenait de faire. Dan n'aimait pas que Rakel Greitz garde l'initiative.

— Je suis une vieille femme, maintenant, dit-elle, et j'ai des douleurs au ventre. Pardonnez ma franchise. Cela ne vous dérange pas si je m'assois sur le canapé ? Après, je vais vous expliquer.

— Je vous en prie, dit Leo. Asseyez-vous et parlez. On veut des réponses à toutes nos questions.

RAKEL GREITZ AVAIT COMMENCÉ de façon un peu tâtonnante dans l'espoir que Benjamin arrive avant qu'elle n'ait eu le temps de dire quoi que ce soit de significatif ou de se perdre dans des mensonges insensés. Leo et Daniel étaient assis chacun dans un fauteuil, à côté d'elle, et la fixaient du regard. Malgré l'urgence de la situation, elle était stupéfaite. Les frères étaient d'une ressemblance saisissante, plus que ne l'étaient habituellement les vrais jumeaux de cet âge-là. La ressemblance était accentuée par leur coupe de cheveux et leurs vêtements similaires.

— Voilà l'histoire, dit-elle. Nous étions dans une situation extrêmement difficile. Nous recevions des rapports de plusieurs orphelinats et hôpitaux concernant des vrais jumeaux dont les parents n'arrivaient pas à s'occuper.

— *Nous*, c'est qui ? la coupa Daniel.

Malgré son agressivité, elle accueillait la moindre interruption comme la providence. Sur un coup de tête, elle prétendit avoir dans son manteau un document qu'elle venait de recevoir et qui pourrait peut-être mieux leur faire comprendre le contexte. Elle demanda s'ils voulaient qu'elle aille le chercher, tout en doutant de la crédibilité de son mensonge.

Ils la laissèrent y aller et elle ressentit alors quelque chose qui lui redonna des forces : du mépris. Daniel et Leo lui paraissaient faibles et pathétiques. Une fois près de l'entrée, elle se mit à tousser pour donner le change, tout en vérifiant d'un geste rapide que la porte n'était pas fermée à clé. Puis elle fouilla un peu dans son manteau, histoire de, et s'exclama :

— C'est pas possible !

Elle retourna au canapé en secouant la tête et se lança dans une longue tirade confuse. Elle parvint à provoquer Leo, en mentionnant le nom de Carl Seger. Il devint tout rouge, son regard s'affola. Il la traita de monstre et de criminelle, en exigeant qu'elle explique ce qui était arrivé à Carl. Elle prit alors réellement peur, se rappelant les crises de colère des garçons, à l'époque. Mais l'emportement de Leo se révéla être une heureuse circonstance, car pile à ce moment-là Benjamin arrivait dans le couloir. Les cris ne firent que le guider et, sans hésiter, il se précipita dans l'appartement sans frapper et empoigna Leo. Il saisit ses bras par-derrière et, de son côté, Rakel fouilla rapidement dans la mallette que Benjamin avait posée par terre. Les jumeaux se mirent à crier à l'aide et Daniel se jeta sur Benjamin. Rakel comprit qu'elle devait plus que jamais se montrer aussi résolue et efficace que possible. Rapidement, elle parcourut les produits contenus dans la mallette – Stesolid, opiats, morphine et un tas d'autres choses, puis… elle frissonna : pancuronium, curare synthétique, un extrait de la même plante vénéneuse qu'utilisent les Aborigènes sur leurs flèches mortelles. Ce serait brutal et irréparable. Encore que… il y avait aussi de la physostigmine, un antidote susceptible d'annuler l'effet du curare, temporairement ou définitivement. Elle eut une idée. C'était une idée folle et audacieuse, inspirée par l'attitude de Daniel au cours de leur conversation, sa véhémence quant à l'injustice qui lui avait été faite, qui laissait deviner une profonde amertume. Elle enfila des gants en latex et leva les yeux.

Benjamin était comme d'habitude imperturbable et tenait fermement Leo, qui hurlait désormais "monstre" et "criminelle" tandis que Daniel essayait de le libérer. Elle se décida. Elle prépara une seringue, ce qui lui prit un peu de temps. Elle devait calculer la bonne dose. Puis elle se redressa et réalisa qu'elle n'aurait pas le temps de trouver une veine. Elle serait obligée de faire une injection intramusculaire, ce qui n'était peut-être pas plus mal. Elle s'en persuada, du moins, et enfonça directement l'aiguille à travers la chemise de Leo. Il la regarda, sous le choc, pendant que Daniel hurlait : "Qu'est-ce que vous faites ? Mais qu'est-ce que vous faites ?" Elle eut un rictus involontaire.

Le bruit risquait d'attirer l'attention des voisins. Il ne fallait surtout pas que quelqu'un se pointe au moment où Leo serait en train d'étouffer, ses muscles respiratoires cessant de fonctionner. La situation était critique, elle était en danger. Rakel avait dépassé une nouvelle limite, et il lui faudrait être plus rusée que jamais. Elle déclara donc de sa voix de médecin la plus autoritaire :

— Ressaisissez-vous. Je lui ai donné des calmants, rien d'autre. Respire, Leo. Bien ! Ça ira bientôt mieux. Nous devons discuter entre gens raisonnables, n'est-ce pas ? Et non pas nous lancer des atrocités comme *monstre* et *criminelle*. Voici… John, il travaille avec moi, il a une formation médicale. Nous allons bien nous entendre, j'en suis persuadée. Et il est temps, c'est vrai, que vous sachiez tout de cette regrettable histoire. Je suis contente que vous vous soyez enfin rencontrés.

— Vous mentez, cracha Daniel.

La situation était intenable. Il y avait trop de bruit, et elle était terrorisée à l'idée qu'un voisin débarque. Elle continuait à bavarder, s'efforçant de calmer la situation, tout en comptant les minutes restantes avant l'inévitable – avant que le poison ne se répande dans le sang de Leo et, agissant sur les récepteurs nicotiniques de l'acétylcholine, ne paralyse ses muscles. Heureusement, aucun voisin n'arriva. Personne n'alerta la police. Leo Mannheimer vacilla simplement, comme elle l'avait prévu, et il s'effondra sur le tapis persan dans un spasme. Rakel avait franchi la ligne rouge, et pourtant, l'espace d'une seconde vertigineuse, elle savoura l'instant. Elle savait évidemment qu'elle pouvait à tout moment le sauver. Elle pouvait également le laisser mourir. Cela dépendait des circonstances. Elle devait garder la tête froide, faire preuve d'intelligence, de force de persuasion. Elle devait jouer sur l'amertume et le sentiment d'infériorité de Daniel.

Son plan : lui faire jouer le rôle de sa vie.

EN VOYANT LEO S'EFFONDRER sur le tapis, Dan Brody comprit que c'était grave. Leo s'était écroulé comme si son corps ne fonctionnait plus. Il se tenait la gorge et semblait complètement paralysé. Dan oublia tout le reste, il s'affala à côté de son frère, en hurlant et en le secouant. Rakel Greitz commença alors à parler. Il écoutait à peine, entièrement focalisé sur Leo et sur le moyen de le ramener à lui. Ce qu'elle disait était de toute façon trop étrange pour qu'il soit en mesure de l'assimiler.

— Daniel, dit-elle. On va arranger tout ça. On va faire en sorte que ta vie soit meilleure que tu ne l'as jamais imaginée. Une vie fabuleuse avec des ressources illimitées.

Cela n'avait pas de sens, et pendant ce temps, l'état de Leo se détériorait. Il gémissait, secoué de spasmes. Son visage était gris cendre, ses lèvres bleues, et il cherchait son souffle. Il semblait s'étouffer, ses yeux brillaient de panique. Le bleu des lèvres gagnait ses joues à présent. Dan s'apprêtait à pratiquer sur lui une respiration artificielle – geste qu'il avait appris à Boston quand l'une de ses ex avait manqué de faire une overdose de cocaïne. Mais Rakel l'en empêcha doucement, d'une petite phrase qu'il ne put s'empêcher d'écouter cette fois-ci, car, au fond du trou, il s'agrippait à la moindre branche. Rakel était bien moins virulente, elle parlait plutôt comme un médecin, d'une voix apaisante. Elle prit le pouls de Leo de ses mains gantées de latex, et lui adressa un sourire rassurant.

— Il est hors de danger, dit-elle. Il a juste des crampes. Il ira bientôt mieux. C'était une dose de sédatif forte que je lui ai donnée, mais rien de dangereux. Regarde !

Elle lui tendit la seringue. Il la saisit sans comprendre où elle voulait en venir.

— Pourquoi vous me donnez ça ?

Elle se redressa à côté de l'homme immense, qui portait encore ses habits d'extérieur – une doudoune bleue toute froissée et des rangers – et qui affichait le même sourire nerveux que Rakel. Une pensée épouvantable le traversa.

— Vous voulez mes empreintes là-dessus ?

Il lâcha la seringue.

— Calme-toi, Daniel. Écoute-moi.

— Pourquoi est-ce que je vous écouterais ?

Il sortit son téléphone, il fallait qu'il appelle une ambulance. Mais l'homme l'en empêcha brusquement. La panique s'empara de Dan. Voulaient-ils tuer Leo ? Était-ce même possible ? Une terreur abominable le foudroya. À ses pieds, Leo haletait et semblait vraiment mourant. Dan hurla. Il hurla droit dans l'oreille hypersensible de Leo.

— Bats-toi ! Tu vas y arriver.

Leo grimaça effectivement. Son front se plissa. Il serra les dents. Il retrouva quelques couleurs. Mais ce n'était que temporaire. Il pâlit de nouveau, semblant manquer d'oxygène. Dan se tourna vers Rakel Greitz.

— Sauvez-le, bordel ! Vous êtes médecin. Vous ne voulez quand même pas le tuer, si ?

— Mais non, qu'est-ce que tu racontes ! Bien sûr que non. Il sera bientôt rétabli, tu verras. Bouge-toi de là, je vais le remettre d'aplomb, répondit-elle.

Et quand, résolue, elle ressortit sa mallette, il ne vit pas d'autre solution que de lui faire confiance.

C'était là un signe – comme un autre – de son profond désespoir. Il tenait la main de Leo, en s'en remettant, pour le sauver, à la personne même qui lui avait injecté le poison.

RAKEL GREITZ AVAIT VU JUSTE : elle avait tout fait pour se comporter en médecin et inspirer confiance. Elle se retint donc de bloquer définitivement les voies respiratoires de Leo pour en finir. Au lieu de cela, elle prépara une injection de physostigmine, remonta le pull de Leo et la lui injecta dans une veine du bras. L'instant d'après, son état s'améliora, même s'il était toujours profondément étourdi. Elle sentit – et c'était le plus important – qu'elle avait regagné la confiance de Daniel.

— Il va s'en remettre ? demanda-t-il.

— Il s'en remettra, dit-elle et elle continua.

Elle improvisait, naturellement. Mais elle pouvait s'appuyer sur la stratégie de crise mise au point depuis longtemps pour neutraliser Leo Mannheimer en cas de besoin. Cette stratégie impliquait Ivar Ögren. Ivar avait récupéré les codes de connexion de Leo dans la société de gestion et il avait effectué sous son nom, ou plutôt via des prête-noms, une série de transactions illégales sur le marché des actions et des options. Les transactions étaient réunies dans un classeur, qui suffirait à envoyer Leo en prison et à l'humilier à la fois socialement et professionnellement. Les informations avaient déjà, contre la volonté de Rakel, été utilisées contre lui. Ivar s'en était servi pour mettre la main sur Madeleine Bard, ce que Rakel n'approuvait pas. Son avis personnel, c'était qu'Ivar Ögren était un crétin fini. Mais elle avait besoin de lui et de ces informations pour avoir un moyen de pression sur Leo dans l'éventualité où il deviendrait une menace pour elle.

— Daniel, dit-elle. Écoute-moi, j'ai quelque chose de très important à dire.

Le regard de Dan était si implorant et désespéré qu'il la mit en confiance. Elle imprima à sa voix un timbre à la fois doux et ferme, comme un médecin qui a une mauvaise nouvelle à annoncer :

— Leo est foutu, Daniel. Ça me fait de la peine de te l'annoncer. Mais c'est comme ça. Il s'est livré à des délits d'initié et à des transactions illégales. Il va se faire pincer.

— Comment ça ? De quoi vous parlez ?

Il n'arrivait pas à enregistrer. Elle le voyait bien. Il caressait simplement les cheveux de son frère en répétant inlassablement que tout irait bien. C'était n'importe quoi, et parfaitement inutile. Rakel en fut agacée et poursuivit d'un ton plus sévère :

— Écoute-moi, je te dis. Leo n'est pas celui que tu crois. C'est un escroc. Nous en avons la preuve. Il va se retrouver en prison. C'est un fraudeur.

Daniel la regarda d'un air perplexe :

— Mais comment ça ? L'argent ne l'intéresse même pas.

— Tu te trompes.

— Vraiment ? Il vient de me proposer la moitié de tout ce qu'il a – juste comme ça.

Il fit un geste de la main et elle se mordit la lèvre. Ça ne lui plaisait pas.

— Pourquoi tu devrais te contenter de la moitié ?

— Je ne veux rien du tout. Je veux seulement…

Il se tut. Il comprenait, ou pas vraiment. Mais il devinait quelque chose. La panique revint dans ses yeux et Rakel s'attendait à une attaque de sa part, peut-être violente. Mais rien ne se produisit. Daniel observa simplement Leo avec une concentration intense.

— Que lui avez-vous donné, en réalité ? Ce n'étaient pas des calmants, n'est-ce pas ?

Elle ne répondit pas. Elle ne savait pas dans quel ordre abattre ses cartes. Chaque mot, comprit-elle, chaque nuance de ton, serait déterminant.

— Curare, finit-elle par dire.

— C'est quoi ?

— Un poison extrait de plantes.

— Pourquoi vous lui donnez du poison, bordel de merde ? Il s'était remis à hurler.

— J'estimais que c'était nécessaire, répondit-elle.

Daniel regarda Benjamin avec un air d'animal pris au piège.

— Mais après…

— Oui ?

— Vous lui avez donné autre chose.

— De la physostigmine. C'est l'antidote, dit-elle.

— Bien, alors on l'amène à l'hôpital, maintenant ?

Elle ne répondit pas. Il saisit son portable. Elle envisagea d'ordonner à Benjamin de le lui enlever. Mais elle le laissa faire. Tant qu'il n'appelait pas, ce n'était pas grave. Il faisait des recherches Google. Elle supposait qu'il se renseignait sur le curare, et elle le laissa lire un moment. Quand la terreur se lut dans son regard, elle lui arracha le téléphone des mains. Il devint fou furieux. Il hurlait et frappait en tous sens. Même Benjamin eut du mal à le maîtriser.

— Du calme, Daniel.

— Non, jamais !

— Arrête, maintenant. Je veux t'offrir un cadeau fabuleux, tu ne comprends pas ?

— De quoi vous parlez, bordel ? s'égosilla-t-il.

— La physostigmine, lui expliqua-t-elle, n'annule que provisoirement l'effet d'une intoxication au curare.

— Vous voulez dire que vous ne pouvez pas le sauver ?

— Je suis navrée, mais non, je ne le peux pas, mentit-elle.

Alors, Benjamin employa les grands moyens pour le faire taire. Il n'y avait pas d'autre solution. Il l'immobilisa et lui scotcha la bouche. Elle s'en excusa et lui exposa plus explicitement l'effet du poison :

— Les muscles respiratoires seront bientôt paralysés de nouveau. Leo Mannheimer va mourir d'asphyxie.

Elle l'observa.

— La situation est délicate, Daniel. Leo est en train de mourir et nous avons tes empreintes sur la seringue. De plus, nous avons un mobile assez évident, n'est-ce pas ? Je vois la jalousie dans tes yeux, la jalousie pour tout ce qu'il a eu et que tu n'as pas eu. Mais la bonne nouvelle…

Daniel se débattait violemment.

— La bonne nouvelle, c'est que Leo va pouvoir continuer à exister, malgré tout – d'une façon nouvelle : à travers toi, Daniel.

Elle fit un geste pour désigner l'appartement :

— Tu peux avoir sa vie, son argent, sa chance. Tu peux vivre la vie dont tu as toujours rêvé. Tu peux prendre le relais, Daniel.

Tu peux tout avoir. Et je te le promets, tous les méfaits dont s'est rendu coupable Leo, sa mesquinerie honteuse, ne seront jamais révélés. Nous allons y veiller. Nous allons te soutenir à tous égards. Vous êtes des jumeaux miroirs, ce qui est effectivement un peu problématique. Mais votre ressemblance est incroyable. C'est exceptionnel, ça va bien se passer. Je le sais déjà.

À cet instant, Rakel entendit un bruit qu'elle ne sut pas identifier. C'était Daniel, une dent venait de se fendiller sous la pression des mâchoires.

20

LE 22 JUIN

LEO MANNHEIMER FINIT PAR SORTIR de son bureau. Mikael se leva et lui serra la main. C'était une drôle de rencontre. Mikael avait passé beaucoup de temps à étudier Leo, et voilà qu'ils se retrouvaient face à face. Il y eut aussitôt un malaise, un non-dit qui se dressait entre eux telle une ombre.

Leo se frotta les mains. Ses ongles étaient allongés et soignés. Il portait un costume en toile bleu, un tee-shirt gris et des sneakers. Ses cheveux étaient touffus et un peu hirsutes. Il semblait tendre l'oreille. Il avait l'air nerveux et n'invita pas Mikael dans son bureau. Il resta planté dans le vestibule devant l'accueil.

— J'ai apprécié votre débat avec Karin Laestander au musée Fotografiska, dit Mikael.

— Merci, dit Leo. C'était…

— … brillant, compléta Mikael avec un sourire aimable. Et tellement juste. On vit dans une époque plus que jamais influencée par les mensonges et les fausses informations. Ou peut-être vaut-il mieux parler de "faits alternatifs" ?

— Une société post-vérité, renchérit Leo avec un sourire circonspect.

— Très juste. Et nous jouons également avec nos identités, n'est-ce pas ? Prétendant être quelqu'un qu'on n'est pas, sur Facebook par exemple.

— Je ne suis pas sur Facebook.

— Moi non plus. Je n'y ai jamais compris grand-chose. Mais je joue un peu avec des rôles quand même, poursuivit

Mikael. Ça fait comme qui dirait partie de mon travail. Et vous ?

Leo regarda nerveusement sa montre et jeta un œil par la fenêtre sur la place en contrebas.

— Je suis navré, dit-il. J'ai une journée extrêmement chargée. De quoi vouliez-vous me parler ?

— Qu'est-ce qui m'amène, à votre avis ?

— Aucune idée.

— Vous n'avez rien fait de mal, alors ? Rien qui pourrait intéresser mon journal, *Millénium* ?

Leo déglutit. Il réfléchit, puis dit, les yeux rivés au sol :

— J'ai sans doute fait quelques affaires dans le temps qui auraient pu être mieux gérées. C'est un peu le bazar.

— J'y regarderais volontiers d'un peu plus près. Ce genre de bazars, c'est ma spécialité. Mais pour l'heure, je m'intéresse plus à des choses d'ordre personnel, des petites incohérences, si vous voulez.

— Des incohérences ?

— Tout à fait.

— Comme ?

— Comme le fait que vous soyez devenu droitier.

Leo – si toutefois il s'agissait bien de Leo – sembla tendre l'oreille de nouveau. Il se passa la main dans les cheveux.

— Ce n'est pas vraiment ça. J'ai changé, plutôt. J'ai toujours été ambidextre.

— Vous écrivez donc aussi bien de la main droite que de la main gauche ?

— Plus ou moins.

— Vous pouvez me montrer ?

Mikael sortit un stylo et son carnet de notes.

— Je ne préfère pas.

Des gouttes de sueur perlaient au-dessus de la lèvre supérieure de Leo. Son regard errait.

— Vous ne vous sentez pas bien ?

— Pas vraiment.

— La chaleur, sans doute.

— Peut-être.

— Je ne suis pas trop en forme, moi non plus, poursuivit Mikael. J'ai passé la moitié de la nuit à boire avec Hilda von Kanterborg. Vous la connaissez, il me semble…

Mikael lut de la peur dans les yeux de Leo et il sut qu'il le tenait. Il le devinait à son regard, à son corps qui se tortillait. Mais peut-être – il l'observait attentivement – devina-t-il aussi autre chose, de moins facilement identifiable. Une sorte d'excitation, peut-être, ou une hésitation. Comme si Leo, ou qui qu'il soit, se trouvait devant une grande décision.

Mikael dit :

— Hilda m'a raconté une histoire incroyable.

— Ah bon ?

— Une histoire de jumeaux qui avaient été volontairement séparés à la naissance. Il s'agissait en particulier d'un certain garçon nommé Daniel Brolin. Il a dû trimer à longueur de journée dans une ferme près de Hudiksvall pendant que son frère jumeau…

— Pas si fort, l'interrompit-il.

Feignant l'étonnement, Mikael considéra l'homme qui lui faisait face :

— On ferait peut-être mieux de faire une petite promenade, suggéra-t-il.

— Je ne sais pas…

— … si on doit faire une petite promenade ?

L'homme ne savait visiblement pas quoi dire. Il marmonna simplement une excuse, et se sauva aux toilettes. Un prétexte d'ailleurs assez mal dissimulé, car avant même d'être hors de vue, il sortit son portable. Il allait de toute évidence contacter quelqu'un. À cet instant, Mikael fut persuadé qu'il avait vu juste. Il envoya un SMS à Lisbeth pour lui dire que Leo était probablement Daniel.

Mais il craignait de plus en plus d'avoir été dupé – que le type se soit faufilé par une porte de secours et ait tout simplement déguerpi. D'autant plus que l'heure tournait sans qu'il ne se passe rien, hormis le va-et-vient des employés et des visiteurs. La jeune brunette à l'accueil souriait à chacun, souhaitant aux uns une bonne journée, invitant les autres à patienter sur les fauteuils prévus à cet effet, ou encore à se diriger ailleurs dans le bâtiment.

C'était un lieu chic. Sous une belle hauteur de plafond, des papiers peints rouges accueillaient des peintures à l'huile représentant des messieurs d'un certain âge, en costume, d'anciens membres du conseil d'administration, sans doute. Il y avait quelque chose d'obscène à cette galerie constituée exclusivement d'hommes.

Le portable de Mikael sonna. C'était Annika. Il s'apprêtait à répondre lorsque l'homme apparut au bout du couloir. Il paraissait rasséréné. Peut-être avait-il pris une forme de décision. Difficile à dire. Sa peau était violacée au niveau du cou et il semblait tendu. Il avait le regard rivé au sol et n'adressa pas un mot à Mikael. Il informa simplement la femme à l'accueil qu'il serait absent quelques heures.

Ils prirent l'ascenseur et sortirent sur Norrmalmstorg. Stockholm était bouillant. Les gens s'éventaient avec leurs mains ou à l'aide de journaux. Les hommes portaient leurs vestes à l'épaule. Ils arrivèrent sur Hamngatan, où l'homme jeta un regard nerveux derrière lui. Mikael le remarqua et se demanda s'ils ne seraient pas plus en sécurité dans un bus ou dans un taxi. Au lieu de ça, ils traversèrent la rue et arrivèrent au parc Kungsträdgården. Ils avancèrent en silence, avec l'impression qu'un événement imminent devait se produire. Mikael n'aimait pas l'ambiance, il n'aurait su dire pourquoi.

L'homme transpirait plus qu'il n'aurait dû et regarda de nouveau autour de lui, inquiet. Ils se trouvaient alors presque en face de l'Opéra. Sans bien savoir pourquoi, Mikael devina une menace. Il se demanda s'il n'avait pas commis une erreur ; les dirigeants du Registre avaient peut-être une longueur d'avance. Il se retourna mais ne vit rien. Tout était calme, ça sentait les vacances. Sur les bancs et les terrasses des cafés, les gens se doraient au soleil. Peut-être était-ce simplement la nervosité de son compagnon qui déteignait. Il alla donc droit au but :

— Alors, qu'en est-il ? Dois-je vous appeler Leo ou Daniel ?

L'homme se mordit la lèvre, son regard s'assombrit. L'instant d'après, il se jeta sur Mikael, qui s'effondra par terre.

RAKEL GREITZ AVAIT ATTENDU sur un banc sur Norrmalmstorg, d'où elle avait vu Daniel Brolin partir avec Mikael Blomkvist. Tôt ou tard, l'histoire serait divulguée, songea-t-elle. La machine infernale était déclenchée. En réalité, elle n'en était ni choquée ni même surprise.

Depuis toujours, elle savait que l'enjeu était de taille. Mais, s'il la désespérait, ce constat lui donnait aussi une sorte de liberté, la liberté de qui a déjà un pied dans la tombe. Elle avait la force de celui qui n'a plus rien à perdre. Et Benjamin était toujours à ses côtés. Il n'était certes pas mourant, comme elle, mais il lui était lié. Non seulement par la loyauté de toute une vie, mais aussi par toutes les choses abominables qu'ils avaient faites ensemble. Les conséquences seraient aussi désastreuses pour Benjamin que pour elle si tout était révélé. Sans poser de questions, il avait accepté de neutraliser Blomkvist et d'enlever Daniel afin de lui faire entendre raison.

Benjamin était donc, malgré la chaleur, vêtu d'une veste noire à capuche et de lunettes de soleil. Tout contre lui, il tenait une seringue de kétamine, un sédatif qui endormirait rapidement le journaliste. De son côté, Rakel avait, non sans difficulté car elle avait eu mal au ventre toute la matinée, rejoint l'allée qui s'étendait le long de Kungsträdgården. Dans la lumière aveuglante du soleil, elle vit Benjamin avancer d'un pas pressé.

Elle eut un regain de vitalité. La ville semblait se polariser sur cet instant, se concentrer sur cette scène fulgurante. Elle fixait intensément Daniel et Blomkvist et les vit ralentir. Le journaliste semblait poser une question. Tant mieux, se dit-elle. Ils seraient moins attentifs. Elle était confiante : tout se passerait comme prévu.

Une voiture à cheval arriva plus loin dans la rue. Une montgolfière bleue glissait sur le ciel. Tout autour se promenaient des gens qui ne se doutaient de rien. L'impatience faisait battre son cœur à tout rompre, elle chercha son souffle. C'est alors qu'il se produisit quelque chose. Daniel vit Benjamin arriver et poussa Blomkvist sur le côté. Le journaliste s'effondra, Benjamin rata sa cible et resta planté là, la seringue à la main, hésitant. Blomkvist se releva d'un bond. Il y eut un moment de flottement, puis Benjamin repassa à l'attaque, le journaliste esquiva de nouveau et Benjamin prit la fuite. Quel lâche ! Furieuse, elle vit Daniel et Blomkvist se précipiter en direction d'Operakällaren, sauter dans un taxi et disparaître. La chaleur enveloppa Rakel Greitz telle une couverture humide. Elle sentit alors à quel point la maladie la rongeait. Mais elle se redressa et quitta rapidement les lieux.

LISBETH SALANDER ÉTAIT AFFALÉE sur le plancher de la fourgonnette grise. On la rouait de coups de pied au ventre et au visage. Bien vite, on lui remit le chiffon puant sur le nez. Elle se sentait faible ; elle eut peut-être de brèves absences. Néanmoins, elle avait reconnu Benito et Bashir, ce qui n'était pas une combinaison heureuse. Benito était très pâle, elle avait un bandage autour de la tête et de la mâchoire. Bouger lui semblait pénible. Elle restait immobile, et c'était tant mieux. C'étaient surtout les hommes qui s'en prenaient à Lisbeth : Bashir, barbu et en sueur, portait les mêmes habits que la veille ; un autre, un type costaud, dans les trente-cinq ans, le crâne rasé, portait un tee-shirt gris et un gilet de cuir noir. Un troisième homme conduisait.

Le véhicule passait Slussen, lui sembla-t-il. Elle essayait d'enregistrer le moindre détail dans la voiture – une corde, un rouleau de scotch, deux tournevis. Elle reçut un autre coup de pied, dans la nuque cette fois-ci. Quelqu'un lui tirait les bras. Ils lui ligotèrent les mains et fouillèrent ses poches, récupérant son portable. C'était embêtant. Mais heureusement, le type rasé garda le téléphone. Il le glissa dans sa poche. Elle mesura son physique, ses mouvements saccadés et sa tendance à toujours jeter un œil sur Benito. C'était son larbin à elle visiblement, pas celui de Bashir.

Il y avait une banquette sur la gauche, dans la fourgonnette. Ils s'y installèrent tandis que Lisbeth restait étalée par terre. L'odeur sucrée du parfum qu'elle connaissait bien se mélangeait à la puanteur de la solution hydroalcoolique et à l'odeur de transpiration de leurs baskets. Ils se dirigeaient vers le nord, se dit-elle. Elle n'en était pas sûre, elle était bien trop dans les vapes. Longtemps, le silence régna dans l'habitacle. Il n'y avait que le bruit de leur respiration, les râles du moteur et les tremblements de la carrosserie. C'était un vieux tacot, sans doute plus de trente ans. Progressivement, tout devint plus calme. Ils arrivèrent sur une grand-route et, au bout d'environ vingt minutes, ils se mirent à parler. Tant mieux, c'était exactement ce qu'il lui fallait. Bashir avait un bleu au cou, elle espérait que c'était un petit souvenir de la crosse de bandy. Il semblait avoir mal dormi. Il avait une sale mine.

— Qu'est-ce que tu vas morfler, sale pétasse, dit-il.

Lisbeth ne répondit pas.

— Après, je te tuerai lentement avec mon Keris, ajouta Benito.

Lisbeth ne dit toujours rien. C'était inutile. Elle savait que tout ce qui serait dit ici serait rediffusé sur toute une série d'ordinateurs.

Cela n'avait rien de bien compliqué, en tout cas pas pour Lisbeth. Au moment de son agression, elle avait chuchoté le code *Vildvittra* dans son iPhone trafiqué. Le code avait déclenché son bouton d'alarme via l'application d'intelligence artificielle Siri. Un microphone amplifié avait été enclenché et un enregistrement avait été lancé, qui était directement transmis, avec les coordonnées GPS, à tous les membres de Hacker Republic.

HACKER REPUBLIC ÉTAIT UN GROUPE de hackers d'élite. Tous avaient juré solennellement de n'utiliser le bouton d'alarme qu'en cas d'extrême urgence. Plusieurs jeunes talents un peu partout dans le monde suivaient donc attentivement le drame qui se déroulait dans la fourgonnette. Et si la plupart d'entre eux ne comprenaient pas le suédois, il suffisait de quelques-uns, notamment cet ami empâté de Lisbeth qui vivait sur Högklintavägen, à Sundbyberg.

Il s'appelait Plague. Il était baraqué, le corps de traviole et c'était un vrai cas social. Mais aussi un véritable génie de l'informatique. Il était donc devant son ordinateur, les nerfs à vif, et suivait les coordonnées GPS de la fourgonnette qui filait vers le nord, en direction d'Uppsala. Le véhicule – on aurait dit un modèle ancien, plutôt gros – bifurqua sur la nationale 77, en direction de Knivsta, vers l'est, ce qui augurait mal. Ils s'enfonçaient de plus en plus dans la campagne, où les coordonnées GPS étaient moins précises. Il entendit la femme dans le véhicule, sa voix était rauque et faible, comme si elle n'était pas bien portante.

— Tu n'imagines même pas à quel point ta mort sera lente, petite salope ! Tu n'imagines même pas !

Plague jeta un regard désespéré sur son bureau. Il y avait là des feuilles, des canettes, des miettes de toutes sortes, des bouteilles de Coca et des restes de nourriture. Quant à lui, ses cheveux n'avaient pas vu de ciseaux depuis belle lurette, il était mal rasé et vêtu de sa robe de chambre bleue tout effilochée. Il avait mal au dos. Il avait encore pris du poids et souffrait de diabète. Cela faisait presque une semaine qu'il n'avait pas mis le nez dehors. Qu'allait-il faire ? Si au moins il avait eu une adresse, il aurait pu pirater le système électrique et la distribution d'eau, pour localiser des voisins et mettre en place un dispositif de surveillance citoyenne. Mais là… Il était impuissant. Il tremblait de tout son corps. Son cœur battait la chamade. Il n'avait aucune idée de vers où pouvait bien foncer la camionnette.

Les messages du groupe affluaient. Lisbeth était leur amie, leur étoile. Mais personne n'avait vraiment d'idée ni de plan d'action qui puisse être mis en œuvre rapidement. Devait-il appeler la police ? Plague n'avait jamais appelé la police et il y avait de bonnes raisons à cela. Il y avait peu de cybercrimes dans lesquels il n'ait pas trempé. Il était toujours plus ou moins recherché, *et pourtant*, se dit-il, *et pourtant*, même le hors-la-loi doit parfois faire appel à la loi. Il se rappela que Lisbeth – ou plutôt Wasp, le nom sous lequel elle était connue dans Hacker Republic – lui avait parlé d'un flic qui s'appelait Bublanski. Il était OK, avait-elle dit, ce qui, venant d'elle, était un mot assez fort, vu le contexte. Durant une minute, Plague resta muet, comme paralysé devant la carte d'Uppland qui s'affichait sur son écran. Puis il sortit des écouteurs, augmenta le son et connecta le fichier audio. Il voulait entendre la moindre nuance du bruit du moteur et des voix. Ça grésillait dans ses écouteurs. Au début, personne ne dit rien. Puis une voix proféra ce que Plague ne voulait surtout pas entendre :

— Tu as son téléphone ?

C'était la femme à nouveau, la femme qui avait l'air malade. Elle semblait être aux commandes, elle et l'autre type, celui qui par moments parlait une autre langue à l'homme au volant, une langue qu'ils avaient identifiée comme étant du bengali en faisant une recherche de format de fichier audio.

— Je l'ai dans ma poche, répondit l'un des hommes.

— Je peux voir ?

Il y eut comme un froissement. Le portable changea de mains. Quelqu'un le pianota, l'examina, souffla dans le combiné.

— Il y a un truc louche ?

— Je sais pas, répondit la femme. On dirait pas. Mais les flics peuvent peut-être nous mettre sur écoute avec cette merde.

— On ferait mieux de s'en débarrasser.

Plague entendit d'autres mots en bengali. La voiture ralentit. Une portière grinça. Elle s'ouvrit alors que le véhicule roulait encore. Le vent souffla dans le micro, puis il y eut un sifflement suivi de crépitements violents. Plague s'arracha les écouteurs des oreilles et frappa du poing sur la table. *Hell, damn, fuck!* Les jurons déferlèrent sur les ordinateurs. Le contact avec Wasp était rompu.

Plague essaya de réfléchir, d'évaluer la situation. *Les caméras de surveillance routière!* se dit-il. Comment n'y avait-il pas pensé plus tôt? Il fallait qu'ils piratent l'administration nationale des Transports, pour obtenir l'accès à leurs caméras. Seulement, ce genre de manœuvres prenait du temps. Et du temps, ils n'en avaient pas.

"Quelqu'un sait-il comment accéder rapidement à l'administration nationale des Transports?" tapa-t-il.

Il envoya à ses interlocuteurs un lien audio crypté pour qu'ils puissent échanger de vive voix.

— La surveillance routière est partiellement accessible sur le Net, dit quelqu'un.

— Ça ne suffit pas, dit-il. C'est bien trop flou et saccadé. Il faut pouvoir s'approcher, voir le modèle de véhicule et la plaque d'immatriculation.

— Moi, j'ai un raccourci.

C'était une voix de jeune femme et il lui fallut un instant avant de l'identifier. Sa signature était Nelly, l'un de leurs nouveaux membres. Il s'exclama :

— C'est vrai? Parfait! Vas-y, accède! Connectez-vous à elle! Aide-la. Fonce! On se grouille! Je vous donne l'heure et les coordonnées.

Plague se connecta au site www.trafiken.nu, qui montrait les emplacements exacts des caméras de surveillance le long de la E4 en direction d'Uppsala. En même temps, il rembobinait le fichier du téléphone de Wasp. Le bouton d'alarme avait été activé à 12h52 et la première caméra à avoir vu passer la fourgonnette était logiquement celle de Haga södra. Le véhicule semblait effectivement être passé par là environ treize minutes plus tard, à 13h05. Ensuite les caméras se suivaient de façon rapprochée – tant mieux, se dit-il. Les endroits en question s'appelaient Linvävartorpet, puis Linvävartorpet södra et Linvävartorpet norra, puis Haga norra grindar, Haga norra, Stora Frösunda, Järva krog, Mellanjärva, terrain de golf d'Ulriksdal. Les caméras ne manquaient pas sur la première partie de l'itinéraire et, même si la circulation avait été dense, il devrait être assez aisé de localiser le bon véhicule, d'autant que Plague l'identifiait presque à coup sûr comme une grosse voiture, une fourgonnette ou un petit camion.

— On en est où ? cria-t-il.

— Du calme, du calme, on y travaille, il y a une merdouille là, ils ont installé un nouveau truc. Fais chier, *denied.* Attends ! *Shit*, merde… *yes !* Voyons voir… oui… on y arrive… ça y est… il ne nous reste plus qu'à piger… C'est qui les crétins qui ont monté ça ? Franchement, quelle bande d'amateurs !

C'était la routine. Des jurons et des hurlements. C'étaient de l'adrénaline, de la sueur et des cris. Sauf que là, c'était pire. C'était une question de vie ou de mort. Une fois qu'ils finirent par comprendre comment procéder et s'orienter dans le système, qu'ils eurent rembobiné et visionné les différentes séquences des caméras de surveillance, il n'y eut plus de doute. C'était une vieille camionnette Mercedes grise avec de fausses plaques d'immatriculation. Mais à quoi cela leur servirait-il ? Ils se sentirent encore plus impuissants qu'avant en voyant le véhicule passer un point de surveillance après l'autre, telle une créature blafarde et maléfique, pour enfin disparaître des écrans radars et s'enfoncer dans les forêts à l'est de Knivsta, vers Vadabosjön.

— Désert numérique. *Shit ! Shit !*

Ça n'avait jamais autant crié et juré au sein de Hacker Republic. Plague ne vit pas d'autre solution que d'appeler l'inspecteur Jan Bublanski.

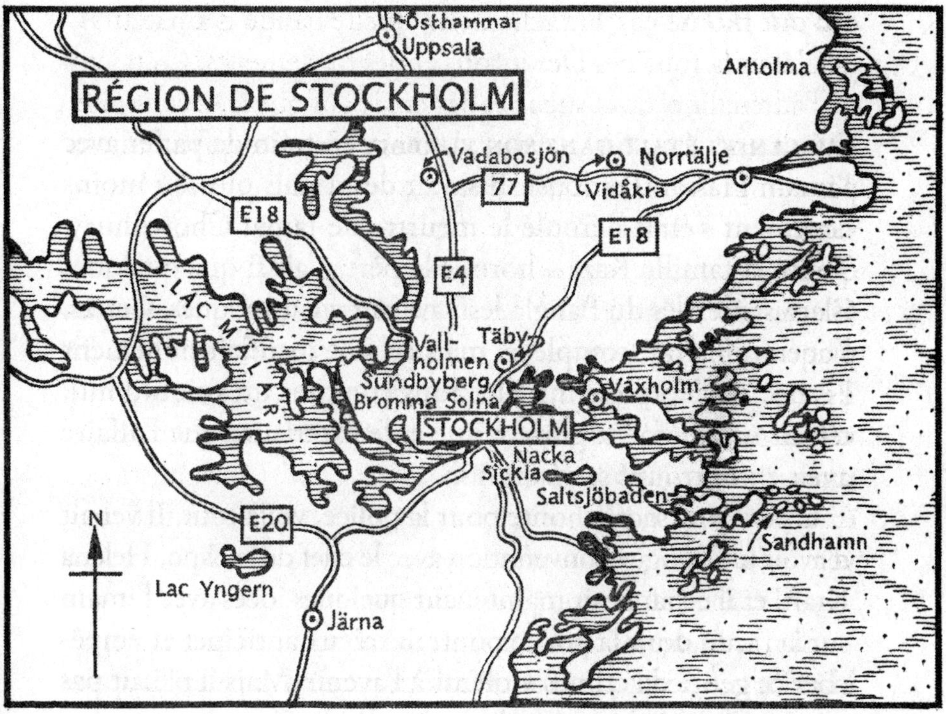
RÉGION DE STOCKHOLM
Östhammar
Uppsala
Arholma
Vadabosjön
Norrtälje
Vidåkra
77
E18
E18
E4
LAC MÄLAR
Täby
Vallholmen
Sundbyberg
Bromma Solna
Vaxholm
STOCKHOLM
Nacka
Sickla
Saltsjöbaden
Sandhamn
E20
N
Lac Yngern
Järna

21

LE 22 JUIN

BUBLANSKI ÉTAIT DANS SON BUREAU, en train de parler avec l'imam Hassan Ferdousi. Il savait désormais plus ou moins comment s'était déroulé le meurtre de Jamal Chowdhury. Toute la famille Kazi – hormis le père – ainsi que quelques islamistes exilés du Bangladesh avaient été impliqués. Certes, l'opération était complexe, mais cela ne justifiait nullement l'échec de l'enquête initiale. Sans compter qu'aujourd'hui, c'était uniquement grâce à une aide extérieure que l'affaire avait enfin trouvé sa résolution.

C'était une sacrée honte pour la police, voilà tout. Il venait d'avoir une longue conversation avec le chef de la Säpo, Helena Kraft, et il échangeait maintenant quelques idées avec l'imam sur la façon dont la police pourrait mieux anticiper et empêcher ce genre de crimes violents à l'avenir. Mais il n'était pas très concentré, pour être honnête. Il n'avait qu'une envie : retourner à son enquête sur la mort de Holger Palmgren, en particulier à ses soupçons envers le professeur Martin Steinberg.

— Comment ?

L'imam lui expliquait une chose qu'il ne saisissait pas trop. Mais il n'eut pas le temps de s'y attarder. Son téléphone sonna. Il recevait en même temps un appel sur Skype depuis une adresse intitulée *Total fucking shitstorm for Salander*, ce qui était curieux en soi. Qui pouvait bien prendre un nom pareil ? Bublanski décrocha son portable. Au bout du fil, un jeune homme criait dans un suédois peu soigné.

— Je n'écouterai pas un mot de plus si vous ne vous présentez pas, répondit Bublanski.

— Je m'appelle Plague, reprit l'homme. Allumez votre ordinateur et cliquez sur le lien que je viens de vous envoyer, je vais vous expliquer.

Bublanski accéda à son mail, ouvrit le lien et écouta le jeune homme qui, certes, jurait plus que de raison et employait des termes informatiques incompréhensibles, mais qui lui fit néanmoins un rapport précis. Assez vite, Bublanski fut arraché à sa stupeur et ordonna le déploiement d'hélicoptères et de voitures de la police d'Uppsala et de Stockholm sur la zone de Vadabosjön. Accompagné d'Amanda Flod, il se précipita ensuite vers sa Volvo, garée au parking. Par mesure de sécurité, il laissa Amanda prendre le volant et ils foncèrent en direction du nord, sur Upplandsvägen, les gyrophares allumés.

L'HOMME EN FACE DE LUI venait de le sauver d'une agression grave. Mikael ne comprenait pas encore ce que cela signifiait. Mais c'était forcément bon signe. Ils n'étaient plus confinés dans des rôles aussi simples que tout à l'heure, dans le vestibule d'Alfred Ögren. Ils n'étaient plus uniquement le journaliste d'investigation et sa proie. Il y avait un lien nouveau entre eux. Mikael avait désormais une dette envers l'autre.

Le soleil tapait au-dehors. Ils se trouvaient à présent dans un petit appartement sous les toits, situé sur Tavastgatan, avec des fenêtres sous les combles donnant sur Riddarfjärden. Ils avaient sous les yeux une peinture à l'huile à moitié terminée représentant un paysage marin et une baleine blanche. Le tableau dégageait une certaine harmonie, malgré le mélange troublant des couleurs. Mais Mikael le retourna contre la fenêtre. Il ne voulait pas de distraction.

L'appartement appartenait à Irene Westervik, une artiste qui n'était plus toute jeune. Mikael et elle n'étaient pas particulièrement proches. Mais il avait toujours eu une certaine affinité avec elle. Elle était intelligente, elle inspirait confiance et elle évoluait à mille lieues de l'actualité. En sa compagnie, il avait l'impression de prendre du recul, de voir le monde autrement. Il lui avait téléphoné depuis le taxi et lui avait demandé s'il pouvait emprunter son atelier quelques heures, voire pour la journée. Elle les avait accueillis à l'entrée dans un tailleur en coton gris et leur avait remis les clés avec un sourire doux.

Désormais, Mikael était assis, devant le tableau retourné, avec l'homme qui était sans doute Daniel. Par mesure de sécurité, les téléphones portables étaient éteints et posés dans la kitchenette sur la gauche. Ils étaient tous les deux en sueur. Il faisait chaud et Mikael tenta sans succès d'ouvrir les fenêtres.

— C'était une seringue que le gars tenait dans la main ?

— Ça en avait bien l'air.

— Qu'est-ce qu'il pouvait y avoir dedans à votre avis ?

— Dans le pire des cas, du curare synthétique.

— Du poison ?

— Oui : si la dose est forte, cette substance bloque tout, même les muscles respiratoires. On étouffe.

— Vous vous y connaissez, on dirait, dit Mikael.

L'homme avait l'air malheureux. Mikael regarda par la fenêtre. Dehors, le ciel était bleu.

— Dois-je vous appeler Daniel ? demanda-t-il.

L'homme resta silencieux. Il hésita. Puis dit :

— Dan.

— C'est un surnom ?

— Non, j'ai obtenu une *Green Card* et je suis devenu citoyen américain. Je me suis donné beaucoup de mal pour effacer toute trace de mon ancien nom. Je m'appelle Dan Brody, maintenant.

— Ou plutôt Leo Mannheimer.

— Oui, c'est vrai.

— C'est curieux, non ?

— En effet.

— Vous comptez me raconter l'histoire, Dan ?

— Je vais essayer.

— Nous avons du temps. Personne ne pensera à venir nous chercher ici.

— Vous pensez qu'il y aurait des choses un peu fortes à boire, ici ?

— Je vais regarder dans le frigo.

Mikael sortit de la pièce pour vérifier et découvrit une rangée de bouteilles de vin blanc, du sancerre. C'était le nouveau tarif, songea-t-il avec une pointe de cynisme : il était obligé de boire pour obtenir des informations. Il prit une bouteille avec un bouchon à vis et deux verres.

— Tenez, dit-il en remplissant les verres.

— Je ne sais pas par où commencer. Vous avez dit que vous aviez rencontré Hilda. Est-ce qu'elle a parlé de…

Il hésita encore, comme devant un nom ou un événement impossible à prononcer sans crainte.

— De quoi ?

— De Rakel Greitz ?

— Hilda en a beaucoup parlé, oui.

Dan ne fit aucun commentaire. Il se contenta de lever son verre et de boire résolument, en silence. Puis, lentement, il commença à raconter. Son récit débuta par une scène qui se déroulait dans un club de jazz, à Berlin : un solo de guitare, une femme qui le regardait.

ILS S'ÉTAIENT ARRÊTÉS DANS UNE FORÊT. La chaleur dans la voiture était intenable. À l'extérieur, on n'entendait que des oiseaux et des mouches voler. Le moteur tournait à vide. Lisbeth avait soif. Elle toussait, elle se sentait mal. On lui avait administré un genre de chloroforme, on l'avait attachée et rouée de coups de pied, et elle était toujours étalée par terre. Lentement, elle se mit sur les genoux. Personne ne protesta, même s'ils la gardaient à l'œil. On coupa le moteur. La triplette sur la banquette échangea des signes de tête. Benito but de l'eau en avalant quelques comprimés. Son visage était cendreux. Elle resta assise tandis que Bashir et l'autre type se levèrent. Ce dernier, dont les avant-bras étaient couverts de tatouages, portait un gilet en cuir avec un emblème que Lisbeth n'avait pas remarqué jusque-là. C'était loin d'être rassurant. Il y avait marqué MC Svavelsjö, le gang de motards qui avait été allié à son père et qui avait des liens avec sa sœur. Étaient-ce Camilla et ses hackers qui avaient déniché son adresse ?

Lisbeth observa les portières arrière de la fourgonnette et se remémora le geste du type qui les avait ouvertes pour balancer son portable. Avec une précision mathématique, elle se rappela la force du mouvement, ou plutôt l'absence de force. Elle n'arrivait pas à défaire la corde autour de ses mains, mais elle devrait réussir à ouvrir les portières avec ses pieds. C'était un point positif, tout comme le fait que Benito soit blessée à la tête, et que les hommes soient nerveux. Leur respiration et leur regard en témoignaient. Bashir fit une grimace, comme il l'avait fait à Vallholmen, et prit de l'élan avec sa jambe droite. Il allait lui mettre un coup de pied. Elle encaissa les coups en exagérant un peu leur impact. Ce n'était guère nécessaire, à vrai dire. Ils étaient violents et l'atteignirent en pleines côtes. Elle en reçut un autre au visage et fit semblant d'être étourdie, tout en observant Benito attentivement.

Dès le départ, Lisbeth avait senti que c'était elle qui menait cette petite mascarade. C'était elle qui avait le dernier mot dans la troupe. Et voilà qu'elle se penchait sur son sac en toile gris. Elle en sortit un tissu en velours rouge. Au même moment, les hommes saisirent Lisbeth fermement par les épaules. Difficile, pour le coup, de voir là un point positif. D'autant que Benito sortit également un poignard de son sac, son Keris. Il était droit et le bout de la longue lame aiguisée était doré. Le manche, délicatement sculpté, représentait un démon aux yeux bridés. L'arme aurait dû se trouver dans un musée, non entre les mains d'une psychopathe blafarde dont la tête était couverte de bandages et qui la caressait avec un mélange de tendresse et de démence.

D'une voix éteinte, Benito expliquait désormais comment le Keris serait utilisé. Lisbeth n'écoutait pas très attentivement, ce n'était pas la peine. Elle en savait assez. Le Keris allait inciser le tissu rouge, passer sous la clavicule puis droit dans le cœur. En ressortant, la lame sera essuyée sur le velours. C'était un exercice délicat, apparemment. Lisbeth continua à tout enregistrer dans l'habitacle – le moindre objet, le moindre grain de poussière, le moindre instant d'inattention ou d'hésitation. Elle jeta un regard sur Bashir. Il lui tenait l'épaule gauche. Il semblait résolu et excité. Elle allait mourir, ce qui l'arrangeait évidemment bien. Mais il ne paraissait pas entièrement satisfait. Il n'était guère difficile d'en deviner la raison. Il se retrouvait aux ordres d'une femme dotée d'un poignard diabolique, ce qui ne devait pas être facile à digérer pour ce con. Lui pour qui toutes les femmes étaient des putes, des garces, des êtres de second rang.

— Tu connais ton Coran ?

Elle le sentit tout de suite, rien qu'à la pression de sa main sur son épaule : son commentaire avait fait mouche. Elle continua : le Prophète condamnait toute forme de Keris, affirma-t-elle, ils étaient l'œuvre de Satan et des démons. Puis elle récita un verset, un verset inventé. Elle lui indiqua une référence et l'incita à vérifier sur le Net.

— Regarde, tu verras !

Benito se leva, le poignard à la main, et vint tout gâcher :

— Elle raconte des salades, dit-elle. Le Keris n'existait même pas au temps du Prophète. C'est l'arme des guerriers sacrés partout dans le monde.

Bashir parut la croire, ou du moins vouloir la croire. Il répondit : “OK, OK, on se grouille”, en ajoutant quelque chose en bengali à l'intention du chauffeur.

Soudain, Benito eut l'air pressée, en dépit des vertiges qui lui faisaient perdre l'équilibre. Mais ce n'était pas à cause de l'intervention de Lisbeth. Au-dessus d'eux, un hélicoptère s'était mis à bourdonner. Cela n'avait pas forcément de rapport avec eux. Mais Lisbeth savait que Hacker Republic n'avait sûrement pas chômé. Aussi ce bruit lui sembla-t-il à la fois rassurant et inquiétant. Rassurant parce que les renforts n'étaient peut-être pas loin ; inquiétant parce que cela renforçait l'urgence et la détermination à agir des gus dans la fourgonnette.

Ils mirent le turbo. Bashir et l'autre type la tinrent fermement. Benito se dirigea sur elle avec son visage pâle, son long poignard et son tissu rouge. Lisbeth Salander songea à Holger. À sa mère et à son dragon. Puis elle se cabra, les pieds au sol.

Elle allait se lever, coûte que coûte.

MIKAEL ET DAN ÉTAIENT SILENCIEUX. Ils étaient parvenus à un stade de l'histoire que Dan avait, semblait-il, du mal à évoquer. Ses yeux papillonnaient. Ses mains tâtonnaient nerveusement.

— Leo était là, sur le tapis. Il avait l'air d'aller mieux. Il avait reçu une autre injection et il se remettait. Je croyais vraiment que la crise était passée, mais là…

— Elle a parlé du curare ?

— Elle m'a même laissé faire des recherches sur le Net. Peut-être pour que je voie de mes propres yeux que la physostigmine ne suspendait que temporairement son effet. Mais j'ai eu le temps de voir autre chose aussi.

— Quoi ?

— Je vais y venir. Mais Rakel m'a arraché le téléphone des mains et m'a menacé de me coincer pour le meurtre de mon frère si je ne collaborais pas. J'étais paralysé, je ne savais plus ce qu'il se passait. Ils m'ont chaussé des lunettes de soleil et mis un chapeau. Rakel disait que ce serait fâcheux si les gens voyaient deux Leo dans l'escalier. Elle disait qu'on devait le faire sortir de l'appartement pendant qu'il était encore en mesure de s'appuyer sur ses jambes. J'y ai vu une issue. Si seulement on arrivait dehors, je crierais à l'aide.

— Mais vous ne l'avez pas fait ?

— On n'a croisé personne, ni dans l'ascenseur ni dans l'escalier. C'était la veille de Noël. Je ne crois pas du tout que l'homme s'appelait John, comme l'avait dit Rakel, mais Benjamin. Elle l'a appelé Benjamin plusieurs fois. C'est le même type qui vous a agressé. Mais là…

— Oui ?

— Il a trimballé Leo, qui tenait à peine debout, jusqu'à une Renault noire qui était garée dans la rue. Il avait déjà commencé à faire nuit, en tout cas, j'en avais l'impression.

Décembre, un an et demi plus tôt

La rue était vide. Aussi atrocement vide et isolée, songea Dan, qu'un cauchemar post-apocalyptique. Il aurait sans doute pu se sauver à ce moment-là et appeler à l'aide. Mais comment quitter Leo, son frère ? Il ne pouvait s'y résoudre. La température avait augmenté et la neige se transformait en bouillasse. Ils poussèrent Leo à l'intérieur d'une voiture.

— On l'amène à l'hôpital, n'est-ce pas ? demanda Dan.

— Oui, répondit Rakel Greitz.

Devait-il la croire ? Elle venait de dire que c'était sans espoir et elle l'avait menacé. Il n'en savait rien. Il se contenta de grimper dans la voiture avec une seule chose en tête – ce qu'il avait eu le temps de lire sur le Net : si la respiration était maintenue, un patient pouvait se remettre d'un empoisonnement au curare. Il s'installa à côté de Leo sur la banquette arrière. De l'autre côté s'assit celui qui se nommait sans doute Benjamin.

Il était de grande taille et devait peser dans les cent kilos. Ses mains étaient d'une largeur surnaturelle et malgré son âge – la cinquantaine, probablement –, il avait un air enfantin avec ses joues rondes, ses grands yeux bleus et son front bombé. Mais Dan n'y prêta guère attention. Il se concentrait sur une seule chose : maintenir la respiration de Leo. Il faisait tout pour l'y aider. Il n'arrêtait pas de demander s'ils allaient réellement à l'hôpital. Rakel, qui conduisait, répondit de façon plus précise : ils allaient à Karolinska.

— Fais-moi confiance, disait-elle.

Elle avait contacté des spécialistes, expliqua-t-elle. Ils se tenaient prêts à recevoir Leo. Ils allaient faire ci et ça. S'était-il douté qu'elle mentait ? Peut-être était-il trop sous le choc pour être en mesure d'appréhender correctement la situation. Difficile à dire. Il se concentrait uniquement sur la respiration de Leo, et personne ne l'en empêchait, c'était déjà ça. Rakel conduisait vite, comme l'exigeait la situation. Il n'y avait pas beaucoup de circulation. Ils arrivèrent sur le pont Solnabron. Les bâtiments rouges de l'hôpital miroitaient dans l'obscurité, au loin, et, un instant, il se dit que tout finirait peut-être par s'arranger malgré tout.

Mais ce n'était qu'un écran de fumée, une ruse pour le contenir un moment. Au lieu de s'arrêter, la voiture accéléra, dépassa Karolinska et se dirigea vers le nord en direction de Solna. Il dut crier et se débattre. Une douleur lui transperça la cuisse et ses protestations se firent plus molles. Sa colère ne retombait pas, mais ses forces le quittèrent. Il secoua la tête, cligna des yeux. Il luttait pour rester lucide et maintenir Leo en vie. Mais parler et bouger lui devinrent difficiles. Au loin, comme à travers une brume, il entendit Rakel Greitz et Benjamin chuchoter. Il perdit la notion de temps. Puis Rakel éleva la voix. Elle s'adressait à lui désormais, le ton de sa voix avait quelque chose d'hypnotique. Qu'est-ce qu'elle disait ? Elle parlait de tout ce qu'il allait pouvoir obtenir – les rêves qui se réaliseraient, la richesse. Il allait pouvoir être heureux, disait-elle.

— Heureux, Daniel. Et on sera toujours là pour toi.

Leo haletait contre lui, le grand Benjamin de l'autre côté et Rakel devant qui parlait de bonheur et de richesse. C'était… indescriptible.

MIKAEL BLOMKVIST NE COMPRENDRAIT jamais. Mais Dan devait essayer. Il n'y avait pas d'autre issue.

— Vous avez été tenté ? demanda Mikael.

Dan résista à l'envie d'écraser la bouteille de vin sur la tête du journaliste.

— Vous devez comprendre, dit-il en s'efforçant de paraître calme. En cet instant, je ne pouvais envisager de vivre sans Leo.

Il se tut.

— À quoi pensiez-vous ?

— Je n'avais qu'une seule chose en tête : trouver comment on allait s'en sortir, Leo et moi.

— Et c'était quoi, votre plan ?

— Mon plan ? Je ne sais pas. Je suppose que c'était de jouer le jeu en espérant trouver une porte de sortie, une branche à laquelle me raccrocher. On s'enfonçait de plus en plus dans la campagne. Je recouvrais un peu de force. Je ne quittais pas Leo des yeux. Son état a empiré. Il avait des crampes. Il ne pouvait pas bouger. C'est difficile d'en parler.

— Prenez votre temps.

Dan but un peu de vin. Il reprit :

— Je n'avais plus aucune idée d'où on était. J'étais complètement perdu. On était en pleine cambrousse. La route se fit plus étroite. Une forêt de pins nous entourait. Il pleuvait. Cette fois-ci, il faisait vraiment nuit noire dehors. La pluie avait remplacé la neige. C'est alors que j'ai vu un panneau. Il y avait marqué : Vidåkra. On a pris à droite sur une route forestière et, au bout de dix minutes, Rakel Greitz s'est arrêtée. Benjamin est sorti du véhicule. Il a tiré quelque chose du coffre. Je ne voulais pas savoir ce que c'était. Un choc sinistre a retenti. Je focalisais mon attention sur Leo. J'ai ouvert la portière, je l'ai allongé sur la banquette et j'ai tenté un bouche-à-bouche. Je ne m'y connaissais pas très bien, mais j'ai essayé. Je ne me suis jamais autant appliqué de ma vie. J'étais étourdi et Leo avait vomi sans que je m'en aperçoive. Ça puait dans la voiture. Je me suis penché sur lui. C'était comme si je m'étais penché sur moi-même, vous vous imaginez ? Comme si j'approchais mes lèvres de mon propre corps mourant. Ce qui était curieux, c'est qu'ils m'ont laissé faire. Ils étaient doux envers moi désormais, Rakel et ce Benjamin. C'était tellement étrange, même si j'étais à peine conscient de ce qui se passait. J'étais complètement absorbé par Leo, mais j'enregistrais quand même

Rakel, ce qu'elle disait. D'une voix douce, elle m'a dit que Leo allait mourir. Bientôt, l'effet de la physostigmine s'estomperait. Il n'y avait rien à faire. C'était affreux, disait-elle. Mais la bonne nouvelle, c'était que personne n'allait le chercher. Personne n'allait se demander où il était passé – si je prenais sa place. Sa mère était mourante, disait-elle, et je pourrais éventuellement démissionner de chez Alfred Ögren et vendre mes parts à Ivar. Personne ne s'en étonnerait. Tout le monde savait que Leo rêvait de quitter l'entreprise depuis longtemps. C'était presque l'œuvre de la justice divine – j'allais enfin avoir tout ce que je méritais. J'ai joué le jeu. Je ne voyais pas d'autre solution. Je répondais : "OK, je vois, ça pourrait peut-être marcher." Je marmonnais, je bredouillais. Ils avaient pris mon téléphone, je l'ai dit, non ? Et j'étais au milieu de la forêt, il n'y avait pas de lumière, pas une seule maison alentour, rien.

Benjamin est revenu. Il avait une sale tronche. Il était trempé de sueur et de pluie. Son pantalon était taché de neige et de boue. Son bonnet était de travers. Il ne disait pas un mot. Il y avait comme un horrible accord tacite dans l'air. Benjamin a traîné Leo dehors. Ce connard était d'une brusquerie terrible. La tête de Leo a cogné par terre. Je me suis penché pour voir comment il allait. J'ai arraché le bonnet de la tête de Benjamin pour l'enfiler à Leo, je me souviens. Puis j'ai reboutonné son manteau. On ne l'avait même pas habillé comme il faut. Il n'avait pas d'écharpe. Son cou était exposé. Il avait ses chaussures de ville aux pieds ; elles étaient défaites, les lacets pendouillaient. C'était une scène cauchemardesque. Je ne savais pas si je devais prendre mes jambes à mon cou, chercher de l'aide, m'enfoncer dans la forêt ou longer la route dans l'espoir de tomber sur quelqu'un. Mais je n'étais pas sûr d'y parvenir à temps. Je n'étais même pas sûr que Leo soit encore en vie. Je l'ai donc accompagné dans la forêt. Benjamin le traînait derrière lui. Ça paraissait pénible, pourtant Leo était mince et léger. J'ai proposé de l'aider, mais Benjamin n'a pas apprécié. "Va-t'en, disait-il. Casse-toi, tu ne devrais pas être là." Il a interpellé Rakel, mais elle n'a rien entendu. Il y avait beaucoup de vent. Les rafales étouffaient les sons. Les arbres grinçaient ; on s'écorchait aux branches et aux buissons. On est arrivés à un grand sapin, tout pourri. Il y avait à côté un amas de pierres et de terre. Il y avait aussi une pelle. Je me suis dit, enfin j'essayais de me dire qu'on était simplement tombés sur un chantier, qui n'avait rien à voir avec nous.

— Mais c'était une tombe.

— C'était l'esquisse d'une tombe. Ce n'était pas très profond. Ça a dû être un enfer pour Benjamin de creuser la terre gelée. Il avait l'air à bout. Il a posé Leo par terre. Il me criait de m'en aller. Je lui disais que je devais faire mes adieux à mon frère, qu'il n'était qu'un salaud sans cœur. Il m'a menacé, il m'a rappelé que Rakel avait déjà suffisamment de preuves contre moi pour m'envoyer derrière les barreaux pour meurtre. Je lui ai répondu : "Je sais, je comprends, je vais juste faire mes adieux, c'est mon frère jumeau, je vais l'enterrer moi-même. Laisse-moi tranquille, aie un peu pitié, va-t'en, laisse-moi pleurer en paix. Je ne vais pas me sauver, et Leo est déjà mort. Regarde-le, regarde-le !" Et il a fini par me laisser. Je me doutais bien qu'il ne s'était pas trop éloigné, mais il est parti et je me suis retrouvé seul avec Leo. J'étais accroupi sous le sapin. Je me suis penché sur lui.

ANNIKA GIANNINI AVAIT DÉJEUNÉ à la cantine du personnel de Flodberga. Elle était de retour au parloir du pavillon H pour assister à la suite de l'interrogatoire de Faria Kazi, dirigé par Sonja Modig.

Depuis le déjeuner, Sonja Modig avait fait preuve d'efficacité. Elle était d'accord avec Annika : il était important de comprendre l'oppression dont la fille avait été victime pendant des années, mais également de vérifier si l'attaque perpétrée contre son frère n'était pas à considérer comme un homicide involontaire plutôt qu'un meurtre. Y avait-il réellement eu une intention de tuer ?

Annika trouvait que ça allait dans le bon sens. Elle avait réussi à convaincre Faria de revoir ses propres motivations d'un œil critique. Puis Sonja Modig avait reçu un appel et était sortie dans le couloir. Depuis, elle n'était plus elle-même, ce qui contrariait Annika.

— Pitié, inutile de bluffer. Je vois bien qu'il s'est passé quelque chose. Crachez le morceau, allez !

— Je suis désolée. Je ne savais pas comment vous le dire, répondit Modig. Bashir et Benito ont enlevé Lisbeth Salander. On a déployé les grands moyens. Mais c'est chaud.

— Racontez-moi tout, et tout de suite !

Sonja obtempéra et Annika tressaillit. Faria se recroquevilla sur sa chaise, les genoux entre ses bras. Puis il se produisit quelque chose. Annika fut la première à s'en apercevoir. Outre la peur et la colère, les yeux de la jeune fille semblaient refléter une profonde concentration.

— Vous avez dit le lac Vadabosjön ?

— Comment ? Oui, la dernière trace que nous ayons provient d'une caméra de surveillance. On voit la fourgonnette bifurquer sur une route forestière en direction du lac.

— On...

— Oui, Faria ? l'incita Annika.

— Avant d'avoir les moyens de partir à Majorque pour les vacances, on faisait du camping près de Vadabosjön.

— D'accord, dit Annika.

— On y allait assez souvent. C'était tellement près de chez nous. On y allait parfois juste pour le week-end, à l'improviste. C'était quand ma mère était encore en vie et, vous savez, Vadabosjön est entouré de forêt, une forêt dense, avec des petits sentiers et des cachettes, et une fois...

Faria hésita, serrant ses genoux plus fort.

— Vous avez du réseau sur votre portable ? demanda-t-elle. Est-ce que vous arriveriez à sortir une carte détaillée du coin ? Je vais essayer de vous expliquer, de me souvenir.

Sonja Modig effectua une recherche, jura, fit une autre tentative, puis son visage s'illumina enfin. Elle était tombée sur un document que la police d'Uppsala avait expressément téléchargé pour eux.

— Montrez-moi, dit Faria avec une autorité inédite dans la voix.

— Ils ont bifurqué ici, dit Sonja Modig, en montrant du doigt une route sur la carte.

— Attendez un peu… dit Faria. J'ai du mal à m'orienter. Mais il y a quelque chose qui s'appelle la baie Söderviken quelque part autour du lac, non ? Ou Södra viken ou la rive Södra stranden.

— Je ne sais pas, je vais vérifier.

Sonja entra le mot Södra dans le moteur de recherche.

— Est-ce que ça peut être Södra Strandviken ?

— Oui, ça doit être ça, dit Faria d'une voix enthousiaste. Voyons voir. Il y a une petite route défoncée, mais assez large pour qu'une voiture passe. Est-ce que ça peut être celle-ci ?

Elle désigna un point.

— Je ne suis pas sûre, poursuivit-elle. Mais à l'époque, il y avait un panneau jaune à l'entrée de la route. Je me souviens de l'inscription : *Fin de la voie publique*. Un peu plus loin, au bout de quelques kilomètres, il y a une grotte, enfin, pas une vraie grotte, c'est plutôt une sorte de clairière, une espèce de cavité naturelle formée par des arbres. Elle est située en haut d'une colline sur la gauche, et je vous assure, on passe comme un rideau de feuilles pour y entrer. Là, on arrive dans un endroit complètement abrité, entouré de buissons et d'arbres. Par une toute petite fente, on aperçoit un ravin et un petit ruisseau. Bashir m'y a emmenée une fois. Je pensais que c'était pour me montrer une curiosité. Mais c'était juste pour me faire peur. J'avais à peine commencé à avoir un peu de formes et quelques garçons sur la plage avaient sifflé sur mon passage. En arrivant là-dedans, il m'a raconté tout un tas de trucs, comme quoi on y amenait autrefois les femmes qui s'étaient comportées comme des putes pour les punir. Il m'a vraiment foutu la trouille, c'est sans doute pour ça que je me souviens si bien de cet endroit. Je me dis que…

Elle hésita.

— … Bashir a peut-être emmené Salander là-bas.

Sonja Modig hocha résolument la tête et remercia Faria. Elle récupéra son portable et passa un coup de fil.

JAN BUBLANSKI RECEVAIT EN DIRECT les rapports de Sami Hamid, le pilote de l'hélicoptère. Sami survolait de près Vadabosjön et les forêts alentour, mais il n'avait trouvé nulle trace de la fourgonnette. Personne n'avait vu de fourgonnette grise, il n'y avait aucun témoin, que ce soit parmi les vacanciers ou parmi les policiers patrouillant dans la zone. Effectivement, ce n'était pas évident. De grandes plages bordaient le lac, mais la forêt était dense et il y avait pléthore de sentiers et de chemins labyrinthiques. Le terrain était idéal pour qui voulait se planquer et ce n'était pas pour plaire à Bublanski. Ça faisait longtemps qu'il n'avait pas autant juré. Et il harcelait Amanda Flod pour qu'elle accélère.

Ils fonçaient sur la nationale 77, il leur restait encore un bon bout de chemin avant d'arriver au lac. Grâce à l'identification vocale, ils savaient que c'étaient Benito et Bashir Kazi qu'ils cherchaient, ce qui n'augurait rien de bon. Bublanski n'arrêtait pas une seconde. Il s'entretenait avec la centrale de la police d'Uppland et avec toute personne susceptible de lui donner des informations. Il téléphona même à Mikael Blomkvist, mais le journaliste avait coupé son portable. Bublanski pesta.

Il jurait et priait tout à la fois. Il avait beau ne pas bien comprendre Lisbeth Salander, il ressentait une tendresse paternelle à son égard, d'autant plus qu'elle les avait aidés à résoudre un crime extrêmement grave. Il pressa de nouveau Amanda. Ils approchaient du lac. Son téléphone sonna. C'était Sonja Modig. Elle lui dit à peine bonjour et lui enjoignit d'entrer "Södra Strandviken" sur le GPS de la voiture avant de passer le combiné à Faria Kazi. Pourquoi devait-il parler avec elle ? Ça lui échappait. Et Faria n'était pas comme il se l'était imaginée : elle paraissait extrêmement déterminée, comme si elle avait une mission cruciale à accomplir. Bublanski écouta attentivement, tendu, priant pour qu'il ne soit pas trop tard.

22

LE 22 JUIN

LISBETH SALANDER N'AVAIT AUCUNE IDÉE de l'endroit où elle était. Il faisait chaud, elle entendait des mouches et des moustiques voler, le vent qui bruissait dans les arbres et le faible murmure de l'eau. Mais son attention était surtout concentrée sur ses jambes.

Elles étaient fluettes et n'impressionnaient pas franchement. Mais elles étaient athlétiques et elles constituaient, en cet instant, sa seule arme pour se défendre. Elle était agenouillée dans la fourgonnette, les mains ligotées. Benito arriva sur elle, le bandage enroulé autour de son visage pâle. Le poignard et le tissu tremblaient entre ses mains. Lisbeth jeta un œil vers les portières. Les hommes la tenaient toujours fermement par les épaules et lui hurlaient dessus. Elle leva la tête. Le visage de Bashir était luisant de transpiration, il la regardait comme s'il avait envie de se jeter sur elle. Mais il n'avait pas le choix, il devait se contenter de l'immobiliser.

Lisbeth se demanda si elle ne ferait pas mieux de semer la zizanie entre eux. Mais elle n'avait plus le temps. Benito se dressait face à elle, telle une reine maléfique avec son long poignard. L'ambiance changea du tout au tout. Un silence solennel s'installa, annonçant l'indicible. L'un des hommes lui déchira son tee-shirt, exposant ses épaules. Elle regarda Benito. Le rouge de ses lèvres tranchait sur sa peau blême. Mais elle semblait avoir retrouvé son équilibre et elle ne tremblait plus. Comme si l'instant d'épouvante aiguisait ses sens. Sa voix était descendue d'une octave quand elle dit :

— Tenez-la bien, c'est ça. C'est un grand moment. Le moment de sa mort. Tu sens que mon Keris te désigne ? Maintenant, tu vas souffrir. Maintenant, tu vas mourir.

Un sourire éclaira son visage. Ses yeux étaient dépourvus de toute compassion, de toute humanité. L'espace d'une seconde, Lisbeth ne vit plus rien que la lame et le tissu rouge qui approchaient de sa poitrine. L'instant d'après, ses sens la bombardaient à nouveau d'informations : Benito avait trois épingles à nourrice dans son bandage ; sa pupille droite était plus grosse que la gauche ; sur la droite des portières, il y avait une affiche de la clinique vétérinaire Bergamossen. Elle vit aussi trois trombones jaunes et une laisse par terre. Elle vit un trait de feutre bleu en hauteur, dans l'habitacle. Mais surtout, elle vit le tissu en velours rouge. La main de Benito ne le tenait pas bien. Tant mieux. Ce tissu n'était qu'un artifice rituel. Benito maîtrisait peut-être son poignard, mais le velours était clairement une matière étrangère pour elle. Elle ne semblait savoir qu'en faire. Lisbeth ne fut pas étonnée de la voir jeter le tissu par terre.

Lisbeth s'arcboutait de toutes ses forces. Bashir lui hurla de ne pas bouger, elle devina de la nervosité dans sa voix. Elle vit Benito cligner des yeux, le poignard se lever et se diriger vers un point situé juste en dessous de sa clavicule. Lisbeth banda ses muscles, pas très sûre que ce qu'elle voulait faire soit physiologiquement possible. Elle était ligotée, à genoux et ils la tenaient fermement. Mais elle allait essayer. Elle ferma les yeux, feignant d'accepter son destin, tous les sens aux aguets. Dans le silence de l'habitacle, seulement troublé par le souffle des uns et des autres, elle sentit la tension, la soif de sang, mais aussi la peur – une terreur mêlée d'impatience. Une exécution, ce n'était pas rien, même pour ce genre de lascars.

Soudain, elle distingua quelque chose. Un grondement, pas évident à définir. Ça venait de loin. On aurait dit le bruit d'un moteur. Non, pas d'*une* voiture : de plusieurs.

Pile à ce moment-là, Benito s'élança pour le coup mortel. Il était temps. Il était grand temps. Lisbeth bondit sur ses jambes, en une violente ruade. Mais elle n'eut pas le temps de se protéger du poignard.

LA VOITURE D'AMANDA FLOD et de Jan Bublanski crissa sur les graviers de la petite route, près de Vadabosjön, où ils aperçurent le panneau jaune évoqué par Faria, celui qui indiquait : *Fin de la voie publique*. Amanda freina si violemment que la voiture dérapa. Elle jeta un regard furieux à Bublanski, comme si elle le tenait pour responsable. L'inspecteur ne releva pas. Il était au téléphone avec Faria Kazi et il hurla :

— Je vois le panneau, je le vois !

Quelques jurons lui échappèrent sans doute quand la voiture partit en vrille.

Amanda retrouva le contrôle du véhicule et bifurqua sur ce qui s'apparentait plus à un sentier qu'à une route. C'était un vrai bourbier, creusé de profonds sillons. Les pluies torrentielles qui avaient précédé l'arrivée de la grosse chaleur dans la région avaient rendu le chemin presque impraticable. La voiture cahotait dangereusement. Bublanski hurla :

— Ralentis, bon sang ! Il ne faut pas le louper !

L'endroit qui, selon Faria, était caché par un rideau de feuilles, devait se trouver au sommet d'une colline. Mais Bublanski ne voyait pas l'ombre d'une colline. À vrai dire, il n'y croyait pas trop. C'était une entreprise hasardeuse. La fourgonnette pouvait être cachée n'importe où dans la forêt ou, plus probablement encore, être en train de filer ailleurs. Et puis, beaucoup de temps s'était écoulé depuis l'enlèvement de Lisbeth. Et surtout : comment Faria pouvait-elle être aussi sûre de l'endroit où se trouvait cette clairière ? Comment pouvait-elle se souvenir aussi précisément de la topographie du coin, qu'elle n'avait pas revu depuis son enfance, ou encore avoir quelque notion que ce soit des distances, après tant d'années ?

Pour lui, en forêt, tout se ressemblait : la végétation était dense sans rien qui ressorte. Il était sur le point de se décourager. Les arbres formaient à présent comme une voûte au-dessus de leur tête, filtrant la lumière. Ils entendirent d'autres véhicules de police approcher. Tant mieux, si du moins ils étaient sur la bonne voie. Mais ça paraissait mal barré. La forêt semblait impénétrable. Bublanski se perdit dans ses pensées. Puis, un peu plus loin… on ne pouvait pas vraiment parler d'une colline, mais ça montait légèrement. Amanda accéléra, dérapa de nouveau et s'approcha du sommet. Bublanski continuait à décrire à Faria le paysage alentour. Son regard fut notamment attiré par une grosse pierre ronde au bord de la route ; est-ce que ça lui disait quelque chose ? Mais non, Faria ne s'en souvenait pas. Bublanski fut alors interrompu par un bruit. Un bruit de métal ou de tôle, suivi par des éclats de voix, des voix affolées. Il regarda Amanda. Elle freina brusquement, arrêta la voiture. Il sortit son arme de service et se jeta hors du véhicule. Il s'enfonça dans la forêt, s'empêtrant dans les branchages et les buissons. Il n'en revenait pas : il avait trouvé le bon endroit !

Décembre, un an et demi plus tôt

Dans une autre forêt, en une autre saison, Dan Brody était agenouillé dans la neige. C'était l'avant-veille de Noël, pas loin de la ville de Vidåkra. Au pied du vieux sapin, Dan fixait Leo gisant sous ses yeux, le visage bleu et les yeux gris, complètement inanimé. Ce fut un instant d'épouvante totale. Mais qui ne dura guère.

Il avait dû s'y mettre aussitôt. Se lancer dans une énième tentative de respiration artificielle. Les lèvres de Leo étaient froides comme la neige où il était allongé, et Dan n'obtenait aucune réaction de la trachée ni des poumons. Il croyait sans cesse entendre des pas qui revenaient. Bientôt, ce serait fini, il serait obligé de retourner à la voiture. Il ne serait plus que la moitié d'un homme. Encore et encore, tel un mantra, il répétait dans sa tête : *Réveille-toi, Leo, réveille-toi !* Il n'avait pourtant plus aucun plan, si jamais il parvenait à réveiller son frère.

Benjamin était forcément tout près. Peut-être l'observait-il dans le noir, entre les arbres. Il était sans doute impatient d'enterrer Leo et de se tirer de là. C'était sans espoir. Mais Dan refusait d'abandonner. Il pinçait le nez de Leo et soufflait si fort dans ses voies respiratoires qu'il fut pris de vertige. Au loin, il entendait le ronflement d'un moteur.

Il y eut un bruissement dans le sous-bois, sans doute quelque animal apeuré qui prenait la fuite. Battant des ailes, un groupe d'oiseaux s'envola à son tour. Puis le silence retomba. Un silence effroyable. C'était comme si la vie elle-même s'était retirée. Il dut faire une pause pour reprendre son souffle.

Il avait épuisé tout son oxygène. Il toussait. Il lui fallut quelques secondes avant de réaliser qu'il y avait quelque chose d'étrange. Comme un écho à sa toux qui se serait propagé dans le sol. C'était Leo. Il haletait, pris de convulsions. Dan restait incrédule. Il le fixait du regard et ressentait… quoi ? De la joie ? Du bonheur ? Non. Juste un sentiment d'urgence.

— Leo, chuchota-t-il. Ils veulent te tuer. Tu dois te sauver dans la forêt. Maintenant. Lève-toi et cours !

Leo semblait ne rien comprendre. Il luttait simplement pour respirer et s'orienter. Dan l'aida à se relever. Ensuite, il le chassa entre les arbres. Il le poussa violemment et Leo tomba lourdement. Il parvint malgré tout à se remettre debout et divagua dans le sous-bois, les jambes chancelantes. Dan n'en sut pas plus. Il n'avait pas le temps de le regarder.

Il se mit à reboucher le trou. À y verser la terre avec une énergie féroce. À ce moment-là, il entendit ce qu'il avait redouté depuis le début – les pas de Benjamin. Il regarda le trou et réalisa qu'il serait vite démasqué. Il continua alors encore plus frénétiquement. Il pelletait en proférant des jurons, se réfugiant dans le travail, se cachant derrière ces imprécations. Il entendait maintenant la respiration de Benjamin. Le frottement des jambes de son pantalon. Le craquement de la neige sous ses pieds. Il s'attendait à ce qu'il se lance à la poursuite de Leo ou se jette sur lui. Mais il n'en fit rien. Au loin, il entendit passer une autre voiture. Des oiseaux prirent leur envol.

— Je ne supportais pas de le voir. Je l'ai enterré, dit-il.

Ça sonnait faux. Il n'obtint pas de réponse. Il ferma les yeux et se prépara au pire. Mais il ne se passa rien. Il ne percevait que des mouvements lents et gauches derrière lui. Benjamin sentait le tabac. Il s'approcha et dit :

— Je vais t'aider.

Ils finirent de reboucher la tombe vide. Ils consacrèrent un temps non négligeable à la recouvrir de pierres et de touffes d'herbe. Ensuite, ils retournèrent à la voiture et retrouvèrent Rakel Greitz. Ils marchaient lentement, tête baissée. Sur le trajet de retour vers Stockholm, Dan resta silencieux, écoutant les propositions de Rakel, la mâchoire serrée.

LISBETH AVAIT BONDI tel un boulet de canon et s'était pris un coup de poignard au côté. Elle ignorait la gravité de sa blessure, mais elle n'avait pas le temps d'y réfléchir. Benito avait perdu l'équilibre et faisait maintenant des moulinets sauvages avec son poignard. Lisbeth fit un pas rapide de côté, lui asséna un coup de tête et fonça sur les portières. Avec sa tête et le poids du corps, elle réussit à les ouvrir d'un coup et échoua dans l'herbe, les mains toujours ligotées et l'adrénaline battant dans ses veines. Elle tomba en avant et dégringola une pente jusqu'à un ruisseau. Elle eut à peine le temps de voir l'eau prendre la couleur du sang avant de se relever et de se précipiter dans la forêt. Derrière elle, elle entendit des voix. Des voitures qui arrivaient. Pourtant, elle ne songea pas un instant à s'arrêter. Elle voulait juste déguerpir.

JAN BUBLANSKI NE VIT PAS LISBETH, seulement deux hommes dans la clairière qui s'apprêtaient à dévaler une pente. À côté d'eux se trouvait une fourgonnette grise, l'avant tourné vers la route. Que devait-il faire ?

— Arrêtez, police, ne bougez plus ! cria-t-il, son arme de service dirigée sur eux.

La chaleur était insupportable. Bublanski se sentait lourd. Il soufflait comme une baleine et les hommes devant lui étaient plus jeunes, plus costauds et très certainement prêts à tout. Mais en regardant autour de lui et en tendant l'oreille vers la route, il jugea malgré tout que la situation était sous contrôle. Amanda Flod n'était pas loin, dans la même position que lui, et plusieurs véhicules de police étaient en train d'arriver. Les hommes s'étaient fait surprendre et ne semblaient pas armés.

— Pas de bêtises. Vous êtes cernés. Où est Salander ?

Les hommes ne répondaient pas, ils jetaient des regards anxieux en direction de la fourgonnette dont les portières arrière battaient, grandes ouvertes. Bublanski pressentait que quelque chose de désagréable allait sortir de là, quelque chose qui se déplaçait avec peine. Enfin, elle apparut, chancelante. Benito Andersson était d'une pâleur cadavérique. Elle tenait un poignard ensanglanté dans la main. Elle vacilla, se toucha la tête et fulmina, comme si elle était encore en posture de le faire :

— T'es qui, toi ?

— L'inspecteur Jan Bublanski. Où est Lisbeth Salander ?

— Le petit juif ?

— Je répète : où est Lisbeth Salander ?

— Morte, à mon avis, railla-t-elle en brandissant son poignard et en s'avançant vers lui.

Il lui cria de s'arrêter, de ne plus bouger. Mais Benito continua à avancer, comme si son arme comptait pour du beurre. Elle lui balança encore quelques insultes antisémites. Il se dit qu'elle ne méritait pas d'être descendue. Pas question qu'elle soit célébrée en martyre dans son milieu pourri. Elle n'aurait pas ce privilège. Ce fut donc Amanda Flod qui appuya sur la détente. Elle tira une balle dans la jambe gauche de Benito. Dans la foulée, les collègues arrivèrent en trombe et ce fut fini. Mais ils ne retrouvèrent pas Lisbeth Salander. Seulement des taches de son sang dans la fourgonnette. Lisbeth avait été comme engloutie par la forêt.

— QU'EST-CE QU'IL S'EST PASSÉ pour Leo, alors ? demanda Mikael.

Dan se servit encore un peu de vin blanc. Il fixa le tableau retourné, puis regarda par la fenêtre de l'atelier.

— Il a erré dans la forêt.

— Il est encore en vie ?

— Il a erré dans la forêt, répéta-t-il. Il a déambulé entre les arbres, tourné en rond. Il a trébuché, il est tombé. Il était dans un sale état. Il a fait fondre de la neige dans ses mains. Il a mangé de la neige, bu de la neige. Il faisait nuit, il a hurlé. Il a crié : "À l'aide ! Il y a quelqu'un ?" Mais personne ne l'a entendu. Au bout de plusieurs heures, il s'est fait surprendre par une pente abrupte. Il a glissé et dégringolé tout en bas. Là, il s'est retrouvé devant un pré, une trouée dans la forêt qui lui parut vaguement familière. Comme s'il y avait déjà été, il y a longtemps, ou comme s'il en avait rêvé. Plus loin, en lisière de la forêt, il aperçut de la lumière. C'était une maison avec une grande véranda. Leo a titubé jusqu'à la maison et sonné à la porte. Un jeune couple habitait là, Stina et Henrik Norebring ils s'appelaient, si vous voulez vérifier. Ils étaient en pleins préparatifs de Noël. Ils étaient en train d'emballer les cadeaux de leurs deux petits garçons. D'abord, ils furent évidemment terrifiés. Leo devait avoir l'air d'un détraqué. Mais il les a rassurés en prétendant que sa voiture avait dérapé et qu'il avait percuté un arbre. Il avait perdu son portable et il souffrait sans doute d'une commotion cérébrale. Il avait simplement erré au hasard. Je suppose que c'était crédible.

Le couple l'a aidé, ils lui ont fait couler un bain chaud. On lui a donné de nouveaux habits, on lui a servi du gratin de pommes de terre – le traditionnel *Janssons frestelse* –, du jambon de Noël, du vin chaud et de l'eau-de-vie. Il a repris des forces. Mais ensuite, il ne savait plus comment s'y prendre. Il n'avait qu'une envie, c'était de me contacter. Mais il s'est souvenu que Rakel m'avait pris mon téléphone. Il craignait qu'elle surveille aussi ma boîte mail. Mais Leo est malin. Il a toujours une longueur d'avance. Il s'est dit qu'il pourrait m'envoyer un message codé, qui paraîtrait tout à fait innocent. Quelque chose que je pourrais très bien recevoir l'avant-veille de Noël.

— Alors il a fait quoi ?

— Il a emprunté le portable du gars et il m'a écrit le message suivant : *"Congrats. Daniel, Evita Kohn wants to tour with you in US in February. Please confirm. Django. Will be a Minor Swing. Merry Christmas**.*"*

— D'accord, dit Mikael. Je crois que je commence à comprendre. Mais… c'était quoi l'idée, au juste ?

— Pour commencer, il ne voulait pas révéler mon nouveau nom. Il a même choisi un artiste avec lequel il savait que je n'avais jamais joué afin que personne ne puisse remonter la piste de ce côté-là. Mais surtout, il a signé…

— Django.

— Django, oui. Rien que ça, ça aurait suffi pour que je comprenne. Mais en plus, il a ajouté : *Will be a Minor Swing.*

Dan se tut et s'absorba dans ses pensées.

— *Minor Swing* est un morceau qui transpire la joie de vivre. Enfin, "joie de vivre", ce n'est peut-être pas le bon terme. Il y a aussi une pointe de mélancolie. Django et Stéphane Grappelli l'ont écrit ensemble. On l'avait déjà joué quatre ou cinq fois avec Leo. On l'adorait. Seulement…

— Oui ?

— Après que Leo a envoyé le message, son état s'est encore détérioré. Il s'est effondré. Le couple l'a allongé sur le canapé. Il avait du mal à respirer. Ses lèvres bleuissaient de nouveau. Mais moi, je n'en savais rien. J'étais rentré à l'appartement de Leo. Il était déjà tard. On était là, tous les trois, moi, Benjamin et Rakel Greitz. Je buvais du vin. Je m'enfilais verre sur verre pendant que Rakel repassait tout en revue, tout le plan horrible qu'elle avait concocté. Je jouais le jeu. À contrecœur et sous le choc, je jouais le jeu. Je disais que je serais dorénavant

* Félicitations Daniel, Evita Kohn te veut pour sa tournée aux États-Unis en février. Merci de confirmer. Django. Ça va être un *Minor Swing*. Joyeux Noël.

Leo et que j'allais faire exactement ce qu'elle me demandait. Elle parcourait le moindre détail : les nouvelles cartes de crédit à commander, les nouveaux codes à récupérer, les visites à rendre à Viveka à la clinique de Stockholm… Je devrais aussi, dit-elle, prendre un congé, partir en voyage afin d'étudier la finance, me débarrasser de mon accent américain et de mon dialecte du Norrland. On a tout envisagé. Rakel partait dans tous les sens. Elle a déniché le passeport de Leo, j'ai dû m'entraîner le soir même à recopier sa signature. On m'a donné un tas de consignes. C'était insupportable. J'avais de toute façon une épée de Damoclès au-dessus de la tête : en tant que Daniel, je pourrais être coincé pour le meurtre de mon frère et en tant que Leo, je risquais la prison pour délit d'initié et fraude fiscale. Je la fixais, comme paralysé. Enfin, j'essayais. Je finissais la plupart du temps par céder à son regard. Ou alors je fermais les yeux et revoyais Leo s'enfoncer dans la forêt d'un pas mal assuré et disparaître dans le froid et l'obscurité. Je n'arrivais pas à concevoir comment il allait pouvoir s'en sortir. Je l'imaginais étalé dans la neige en train de mourir de froid. Et j'ai du mal à croire que Rakel avait réellement foi en son plan à ce moment-là. Elle a dû voir que je serais incapable de tenir, que je m'effondrerais au moindre soupçon. Je me souviens qu'elle lançait de temps à autre des regards et des ordres à Benjamin.

Et qu'est-ce qu'elle rangeait ! Elle n'arrêtait pas de ranger. Elle remettait les stylos à leur place, essuyait les tables et les chaises, faisait le tri, fouillait, faisait le ménage. À un moment donné, elle a sorti mon portable et vu le SMS de Leo. Elle l'a lu, puis elle a commencé à me questionner sur mes amis, mes relations de travail, mes collègues musiciens. Je répondais comme je pouvais, en partie des choses vraies, je crois, mais pour la plupart des semi-vérités ou des mensonges. Je ne sais pas trop. J'arrivais à peine à parler, et pourtant… Vous savez, pour économiser, je m'étais procuré une carte SIM suédoise, et très peu de gens connaissaient ce numéro, alors ce SMS m'a intrigué. D'une voix aussi indifférente que possible, je lui ai demandé ce que c'était que ce message. Rakel me l'a montré, et en le lisant… Je ne sais pas comment l'expliquer. C'était comme si la vie me revenait. Mais j'ai dû bien cacher mon jeu. Je crois que Rakel n'a rien remarqué. "C'est pour le boulot, non ?" m'a-t-elle demandé. J'ai hoché la tête et elle m'a dit que je devais décliner ce genre de propositions dorénavant. Elle a récupéré mon portable en proférant une énième consigne. Mais je n'écoutais plus. Je me suis contenté de hocher la tête et de continuer à jouer mon rôle, feignant même d'être avide. J'ai demandé : "J'aurai combien d'argent, au fait ?" Elle m'a donné un chiffre très précis – qui s'est révélé exagéré –, comme si ma décision dépendait de quelques millions de plus ou de moins. Il était déjà 23 h 30. Ça faisait des heures qu'on était là-dessus. J'étais mort de fatigue et sans doute passablement bourré, aussi. J'ai dit que je n'en pouvais plus, qu'il fallait absolument que je dorme. Je me souviens que Rakel a hésité. Elle se demandait si c'était bien prudent de me laisser seul. Mais elle a dû finir par se dire qu'elle n'avait d'autre choix que de me faire confiance. J'avais tellement peur qu'elle change d'avis que je n'ai pas osé demander à récupérer mon portable. Je restais planté là, comme pétrifié, à écouter ses menaces en hochant la tête et en plaçant des "oui, oui" et des "non, non" là où il fallait.

— Ils sont partis, finalement ?

— Ils sont partis. Je n'ai plus eu qu'une seule chose en tête : me rappeler les chiffres que j'avais vus sur l'écran. Je me souvenais des cinq derniers. Mais je n'étais pas sûr du reste. J'ai fouillé les tiroirs et les poches des manteaux et j'ai fini par trouver le portable perso de Leo. Il n'avait pas mis de code, c'était du Leo tout craché. J'ai essayé toutes les combinaisons possibles et imaginables, j'ai réveillé un tas de gens et je suis tombé sur plein de numéros qui n'étaient pas attribués. Mais je n'ai pas trouvé le bon. Je jurais, je pleurais, persuadé que Rakel allait bientôt recevoir un autre SMS de lui et que tout allait foirer. Puis je me suis souvenu de ce panneau qu'on avait passé, sur la route, juste avant de s'arrêter. Vidåkra. Je me suis dit que Leo avait logiquement dû trouver de l'aide dans le coin, et…

— Vous avez donc fait des recherches en croisant les chiffres dont vous disposiez et Vidåkra ?

— C'est ça. Et je suis tout de suite tombé sur Henrik Norebring. Le Net est vraiment un drôle de truc, vous ne trouvez pas ? J'ai même vu une photo de sa maison. J'ai vu son âge, une estimation de la valeur des propriétés dans le coin, etc. Et je me souviens que j'ai hésité – mes mains tremblaient.

— Mais vous avez téléphoné ?

— J'ai téléphoné. Ça ne vous dérange pas si on fait une petite pause ?

Mikael hocha résolument la tête et posa une main sur l'épaule de Dan, avant de rejoindre la kitchenette pour allumer son portable et ranger l'évier. L'instant d'après, son téléphone se mit à biper et à vibrer. Il le consulta. Il poussa un juron et retourna auprès de Dan. Il pesa ses mots :

— Quoi qu'il ait pu se passer, Dan, j'espère que vous comprenez qu'il nous faut publier cette histoire aussi vite que possible. C'est dans votre intérêt. Vu les circonstances, j'aimerais que vous restiez ici, dans l'atelier. Je vais veiller à ce que ma collègue et patronne, Erika Berger, vienne vous tenir compagnie. Ça vous va ? C'est quelqu'un de bien, digne de confiance. Elle va vous plaire. Il faut que j'y aille.

Dan hocha la tête, confus. Il avait l'air tellement perdu et impuissant que Mikael lui donna une petite accolade. Il lui remit les clés de l'atelier et le remercia :

— C'était courageux de me raconter tout ça. J'ai hâte d'entendre la suite.

Puis il se sauva. En dévalant les escaliers, il téléphona à Erika sur une ligne cryptée. Elle promit évidemment de rejoindre Dan au plus vite. Il chercha ensuite à joindre Lisbeth, encore et encore. En vain. Il râla et contacta Bublanski.

23

LE 22 JUIN

JAN BUBLANSKI DEVAIT ÊTRE CONTENT. Il avait arrêté à la fois Bashir et Razan Kazi, Benito Andersson et un membre notoire du gang de motards MC Svavelsjö. Mais il n'était pas content, loin de là. Des policiers d'Uppsala et de Stockholm avaient fouillé la forêt autour de Vadabosjön sans trouver d'autres traces de Salander que les taches de sang dans la fourgonnette et, un peu plus loin – dans une résidence secondaire sur les hauteurs dont les portes avaient été forcées – d'autres traces de sang ainsi que des empreintes de baskets d'assez petite taille. Ça le dépassait. Lisbeth aurait pu se faire soigner. Des ambulances étaient en route. Mais non, elle avait préféré se précipiter dans une forêt impénétrable, loin des grands axes routiers et de la civilisation. Peut-être s'était-elle sauvée parce qu'elle n'avait pas eu le temps de voir que des renforts arrivaient ? Difficile à dire. Mais si jamais le poignard de Benito avait touché un de ses organes vitaux, Lisbeth était mal barrée, peut-être mourante. Pourquoi fallait-il toujours qu'elle n'en fasse qu'à sa tête ?

Bublanski était arrivé au commissariat. Il passait juste la porte de son bureau lorsque son portable sonna. C'était enfin Mikael Blomkvist. L'inspecteur lui fit un résumé des événements. Ses propos ne le laissèrent manifestement pas indifférent. Mikael posa une longue série de questions. Il commençait à comprendre, précisa-t-il ensuite, pourquoi Holger Palmgren avait été assassiné. Il lui dit qu'il lui en parlerait davantage plus tard mais que pour le moment, il avait autre chose à faire. Bublanski acquiesça – bien obligé – avec un soupir.

Décembre, un an et demi plus tôt

Il était 00 h 10. La veille de Noël était enfin arrivée. Une neige lourde drapait les rebords des fenêtres. Dehors, le ciel était sombre. La ville était calme. Seul le bruit de rares voitures qui passaient sur Karalvägen venait rompre le silence. Dan était assis sur le canapé, le portable de Leo dans la main, tremblant de tout son corps en composant le numéro de Henrik Norebring, à Vidåkra.

Il laissa sonner un moment. Personne ne décrocha. Le répondeur d'un jeune homme se mit en marche, se terminant par un : "Au revoir et à bientôt". Dan balaya l'appartement du regard, en proie au désespoir. Il n'y avait plus aucune trace du drame qui s'y était joué. Il y régnait au contraire une sorte de propreté clinique étrange, qui le mit profondément mal à l'aise. Une odeur de désinfectant se répandait dans l'appartement. Il se réfugia dans la chambre d'amis où il avait dormi durant la semaine et téléphona encore et encore. Il était dans tous ses états, il jurait et regarda autour de lui.

Même là, il y avait des traces du passage de Rakel Greitz. Comment avait-elle fait ? Elle avait rangé, essuyé et fait le ménage jusque dans la chambre d'amis ! Il eut soudain l'envie de mettre le bazar, de semer le chaos, d'arracher les draps du lit, d'éradiquer toute trace du passage de Rakel, de balancer les livres contre le mur. Mais il n'arriva à rien faire. Il regarda fixement par la fenêtre, distingua quelques notes de musique échappées d'une radio, plus bas dans l'immeuble. Il s'écoula une minute ou deux, puis il ramassa le portable. Il n'eut pas le temps de composer le numéro. Le portable sonna et il s'empressa de décrocher, plein d'espoir. Il reconnut la voix qu'il avait entendue sur le répondeur, en moins enthousiaste. La voix était grave et calme, comme s'il s'était passé quelque chose d'horrible.

— Est-ce que Leo est chez vous ?

La question était sortie toute seule. Il n'obtint pas de réponse. Il entendit à peine une respiration, puis rien. Le silence semblait annoncer une catastrophe. La terreur qu'il avait ressentie dans la forêt s'empara de nouveau de lui. Il se rappela les lèvres gelées de Leo, la faible lueur dans ses yeux, ses poumons qui ne réagissaient pas.

— Il est là ? Il est en vie ?

— Attendez, dit la voix.

Il y eut un bruissement dans le combiné. Un enfant criait dans le fond et on posa quelque chose sur une table. On s'affairait là-bas, c'était interminable. Puis soudain – comme par magie – la vie revint et le monde retrouva ses couleurs.

— Dan ? dit une voix qui aurait pu être la sienne.

— Leo. Tu es en vie !

— Je vais bien. J'ai fait une rechute, j'ai été pris de nouvelles convulsions, mais Stina est infirmière, elle m'a remis d'aplomb.

Il était allongé sur un canapé, lui raconta-t-il, sous deux couvertures. Sa voix était faible, mais posée. Il ne semblait pas trop savoir ce qu'il pouvait dire en présence du couple. Il mentionna Django et *Minor Swing*.

— Tu m'as sauvé la vie, dit Leo.

— Je crois bien.

— C'est énorme.

— C'était *swing*, tu veux dire ?

— On peut difficilement faire plus *swing*, mon frère.

Dan ne répondit pas. Un silence solennel s'installa.

— *Contra mundum*, poursuivit Leo.

— Quoi ?

— Nous deux contre le monde, mon ami. Toi et moi.

ILS DÉCIDÈRENT DE SE RETROUVER à l'hôtel Amaranten, sur Kungsholmsgatan, pas loin de la mairie, où Leo ne risquait pas trop de croiser des connaissances. Les frères passèrent donc les premières heures du 24 décembre dans une chambre, au troisième étage. Tous rideaux fermés, ils discutaient, faisaient des plans, renouvelant leur alliance. Dans la matinée, durant le dernier rush de Noël, Dan acheta deux portables à carte avec lesquels ils pourraient communiquer.

Il rentra ensuite à Floragatan. Lorsque Rakel Greitz lui téléphona sur la ligne fixe, il lui confirma d'une voix grave qu'il avait décidé de faire comme elle voulait. Il parla également avec une infirmière de la clinique de Stockholm qui lui dit que sa mère était endormie et qu'elle n'en avait sans doute plus pour longtemps. Il la pria d'embrasser Viveka sur le front, leur souhaita à tous un joyeux Noël et promit de passer bientôt.

Plus tard dans l'après-midi, il retourna à l'Amaranten et raconta à Leo tout ce qu'il put au sujet du classeur que Rakel Greitz prétendait posséder, et des traces de délits d'initié et de fraudes fiscales qu'Ivar Ögren aurait commis en son nom. Il devina une fureur sans fond dans les yeux de son frère. Il y vit une haine qui lui glaça le sang. Il écouta en silence Leo rabâcher les mille et une façons dont ils allaient se venger d'Ivar Ögren, de Rakel Greitz et de tous leurs complices. Il posa une main sur l'épaule de Leo. Il partageait sa peine, mais son esprit à lui n'était pas à la vengeance. Il songeait au trajet en voiture dans le noir, à la tombe dans la forêt au pied du sapin et aux menaces de Rakel, aux forces puissantes qui étaient derrière elle. Il sentait dans tout son corps qu'il n'avait pas le courage de riposter. Pas tout de suite. Et peut-être, se dit-il après coup, cela avait-il un rapport avec ses origines, sa classe sociale. Il ne pensait pas, comme Leo, qu'il était possible de combattre les autorités. Ou alors c'était simplement dû à ce qu'il venait de voir et de vivre, à la cruauté impitoyable de leurs ennemis.

— Bien sûr, dit-il, qu'on va se venger. On va les anéantir. Mais il faut qu'on se prépare pour ça, non ? Il nous faut des preuves. Il faut baliser le terrain. Et d'ailleurs, peut-être est-ce l'occasion de tout recommencer à zéro.

Il ne savait pas trop ce qu'il entendait par là. C'était surtout un fantasme. Mais lentement, une idée faisait son chemin dans son esprit. Au bout d'une heure, après une longue discussion, ils commencèrent à élaborer un plan. Timidement, au début, puis de plus en plus résolument. Ils devaient agir rapidement, faute de quoi Rakel Greitz et son organisation comprendraient qu'elles se faisaient rouler dans la farine.

Dès le jour de Noël, Leo fit un virement sur le compte de Dan Brody. Il en ferait bientôt d'autres. Puis il réserva un billet pour Boston au nom de Dan. Or ce n'est pas Dan qui prit l'avion, mais Leo, déguisé en Dan, muni de ses papiers et de son passeport. De son côté, ce dernier resta dans l'appartement de Leo. Le lendemain de Noël, il recevait Rakel Greitz pour établir les grandes lignes de sa nouvelle vie. Il jouait son rôle avec conviction. Et si, par moments, il ne semblait pas aussi désespéré qu'il l'aurait dû, Rakel en déduisit que sa nouvelle vie lui plaisait déjà. "On voit dans les autres le reflet de sa propre cruauté", comme le lui dirait ensuite Leo au téléphone.

Le 28 décembre, Dan était au chevet de la mère de Leo à la clinique de Stockholm. Personne ne semblait se douter de rien. Cela le mit en confiance. Ses habits étaient soignés. Il ne disait pas grand-chose, il s'efforçait de sembler à la fois bouleversé et serein. Il était parfois réellement touché, bien que se trouvant devant une parfaite inconnue. Viveka Mannheimer était amaigrie et pâle. Quelqu'un l'avait coiffée et maquillée légèrement. Elle était chétive, comme un petit oiseau. Elle dormait. Sa bouche était ouverte et sa respiration faible. À un moment, mû par une sorte de devoir filial, il lui caressa l'épaule et le bras. Elle ouvrit grands les yeux et l'observa d'un œil critique. Cela le mit mal à l'aise, sans pourtant l'inquiéter. Elle était sous morphine et, quoi qu'il se passe, on pourrait toujours dire qu'elle délirait.

— Qui es-tu ? demanda-t-elle.

Il y avait quelque chose d'accusateur dans son visage frêle et anguleux.

— C'est moi, maman. Leo, répondit-il.

Elle sembla méditer cette réponse. Elle déglutit puis, paraissant mobiliser toutes ses forces :

— Tu ne t'es jamais montré à la hauteur de nos espérances, Leo. Tu nous as déçus, ton père et moi.

Dan ferma les yeux et se remémora ce que Leo lui avait raconté au sujet de sa mère. Il lui répondit avec une facilité déconcertante – sans doute parce que cette femme lui était étrangère :

— Tu n'as jamais été à la hauteur de mes espérances non plus. Tu ne m'as jamais compris. C'est *toi* qui m'as trahi.

Elle le regarda d'un air surpris et confus.

— Tu as trahi Leo, ajouta-t-il. Tu nous as trahis – comme tous les autres.

Sur ce, il se leva et rentra chez lui. Le lendemain, le 29 décembre, Viveka Mannheimer décéda. Dan fit savoir par mail qu'il n'avait pas le courage d'assister à l'enterrement. Il balança à Ivar Ögren qu'il comptait prendre des congés, ce qui lui valut une pluie d'injures et autres accusations d'irresponsabilité. Il ne daigna pas répondre. Le 4 janvier, il quitta le pays après avoir obtenu le feu vert de Rakel.

Il s'envola pour New York puis retrouva son frère à Washington. Ils passèrent une semaine ensemble avant de se séparer de nouveau. Leo s'introduisit dans le milieu du jazz de Boston, expliquant qu'il s'était mis au piano. Mais longtemps, il resta à l'écart, n'osant pas jouer en public. Son accent suédois le gênait et il avait le mal de pays. Jusqu'au jour où il décida d'emménager à Toronto. Là, il rencontra Marie Denver, une jeune architecte d'intérieur qui rêvait de devenir artiste. À l'époque, elle envisageait de monter son entreprise avec sa sœur, mais hésitait à se lancer. Leo – ou Dan, comme il s'appelait dorénavant – investit dans l'affaire et intégra l'équipe de direction. Peu de temps après, le couple s'acheta une maison dans le quartier de Hoggs Hollow, à Toronto. Leo continua à jouer du piano régulièrement avec un petit groupe de musiciens amateurs talentueux, qui étaient tous médecins.

Longtemps, Dan fut un peu perdu. Il parcourut l'Europe et l'Asie, jouant de la guitare et étudiant la finance avec une soif de connaissance inextinguible. Étant étranger à cet univers, il espérait apporter une perspective neuve, plus métaphysique, sur le fonctionnement des marchés. Finalement, il décida de reprendre la place de Leo chez Alfred Ögren, notamment pour tenter de savoir quel genre de preuves exactement Rakel et Ivar Ögren détenaient contre son frère. Il se rendit rapidement compte qu'il ne serait pas facile de prouver son innocence. Quand il engagea l'un des plus gros avocats d'affaires de Stockholm, Bengt Wallin, et découvrit l'ampleur de ce qui avait été fait au nom de Leo via Mossack Fonseca à Panamá, on lui déconseilla fortement de tenter quoi que ce soit.

LE TEMPS PASSA et la vie reprit ses droits, comme elle le fait toujours. Dan et Leo attendaient leur heure, gardant secrètement un lien intime. C'est à Leo que Dan avait téléphoné lorsqu'il avait faussé compagnie à Mikael Blomkvist, chez Alfred Ögren. Leo avait longuement réfléchi, avant de lui dire qu'il le laissait juge. Si l'heure était venue de tout révéler, ajouta-t-il, ils trouveraient difficilement meilleur interlocuteur que Mikael Blomkvist. Dan avait donc commencé à parler, même s'il n'avait pas encore évoqué la nouvelle vie de Leo. Il but encore un peu de vin et rappela Toronto. Il parla un long moment avant d'être interrompu par quelques coups discrets frappés à la porte. C'était Erika Berger.

PLUS TÔT DANS LA JOURNÉE, Rakel Greitz était retournée sur Hamngatan, à grand-peine. Elle se sentait très mal, et avait sauté dans un taxi pour rentrer et s'écrouler sur son lit. Mais à mi-chemin, elle s'en voulut énormément. Ça ne lui ressemblait pas de céder à la maladie ou à quelque obstacle que ce soit. Elle décida de continuer à se battre, coûte que coûte. Elle activa quasiment tous ses contacts – sauf Martin Steinberg, qui s'était effondré après avoir reçu plusieurs appels de la police – pour traquer Blomkvist et Daniel Brolin. Elle envoya Benjamin dans les locaux de *Millénium* et à l'appartement de Mikael. Mais

Benjamin ne trouva que des portes closes. Elle finit par laisser tomber provisoirement, et laissa Benjamin la ramener de son bureau, à Alvik, jusqu'à son appartement sur Karlbergsvägen. Elle n'allait pas seulement s'y reposer, mais également détruire les documents les plus sensibles sur le projet, qu'elle gardait dans un coffre-fort au fond de son dressing.

Il était 16 h 30. Il faisait toujours une chaleur à crever. Elle laissa Benjamin l'aider à sortir de la voiture. Elle avait vraiment besoin de lui, et pas seulement en tant que garde du corps. Il lui fallait désormais un soutien pour marcher. Elle était pâle et étourdie par la tension de la journée passée. Son polo noir était trempé de sueur, elle avait la nausée. La ville semblait tanguer autour d'elle. Pourtant, elle se redressa et leva le menton d'un air victorieux. Certes, elle allait sans doute être démasquée et humiliée. Mais elle restait persuadée d'avoir œuvré pour quelque chose de plus grand qu'elle : pour la science et pour l'avenir. Si elle devait sombrer, ce serait dans la dignité. Elle se jura solennellement de rester forte et fière jusqu'au bout, aussi malade fût-elle.

Dans la rue, près de l'entrée de chez elle, elle pria Benjamin de lui donner le jus d'orange qu'il lui avait acheté en chemin. Et, bien qu'elle trouvât cela grossier, elle but directement à la bouteille et reprit un peu de forces. Ils prirent ensuite l'ascenseur jusqu'au cinquième étage. Elle déverrouilla la porte de sécurité et demanda à Benjamin de désactiver son alarme. Elle s'apprêtait à franchir le seuil lorsque, soudain, elle se figea en jetant un œil au palier en contrebas. Une pâle silhouette se profilait, celle d'une jeune femme semblant tout droit sortie des enfers.

LISBETH SALANDER S'ÉTAIT POURTANT faite belle. Elle était très blanche. Ses yeux étaient injectés de sang et ses joues parsemées d'écorchures. Elle avait manifestement du mal à marcher. Mais à peine une heure plus tôt, elle s'était acheté un nouveau tee-shirt et un jean dans une friperie sur Upplandsgatan et avait balancé ses habits ensanglantés dans une poubelle.

Elle avait acheté un portable dans une boutique Telenor. Dans une pharmacie attenante, elle s'était procuré des pansements et du désinfectant. En pleine rue, elle avait arraché le bout de scotch qu'elle avait déniché dans une maison en forêt pour arrêter l'hémorragie. Elle se fit un nouveau pansement, plus efficace.

Elle était restée un moment évanouie dans la forêt, près de Vadabosjön. En revenant à elle, elle avait usé la corde qui lui liait les mains contre une pierre tranchante. Près de la nationale 77, elle avait été prise en stop par une jeune fille dans une vieille Rover. À Vasastan, où celle-ci la déposa, elle ne passa pas inaperçue. Elle avait une sale tête, et l'air dangereux – du moins selon le témoignage d'un certain Kjell Ove Strömgren – lorsqu'elle passa l'entrée de l'immeuble sur Karlbergsvägen. Elle ne se regarda pas dans le miroir de l'ascenseur. Ce ne serait pas très édifiant, se dit-elle. Elle était dans un état lamentable. A priori, le poignard n'avait pas touché ses organes vitaux, mais elle avait beaucoup saigné et elle était sur le point de perdre connaissance.

Il n'y avait personne chez Greitz, ou plutôt "Nordin" comme il était faussement indiqué sur la porte. Lisbeth s'était donc assise par terre, à l'étage inférieur, pour attendre, et avait envoyé un message à Blomkvist. En retour de quoi elle avait reçu une série de recommandations débiles. Elle voulait seulement savoir ce qu'il avait trouvé. Il lui en fit un bref résumé, qu'elle lut en hochant la tête. Elle ferma les yeux. La tête lui tournait de plus en plus et la douleur la lançait. Elle résista à la tentation de s'allonger, haletante. Jamais elle ne parviendrait à se ressaisir et à faire ce qu'elle avait prévu, se dit-elle. Puis elle songea à Holger.

Elle repensa à sa visite à Flodberga en fauteuil roulant. Comme il avait compté pour elle durant toutes ces années ! Surtout, elle songea au récit que Mikael lui avait fait de sa mort. Il n'y avait pas d'autre explication : c'était Rakel Greitz, et personne d'autre, qui avait assassiné le vieil homme. Cette seule idée lui redonna des forces. Elle devait venger Holger, quel que fût son état. Elle se redressa donc et secoua la tête. Enfin, dix ou quinze minutes plus tard, l'ascenseur s'arrêta en cahotant à l'étage du dessus. La porte s'ouvrit. Un homme immense, la cinquantaine, en sortit, accompagné d'une femme âgée vêtue d'un col roulé noir. Lisbeth la reconnut aussitôt à sa posture, comme si Greitz, rien qu'avec son dos bien droit, avait le pouvoir de replonger Lisbeth dans son enfance.

Mais ce n'était pas le moment de gamberger. Elle prépara un envoi rapide vers les portables de Bublanski et de Modig, et monta l'escalier d'un pas ni tout à fait assuré, ni particulièrement silencieux. Greitz l'entendit. Elle se retourna et jeta à Lisbeth un regard d'abord étonné qui, quand elle la reconnut, se chargea de haine et d'effroi. Mais il ne se passa rien. Lisbeth s'arrêta dans l'escalier, en comprimant sa blessure au côté.

— Comme on se retrouve, dit Lisbeth.

— Tu en as mis, du temps.

— Pourtant, c'est comme si c'était hier, non ?

Rakel Greitz ne répondit pas, elle aboya :

— Benjamin ! Amène-la-moi !

Benjamin hocha la tête. Évaluant Lisbeth d'un coup d'œil, il se dit que ce serait un jeu d'enfants : il la dépassait de trente bons centimètres et était presque deux fois plus large qu'elle. Il n'en fonça pas moins résolument sur elle. Son élan fut encore accentué par sa corpulence et par la descente des escaliers. Lisbeth l'esquiva. Elle attrapa son bras gauche et tira. À cet instant, la vigueur de Benjamin ne servait plus ses intentions. Il dégringola en bas des marches et s'écrasa contre le sol en pierre, le coude et la tête en premier. Lisbeth ne vit rien de tout ça. Elle se précipita sur Rakel Greitz et la poussa dans l'entrée de son appartement, en verrouillant la porte derrière elles. Bientôt, des coups résonnèrent de l'autre côté.

Rakel recula, s'agrippant à sa mallette médicale. Elle eut le dessus durant quelques secondes, mais cela n'avait rien à voir avec la mallette. Lisbeth était simplement sur le point de s'évanouir. L'effort qu'elle avait fourni dans l'escalier avait relancé ses vertiges. Plissant les yeux, elle fit un rapide repérage de l'appartement. Elle n'avait jamais rien vu de pareil.

L'absence totale de couleurs était remarquable – tout était noir ou blanc. Et il régnait une propreté clinique, comme si c'était la demeure non pas d'un être humain, mais d'un robot ou d'un appareil ménager. Il n'y avait pas un seul grain de poussière dans l'appartement, qui avait l'air entièrement désinfecté. Lisbeth chancela et prit appui sur un bureau noir. Elle allait tomber dans les pommes, lorsqu'elle distingua quelque chose du coin de l'œil. Rakel Greitz venait droit sur elle. Elle avait quelque chose à la main. Lisbeth battit en retraite avant de se rendre compte qu'il s'agissait d'une seringue. Elle s'arrêta et mobilisa ses forces.

— Je viens d'apprendre que vous avez l'habitude de tuer les gens avec ce genre d'instrument, dit-elle.

Rakel passa à l'attaque.

Sans succès. D'un coup de pied, Lisbeth envoya valdinguer la seringue sur le sol blanc immaculé. Prise de vertiges, elle garda l'équilibre de justesse. Se focalisant sur Rakel, elle fut étonnée du calme que celle-ci arborait.

— Vas-y, tue-moi. Je meurs avec fierté, dit Greitz.

— Avec fierté ?

— Parfaitement.

— Vous n'aurez pas ce privilège.

LISBETH ÉTAIT MAL EN POINT ; sa voix était faible, épuisée. Mais Rakel Greitz comprit que c'était fini pour elle. Elle jeta un regard sur la gauche, en direction de Karlbergsvägen. Elle hésita un instant. Puis elle se décida : il n'y avait pas d'autre solution. Tout, plutôt que de se retrouver entre les mains de Lisbeth Salander. Elle se précipita vers le balcon, réussit à ouvrir la porte et eut juste le temps d'éprouver le désir vertigineux d'un saut dans le vide. Mais elle fut rattrapée avant d'avoir franchi la balustrade.

Ironie du sort. La personne que Rakel Greitz redoutait le plus venait de lui sauver la vie. Lisbeth la reconduisit à l'intérieur de son appartement aseptisé et lui chuchota à l'oreille :

— Ne vous inquiétez pas, Rakel. Vous *allez* mourir.

— Je sais, répondit-elle. J'ai un cancer.

— Le cancer, c'est rien.

Lisbeth prononça ces mots de façon si glaciale que Rakel, terrorisée, ne put s'empêcher de demander :

— De quoi tu parles ?

Sans la regarder, Lisbeth répondit :

— Holger était quelqu'un d'important pour moi.

Elle serra si fermement le poignet de Rakel qu'elle eut l'impression que son sang se figeait.

— Alors, ce que je dis, c'est que le cancer, c'est rien, Rakel. Tu vas mourir de honte aussi, et je te promets que ce sera pire que tout. Je veillerai personnellement à ce que toutes les saloperies que t'as faites soient étalées au grand jour, et que ce soit là tout le souvenir que tu laisseras. Tu vas crever dans ta propre merde.

Le ton de Lisbeth était si péremptoire que Rakel la crut. D'autant que Salander n'avait plus rien du pâle fantôme sorti des enfers. Elle alla tranquillement ouvrir la porte au groupe de policiers qui tenaient Benjamin.

— Bonjour, madame Greitz. Nous avons beaucoup de choses à voir ensemble, vous et moi. Nous venons d'appréhender votre collègue, le professeur Steinberg, dit un petit homme brun, plus tout jeune, qui se présenta comme l'inspecteur Jan Bublanski avec un petit sourire amical.

Il fallut à ses collègues à peine vingt minutes pour trouver le coffre-fort au fond du dressing. La dernière chose que Rakel Greitz vit de Lisbeth Salander fut son dos, quand les ambulanciers l'emmenèrent. Salander ne se retourna pas. Rakel n'existait déjà plus pour elle.

24

LE 30 JUIN

MIKAEL BLOMKVIST ÉTAIT DANS LA CUISINE de la rédaction. Il venait de terminer son long reportage consacré au Registre et au Projet 9. C'était encore une chaude journée d'été. Voilà deux semaines qu'ils n'avaient pas eu une goutte de pluie. Il s'étira, but un peu d'eau et se tourna vers le canapé bleu clair de l'open space.

Erika Berger y était allongée avec ses talons hauts, en train de relire son article. Il n'était pas trop inquiet. Il savait que c'était une lecture qui ne laissait pas indifférent. Par ailleurs c'était un véritable scoop, et ce serait une sacrée aubaine pour le journal. Mais il ne savait pas comment Erika allait réagir, notamment à cause des problèmes éthiques que posaient certains passages. Mais aussi parce qu'ils s'étaient disputés.

Il lui avait dit qu'il n'irait pas sur l'archipel pour le week-end de la Saint-Jean. Il n'aurait pas le temps de faire la fête. Il allait se concentrer sur son article, passer en revue tous les documents qu'il avait reçus de Bublanski. Il allait continuer ses interviews avec Hilda von Kanterborg et Dan Brody ainsi que Leo Mannheimer, qui était secrètement venu de Toronto avec sa fiancée. On ne pouvait pas dire que Mikael n'avait pas travaillé dur. Il avait bossé à peu près jour et nuit. Pas uniquement sur cet article-ci, mais aussi sur l'histoire de Faria Kazi. Il n'en était pas directement l'auteur. C'était Sofie Melker qui le rédigeait. Mais il n'avait pas arrêté de s'en mêler, avait discuté de la procédure judiciaire avec sa sœur qui se battait corps et âme pour obtenir la libération de Faria. Qu'elle puisse enfin commencer une nouvelle vie sous une identité secrète.

Il avait également gardé contact avec Sonja Modig, qui rouvrait l'enquête sur la mort de Jamal Chowdhury, désormais considérée comme un meurtre. Bashir, Razan et Khalil Kazi, ainsi que deux autres individus, étaient détenus dans l'attente du procès. Benito avait été conduite à la prison de Hammerfors à Härnösand. De nouvelles accusations étaient également portées contre elle. Mikael avait eu de longues discussions avec Bublanski, aussi. Et il avait plus que jamais soigné son style.

Mais à la fin, même lui n'en pouvait plus. Il avait besoin de faire une pause, de respirer un peu. Il voyait presque double sur son écran tant il faisait lourd. C'était l'après-midi, il se sentait un peu seul et il téléphona à Malin Frode.

— S'il te plaît, dit-il. Tu veux bien passer me voir ?

Malin eut la gentillesse de trouver une nounou et de venir. Elle avait posé comme seule condition que Mikael achète des fraises et du champagne, qu'il ôte le couvre-lit, qu'il n'ait pas l'esprit ailleurs, bref, qu'il ne fasse pas son Super Blomkvist à la con. C'était un deal acceptable. Ils s'ébattaient donc dans le lit, heureux, enivrés et oublieux du monde extérieur lorsque Erika Berger avait débarqué à l'improviste, une bouteille de bon rouge à la main.

Erika Berger n'avait jamais pris Mikael pour un modèle de vertu. De son côté, elle était mariée et pas trop regardante sur les frasques amoureuses. Pourtant, la situation avait dérapé. S'il en avait eu le courage, il aurait cherché à comprendre pourquoi ça avait si mal tourné. L'une des raisons était évidemment le caractère soupe au lait de Malin. Et le fait qu'Erika se soit sentie blessée et gênée. Ils étaient tous gênés, d'ailleurs. Les femmes avaient commencé à se disputer. Puis à s'en prendre à lui. Erika avait poussé un grand coup de gueule avant de partir en claquant la porte.

Depuis, c'était resté tendu entre elle et Mikael. Leurs conversations se limitaient à des sujets strictement professionnels. Mais Erika était désormais allongée sur le canapé, en train de lire.

Mikael songea à Lisbeth. Dès sa sortie de l'hôpital, elle était partie précipitamment pour Gibraltar – pour affaires, avait-elle dit. Mais ils restaient en contact, se donnant chaque jour des nouvelles de Faria Kazi et de l'enquête sur les responsables du Registre.

Pour l'heure, l'affaire n'était pas sortie au grand jour, et les noms des responsables n'avaient pas encore filtré dans les médias. Erika avait donc insisté pour qu'ils fassent rapidement un hors-série, afin que le scoop ne leur passe pas sous le nez. C'était peut-être aussi pour ça qu'elle avait été aussi furax de trouver Mikael allongé sur son lit en train de boire tranquillement du champagne comme si de rien n'était.

En réalité, il n'aurait pu prendre sa mission avec plus de sérieux. Il lorgnait Erika, qui ôta enfin ses lunettes et se leva pour le rejoindre. Elle était vêtue d'un jean et d'un chemisier décolleté. Elle s'installa à côté de lui à la table de la cuisine. Elle aurait pu commencer de mille façons différentes, par des applaudissements ou des critiques. Mais elle dit :

— Je ne comprends pas.

— C'est inquiétant, répondit-il. J'espère avoir au moins apporté quelques éclaircissements dans l'article.

— Je ne comprends pas pourquoi ils ont gardé le secret aussi longtemps.

— Leo et Dan ?

Elle hocha la tête.

— Comme je l'explique, je crois, il existait des preuves contre Leo, comme quoi il s'était livré à des tractations illégales via des prête-noms. Et même s'il est aujourd'hui avéré qu'Ivar Ögren et Rakel Greitz l'avaient piégé, Leo et Dan n'ont trouvé aucun moyen de les atteindre. Par ailleurs, et j'espère que ça ressort aussi dans l'article, ils ont commencé à se plaire dans leurs nouveaux rôles. Il faut dire que financièrement, ils n'étaient pas à plaindre. Des transferts importants étaient faits sans arrêt, et je crois qu'ils ont tous deux ressenti une liberté qu'ils n'avaient pas connue jusqu'alors. La liberté du comédien, en quelque sorte. Ils pouvaient reprendre à zéro, commencer une nouvelle vie. Je peux même le comprendre.

— Et ils sont tombés amoureux.
— De Julia et de Marie.
— Les photos sont merveilleuses.
— Bon, c'est déjà ça.
— Heureusement qu'on a au moins de bons photographes, dit Erika. Mais Ivar Ögren va nous foutre de sacrés procès au cul, t'en es conscient ?
— Je crois qu'on est parés sur ce plan-là, Erika.
— Et puis la diffamation *post mortem* m'inquiète, par rapport à cette histoire de fusillade au cours de la chasse à l'élan.
— Je suis bien préparé de ce côté-là aussi, il me semble. Et puis, je ne parle que des "circonstances obscures" du décès.
— Je ne sais pas si c'est suffisant. C'est déjà compromettant.
— OK, je vais vérifier ça. Est-ce qu'il y a des choses qui ne t'inquiètent pas ou, mieux encore, que tu… comprennes ?
— Que tu es un connard.
— Un peu, peut-être. Surtout le soir.
— Tu vas te consacrer à une seule femme dorénavant ? Ou tu comptes accorder un peu de temps aux autres, aussi ?
— À la limite, je pourrais boire un peu de champagne avec toi, si tu insistes.
— Tu n'auras pas le choix.
— Sous le coup de la menace ?
— S'il le faut, oui, parce que ce texte – du moins la partie qui ne nous expose pas à un procès –, il est…
Elle n'alla pas jusqu'au bout.
— Convenable ? tenta-t-il.
— On peut dire ça, oui, dit-elle avec un sourire. Félicitations.
Elle écarta les bras pour l'embrasser.
Mais quelque chose d'autre mobilisa soudain leur attention. Après coup, difficile de dire dans quel ordre les choses se passèrent. Sofie Melker fut sans doute la première à réagir. Elle était devant son ordinateur dans le bureau de la rédaction, et elle poussa un cri de surprise. L'instant d'après – ou peut-être simultanément –, Erika et Mikael reçurent des flashs infos sur

leurs portables. Ni l'un ni l'autre ne s'en émut particulièrement. Il ne s'agissait pas d'un acte terroriste ni d'une menace de guerre. Simplement d'une chute boursière. Pourtant, ils seraient bientôt tous aspirés dans l'onde de choc. Peu à peu, ils se retrouvèrent dans cette sorte d'état d'alerte qui s'empare des rédactions quand survient une actualité brûlante.

Ils furent complètement absorbés, se mirent à crier d'un bout à l'autre de la pièce ce qu'ils lisaient ou constataient sur leurs écrans. Il y avait sans arrêt du nouveau. La chute allait de mal en pis. Sur les marchés financiers, c'était le déluge. L'indice de la Bourse de Stockholm chuta de six points puis de huit, neuf et bientôt quatorze. Il y eut un petit rebond… et la Bourse reprit sa chute fatale, comme aspirée par un trou noir. C'était un véritable krach, une panique galopante et, pour l'heure, personne ne comprenait ce qu'il se passait.

Il n'y avait rien de concret, aucun facteur déclenchant. Partout, on murmurait : "incompréhensible, insensé, qu'est-ce qu'il se passe ?" Peu après, lorsqu'on fit appel à des experts, ils rabâchèrent leur discours habituel : une économie en surchauffe, des taux trop bas, des prévisions élevées, des menaces politiques venant de l'est comme de l'ouest, un Moyen-Orient instable, des courants fascistes et antidémocratiques en Europe et aux États-Unis, bref, un maelstrom politique qui rappelait celui des années 1930. Mais c'était du réchauffé. Il ne s'était rien passé de particulier ce jour-là, rien qui pût provoquer une catastrophe de cette ampleur.

La panique était venue de nulle part et s'était répandue d'elle-même. Mikael ne fut pas le seul à songer au piratage informatique contre Finance Security, en avril. Il alla sur les réseaux sociaux et ne fut pas vraiment étonné de constater que les rumeurs y fusaient. Les affirmations étaient d'ailleurs bien trop souvent reprises par les médias sérieux. Il dit à voix haute, bien que parlant pour lui-même :

— Il n'y a pas que la Bourse qui s'effondre.

— Qu'est-ce que tu veux dire ? demanda Erika.

— La vérité aussi.

Tel était son sentiment. C'était comme si les trolls avaient pris le contrôle du Net. Non seulement ils avaient brouillé les pistes, mettant mensonges et vérité sur le même plan, mais ils avaient aussi répandu une tempête d'inventions fumeuses et de théories du complot plongeant le monde dans un épais brouillard. Parfois, l'intox était bien faite, d'autres fois non. On disait par exemple que le financier Christer Tallgren s'était mis une balle dans la tête dans son appartement parisien, en se voyant ruiné, ses millions ou milliards partis en fumée. La nouvelle paraissait curieuse, notamment parce que Tallgren lui-même la démentait sur Twitter. L'histoire avait aussi quelque chose d'archétypique, faisant écho au suicide par balle d'Ivar Kreuger en 1932.

Dans l'ensemble, ce fut un mélange d'anciens et de nouveaux mythes. On parlait de *robot traders* partis en vrille, de places financières, de groupes de médias et de sites Web piratés. Mais aussi de gens qui s'apprêtaient à sauter des balcons ou des toits sur Östermalm. On donnait dans le drame, ravivant le souvenir du krach boursier de 1929, quand des ouvriers travaillant sur des toits de Wall Street avaient été pris pour des investisseurs malheureux, contribuant par leur simple présence là-haut à l'effondrement de la Bourse.

On affirmait que Svenska Handelsbanken avait suspendu tout paiement, que la Deutsche Bank et Goldman Sachs étaient au bord de la faillite. Les informations affluaient de toutes parts. Même pour quelqu'un d'aussi expérimenté que Mikael, il n'était pas évident de distinguer le vrai du faux, les faits réellement alarmants des inventions fabriquées et engendrées par les trolls de l'Est.

En revanche, il nota avec certitude que Stockholm était la place financière la plus touchée. La catastrophe était moindre à Francfort, Londres ou Paris, même si la panique gagnait également ces villes. Les Bourses américaines n'ouvriraient pas avant plusieurs heures. Mais les contrats à terme indiquaient déjà des chutes extrêmes sur le Dow Jones et le Nasdaq. Et rien ne semblait pouvoir y remédier. Surtout pas les discours lénifiants des directeurs de banques centrales, des ministres, des experts en science économique ni des gourous de toutes sortes qui, pointant des "réactions excessives", incitaient tout un chacun à garder son calme. Tout, absolument tout, était interprété de façon négative et déformé. La foule, paniquée, courait à sauve-qui-peut sans que personne ne comprenne ce qui avait provoqué un tel mouvement. On prit la décision de fermer la Bourse de Stockholm. C'était peut-être une erreur, car juste avant, les taux avaient commencé à remonter. Mais il fallait bien lancer des analyses pour comprendre ce qu'il se passait avant de reprendre les échanges.

— Dommage pour ton sujet sur les jumeaux. Il va être noyé, avec tout ce merdier.

Mikael décrocha les yeux de son écran et lança un regard navré à Erika.

— C'est gentil de penser à mon ego alors que le monde entier devient fou.

— Je pense à *Millénium*.

— Je sais bien. Mais on va être obligés d'attendre un peu pour le publier, non ? On ne peut pas sortir un numéro sans traiter aussi de cette affaire-là.

— Effectivement, inutile de se précipiter chez l'imprimeur. En revanche, il faut absolument qu'on le publie sur le Net. Sinon, le scoop risque de nous passer sous le nez.

— D'accord. Comme tu voudras.

— Tu as le courage de réattaquer ?

— Je suis prêt.

— Bien.

Ils échangèrent un signe de tête.

L'été s'annonçait chaud et lourd. Mikael Blomkvist décida de faire une promenade avant d'attaquer son prochain sujet. Il descendit Götgatan en direction de Slussen. Il eut une pensée pour Holger Palmgren, qu'il revoyait encore, allongé sur son lit, le poing serré.

ÉPILOGUE

LA CATHÉDRALE ÉTAIT PLEINE À CRAQUER. Pourtant, ce n'était pas un homme d'État qu'on enterrait ce jour-là, mais un vieil avocat dont la plus grande ambition dans la vie avait été de soutenir des jeunes à la dérive. En revanche, la publication dans *Millénium* d'un article sur le "Scandale des jumeaux" avait sans doute contribué à la présence d'une telle foule aux funérailles. Sans compter que le défunt avait été victime d'un odieux assassinat, largement médiatisé.

Il était 14 heures. La cérémonie avait été à la fois solennelle et touchante. En lieu et place d'un prêche conventionnel, l'officiante avait préféré brosser un portrait élogieux du défunt. Mais ce n'était rien encore, comparé au discours poignant de la demi-sœur de Holger, Britt-Marie Norén, qui en bouleversa plus d'un. À commencer par une grande Africaine nommée Lulu Magoro, tout entière secouée de sanglots incontrôlables.

D'autres avaient les larmes aux yeux ou baissaient respectueusement la tête. Étaient présents, outre les membres de la famille, des amis, d'anciens collègues, des voisins, un certain nombre de clients qui semblaient s'en être bien sortis, Mikael Blomkvist évidemment, sa sœur Annika, l'inspecteur Bublanski, sa fiancée Farah Sharif, les inspecteurs Sonja Modig et Jerker Holmberg, Erika Berger, etc. Beaucoup, sans être des proches, étaient venus par curiosité. Ceux-là, très vite repérables à leurs regards fureteurs, embarrassaient le prêtre – une grande femme d'une soixantaine d'années, aux cheveux blancs comme neige et aux traits marqués. Pourtant, elle s'avança vers l'auditoire et, de son autorité naturelle, fit un signe de tête à un homme vêtu de noir au deuxième rang sur la gauche. L'homme – un certain Dragan Armanskij, gérant de la société Milton Security – secoua la tête.

C'était à son tour, théoriquement. Mais il ne voulait plus prendre la parole. Difficile de savoir pourquoi. Le prêtre prit acte de son désistement et s'apprêta à lancer la procession finale, en faisant signe aux musiciens, à l'étage.

À ce moment-là, une jeune femme se leva, dans le fond, et s'écria : "Arrêtez, attendez !" Dans l'assemblée, les gens mirent un peu de temps à reconnaître Lisbeth Salander. Le costume noir qu'elle portait, qui lui donnait l'air d'un jeune homme, prêtait certes à confusion, même si sa coiffure, elle, n'était pas plus soignée que d'habitude. Sa démarche, toujours aussi brusque, n'était guère adaptée à la situation. Malgré des gestes vifs, elle semblait étrangement indécise. Arrivée à l'autel, elle garda les yeux rivés au sol. Elle eut même l'air de vouloir retourner s'asseoir, l'espace d'un instant.

— Vous voulez dire quelques mots ? proposa le prêtre.

Elle hocha la tête.

— Je vous en prie. J'ai cru comprendre que vous étiez très proche de Holger.

— Effectivement répéta Lisbeth.

Puis, plus rien. Silence. Des murmures impatients résonnèrent dans l'église. Qu'est-ce que cela signifiait ? Était-elle en colère ? Intimidée ? Lorsqu'elle reprit enfin la parole, on entendait à peine ce qu'elle disait.

— Plus fort ! cria quelqu'un.

Elle leva la tête, elle avait l'air perdue.

— Holger était… pénible. Fatigant. Il ne se résignait jamais à ce qu'on refuse de lui parler. Même quand le bon sens voulait qu'il abandonne, il ne lâchait pas. C'est comme ça qu'il a réussi à faire parler des cinglés en tous genres, qui se sont confiés à lui. Il était assez fou pour croire en la bonté des gens – même la mienne, c'est vous dire ! C'était un vieux dingue, tellement fier qu'il refusait qu'on l'aide, même quand il souffrait le martyre. Il a toujours fait tout ce qui était en son pouvoir, remué ciel et terre pour faire éclater la vérité. Mais ça, il le faisait pour les autres, évidemment, pas pour lui. Alors bien sûr…

Elle ferma les yeux.

— … ils ont réussi à le tuer. Ils ont assassiné un vieil homme sans défense dans son propre lit et, franchement, ça me fout en rage, d'autant plus que moi et Holger…

La phrase resta en suspens ; Lisbeth, les yeux dans le vague, semblait avoir perdu le fil de ce qu'elle voulait dire. Puis, elle se redressa et fixa l'auditoire.

— La dernière fois qu'on s'est vus, on a parlé de la statue, là-bas, reprit-elle. Il se demandait pourquoi elle me fascinait tant. Je lui ai expliqué que je ne l'avais jamais considérée comme la représentation d'un acte héroïque, mais comme celle d'une terrible agression infligée au dragon. Holger a compris. Et il m'a interrogée sur le feu. Qu'a-t-il de si particulier, ce feu que crache le dragon ? C'est le feu, lui ai-je répondu, qui brûle dans les veines de tous les opprimés. Ce même feu qui peut nous réduire en cendres peut aussi parfois… si un doux dingue du genre de Holger vous regarde, joue aux échecs avec vous, vous parle, bref, s'intéresse à vous tout simplement, le même feu, donc, qui peut aussi parfois se transformer en une force. Une force qui vous permet de rendre coup pour coup. Holger savait qu'on peut toujours se relever, même quand une lance vous transperce le corps. C'est pour ça qu'il était si pénible, si fatigant, conclut-elle.

Ensuite, elle se retourna et s'inclina devant le cercueil d'un mouvement brusque, en disant merci et pardon. Elle aperçut Mikael Blomkvist, qui lui sourit. Peut-être lui rendit-elle son sourire. Difficile à dire.

Les murmures reprirent de plus belle dans l'église, jusqu'à devenir une vraie cacophonie. Le prêtre peinait à ramener le calme pour organiser la procession. Aussi personne ne fit-il vraiment attention à Lisbeth Salander, qui traversa la nef et sortit de la cathédrale pour rejoindre les ruelles de Gamla Stan.

REMERCIEMENTS

De tout mon cœur, merci à mon agent Magdalena Hedlund et à mes éditrices, Eva Gedin et Susanne Romanus.

Un grand merci aussi à l'éditeur Ingemar Karlsson ainsi qu'au père et au frère de Stieg Larsson, Erland et Joakim Larsson, à mes amis Johan et Jessica Norberg, ainsi qu'au chercheur en sécurité informatique chez Kaspersky Lab, David Jacoby.

Merci également à mon éditeur britannique, Christopher MacLehose, à Jessica Bab Bonde et à Johanna Kinch à la Hedlund Agency, à Nancy Pedersen, professeur d'épidémiologie génétique à Svenska Tvillingregistret, à Ulrica Blomgren, surveillant-chef au centre pénitencier Hallanstalten, à Svetlana Bajalica Lagercrantz, médecin-chef et maître de conférences à l'hôpital universitaire Karolinska, à Hedvig Kjellström, professeur d'informatique à l'Institut royal de technologie, à Agneta Geschwind, chef de service adjoint aux archives municipales de Stockholm, à Mats Galvenius, vice-PDG de Svensk Försäkring, à mon voisin Joachim Hollman, à Danica Kragić Jensfelt, professeur d'informatique à l'Institut royal de technologie, à Nirhjar Mazumder et Sabikunnaher Mili, et évidemment à Linda Altrov Berg et à Cathrine Mörk de la Norstedts Agency.

Et toujours, toujours, à ma bien-aimée Anne.

DERNIÈRES PARUTIONS

QUELQUES HEURES À TUER

roman traduit de l'anglais (États-Unis)
par Alain Defossé

Quand Hannah a rencontré Lovell, elle sortait d'une rupture difficile et cherchait juste "quelqu'un de bien". Lui n'avait pas l'intention de passer à côté de la femme de sa vie.

Dix-neuf ans plus tard, mariés et installés dans une banlieue résidentielle de Boston, ils sont presque devenus l'un pour l'autre des étrangers.

Au lendemain d'une dispute, Hannah décide de bousculer sa routine domestique. Ayant quelques heures devant elle, elle prend sa voiture et part "à l'aventure". Sur la plage où elle s'arrête, un homme l'accoste et engage la conversation. Il l'inquiète autant qu'il la trouble. Depuis combien de temps n'a-t-elle pas ressenti cela ?

À la nuit tombée, Hannah n'est pas rentrée. Puis les jours passent. Sans nouvelles. Et l'anxiété grandit.

Essayant de faire bonne figure vis-à-vis des enfants, Lovell est contraint pour la première fois d'examiner la trajectoire de leur couple. Et tandis qu'il cherche à savoir ce qui a pu arriver à sa femme, nous sont révélés, à travers les yeux d'Hannah, les événements de la journée.

Entremêlant avec virtuosité les misères de la vie conjugale et le mystère entourant une disparition, Heidi Pitlor livre un roman inexorable, émotionnellement complexe, qui hantera le lecteur longtemps après les dernières pages.

LES LIONS SONT MORTS

roman traduit de l'anglais
par Samuel Sfez

À le voir, on a du mal à comprendre pourquoi on a bien pu assassiner Dickie Bowe. Mais espion un jour, espion toujours. Dickie ne paie peut-être plus de mine, mais c'est un vieux briscard du renseignement, qui a fait ses armes dans le Berlin des grandes années, où il s'est montré un agent hors pair en son temps. Une ombre, attachée à ceux qu'elle suivait pour mieux en percer les secrets. On vient de le retrouver mort dans un bus. Jackson Lamb connaissait bien Dickie, ils étaient en poste en Allemagne de l'Est au même moment. Et justement, le téléphone de Dickie, que Lamb a discrètement récupéré, livre un élément troublant : des agents russes pourraient bien être en train de monter une opé à l'ancienne, comme à la grande époque, en plein Londres. À la Maison des tocards, purgatoire des services secrets de Sa Majesté pour agents placardisés, l'équipe de Jackson Lamb va enfin retrouver le feu de l'action.

Deuxième volet d'une série initiée avec *La Maison des tocards*, *Les lions sont morts* a obtenu le Gold Dagger Award de la Crime Writers' Association et été élu polar de l'année par le *Times*. Sans gadgets ni clichés, Mick Herron y régénère avec brio le roman d'espionnage.

SIDNEY CHAMBERS ET LES PÉRILS DE LA NUIT

roman traduit de l'anglais
par Patrice Repusseau

Le prêtre détective Sidney Chambers, jeune chanoine amateur de whisky, de jazz et de backgammon, est de retour pour de nouvelles investigations dans l'Angleterre des années 1950. Toujours accompagné de son fidèle labrador et de l'inspecteur Keating, cette fois il enquête sur l'empoisonnement d'un joueur de cricket, l'incendie du studio d'un photographe de charme, et doit élucider – sur fond de guerre froide et de rivalité professorale – deux meurtres perpétrés au sein de l'université de Cambridge.

Parallèlement aux intrigues criminelles, les affaires de cœur ne manquent pas de le préoccuper.

Est-il enfin prêt pour le mariage ? Si tel est le cas, parviendra-t-il à choisir entre ses deux prétendantes : la sensuelle et mondaine Amanda, et la spirituelle et troublante veuve allemande, Hildegard ?

Amour, gloire de Dieu et homicides : tels sont les ingrédients de ce deuxième volet des "Mystères de Grantchester", avec lequel James Runcie poursuit les aventures du délicieux Sidney Chambers.

NE REVIENS JAMAIS

roman traduit de l'anglais (États-Unis)
par Claire-Marie Clévy

Bien qu'elle étudie l'histoire, celle de son pays, à l'université de l'Ohio, Elizabeth Hampton se révèle dangereusement ignorante dès lors qu'il s'agit d'aborder celle de sa propre famille.

Quand un coup de fil de la police informe la jeune femme du décès de sa mère, Elizabeth est doublement choquée d'apprendre que la mort est considérée comme "suspecte", et que son frère Ronnie, handicapé mental, pourrait être impliqué. Ce dernier, qui vivait toujours avec leur mère au moment du drame, et dont les crises de colère à répétition inquiétaient son entourage, est hospitalisé d'office. Alors que le doute sur l'innocence de Ronnie semble gagner jusqu'à ses plus fidèles soutiens, Elizabeth reste convaincue qu'il n'a rien à voir avec tout ça. Mais qui, dans ce cas, a bien pu vouloir tuer une tranquille et paisible retraitée ?

Derrière le calme de façade d'une petite ville du Midwest américain, David Bell met en scène un nouveau drame familial sombre et captivant. Et s'affirme, avec ce troisième roman, comme l'un des maîtres actuels du thriller psychologique.

MONTEPERDIDO
roman traduit de l'espagnol
par Claude Bleton

Monteperdido : un village de montagne acculé contre les plus hauts pics des Pyrénées. Des routes sinueuses, impraticables en hiver, des congères, des rivières qui débordent. Quelques familles, souvent coupées du monde, des sangliers et des chevreuils dans les forêts de peupliers et de pins noirs. C'est là que disparaissent un jour deux fillettes de onze ans qui, comme tous les soirs, traversaient la pinède de retour du collège. Malgré la mobilisation exemplaire du village, on n'a jamais retrouvé leurs traces.

Cinq ans plus tard, au fond d'un ravin, une voiture accidentée et le cadavre d'un homme. À ses côtés, une adolescente désorientée mais vivante : Ana, une des fillettes disparues. Si l'autre est toujours en vie, le temps presse. Qui se cache derrière cet enlèvement ? Deux inspecteurs de Madrid viennent rouvrir l'enquête mais se heurtent à l'hostilité des habitants qui chassent en meute, faisant front contre l'élément exogène, prêts à lutter jusqu'à la mort pour cacher leurs terrifiants secrets. Il apparaît pourtant qu'Ana connaît son ravisseur. Est-ce uniquement la peur et la proximité de son bourreau qui la musellent ? Comment comprendre la troublante triangulation qui s'est jouée pendant cinq ans dans le sous-sol exigu d'un refuge de montagne ?

Un roman puissant, âpre et vertigineux à l'image de son saisissant décor.

WHISKEY TANGO FOXTROT

roman traduit de l'anglais (États-Unis)
par Laure Manceau

Le Comité, réseau international d'industriels et de magnats des médias, s'apprête à privatiser les données du monde entier. Une organisation utopiste souterraine, Dear Diary, tente de contrer ces sombres desseins. Dans cette bataille secrète débarque un trio improbable : Leila, travailleuse humanitaire chargée par une ONG en mal d'idées de sponsoriser des projets féministes au Pakistan ; Leo, rentier dysfonctionnel doublé d'un jean-foutre, fumeur de joints et bizarrement doué pour le job d'assistant maternel ; et Mark Deveraux, gourou bidon en développement personnel, juste assez lucide pour ne pas gober lui-même les formules creuses qu'il enfile comme des perles dans ses publications pour gogos. Si demain les hommes ont encore droit à une vie privée, c'est peut-être à eux qu'ils le devront…

Thriller pop parano dans l'esprit de William Gibson et de Chuck Palahniuk, *Whiskey Tango Foxtrot* habille de loufoquerie déjantée, d'humour noir et de poésie une réflexion sur les big data et la privatisation en marche de nos vies.

ATTENDS-MOI AU CIEL

roman traduit de l'espagnol
par Judith Vernant

Quand Piedad de la Viuda, une femme séduisante et dévote au seuil de la cinquantaine, s'éveille ce lundi-là, elle ignore que sa vie va basculer à jamais. Un mois plus tôt, Benito, son époux, dont le succès dans les affaires doit tout à la fortune de sa belle-famille, est décédé dans un accident de voiture. Fille de paysans enrichis, Piedad a vécu une existence oisive, marquée par la piété héritée de sa mère, les aphorismes de son père et les boléros qui ont bercé son enfance. Brusquement, elle s'aperçoit que son mari n'était pas celui qu'elle croyait : des années durant il a détourné de grosses sommes, et s'apprêtait à s'enfuir avec sa jeune maîtresse. Et sa mort ne serait pas accidentelle. Ébranlée par ces révélations, Piedad se donne pour mission de sauver l'entreprise familiale, lourdement endettée, et de récupérer la centaine de millions d'euros cachée par Benito, aidée en cela par les messages – truffés d'allusions bibliques – que lui a laissés ce dernier avant sa mort.

Encore faut-il pouvoir les déchiffrer… et échapper à ceux qui entendent eux aussi mettre la main sur cet argent.

Pour découvrir la vérité, sauver son patrimoine – et sa peau ! –, Piedad la bigote va devoir s'aventurer dans les bas-fonds madrilènes.

Et devenir, en l'espace d'une folle semaine, une femme fatale et une meurtrière.

Avec *Attends-moi au ciel*, Carlos Salem signe un nouveau polar déjanté, sensuel et burlesque. Pas très catholique.

L'AMOUR ET AUTRES BLESSURES

nouvelles traduites de l'anglais (États-Unis)
par Clément Baude

Un homme fuyant sa tombe s'engouffre dans un maelstrom de balles et de flammes. Un "nettoyeur" de Hollywood découvre l'amour devant le cadavre d'une célébrité morte. Une femme pathologiquement obèse se rêve une nouvelle vie avec le voleur qui projette de cambrioler la bijouterie dans laquelle elle travaille...

Des ateliers de drogue minables dans les Ozarks aux combats de chiens de Detroit, en passant par les demeures luxueuses des stars de Los Angeles, Jordan Harper dépeint le petit peuple des ombres et des hors-la-loi. Les uns sont en cavale, poursuivis par la police ou un passé qui leur colle dangereusement aux basques. D'autres cherchent un semblant de paix et de stabilité, d'amour même, dans un monde fracassé où règnent une violence folle et un désespoir permanent. Tous sont abîmés, acculés, proches de leur point de rupture.

Dans le droit fil d'un Hubert Selby Jr. ou d'un Donald Ray Pollock, Jordan Harper livre avec *L'Amour et autres blessures* des nouvelles noires à la beauté crue. Vibrantes d'une énergie cinématographique, pathétiques et drôles, elles marquent les débuts inoubliables d'une nouvelle voix électrisante.

OUVRAGE RÉALISÉ
PAR L'ATELIER GRAPHIQUE ACTES SUD
ACHEVÉ D'IMPRIMER
SUR ROTO-PAGE
EN JUILLET 2017
PAR L'IMPRIMERIE FLOCH
À MAYENNE
POUR LE COMPTE DES ÉDITIONS
ACTES SUD
LE MÉJAN
PLACE NINA-BERBEROVA
13200 ARLES

DÉPÔT LÉGAL
1re ÉDITION : SEPTEMBRE 2017
N° impr. : 91335
(Imprimé en France)